# O ÚLTIMO SEGREDO

JOSÉ RODRIGUES DOS SANTOS

# O ÚLTIMO SEGREDO

3ª edição

EDITORA RECORD
RIO DE JANEIRO • SÃO PAULO

2025

CIP-BRASIL. CATALOGAÇÃO NA FONTE
SINDICATO NACIONAL DOS EDITORES DE LIVROS, RJ

Santos, José Rodrigues dos, 1964-
S233u O último segredo / José Rodrigues dos Santos. – 3. ed. –
3. ed. Rio de Janeiro: Record, 2025.

ISBN 978-85-01-10326-0

1. Romance português. I. Título.

15-22610 CDD: 869.3
CDU: 821.134.3-3

TÍTULO ORIGINAL: O ÚLTIMO SEGREDO



Texto revisado segundo o Acordo Ortográfico da Língua Portuguesa de 1990.



Editoração eletrônica: Abreu's System

Direitos exclusivos de publicação em língua portuguesa somente para o Brasil adquiridos pela
EDITORA RECORD LTDA.
Rua Argentina, 171 – Rio de Janeiro, RJ – 20921-380 – Tel.: (21) 2585-2000,
que se reserva a propriedade literária desta tradução.

Impresso no Brasil

ISBN 978-85-01-10326-0

*Pedi e dar-se-vos-á;*
*procurai e achareis;*
*batei e abrir-se-vos-á.*

*Jesus Cristo*

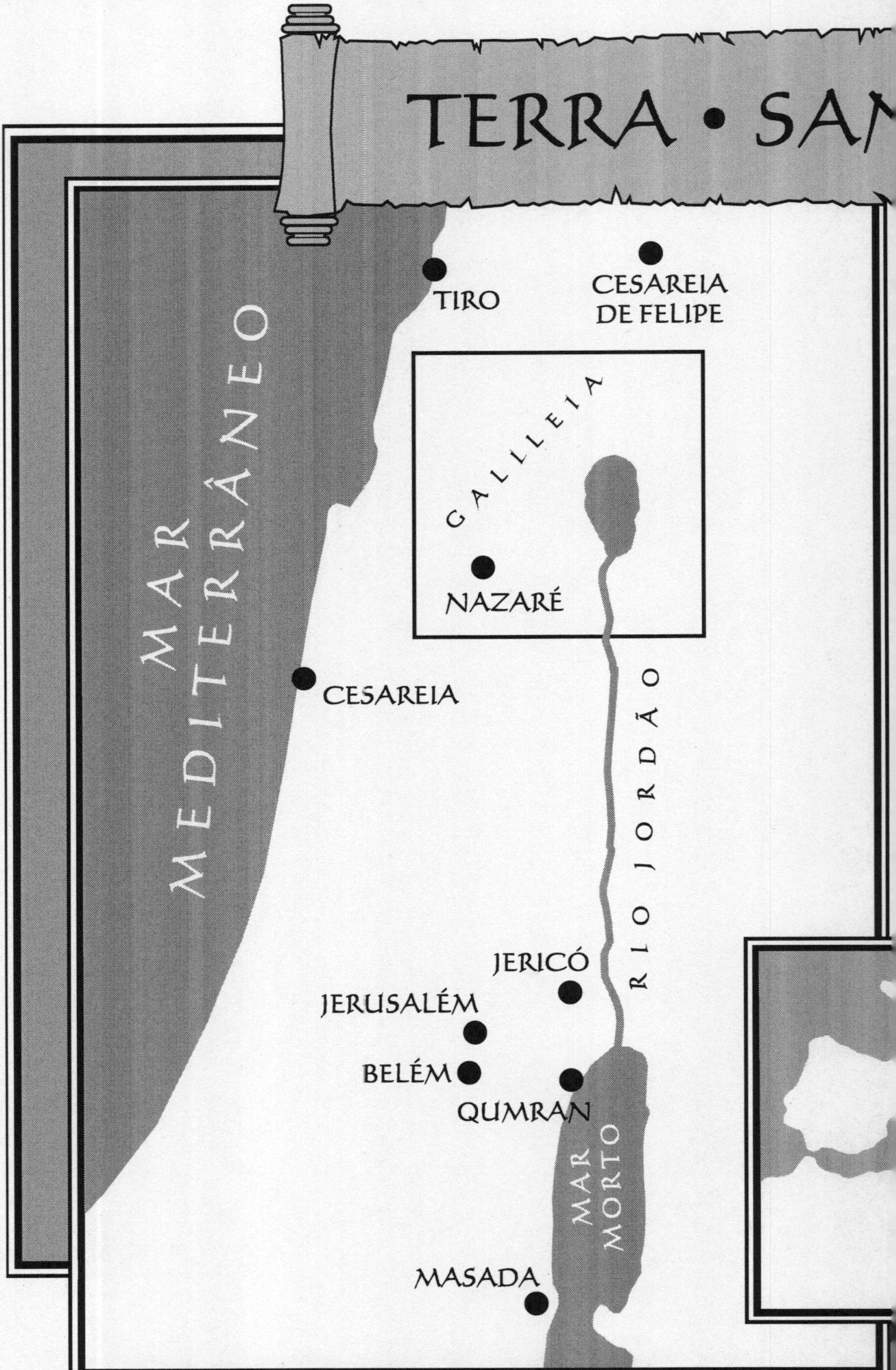
TERRA • SAN
TIRO
CESAREIA
DE FELIPE
MAR
MEDITERRÂNEO
GALILEIA
NAZARÉ
CESAREIA
RIO JORDÃO
JERICÓ
JERUSALÉM
BELÉM
QUMRAN
MAR
MORTO
MASADA

TA • SÉCULO • I
COROZAIM
CAFARNAUM
MAGDALA
TIBERÍADES
MAR DA GALILEIA
SÉFORIS
NAZARÉ
GADARA
RIO JORDÃO

Às minhas três mulheres,
Florbela, Catarina e Inês

Todas as citações de fontes religiosas
e todas as informações históricas e científicas
incluídas neste romance
são verdadeiras.

# Prólogo

O som abafado atraiu a atenção de Patricia.

"Quem está aí?"

Pareceu-lhe que o barulho tinha vindo da Sala Inventario Manoscritti, bem ao lado da Sala Consultazioni Manoscritti, onde ela se encontrava, mas não viu nada de anormal. Os livros permaneciam em silêncio nas prateleiras ricamente trabalhadas daquela ala da Biblioteca Apostólica Vaticana, como adormecidos pela sombra que a noite projetava sobre as lombadas poeirentas. Aquela podia ser a mais antiga biblioteca da Europa, e talvez também a mais bela, mas à noite o local respirava uma atmosfera soturna, quase intimidante, como se uma ameaça oculta pairasse por ali.

"*Ay, madre mia!*", murmurou, estremecendo para debelar o medo irracional que se apossara dela por alguns momentos. "Estou vendo filmes demais!..."

Deve ter sido o empregado passando, pensou. Espiou o relógio; os ponteiros marcavam quase onze e meia da noite. Não eram as horas normais de expediente na biblioteca, mas Patricia Escalona tornara-se amiga pessoal do *prefetto*, monsenhor Luigi Viterbo, que recebera em Santiago de Compostela durante o Xacobeo de 2010. Acometido por uma crise mística, monsenhor Viterbo decidira então percorrer a pé o Caminho de Santiago e, graças a um amigo comum, fora bater à porta da historiadora. Em boa hora o fez, porque ela cobriu-o de atenções quando o recebeu em casa, um belo apartamento convenientemente localizado numa ruela logo atrás da catedral.

Por tudo isso, quando chegou a Roma para consultar aquele manuscrito, Patricia não hesitou em cobrar o favor. O fato é que o *prefetto* da Biblioteca Apostólica Vaticana se mostrara à altura do pedido e, retribuindo as honras que o haviam rodeado em Compostela, mandou abrir à noite a Sala Consultazioni Manoscritti especialmente para que sua amiga galega fizesse com absoluta tranquilidade o trabalho que pretendia.

Mas fez mais do que isso. O *prefetto* mandou buscar o próprio original para ela consultar. Caramba, não era preciso tanto!, respondera então Patricia, quase embaraçada. Os microfilmes teriam servido perfeitamente. Mas não, monsenhor Viterbo fizera questão de mimá-la. Para uma historiadora do seu gabarito, insistira ele, apenas o original seria o suficiente!

E que original.

A pesquisadora galega passou as mãos enluvadas pelos caracteres castanhos desenhados à mão com meticulosidade de copista piedoso, sobre folhas de pergaminho bastante envelhecido e manchado por nódoas do tempo que os arquivistas haviam guardado em placas de material transparente. O manuscrito era composto de uma maneira que lhe fazia lembrar o *Codex Marchalianus* ou o *Codex Rossanensis*. A diferença é que era muito mais valioso.

Respirou fundo e sentiu-lhe o cheiro adocicado. Ah, que maravilha! Como adorava o perfume quente que o papel antigo exalava!... Passeou os olhos enamorados pelos caracteres pequenos e muito bem-arrumados, sem ornamentos nem maiúsculas, o grego corrido numa linha contínua, as letras arredondadas e equidistantes, as palavras sem nada as separando, como se cada linha fosse na verdade um único verbo, interminável e misterioso, um código arcano soprado por Deus na gênese do tempo. A pontuação era rara, havendo aqui e ali espaços em branco, diéreses e abreviaturas dos *nomina sacra* e aspas invertidas para as citações do Antigo Testamento, a exemplo do que ela já vira no *Codex Alexandrinus*. Mas o manuscrito que tinha à frente era o mais precioso de todos que já manuseara. Só o título, aliás, impunha respeito: *Bibliorum Sacrorum Graecorum Codex Vaticanus B*.

O *Codex Vaticanus*.

Custou a acreditar, mas a verdade é que o funcionário da Biblioteca Apostólica Vaticana, agindo sob ordens do *prefetto*, lhe pusera na mesa o célebre *Codex Vaticanus*. Aquela relíquia de meados do século IV era o mais antigo manuscrito sobrevivente da Bíblia praticamente completa em grego, o que fazia dela o maior tesouro da Biblioteca Apostólica Vaticana. E, vejam só, havia-lhe sido confiada. Que coisa incrível. Alguém na universidade iria acreditar?

Virou a página com extremo cuidado, quase como se recеasse danificar o pergaminho, apesar de ele estar protegido pela placa de material transparente, e mergulhou quase instantaneamente no texto. Percorreu o primeiro capítulo da Carta aos Hebreus; o que procurava estava por ali, perto do início. Passou os olhos pelas linhas, os lábios murmurando as frases em grego como se entoasse uma ladainha, até por fim chegar à palavra que buscava.

"Ah, aqui está!, exclamou. *Phanerón*.

Era extraordinário. Já tinham lhe falado naquele vocábulo, mas uma coisa era conversar sobre o assunto à mesa da cantina da faculdade e outra vê-lo diante dos olhos em plena Biblioteca Apostólica Vaticana, desenhado por um copista do século IV mais ou menos na época em que Constantino adotou o cristianismo e em que se realizou o Concílio de Niceia, onde o essencial da teologia cristológica ficou enfim definido. Sentia-se em êxtase. Ah, que sensação! Só de pensar que...

Mais um barulho.

Com um salto de susto, Patricia voltou ao presente e fixou a atenção de novo na Sala Inventario Manoscritti, à direita, de onde mais uma vez lhe pareceu ter vindo o som.

"Tem alguém aí?", perguntou, com voz trêmula.

Ninguém respondeu. A sala parecia deserta, embora fosse difícil ter certeza, considerando todas aquelas sombras e a penumbra. Será que o barulho tinha vindo da Leonina? O grande salão da biblioteca encontrava-se para lá do seu campo de visão, por isso não tinha como se certificar. Sob o manto da noite aquele lugar lhe dava calafrios.

"*Signore!*, chamou ela no seu italiano espanholado, em voz alta, buscando o empregado que o *prefetto* havia designado só para atendê-la. "*Per favore, signore!*"

O silêncio era absoluto. Patricia ainda considerou a possibilidade de permanecer sentada e prosseguir com a consulta do manuscrito, rodeada pelo ambiente denso daquele lugar opressor, mas a verdade é que os sons inesperados e o silêncio pesado que os envolvia a enervaram. Onde diabo se metera o empregado? Quem estaria fazendo os ruídos que ela escutara? Se era o empregado, por que não respondia?

"*Signore!*"

Mais uma vez, ninguém respondeu. Tomada por uma inquietude que não conseguia explicar, a historiadora ergueu-se com um movimento repentino, como se esperasse que a brusquidão afugentasse o próprio medo. Tinha de tirar aquilo a limpo. Além do mais, acrescentou para si mesma, era a última vez que aceitaria se trancar sozinha numa biblioteca à noite. Sob os contornos da penumbra, tudo lhe parecia sinistro e ameaçador. Ainda se tivesse o seu Manolo ao lado!...

Deu uns passos e cruzou a porta, decidida a esclarecer o mistério do desaparecimento do empregado. Entrou na Sala Inventario Manoscritti, que se encontrava mergulhada na escuridão, e notou uma mancha branca a seus pés. Baixou o olhar para ver o que era. Tratava-se de uma simples folha de papel pousada no chão.

Intrigada, ajoelhou-se e, sem pegar nela, inclinando-se como se a quisesse cheirar, estudou-a com uma expressão intrigada.

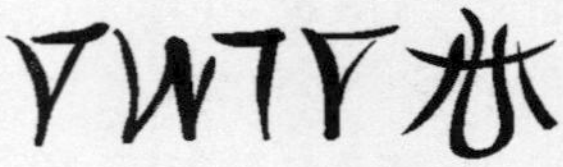

"O que diabo é isso?", interrogou-se.

Nesse instante percebeu um vulto sair da sombra e cair sobre ela. O coração disparou com o susto e Patricia quis gritar, mas uma enorme mão tapou-lhe a boca com força e tudo o que conseguiu fazer foi emitir um gemido de horror, rouco e abafado.

Tentou fugir. Contudo, o desconhecido era pesado e impediu-lhe os movimentos. Virou a cabeça para tentar identificar o agressor. Não conseguiu encará-lo, mas notou confusamente algo cintilando no ar. No derradeiro instante compreendeu que se tratava de uma lâmina.

Porém, não teve tempo de raciocinar sobre o que estava acontecendo porque sentiu uma dor lancinante rasgar-lhe o pescoço e o ar lhe faltou de imediato. Tentou gritar, mas não tinha ar. Agarrou o objeto frio que lhe furava o pescoço, num esforço desesperado para impedi-lo, mas ele era manejado com demasiada força e a energia começava a se esvair do seu corpo. Um líquido quente jorrou-lhe sobre o peito em golfadas e, no estertor da aflição, tomou consciência de que era o seu próprio sangue.

Foi a última coisa em que pensou, porque de imediato a visão se encheu de luzes e depois de escuridão, como se um interruptor a tivesse desligado para sempre.

# I

O pincel escovou a terra que ao longo dos séculos se acumulara sobre a pedra, entranhando-se nos poros mais minúsculos. Quando a nuvem de pó acastanhado se desvaneceu, Tomás Noronha aproximou os olhos verdes da pedra, como um míope, e inspecionou o trabalho.

"Porra!"

Ainda havia terra para retirar. Suspirou fundo e passou as costas da mão pela testa, ganhando embalo para mais umas escovadelas. Aquele decididamente não era o tipo de tarefa que mais apreciava, mas resignou-se; sabia que na vida não se faz sempre aquilo de que se gosta.

Antes de recomeçar, todavia, ofereceu a si mesmo um momento de repouso. Levantou a cabeça e apreciou a lua cheia lá no alto, irradiando um halo prateado sobre a majestosa Coluna de Trajano. A noite era sem dúvida o momento que mais apreciava para trabalhar ali no centro de Roma; de dia o trânsito tornava tudo caótico. O clamor das buzinas e o ronco furioso das britadeiras revelavam-se absolutamente infernais.

Consultou o relógio. Já era uma da manhã, mas estava determinado a aproveitar a pausa que o sono dos motoristas romanos lhe havia concedido durante a noite para adiantar o máximo de trabalho. Só sairia dali às seis da manhã, quando os carros começassem a atrapalhar o movimento das ruas e o concerto das buzinas e das britadeiras recomeçasse. Nessa altura iria dormir em seu pequeno hotel na Via del Corso.

O celular tocou no bolso das calças, arrancando-lhe uma expressão inquisitiva. Àquela hora? Quem diabo lhe ligaria à uma da manhã? Verificou a tela do celular e, depois de identificar o autor da chamada, apertou o botão verde.

"O que houve?"

A voz da mãe lhe soou no aparelho no habitual queixume inquieto.

*"Filho, quando você volta para casa? Já faz tanto tempo..."*

"Mãe, já lhe disse que estou fora do país", explicou Tomás, enchendo-se de paciência; era a terceira vez que lhe dizia a mesma coisa nas últimas vinte e quatro horas. "Mas volto na próxima semana, está bem? Vou visitá-la aí em Coimbra."

*"Onde você está, rapaz?"*

"Em Roma." Teve vontade de acrescentar que era a milésima vez que o repetia, mas conteve a irritação. "Fique tranquila, logo que voltar a Portugal vou vê-la."

*"Mas o que você está fazendo em Roma?"*

Limpando pedras, quis responder. E não estaria mentindo, considerou, lançando um olhar ressentido ao pincel.

"Vim ao serviço da Gulbenkian", acabou por esclarecer. "A fundação está envolvida na restauração das ruínas do fórum e dos mercados de Trajano, aqui em Roma, e vim acompanhar os trabalhos."

*"Mas desde quando você é arqueólogo?"*

Era uma boa pergunta! Apesar do Alzheimer que por vezes lhe nublava o discernimento, a mãe fizera uma pergunta bem certeira.

"Não sou. Acontece que o fórum tem duas grandes bibliotecas e, sabe como é, quando se fala em livros antigos..."

A conversa não durou muito e, no instante em que desligou, Tomás sentiu-se incomodado por um sentimento de culpa por quase ter se irritado durante o telefonema. A mãe não tinha responsabilidade nenhuma pelos acessos de amnésia provocados pela doença. Umas vezes melhorava e outras piorava; ultimamente andava pior e fazia mil vezes as mesmas perguntas. Os seus lapsos de memória tornavam-se enervantes, mas teria de ter mais paciência.

Pegou de novo o pincel, aproximou-o da pedra e voltou a escovar. Quando viu a nuvem libertar-se daquele pedaço de ruína pensou que, como um minerador, já deveria estar com os pulmões carregados do miserável pó marrom que se entranhara por toda a parte. Da próxima vez traria uma máscara, como as dos cirurgiões. Ou talvez o melhor fosse escapar daquele trabalho e se dedicar aos relevos que decoravam a Coluna de Trajano. Levantou os olhos para o monumento. Sempre tivera curiosidade de observar as cenas da campanha na Dácia, gravadas na coluna e que apenas conhecia dos livros. Já que estava ali, por que não as estudar ao vivo e de perto?

Escutou um burburinho atrás de si e virou a cabeça. Viu o responsável pelas obras de restauração, o professor Pontiverdi, falando alto com um homem engravatado e, com gestos espalhafatosos e uma voz estridente, mandá-lo ficar quieto. Depois aproximou-se de Tomás e esboçou um sorriso obsequioso.

"*Professore* Norona..."

"Noro*nha*", corrigiu Tomás, divertindo-se por ninguém conseguir acertar a pronúncia correta do seu nome. "Diz-se *nhe*, como em ba*gno*."

"Ah, *certo*! Noronha!"

"Isso!"

"*Mi dispiace, professore,* mas tem um policial que insiste em falar com você."

O olhar de Tomás desviou-se para o homem engravatado que permanecia a uns dez metros de distância, entre duas paredes em ruínas, o perfil recortado pelos holofotes que haviam sido instalados para iluminar o fórum; não parecia um oficial, talvez por não se encontrar de uniforme.

"Aquilo é um policial?"

"Da Giudiziaria."

"Para mim?"

"Oh, ele é muito desagradável. Tentei mandá-lo embora, claro, e disse-lhe que não são horas para se incomodar ninguém. É uma da manhã, *Dio mio!* Mas o idiota insiste em falar com você e já não sei o que fazer. Diz que é de extrema importância, que é urgente, que isso e aquilo." Inclinou o rosto e estreitou os olhos. "*Professore*, se não o quiser atender, é só dizer. Falarei com o ministro, se for preciso! Falarei até com o presidente! Mas ninguém incomodará você." Fez um gesto pomposo apontando em redor. "Trajano nos deu esta obra maravilhosa e o senhor está nos ajudando a recuperá-la. O que são os insignificantes assuntos da polícia perto de algo tão magnífico?" Quase colou o indicador ao nariz de Tomás. "Falarei com o presidente, se for preciso!"

O historiador português soltou uma curta gargalhada.

"Calma, professor Pontiverdi. Não tenho problema nenhum em falar com a polícia. Ora essa!"

"Está bem, *professore!* Está bem!" Apontou com vigor para o homem engravatado, o tom de voz já inflamado. "Olhe que não me custa nada mandar aquele *imbecille*, aquele *cretino*, aquele *stronzo*, para o raio que o parta!"

O policial à paisana empertigou-se lá ao fundo.

"Está me chamando de *imbecille*?"

O arqueólogo italiano voltou-se para o policial, o corpo trêmulo de tanta indignação, os braços gesticulando num frenesi, a mão acusadora se estendendo uma e outra vez na sua direção.

"Sim, seu energúmeno! Você! Você! *Imbecille! Cretino!*"

Vendo a discussão começar a ficar fora de controle, Tomás puxou o professor Pontiverdi.

"Calma! Calma!", disse, da forma mais conciliadora que pôde. "Não há problema nenhum, professor. Eu falo com ele. Não há drama."

"A mim ninguém chama *imbecille*", protestou o policial, o rosto vermelho de raiva, no ar o punho cerrado e ameaçador. "Ninguém!"

"*Imbecille!*"

"Calma!"

"*Stupido!*"

Percebendo que não conseguiria conter a ira já descontrolada do arqueólogo italiano, e vendo o policial se empertigando com a altercação, Tomás dirigiu-se apressadamente para o homem engravatado. Esquivando-se dos insultos que os dois trocavam como de uma corrente invisível que jorrava pelo ar, segurou o policial e arrastou-o para fora dali.

"O senhor queria falar comigo?", perguntou enquanto o puxava pelos ombros, esforçando-se para encerrar a discussão. "Então vamos."

O policial à paisana ainda soltou mais dois insultos na direção do professor Pontiverdi, ambos aos berros e agitando muito os braços, mas deixou-se levar.

"Ah, *porca miseria!*", desabafou logo que se voltou para o português. "Quem aquele... aquele *scemo* pensa que é? Onde já se viu? *Mamma mia!* Que atrasado mental!"

Logo que sentiu que haviam ganhado uma distância segura e já não havia risco de a discussão ser retomada, Tomás estacou junto à Via Biberatica e encarou o visitante.

"Então diga lá. O que quer de mim?"

O policial respirou fundo e recuperou o fôlego, ainda se recompondo da discussão. Tirou um bloco de notas do bolso e passou os olhos pelas anotações enquanto ajeitava a gola do casaco.

"O senhor é o *professore* Tomás Noronha, da Universidade Nova de Lisboa?"

"Sim, sou eu mesmo."

O policial encarou as escadas de madeira que ligavam as ruínas do Fórum de Trajano à rua, situada no plano superior, e fez com a cabeça um sinal para caminharem.

"Tenho ordens de levá-lo para o Vaticano."

# II

Uma balbúrdia inesperada dominava a Praça Pio XII, bem em frente à Praça de São Pedro e à sua imponente basílica iluminada. Embora fosse um lugar habitualmente tranquilo àquela hora da noite, um burburinho frenético animava o espaço diante do Vaticano. Havia vários carros azuis da polícia e uma ambulância estacionados na Pio XII com as luzes azuis de emergência girando no alto dos veículos, como faróis acelerados, embora mantendo-se em silêncio. Algumas pessoas formigavam em redor; umas eram *carabinieri* e outras, de jaleco branco, pareciam paramédicos.

"O que aconteceu?"

O policial à paisana ignorou a pergunta, a exemplo do que havia feito durante a curta viagem pelas ruas desertas de Roma. Claramente, a discussão com o professor Pontiverdi nas ruínas do Fórum de Trajano o tinha deixado indisposto e com pouca vontade de esclarecer as dúvidas do seu acompanhante.

O Fiat anônimo da polícia acelerou pela Via di Porta Angelica e, com uma freada brusca, estacionou aos pés das muralhas altas do Vaticano, perto da Porta Angelica. O policial abriu a porta do automóvel e emitiu um grunhido, fazendo sinal a Tomás de que o seguisse. O visitante saiu e ergueu o olhar para o enorme vulto iluminado à esquerda; tratava-se da grande e emblemática abóbada iluminada da Basílica de São Pedro, que recortava a noite como um gigante adormecido.

Encaminharam-se ambos para o complexo do Vaticano, na zona de Belvedere, o italiano à frente com passo apressado, o historiador atrás ainda sem entender exatamente o que se passava. O policial bateu continência a um homem alto que os esperava junto à Porta Angelica, vestido com uma fantasia esfuziante em faixas berrantes de azul e amarelo, como se a roupa fosse um estandarte, e com uma boina negra na cabeça. Seria um palhaço? Ali?

"*Professore* Noronha", disse o desconhecido das roupas alegres, cumprimentando-o. "Faça o favor de me acompanhar."

Atordoado com a vertigem dos acontecimentos, Tomás amaldiçoou-se em voz baixa. Como podia ter confundido um guarda suíço com um palhaço? Devia estar dormindo em pé! Aquelas roupas, que momentos antes lhe tinham parecido bizarras, haviam sido desenhadas por um dos maiores pintores da história, Michelangelo. Como podia ser tão estúpido? Com certeza era por já estar tarde!...

"Aonde vamos?"

"Aonde o esperam."

Engraçadinho, pensou Tomás. Aquela era uma forma de responder sem dizer nada.

"Esses trajes", lançou o português em jeito de provocação. "Vocês andam sempre vestidos assim?"

O suíço lançou-lhe um olhar enfastiado.

"Não", retorquiu no tom contrariado de quem não gosta de explicar as suas vestes pomposas. "Estávamos fazendo um exercício de parada no Portone di Bronzo, que a esta hora está fechado, quando me chamaram com urgência."

O desagrado do homem era evidente, então Tomás encolheu os ombros em resignação e acompanhou em silêncio o guarda suíço pelos pátios e pelas passagens do Vaticano, os passos de ambos ecoando secos pelo piso. Caminharam uns cinquenta metros até darem num pátio cercado pela arquitetura opulenta da Santa Sé, marcada por uma torre redonda que o historiador logo reconheceu; era a antiga sede do Banco Ambrosiano, agora entregue ao Istituto per le Opere di Religione. Passaram por um posto da Polizia Vaticana, uma força diferente da guarda suíça e que dava um certo ar de gendarmeria francesa, e viram adiante, à direita, a farmácia.

"Chegamos", anunciou o guarda suíço.

O homem conduziu o visitante por uma porta discreta. Subiram algumas escadas e foram dar em um átrio envidraçado e equipado com sistemas de segurança. Adiante abria-se um salão com as paredes repletas de livros. Passaram a segurança, entraram no salão e, ao estudar as estantes com a sua coleção de lombadas antigas, Tomás percebeu que se encontravam na Biblioteca Apostólica Vaticana.

As janelas abriam-se para o Cortile del Belvedere, mas a atenção do historiador voltou-se para o movimento junto à porta de acesso ao grande salão da Leonina. Viam-se dois guardas suíços, três *carabinieri,* dois religiosos e mais umas pessoas à paisana; falavam em voz baixa, umas movimentando-se deliberadamente, outras aparentemente perdidas ou ociosas.

O guia entregou-o a um homem à paisana, que o levou ao longo da Leonina até uma mulher que se encontrava de costas, de *tailleur* cinza-escuro, debruçada sobre uma mesa estudando o que parecia uma grande planta do edifício.

"Inspetora, aqui está o suspeito."

Suspeito?

Tomás quase olhou para trás, num esforço para identificar a pessoa a quem o homem se referira, mas percebeu de imediato que o suspeito era ele próprio. Ele. O uso daquela palavra se referindo à sua pessoa deixou-o chocado. Suspeito? Era suspeito de quê? O que estava acontecendo? O que era tudo aquilo?

A inspetora voltou-se para encará-lo e o historiador sofreu um novo choque, mas desta vez de natureza diferente. Ela tinha os cabelos castanhos encaracolados até aos ombros, o nariz pontiagudo e uns olhos azuis profundos e límpidos, como Jacqueline Bisset. Não estava maquiada, mas parecia-lhe encantadora.

"O que houve?", perguntou ela ao perceber sua expressão embasbacada. "Que cara é essa? Está olhando para mim e parece que viu o Diabo!..."

"O Diabo, não", retorquiu Tomás, esforçando-se para retomar a compostura. "Um anjo."

A inspetora fez um estalido de contrariedade com a língua.

"Olhem a minha sorte!", exclamou, revirando os olhos. "Ganhei um galanteador na rifa! Confirma-se assim que os romanos deixaram mesmo descendentes em Portugal!..."

Tomás corou e baixou os olhos.

"Desculpe, não resisti."

A italiana levou a mão ao bolso interior do casaco e pegou um cartão que exibiu na direção do recém-chegado.

"Eu me chamo Valentina Ferro", identificou-se com uma voz profissional. "Sou inspetora da Polizia Giudiziaria."

O visitante sorriu.

"Tomás Noronha, galanteador. Nas horas vagas sou também professor na Universidade Nova de Lisboa e consultor da Fundação Gulbenkian. A que devo a honra do convite para nos encontrarmos em local tão exótico a hora tão comprometedora?"

Valentina fez uma expressão de desagrado.

"Aqui quem faz as perguntas sou eu, se não se importa", repreendeu-o com rispidez. Cravou os olhos no seu interlocutor, como uma gata atenta à reação dele às palavras que ia proferir. "Por acaso conhece a professora Patricia Escalona?"

O nome surpreendeu Tomás.

"Patricia? Sim, claro. É uma colega minha da Universidade de Santiago de Compostela. Uma simpatia de moça. É da Galícia. Os galegos e os portugueses são povos gêmeos, sabia?" Olhou para a italiana, subitamente inquieto. "Por quê? O que houve? Por que quer saber da Patricia? Aconteceu alguma coisa?"

A inspetora perscrutou-lhe o rosto com os olhos semicerrados, como se tentasse avaliar o significado e a sinceridade da expressão facial dele ao ouvir a pergunta e ao responder. Deixou-se ficar momentaneamente calada, enquanto ponderava o passo seguinte e os prós e os contras de abrir o jogo.

Acabou se decidindo.

"A professora Escalona morreu."

A informação foi um golpe brutal, que fez Tomás arregalar os olhos e recuar um passo, como se estivesse a ponto de perder o equilíbrio.

"Patricia? Morreu?" Ficou por instantes boquiaberto, tentando absorver a notícia. "Mas... mas... que absurdo! Como é que isso... Como foi que... O que aconteceu?"

"Ela foi assassinada."

Novo baque.

"O quê?"

"Esta noite."

"Mas... mas..."

"Aqui no Vaticano."

Abalado pela notícia, Tomás cambaleou para junto da mesa onde estava estendida a grande planta do Vaticano e deixou-se cair numa enorme cadeira.

"Patricia? Assassinada? Aqui?" Falava pausadamente e balançando a cabeça, como se a informação não fizesse qualquer sentido e tivesse até dificuldade em assimilá-la. "Mas... mas quem? Por quê? Como? O que aconteceu?"

A italiana aproximou-se devagar e pôs-lhe a mão no ombro, num gesto de compaixão.

"É para descobrir isso que aqui estou", disse ela. "E o senhor também."

"Eu?"

Valentina pigarreou, como se considerasse a melhor forma de pôr a questão.

"Sabe, na investigação de um homicídio costuma haver uma figura crucial para esclarecer o caso", disse. "Trata-se da última pessoa com quem a vítima esteve ou falou."

Tomás sentia-se de tal modo desorientado que mal reagiu a estas palavras.

"Ah, sim?"

"Acontece que estivemos vendo a lista de chamadas do celular da professora Escalona nas duas horas que precederam a sua morte", acrescentou, falando deliberadamente devagar. "Adivinhe qual foi o último número para o qual ela ligou?"

Como era possível que Patricia tivesse sido assassinada?, questionava-se Tomás sem cessar. A informação era tão difícil de digerir que mal conseguia acompanhar as palavras da sua interlocutora.

"Hã?"

Valentina respirou fundo.

"O seu."

# III

O ar frio de Dublin acolheu o passageiro solitário que desembarcava do pequeno e luxuoso *Cessna Citation X* que acabara de aterrissar. Passava já das duas da manhã e o aeroporto estava prestes a encerrar por algumas horas; aquele tinha sido o último voo do dia e o próximo, primeiro do dia seguinte, só estava previsto para as seis da manhã.

O passageiro solitário levava apenas bagagem de mão, uma mala de executivo de couro preto que nem sequer foi inspecionada porque o pequeno bimotor a jato havia sido fretado justamente para ele e decolara de um pequeno aeroporto. Seguiu diretamente as indicações para a saída e resmungou, contrariado, quando o fizeram passar pela alfândega; o seu voo tinha se mantido dentro do espaço aéreo da União Europeia e não via necessidade de exibir os documentos. Contudo, a apreensão revelou-se desnecessária porque o inspetor alfandegário irlandês lançou apenas um olhar sonolento e desinteressado ao passaporte do recém-chegado.

"Vem de onde?", quis saber, evidentemente mais por curiosidade do que por exigência de serviço.

"Roma."

O irlandês, decerto um católico praticante, suspirou de melancolia; era como se uma visita a Roma estivesse no itinerário dos seus sonhos. Devia ter invejado o passageiro que acabara de desembarcar, mas isso não o impediu de esboçar um sorriso fraco e de lhe fazer sinal para passar.

Uma vez no hall do terminal, o visitante ligou o celular. Uma musiquinha assinalou a reativação do aparelho. Digitou o código de acesso e o telefone pôs-se de imediato à procura de rede. O processo levou mais de dois minutos, tempo que ocupou sacando dinheiro de um caixa eletrônico, mas acabou enfim por se alinhar com uma rede irlandesa que lhe enviou sucessivas mensagens automáticas de boas-vindas e lhe comunicou os preços do *roaming*.

Ignorando aquelas informações irrelevantes, o recém-chegado digitou de memória o número internacional e aguardou que atendessem do outro lado. Bastaram dois toques.

*"Chegou, Sicarius?"*

O passageiro cruzou as portas automáticas do aeroporto e sentiu o frescor agreste da noite atlântica esbofetear-lhe a face e envolver-lhe o corpo com agressividade.

"Sou eu, mestre", confirmou. "Pousei há alguns minutos."

*"A viagem foi boa?"*

"Uma maravilha. Dormi que nem um bebê."

*"É melhor ir descansar. Fiz há pouco uma reserva no Radisson aí no aeroporto e..."*

"Não, vou avançar agora."

Fez-se uma pausa do outro lado da linha e Sicarius ouviu a respiração pesada do mestre.

*"Tem certeza? O trabalho em Roma foi impecável, mas não quero que corra riscos desnecessários. Isso envolve responsabilidade e deve ser feito sem falhas. Talvez seja preferível repousar."*

"Prefiro não perder tempo", disse o recém-chegado sem hesitar. "De noitinha é sempre mais tranquilo. E quanto mais fulminante for a operação menor tempo de reação terá o inimigo."

O seu interlocutor ao telefone suspirou, vencido, mas não inteiramente convencido.

*"Muito bem"*, assentiu. *"Se pensa assim..."* Fez uma pausa e ouviu-se um remexer de papéis. *"Vou falar com o meu contato e já te ligo."*

"Ficarei à espera, mestre."

Fez-se uma nova pausa no outro lado da linha.

*"Tenha cuidado."*

E desligou.

# IV

O corpo estava estendido no chão, coberto por um lençol branco, e apenas os pés eram visíveis; um encontrava-se descalço, o outro tinha um sapato de senhora com o salto quebrado. Viam-se algumas manchas de sangue espalhadas pelo chão e vários homens agachados ou em pé examinando detalhes, alguns com lupas e todos de luvas brancas, evidentemente em busca de pistas que pudessem lhes dar mais informações sobre o que acontecera ali. O que mais procuravam eram vestígios, como cabelos, traços de sangue ou impressões digitais, que os conduzissem à identidade do homicida.

Valentina acocorou-se ao lado do corpo e lançou por cima do ombro um olhar a Tomás, que se aproximava com medo.

"Preparado?"

O historiador engoliu em seco e assentiu. A inspetora da Polizia Giudiziaria pegou uma ponta do lençol e dobrou-o com um movimento suave, descobrindo uma parte do corpo. A cabeça. Tomás reconheceu o rosto de Patricia, já com um toque de lividez a lavar-lhe a pele, os olhos paralisados numa expressão clara de espanto, os lábios entreabertos com a língua enrolada para dentro e uma mancha densa de sangue seco e escuro agarrada ao pescoço.

"Meu Deus!", exclamou Tomás, tapando a boca com a mão enquanto fitava horrorizado o cadáver da colega espanhola. "Ela foi... foi estrangulada?"

Valentina balançou a cabeça e indicou a mancha no pescoço.

"A expressão correta é degolada", corrigiu-o. "Como um cordeiro, está vendo?" Aproximou os dedos da fenda que lhe rasgava a pele. "Usaram uma faca e..."

"Coitada! Que coisa horrível! Como é possível?" Desviou o olhar, recusando-se a ver mais; a morte parecia despojar a sua amiga de toda a dignidade. "Quem lhe fez uma coisa destas?"

A italiana voltou a cobrir o rosto da vítima e ergueu-se devagar, encarando o historiador.

"É justamente o que estamos tentando descobrir. E para isso precisamos da sua ajuda."

"Tudo!", exclamou ele, enfático, ainda com o rosto de lado. "Tudo o que for preciso."

"Então comecemos pelo telefonema. Como explica que a última chamada que ela fez tenha sido para você?"

"É muito simples", disse Tomás, devolvendo-lhe enfim o olhar; sabia que a questão era crucial, considerando que aquele detalhe os levava a encararem-no como um suspeito. "Estou aqui trabalhando nas obras de restauração do Fórum de Trajano, a pedido da Fundação Gulbenkian, de que sou consultor. Patricia também faz... fazia consultoria ocasional para a Gulbenkian e nos conhecemos de alguns trabalhos de perícia que realizamos juntos. Ela chegou esta noite a Roma e, como pelo visto sabia que eu também estava aqui, me ligou. Foi isso e só isso."

Valentina esfregou o queixo, avaliando o que acabara de escutar.

"Como ela soube da sua presença em Roma?"

O historiador hesitou.

"Isso... isso eu não sei."

A inspetora, que anotava no seu bloco estas informações, parou de escrever e levantou os olhos para o suspeito.

"Não sabe como?"

"Não sei", repetiu ele. "Suponho que alguém da fundação lhe deve ter dito..."

"Você sabe que vamos verificar tudo?"

Tomás esboçou uma expressão ingênua.

"Fique à vontade", disse, retirando o celular do bolso. "Se quiser, digo-lhe já o número do engenheiro Vital, em Lisboa. É ele que habitualmente lida comigo e com Patricia." Digitou umas teclas. "Aqui está. É o 21..."

"Dê-me o telefone dele depois", interrompeu-o Valentina, aparentemente convencida com a explicação e a mente já ocupada com outras questões mais prementes naquele momento. "Ela lhe revelou o que veio fazer aqui?"

"Não. Pareceu-me até um pouco misteriosa quanto a isso."

"Misteriosa?"

"Sim, não quis dizer tudo ao telefone. Mas combinamos de almoçar amanhã e é natural que então fosse me contar." O olhar de Tomás passeou pelas estantes ricamente decoradas da Sala Consultazioni Manoscritti. "Entendo agora que veio fazer uma investigação aqui na Biblioteca do Vaticano..."

Valentina parecia já não o escutar; lia com atenção umas xerox cheias de rabiscos e anotações nas margens. O português espiou as xerox e verificou, surpreendido, que incluíam uma velha fotografia sua; era um relatório com o perfil dele.

"Vejo aqui que, além de historiador, o senhor é criptoanalista e perito em línguas antigas."

"Exato."

A inspetora deu dois passos para o lado e indicou uma folha branca de papel no chão.

"Sabe me dizer o que é isto?"

Tomás pôs-se ao lado da italiana e inclinou-se sobre a folha, analisando-a de perto.

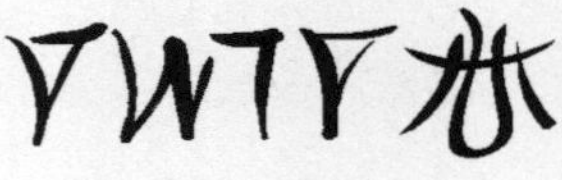

"Que estranho!", murmurou. "Não se parece com nenhuma língua ou alfabeto que eu conheça..."

"Tem certeza?"

O historiador permaneceu ainda alguns segundos estudando os símbolos estranhos, procurando pistas que o conduzissem a uma solução, até que endireitou o corpo.

"Absoluta."

"Observe bem."

Tomás manteve a atenção presa no enigma. Um dos símbolos, o último, chamou-lhe a atenção; parecia bem diferente dos demais. Para vê-lo de outra perspectiva, deu alguns passos e contornou a folha de papel. Abaixou-se de novo e analisou mais uma vez a charada. Após uns instantes, os lábios se abriram num sorriso e fez sinal à inspetora.

"Venha ver."

Valentina foi ter com ele e, também inclinando-se sobre o papel, encarou o enigma na perspectiva inversa.

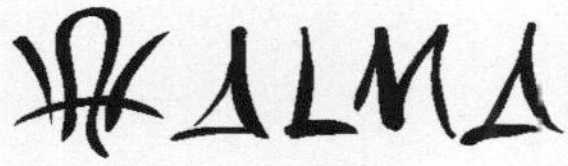

"Alma?", murmurou ela, sem descolar os olhos da folha, agora de cima para baixo em relação à perspectiva anterior. "Que diabos isto quer dizer?"

O historiador inclinou a cabeça.

"Ora!", exclamou, apontando para a palavra. "Não sabe?"

"Em italiano, *alma* significa *espírito*..."

"Assim como em português."

"Mas, neste contexto, o que raios isto quer dizer?"

Tomás curvou os lábios numa expressão de ignorância.

"Não sei. Será que o assassino quer fingir ser uma alma penada? Pretende insinuar que nunca o pegarão porque é fugidio como um espírito?"

Valentina pousou a mão sobre o ombro do seu interlocutor e deu-lhe umas palmadas de encorajamento, claramente impressionada.

"Você é bom, não há dúvida", disse num tom de aprovação. Endireitou-se e encarou-o com uma expressão de desafio. "Quem sabe consegue me ajudar com uma outra charada... Quer ver?"

"Mostre-me."

A inspetora fez-lhe sinal de que a seguisse e, contornando o cadáver estendido no chão, aproximou-se da mesa de leitura, no centro da Sala Consultazioni Manoscritti. Um enorme volume encontrava-se sobre a madeira envernizada da mesa, aberto numa página já perto do fim.

"Sabe o que é isto?"

Tomás seguiu-a, caminhando com muita cautela para evitar pisar em qualquer mancha de sangue e assim atrapalhar os trabalhos de recolhimento de vestígios. Encostou-se à mesa, inclinou-se sobre o volume e percebeu, pelo estado do pergaminho, que se tratava de um documento muito antigo. Leu algumas linhas e franziu a testa.

"Isto é são Paulo", identificou. "Um trecho da Epístola aos Hebreus." Inspirou o aroma exalado pelo pergaminho, sentindo-lhe o perfume adocicado pelos séculos. "Um original da Bíblia, portanto. Escrito em grego, por sinal." Olhou com uma expressão interrogativa para a italiana. "Que manuscrito é este?"

Valentina pegou o volume e exibiu as letras na capa dura.

"*Codex Vaticanus.*"

Ao ver o título, o historiador escancarou a boca de admiração e cravou de novo os olhos no manuscrito, desta vez com incredulidade, como se visse e não acreditasse. Reanalisou o pergaminho para se certificar de que era mesmo antigo e em seguida aproximou o nariz para o cheirar. A confirmação deixou-o estupefato.

"Isto é o *Codex Vaticanus*? O documento original?"

"Sim, claro. Por que o espanto?"

Como se o manuscrito fosse uma relíquia que valesse o seu peso em ouro, Tomás arrancou-o das mãos da inspetora e depositou-o com extremo cuidado sobre a mesa de leitura; parecia que manejava um delicado candelabro de cristal.

"Isto é um dos mais valiosos manuscritos que existem no mundo!", disse, num tom de repreensão. "Não se pode pegar nele assim de qualquer jeito. Meu Deus, isto é uma coisa única! Não tem preço! É como... é como se fosse a *Mona Lisa* dos manuscritos, entende?" Lançou um olhar fulminante para a porta, como se o papa estivesse ali e o quisesse admoestar nos termos mais enérgicos por não guardar devidamente um tesouro daqueles. "Nem sabia que eles autorizavam com tanta facilidade a consulta deste original. É incrível! Uma coisa destas não devia ser permitida! Como é possível?"

"Tenha calma", devolveu Valentina. "O *prefetto* da biblioteca já me explicou que, em condições normais, ninguém tem acesso a este manuscrito, apenas a cópias. Mas parece que a vítima era um caso especial..."

Tomás desviou o olhar para o corpo coberto pelo lençol, na passagem entre as duas salas, e engoliu a indignação.

"Ah, bom..."

Se o acesso ao original do *Codex Vaticanus* era excepcional, raciocinou, nada tinha a dizer.

"Gostaria de saber o que este manuscrito tem de tão especial."

A atenção do historiador voltou para o códice pousado sobre a mesa de leitura.

"De todas as Bíblias que remontam aos primórdios do cristianismo, o *Codex Vaticanus* é provavelmente a de melhor qualidade." Passou a mão sobre o pergaminho amarelado ao longo de quase dois milênios. "Data do século IV e contém a maior parte do Novo Testamento. Dizem que foi uma oferta do imperador bizantino ao papa." A palma da mão desceu sobre a folha e acariciou-a com um movimento suave. "Um tesouro. Nunca imaginei poder um dia tocar nele." O rosto abriu-se num sorriso quase beatífico. "O *Codex Vaticanus*. Quem diria?"

"Você não consegue imaginar o que a professora Escalona procuraria nestas páginas?"

"Não faço a mínima ideia. Por que não perguntam a quem lhe encomendou o trabalho?"

Valentina suspirou.

"Então, esse é um dos problemas", admitiu. "Não sabemos para quem ela estava trabalhando. Aliás, pelo visto mais ninguém sabia. Nem sequer o marido. Parece que a professora Escalona encarava este trabalho como um segredo de Estado, entende?"

A observação aguçou a curiosidade de Tomás. Um segredo de Estado? O historiador perscrutou o manuscrito e encarou-o com novos olhos, já não ofuscado pela sua importância como relíquia histórica, mas vendo-o como uma fonte de informação que poderia ser relevante para o crime que tinha sido cometido ali.

"O códice está aberto na página em que Patricia o deixou?"

"Sim. Ninguém mexeu nele. Por quê?"

Tomás não respondeu, preferindo ler o texto com atenção renovada. O que haveria ali que tivesse interessado à sua amiga? Que segredos estariam encerrados naquelas linhas? Traduziu o texto mentalmente até esbarrar na palavra fatídica. Pronunciou-a em voz alta.

"*Phanerón.*"

"Perdão?"

O historiador indicou uma linha no manuscrito.

"Está vendo o que está escrito aqui?"

Valentina observou os caracteres arredondados, um dos quais lhe parecia rasurado, e, balançando a cabeça, riu.

"Não entendo nada. É chinês?"

Tomás pestanejou.

"Ah, desculpe! Às vezes me esqueço que nem todo mundo sabe grego." Voltou a atenção para a linha que indicara. "O que temos aqui é uma epístola de são Paulo que consta do Novo Testamento. Trata-se da Epístola aos Hebreus. Este é o capítulo 1, versículo 3, e a palavra que está aqui rasurada é *phanerón*. *Phanerón*, ou *manifesta*. Nesta linha Paulo diz que Jesus 'manifesta todas as coisas pela Sua palavra poderosa'. Mas a maior parte dos manuscritos da Bíblia usa neste trecho a palavra *pherón*, que significa sustém. Ou seja, uma coisa é dizer que Jesus manifesta todas as coisas e outra é dizer que Jesus sustém todas as coisas. Compreende? São sentidos diferentes." Apontou para a palavra rasurada e uns garranchos à margem do manuscrito. "Está vendo isto?"

"Sim..."

"Ao consultar o *Codex Vaticanus*, um escriba leu *phanerón* e achou que havia um erro. O que ele fez? Rasurou essa palavra e substituiu-a pela expressão mais comum, *pherón*. Mais tarde um segundo escriba percebeu esta rasura, rasurou *pherón* e reescreveu *phanerón*, a palavra original." Apontou para os garranchos. "E aqui na margem rabiscou esta nota: 'Estúpido e ignorante! Deixa o velho texto em paz, não o alteres!'"

Valentina franziu o cenho, tentando extrair daquela explicação um sentido que fosse relevante para o assunto que tinha em mãos.

"Ah, muito interessante", disse, evidentemente pensando o contrário. "E então? Qual a pertinência desse enigma para esta investigação?"

Tomás cruzou os braços e apoiou o queixo nas mãos, numa pose pensativa, enquanto considerava as implicações da descoberta que acabara de fazer.

"É muito simples", disse. "Esta rasura no *Codex Vaticanus* ilustra um dos maiores problemas da Bíblia." Inclinou a cabeça para o lado, como se algo tivesse acabado de lhe ocorrer. "Deixe-me lhe fazer uma pergunta: na sua opinião, a Bíblia representa a palavra de quem?"

A italiana riu.

"Ora, que pergunta!", exclamou. "De Deus, claro. Todo mundo sabe isso!"

O historiador não acompanhou a gargalhada. Em vez disso ergueu uma sobrancelha, numa expressão teatral de ceticismo.

"Está me dizendo que foi Deus quem escreveu a Bíblia?"

"Bem... quer dizer, não", atrapalhou-se Valentina. "Deus inspirou os cronistas... as testemunhas... enfim, os evangelistas que escreveram as Escrituras."

"Essa inspiração divina significa o quê? Que a Bíblia é um texto infalível?"

A inspetora hesitou; era a primeira vez que a forçavam a pensar nisso dessa maneira.

"Suponho que sim. A Bíblia nos traz a palavra de Deus, não é? Nesse sentido, acho que se pode afirmar que é infalível."

Tomás espiou o *Codex Vaticanus* e fez um estalido com a parte lateral dos lábios.

"E se eu lhe disser que pelo visto Patricia andava à caça dos erros do Novo Testamento?"

A inspetora esboçou uma expressão inquisitiva.

"Erros? Que erros?"

O historiador sustentou o olhar.

"Não sabia? A Bíblia contém muitos erros."

"O quê?"

Tomás olhou ao redor, procurando se certificar de que ninguém o escutava. No fim das contas se encontrava em pleno Vaticano e não queria provocar nenhum incidente. Viu dois sacerdotes junto à porta que conduzia à Leonina, um deles devia ser o *prefetto* da biblioteca, mas concluiu que a distância era suficientemente grande e não corria o risco de ser ouvido.

Mesmo assim, inclinou-se na direção de sua interlocutora e, numa postura conspiradora, preparou-se para partilhar com ela um segredo de quase dois milênios.

"A Bíblia possui milhares de erros", murmurou. "Incluindo fraudes."

# V

O silêncio da noite de Dublin foi perturbado pelo toque impaciente do celular. Havia vinte minutos que Sicarius aguardava aquela chamada num canto discreto no exterior do aeroporto, longe dos postes de luz ou de qualquer outra iluminação. Retirou o aparelho do bolso e verificou a origem do telefonema antes de atender.

*"Já tenho a informação de que precisa"*, anunciou-lhe a voz do outro lado da linha. *"Parece que o nosso amigo está enfiado na Chester Beatty Library."*

Sicarius tirou do bolso a caneta e o bloco de notas e pôs-se a rabiscar a informação.

"Ches... ter Bi..." Hesitou. "Como se soletra a segunda palavra?"

*"B... E... A... T... T... Y"*, entoou o mestre do outro lado da linha. *"Beatty."*

"Library", completou Sicarius. Guardou o bloco de notas e espiou o relógio, que durante o voo tinha já ajustado para o horário de Dublin, uma a menos que em Roma. "Aqui são duas e meia da manhã. O cara está numa biblioteca a esta hora?"

*"Estamos lidando com historiadores..."*

Sicarius soltou uma gargalhada seca e começou a caminhar, abandonando o canto sombrio e dirigindo-se à fila dos táxis, cerca de vinte metros adiante.

"E essa agora? Só consigo ratos de biblioteca na rifa!...", observou. "Dê-me uma referência ali perto."

*"Uma referência? Por quê?"*

"Não quero indicar ao taxista a Chester Beatty Library. Quando amanhã a coisa começar a ser noticiada é importante que ele não se lembre de que transportou um cliente justamente para aquele local a esta hora..."

*"Ah, entendo."* Calou-se e ouviu-se na linha o som de papéis sendo remexidos. *"Estou verificando aqui no mapa e... olha, o Castelo de Dublin. A biblioteca fica junto ao castelo."*

Sicarius tomou nota da referência.

"Mais alguma coisa?"

O seu interlocutor afinou a voz.

*"Ouça, não pensei que você quisesse agir tão cedo, por isso não providenciei seu acesso ao edifício. Terá que improvisar um pouco. Mas tome muito cuidado, ouviu?"*

"Fique tranquilo, mestre."

*"Não se deixe apanhar. E se for pego já sabe o que fazer."*

"Fique tranquilo."

*"Boa sorte!"*

Sicarius guardou o celular no bolso e estacou diante da fila dos táxis. Chamar aquilo de fila era, porém, uma forma de falar; só havia dois automóveis. Os respectivos motoristas pareciam estar dormindo, as cabeças tombadas sobre os volantes, os vidros fechados para os abrigar do frio. O recém-chegado bateu à janela do veículo da frente e o motorista despertou com um sobressalto. Olhou desorientado para o cliente e levou um instante para focar os olhos, recompor-se e fazer-lhe sinal.

"Entre!"

O recém-chegado instalou-se no banco de trás, junto à janela, e pousou a pasta de couro preto no colo.

"Para o Castelo de Dublin."

O táxi arrancou, deslizando num murmúrio pelas vias de saída do aeroporto rumo à cidade. As ruas estavam desertas e a iluminação pública projetava um halo espectral sobre a neblina.

Com movimentos precisos, Sicarius abriu a pasta e contemplou a preciosidade que trazia ali dentro. A adaga reluzia como cristal. Inspecionou o metal e não encontrou o menor vestígio de sangue; a limpeza tinha sido perfeita. O viajante ficou um longo momento admirando o brilho, quase como se estivesse enamorado; a lâmina era uma verdadeira obra de arte, ondulante e aguçada, a prova de que os seus antepassados milenares, inspirados pela graça divina, sabiam moldar os metais à perfeição.

Meteu a mão na pasta e pegou a *sica;* era surpreendentemente pesada. Passou o dedo pelo fio da lâmina e sentiu o poder cortante; talvez fosse mesmo capaz de cortar uma folha de papel como se fosse manteiga. A lâmina cintilava de tão cristalina, refletindo as luzes do exterior como um diamante puro. Como um pai carinhoso que deposita a filha adormecida no leito, Sicarius devolveu-a com cuidado ao seu lugar no interior da pasta. Sabia que a adaga não permaneceria assim imaculada muito mais tempo.

O sangue a esperava.

# VI

A face contrariada de Valentina Ferro constituiu um sinal de alerta que Tomás notou de imediato. A inspetora pareceu reagir mal à revelação de que a Bíblia continha milhares de erros e fechou o rosto, criando uma súbita barreira entre os dois. O português tinha consciência de que, se havia assuntos de grande sensibilidade, as convicções religiosas eram sem dúvida um dos que requeriam maiores cuidados. Não valia a pena ferir suscetibilidades e ofender as pessoas, mesmo que fosse com a verdade.

Em busca de uma saída, lançou teatralmente um olhar ao relógio e fez um ar admirado.

"Ah, já é tão tarde!", exclamou. "Parece-me que é melhor voltar para o Fórum de Trajano. Os trabalhos de restauração vão prosseguir até ao amanhecer e o professor Pontiverdi conta comigo."

A inspetora fez uma expressão de descontentamento.

"O senhor não vai a lugar nenhum enquanto eu não autorizar", sentenciou num tom frio.

"Por quê? Ainda precisa de mim?"

Valentina desviou o olhar para o corpo coberto que permanecia deitado no chão.

"Tenho um crime para desvendar e os seus talentos podem-me ser úteis."

"Mas o que ainda quer saber?"

"Quero compreender a investigação que a vítima estava conduzindo e a sua relação com o homicídio. Isso pode me dar pistas cruciais."

O historiador balançou enfaticamente a cabeça.

"Eu não disse que havia uma relação!..."

"Mas eu digo."

A declaração deixou Tomás atônito. Olhou por um momento para o cadáver e depois para a inspetora.

"O quê?", admirou-se. "Acha que Patricia foi assassinada por causa da investigação que estava fazendo? Por que diz isso?"

O rosto de Valentina voltou a se fechar.

"Tenho meus motivos", murmurou de uma forma misteriosa. Pousou a mão sobre o *Codex Vaticanus*, redirecionando a conversa para a questão que considerava central. "Explique-me essa confusão dos erros da Bíblia que ela procurava neste manuscrito."

O historiador hesitou. Deveria mesmo se meter por aquele caminho de destino incerto? Os instintos respondiam-lhe que não. Sabia que poderia ter de dizer coisas consideradas ofensivas por um fiel e não tinha certeza de que isso seria sensato. Cada pessoa tinha as suas convicções, e quem era ele para questioná-las?

Mas havia o outro lado da questão a levar em consideração. Afinal uma amiga dele tinha sido assassinada e, se a inspetora encarregada da investigação considerava que os seus talentos e conhecimentos poderiam ser importantes para desvendar o caso, por que lhe negaria ajuda? Além do mais, não podia esquecer o detalhe de que tinha sido considerado suspeito. Pressentia que, se não colaborasse nas investigações, isso poderia ser problemático.

Respirou fundo e cerrou os olhos por um tempo, como um paraquedista prestes a se lançar no vazio, e deu o passo que mais temia.

"Muito bem", concordou. "Mas primeiro me deixe esclarecer uma coisa."

"O que quiser."

Os olhos verdes de Tomás cravaram-se no azul celestial dos de Valentina, como se quisessem ver para além deles e chegar ao fundo para perceber o que os animava.

"Você é cristã, eu presumo."

A inspetora da Polizia Giudiziaria assentiu com um movimento discreto da cabeça e puxou de baixo da gola da camisa um delicado fio de prata que trazia pendurado ao pescoço.

"Católica apostólica romana", disse, exibindo uma pequena cruz pendurada no fio. "Sou italiana, não é verdade?"

"Então há uma coisa que é importante que perceba", afirmou ele. Encostou a palma da mão no seu próprio peito. "Eu sou historiador. Os historiadores não investigam com base em fé religiosa, e sim fundamentam as suas conclusões nos vestígios: restos arqueológicos ou textos, por exemplo. No caso do Novo Testamento, estamos falando essencialmente de manuscritos. Eles são uma importantíssima fonte de informação para perceber o que aconteceu no tempo de Jesus. Porém, têm de ser usados com muita cautela. Um historiador precisa perceber as intenções e as circunstâncias do autor dos textos para descobrir coisas para além do que está escrito. Por exemplo, se eu ler uma notícia do *Pravda* no tempo na União Soviética dizendo que foi feita justiça sobre um lacaio imperialista que questionava a revolução, tenho de eliminar toda a retórica ideológica e perceber o fato por trás dessa notícia: foi executada uma pessoa que se opunha ao comunismo. Certo?"

O olhar de Valentina se tornou gelado.

"Está comparando o cristianismo com o comunismo?"

"Claro que não", apressou-se ele a esclarecer. "Estou apenas dizendo que os textos exprimem a intenção e as circunstâncias dos seus autores, e um historiador deve levar isso em conta quando os lê. Os autores dos Evangelhos não queriam meramente relatar a vida de Jesus. Pretendiam glorificá-lo e persuadir outras pessoas de que ele era o Messias. Isso é algo que um historiador não pode ignorar. Compreende?"

A italiana fez um sinal afirmativo.

"Claro, não sou burra", disse. "No fundo também é isso que um detetive faz, não é verdade? Quando ouvimos uma testemunha, temos de interpretar o que ela diz em função da sua situação e das suas intenções. Nem todas as suas afirmações são para levar ao pé da letra. Parece-me óbvio."

"Ótimo!", exclamou Tomás, satisfeito por ter se feito entender. "O mesmo vale para nós, os historiadores. Somos uma espécie de detetives do passado. Mas é importante que entenda que, quando estudamos uma grande figura da história, por vezes descobrimos coisas que os seus admiradores incondicionais talvez não gostassem de saber. Coisas que podem ser... desagradáveis, entende? Porém, verdadeiras."

Fez uma pausa para se assegurar de que este ponto tinha sido perfeitamente assimilado.

"E então?", impacientou-se Valentina.

"E então preciso de saber se quer me escutar até ao fim, sabendo que vou dizer algumas coisas sobre Jesus e a Bíblia que poderão mexer profundamente com as suas convicções religiosas. Não quero que se zangue comigo a cada revelação que lhe faça. Se for assim, é melhor eu ficar calado."

"Essas coisas que pode me revelar... tem certeza de que são verdadeiras?"

Tomás fez que sim com a cabeça.

"Tanto quanto podemos determinar, sim." Esboçou um sorriso sem humor. "Vamos chamá-las de... verdades inconvenientes."

"Então, vamos com isso."

O historiador perscrutou-a com cuidado, como se duvidasse da sinceridade do que acabara de escutar.

"Tem certeza? Não me vai prender no fim?"

A pergunta acabou por quebrar o gelo no rosto de Valentina.

"Não sabia que tinha medo de mulheres". Sorriu.

Tomás riu.

"Só das lindíssimas."

"Ah, sim. Já faltavam os galanteios", repreendeu-o a italiana, corando. Antes que ele pudesse retorquir, porém, Valentina voltou a pousar a mão no *Codex Vaticanus*, reencaminhando mais uma vez a conversa. "Então me diga. Que erros são esses que constam da Bíblia?"

O historiador fez-lhe sinal de que se sentasse e ele próprio se acomodou à mesa de leitura, junto ao célebre códice do século IV. Tamborilou os dedos na madeira envernizada da mesa, tentando decidir por onde começar; havia tanta coisa para dizer que a dificuldade era justamente estabelecer o roteiro da conversa.

Por fim ergueu os olhos e a fitou.

"Por que você é cristã?"

A inspetora foi pega de surpresa.

"Bem...", titubeou a italiana, "é uma questão de... enfim, a minha família é católica, cresci com essa educação e... e sou também católica. Por que quer saber isso?"

"Está me dizendo que você é cristã meramente por tradição familiar?"

"Não... quero dizer, claro que a tradição conta. Mas acredito nos valores cristãos, acredito no que Jesus nos ensinou. É isso que faz de mim uma cristã."

"E quais são os ensinamentos de Jesus que mais valoriza?"

"O amor e o perdão, sem dúvida."

Tomás lançou um olhar ao *Codex Vaticanus*, testemunha silenciosa daquela conversa.

"Conte-me um episódio do Novo Testamento que considere mais emblemático desses ensinamentos."

"Ah, a história da adúltera", disse Valentina sem hesitar. "A minha avó me falava muito nessa história, era a sua favorita. Presumo que a conheça bem, não?"

"Quem não a conhece? Se excetuarmos as narrativas do nascimento e da crucificação de Jesus, esse é o episódio mais famoso do Novo Testamento." Recostou-se na cadeira, como se se preparasse para assistir a um espetáculo. "Mas me diga: o que sabe sobre a história da adúltera?"

O pedido voltou a perturbar a italiana.

"Sei o que todos sabem, eu acho", disse. "A lei judaica prevê que os adúlteros sejam apedrejados até a morte, não é verdade? Acontece que certa vez os fariseus foram ter com Jesus e levaram-lhe uma mulher que tinha sido apanhada em adultério. Queriam testar o respeito de Jesus pela lei de Deus. Os fariseus lembraram-lhe de que a lei que Deus entregou a Moisés previa o apedrejamento da adúltera..."

"É o que diz a Bíblia", atalhou Tomás. "Em Levítico, capítulo 20, versículo 10, Deus diz a Moisés: 'Se um homem cometer adultério com a mulher de outro homem, com a mulher do seu próximo, o homem e a mulher adúltera serão punidos com a morte.'"

"Então", assentiu Valentina. "Os fariseus conheciam, claro, essa ordem de Deus, mas pretendiam primeiro saber o que Jesus tinha a dizer sobre o assunto. Deveriam apedrejá-la até a morte, como requeria a lei, ou deveriam lhe conceder o perdão, como Jesus pregava? Esta pergunta era evidentemente um ardil, uma vez que, se recomendasse o apedrejamento, Jesus estaria contradizendo tudo o que havia ensinado sobre o amor e o perdão. Mas se a libertasse estaria contradizendo a lei de Deus. O que fazer?"

"Todo mundo conhece a resposta a esse dilema. O historiador sorriu. "Sem levantar a cabeça, e sempre rabiscando coisas na areia, Jesus lhes disse que atirasse a primeira pedra quem nunca tivesse pecado. Os fariseus ficaram confusos, porque evidentemente todos eles já haviam cometido pecados, mesmo que mínimos, e foram embora, deixando a adúltera com Jesus. Quando ficou a sós com ela, Jesus a mandou também embora, dizendo-lhe: 'Vai e doravante não tornes a pecar.'"

Os olhos de Valentina brilhavam.

"Não acha brilhante?", perguntou ela. "De uma vez só, Jesus impossibilitou a aplicação de uma lei cruel sem a revogar. Coisa de gênio, não é?"

"A história é lindíssima", concordou Tomás. "Tem drama, tem conflito, tem tragédia e, no momento do clímax, quando a tensão atinge o apogeu e Jesus e a adúltera parecem perdidos, ela destinada à morte apedrejada e ele ao escárnio dos fariseus, nos apresenta uma resolução surpreendente e maravilhosa, cheia de humanidade, compaixão, perdão e amor. Basta escutar esse episódio maravilhoso para entender a grandeza de Jesus e dos seus ensinamentos." Fez uma careta e ergueu um dedo, interrompendo assim o fluxo das suas palavras. "Só há um pequeno problema."

"Problema? Qual problema?"

O historiador assentou os dois cotovelos na mesa, apoiou o queixo nas mãos e fitou intensamente a sua interlocutora.

"Isso nunca aconteceu."

"Como?!"

Tomás suspirou.

"A história da adúltera, minha cara, é forjada."

# VII

A iluminação noturna que beijava as paredes exteriores do Castelo de Dublin conferia às muralhas um certo aspecto fantasmagórico, como se os postes fossem sentinelas vigiando um vulto adormecido no meio da cidade. Um manto denso de neblina abatera-se sobre o casario, parecia que um véu de prata havia tombado na noite, e os postes exalavam um halo amarelado de luz que projetava estranhas sombras sobre os passeios e as fachadas de tijolos dos edifícios.

Logo que o táxi se afastou, Sicarius pôs-se a esquadrinhar as ruas em torno do castelo, em busca do seu destino. Depressa descobriu, contudo, que a Chester Beatty Library não era tão simples de localizar como inicialmente supusera. Verificou no mapa, onde tudo estava claro, mas o formato real das ruas lhe pareceu diferente e ficou confuso. Acabou por se deparar com algumas placas que o conduziram aos Dubh Linn Gardens e por fim à entrada da biblioteca.

O edifício o deixou desconcertado. Esperava um monumento imponente, à altura dos tesouros de valor incalculável que guardava nos seus cofres, mas encontrou algo diferente. Considerando o ambiente histórico que a rodeava, a Chester Beatty Library encontrava-se alojada num edifício surpreendentemente moderno, ao lado do oitocentista Clock Tower Building.

Observou durante algum tempo a grande porta envidraçada da entrada e todo o espaço ao redor. Apenas notou um sem-teto dormindo no jardim com uma garrafa de uísque ao lado; não era uma ameaça. Já com a certeza de que ali não circulava ninguém que pudesse importuná-lo, aproximou-se com cautela.

A porta estava fechada, como era natural àquela hora da madrugada, mas o visitante reparou em luzes acesas no interior do edifício. Teria de haver pelo menos um guarda, claro. Talvez mais. O importante, porém, era o visitante que, segundo o mestre, ali se encontrava.

O alvo.

Sicarius colou o rosto ao vidro da porta. Percebeu que havia um guarda cochilando por trás de um balcão circular. Estudou o dispositivo de alarme instalado no interior do edifício. Compreendeu que não seria fácil entrar ali. O ideal seria contar com a colaboração de um cúmplice, como acontecera no Vaticano graças aos contatos do mestre, mas em Dublin estava por sua conta e risco. Voltou a analisar o dispositivo de alarme. Havia luzes vermelhas piscando e câmeras de segurança instaladas em pontos estratégicos nas paredes. Sem ajuda nem planejamento, parecia-lhe quase impossível entrar na biblioteca sem ser detectado. Teria de improvisar.

Como o acesso frontal lhe estava impedido, avaliou a possibilidade de penetrar por uma das janelas. Situavam-se num plano um pouco elevado, mas à primeira vista pareciam-lhe acessíveis. Estudou-as da rua e considerou avançar, mas acabou igualmente se convencendo de que, sem um trabalho adequado de preparação, os riscos de a sua invasão ser detectada eram consideráveis.

Convencido em definitivo de que não tinha muitas chances de ser bem-sucedido, decidiu não tentar penetrar na Chester Beatty Library. Em vez disso procurou um canto oculto junto à entrada da biblioteca e se instalou ali; o local lhe parecia perfeito, ao abrigo de quaisquer olhares indiscretos.

Calçou as luvas pretas e concluiu os preparativos. Depois pressionou a fechadura da sua pequena mala de couro preta e, com um clique surdo, abriu-a. O interior da maleta era de uma treva impenetrável, mas no meio daquela sombra cerrada um reflexo límpido cintilou, como o faiscar de um diamante; tratava-se da luz dos faróis de um automóvel que passara na rua e se refletira na lâmina cristalina.

Retirou a adaga com um movimento delicado e sentiu-lhe o peso milenar. Era perfeita. Depois lançou um olhar para a entrada da biblioteca e delineou o plano. Para que as coisas acontecessem, só lhe faltava que o alvo desse sinais de vida.

Ele se encarregaria de os transformar em morte.

# VIII

"Forjada?"

O rosto de Valentina quase se contorcia, desfigurado por um misto de espanto e de indignação; o que acabara de ouvir sobre a história da adúltera, de longe a sua favorita da Bíblia, deixara-a em estado de choque.

Tomás percebeu o espanto e respirou fundo, odiando ser o mensageiro daquela notícia.

"Receio que sim."

A italiana estava boquiaberta e perscrutava o rosto do historiador em busca de sinais de que tudo aquilo não passava de uma brincadeira de mau gosto. Não os encontrou.

"Como, forjada?", questionou, num tom intensamente incrédulo. "Ouça, não basta dizer uma coisa dessas para que eu acredite. Para o afirmar é preciso provar!" Deu um tapa furioso na mesa de leitura. "Provar, ouviu?"

O acadêmico português deitou os olhos no manuscrito silencioso que se encontrava sobre a mesa de leitura, como se o *Codex Vaticanus* o pudesse ajudar a aplacar a fúria que fervia dentro dela.

"Se quer a prova, primeiro precisa entender algumas coisas", disse num tom sereno. "Para começar, existem quantos textos não cristãos do século I relatando a vida de Jesus?"

"Muitos, claro!", exclamou Valentina. "Jesus foi só o homem mais importante dos últimos dois mil anos, não é verdade? Não era possível ignorá-lo!..."

"Mas que textos são esses?"

"Todas as coisas que os romanos escreveram."

"Que coisas?"

A inspetora se atrapalhou.

"Bem... sei lá! Você é o historiador..."

Tomás desenhou um círculo com o polegar e o indicador e o ergueu ao nível dos olhos da sua interlocutora.

"Zero."

"Perdão?"

"Não há um único texto romano do século I sobre Jesus. Nem manuscritos, nem documentos administrativos, nem certidões de nascimento ou de óbito, nem vestígios arqueológicos, nem alusões de passagem, nem referências crípticas. Nada. Sabe o que os romanos do século I tinham a dizer sobre Jesus?" Voltou a desenhar o círculo com os dedos. "Um grandessíssimo zero!"

"Não pode ser!"

"A primeira referência de um romano a Jesus foi feita apenas no século II, por Plínio, o Jovem, numa carta ao imperador Trajano, na qual menciona a seita dos cristãos e diz que eles 'veneram Cristo como um deus'. Antes de Plínio, o silêncio é absoluto. Há, porém, um historiador judeu, Josefo, que num livro sobre a história dos judeus escrito no ano 90 menciona Jesus de passagem. De resto, é um deserto. Isso significa que as únicas fontes de que dispomos sobre a vida de Jesus são as cristãs."

"Eu não fazia a mínima ideia!..."

O historiador pousou os olhos no *Codex Vaticanus*.

"E sabe que textos fazem parte do Novo Testamento?"

Valentina ainda hesitou, tentando perceber se o seu interlocutor não estaria desviando a conversa. Acabou por lhe conceder o benefício da dúvida e, fazendo um esforço para controlar as emoções, decidiu colaborar. Respirou fundo e buscou na mente resposta à pergunta.

"Bem, confesso que nunca prestei grande atenção nisso", admitiu, fazendo um ar pensativo. "Deixe ver, são os quatro evangelhos: Mateus, Marcos, Lucas e João." Hesitou. "E acho que há mais umas coisinhas, não há?"

"Há, sim." Tomás riu. "Na verdade, os textos mais antigos do Novo Testamento não são os Evangelhos. São as Epístolas de Paulo."

"Sério?"

"Sim, as cartas de Paulo", repetiu o português, esclarecendo o significado da palavra *epístolas*. "Sabe, para descobrir como nasceram os textos do Novo Testamento é preciso ter em mente que os primeiros cristãos consideravam que a Bíblia era exclusivamente constituída pelo Antigo Testamento dos judeus. O problema era como interpretar as Sagradas Escrituras à luz dos ensinamentos de Jesus, uma vez que os diferentes ramos dos seus seguidores escolhiam caminhos diversos, por vezes até contraditórios, e invocavam sempre o Messias para legitimar as suas posições. O líder de um desses ramos era Paulo, um judeu muito ativo na propagação da palavra de Jesus e que, por isso mesmo, fez inúmeras viagens a cidades distantes em todo o Mediterrâneo oriental para converter pagãos. Ele lhes dizia que só se devia adorar o Deus judaico e que Jesus morreu pelos pecados do mundo e voltaria em breve para o dia do Juízo Final. Acontece que, em meio a essas viagens, chegavam-lhe por vezes notícias de que os fiéis de uma congregação que havia fundado estavam adotando uma teologia da qual ele discordava, ou então de que havia nessa congregação comportamentos imorais, ou qualquer outro problema. Para voltar a pôr os fiéis no que achava ser a verdadeira direção, Paulo lhes escreveu cartas, chamadas epístolas, carregadas de admoestações por terem se desviado do caminho e de exortações a regressarem ao rumo que ele considerava correto. A primeira dessas cartas que sobreviveu foi dirigida à congregação da Tessalônica, chamada Primeira Carta aos Tessalonicenses e redigida em 49, menos de vinte anos após a morte de Jesus. Há também uma carta que endereçou à congregação de Roma, a chamada Carta aos Romanos, outras à congregação de Corinto, chamadas Cartas aos Coríntios, e assim sucessivamente.

É importante perceber que, quando foram escritas, essas epístolas não se destinavam a ser encaradas como Sagradas Escrituras; eram simples cartas."

"Como os e-mails que trocamos hoje em dia?"

Tomás riu.

"Isso, só que usando um correio um pouco mais lento", gracejou. "Acontece que naquele tempo as pessoas eram em geral analfabetas, por isso essas epístolas acabavam sendo lidas em voz alta para toda a congregação. O próprio Paulo termina a sua Primeira Carta aos Tessalonicenses apelando que a missiva 'seja lida a todos os irmãos', o que demonstra que essa era a prática comum. Com o tempo, e após sucessivas cópias e muitas leituras em voz alta, estas epístolas passaram a ser consideradas uma referência e de certo modo começaram a constituir um elo entre todas as congregações. Ao todo, o Novo Testamento é constituído por vinte e uma epístolas, de Paulo e de outros líderes, como Pedro, Tiago, João e Judas, mas sabemos que foram escritas muitas outras cartas que não sobreviveram."

Valentina deitou um olhar curioso ao *Codex Vaticanus*, como se se tratasse da Bíblia original.

"E os Evangelhos? Surgiram também em cartas?"

"A história dos Evangelhos é diferente." Tomás indicou a cruz de prata que a italiana trazia discretamente ao pescoço. "Inicia-se com a crucificação de Jesus. Receando ser mortos pelos romanos, os seus seguidores fugiram e se esconderam. Depois surgiu a história da ressurreição e eles começaram a dizer que Jesus em breve voltaria à Terra para o Dia do Juízo Final. Por isso instalaram-se em Jerusalém e ficaram à espera. Enquanto aguardavam, puseram-se a contar histórias de Jesus."

"Ah!", exclamou a inspetora. "E foi assim que os Evangelhos foram escritos."

"Não, de modo nenhum! Os apóstolos achavam que o regresso de Jesus era iminente e não viam o menor motivo para pôr essas histórias por escrito. Para quê? Em breve Jesus voltaria! Além do mais, é importante lembrar que os primeiros seguidores de Jesus eram gente pobre e sem instrução. Logo, analfabetos. Como eles iriam redigir as narrativas? O que havia portanto eram histórias avulsas e que os historiadores designam 'perícopes orais'."

"Foi desse modo que se preservaram as narrativas da vida de Jesus?"

"Sim, mas não com a intenção de as preservar", insistiu Tomás. "Lembre-se que para eles Jesus estava prestes a voltar. Eles contavam essas histórias apenas para ilustrar situações que poderiam dar a solução para os novos problemas que surgiam. Este detalhe é importante, porque indica que estes narradores retiravam as histórias do contexto próprio e lhes davam um novo contexto, alterando assim sutil e inconscientemente o seu sentido. O problema é que, à medida que os primeiros seguidores foram envelhecendo e morrendo sem que Jesus regressasse, foi-se percebendo que era necessário um registro escrito para ser lido em voz alta nas diversas congregações, sob risco de a memória se perder. As perícopes foram então redigidas em folhas de papiro e lidas fora dos seus contextos originais. E Jesus continuou sem voltar. Chegou-se depois à conclusão de que, para causar um melhor efeito junto aos fiéis, era possível alinhar as perícopes segundo uma determinada ordem e reuni-las em grupos: as referentes aos milagres, as dos exorcismos, as das lições morais... O passo seguinte foi juntar todos estes grupos para formar narrativas mais abrangentes, designadas protoevangelhos, e que contavam uma história completa. Esses protoevangelhos foram por fim unidos numa única narrativa e nasceram..."

"Os quatro evangelhos", atalhou Valentina com um sorriso. "Fascinante!"

Tomás fez uma careta.

"Na verdade, não foram só quatro", corrigiu. "Apareceram dezenas de evangelhos."

"Dezenas?"

"Mais de trinta. Os primeiros de que temos registo foram o Evangelho segundo Marcos e a Fonte Q, um evangelho perdido e cuja existência inferimos a partir de outros dois evangelhos, os de Mateus e Lucas, que parecem ir ambos beber a uma mesma fonte, o Q."

"Q?", estranhou Valentina. "Que raio de nome é esse?"

"Q de *Quelle*, palavra alemã que designa *fonte*. Mas há outras fontes, como a M, usada exclusivamente por Mateus, e a L, usada apenas por Lucas."

"Todas perdidas?"

"Sim", assentiu o historiador. "Depois surgiram mais evangelhos, como o de João, o de Pedro, o de Maria, o de Tiago, o de Filipe, o de Maria Madalena, o de Judas Tomás, o de Judas Iscariotes, o de Tomé... Enfim, dezenas de evangelhos diferentes."

"Confesso que já li alguma coisa sobre isso", observou a italiana. "O que não sei é o que aconteceu com esses evangelhos..."

"Mais tarde foram rejeitados."

"Sim, mas por quê?"

Era uma boa pergunta, sabia o historiador.

"Sabe, nenhum evangelho é uma mera crônica dos acontecimentos", explicou. "Os evangelhos são reconstituições teologicamente orientadas."

"O que você quer dizer com isso?"

"Simplesmente que cada evangelho apresentava uma teologia específica", indicou, evitando mais detalhes controversos para não desencadear um novo ataque de fúria da italiana. "Isso estabeleceu o caos entre os fiéis, como você deve imaginar. Uns evangelhos apresentavam Jesus como uma figura exclusivamente humana, outros como uma figura exclusivamente divina, outros ainda como uma figura divina dentro de uma figura humana. Uns diziam que havia ensinamentos secretos só acessíveis a iniciados, outros que Jesus nem sequer morrera. Havia quem defendesse que existia apenas um deus, outros diziam que eram dois deuses, outros apontavam para três, outros para doze, outros para trinta..."

"*Madonna!* Que confusão!"

Tomás assentiu.

"De fato, ninguém se entendia", disse. "Formaram-se vários grupos dominantes de seguidores de Jesus, cada um com os seus evangelhos. Havia os ebionitas, judeus que diziam ser Jesus apenas um rabino que Deus escolhera por se tratar de uma pessoa particularmente correta e conhecedora da lei entregue a Moisés. Há indícios de que Pedro e Tiago, irmão de Jesus, eram considerados precursores desta corrente. Depois surgiram os paulistas, que preconizavam a universalização dos ensinamentos aos gentios e achavam que Jesus tinha características divinas e a salvação decorria da crença na sua ressurreição, e não do respeito pela lei. Havia também os gnósticos, que encaravam Jesus como um homem temporariamente encarnado por um deus, Cristo, e pensavam que alguns seres humanos continham dentro deles uma centelha divina que poderiam libertar se tivessem acesso a um conhecimento secreto. Por fim existiam os docetistas, que diziam que Jesus era um ser exclusivamente divino que apenas parecia humano. Nem sequer tinha fome ou sono, apenas fingia ter."

Valentina fez um gesto largo com o braço direito, englobando a Biblioteca do Vaticano e tudo o que a rodeava.

"Qual dessas correntes é a nossa?"

Tomás sorriu.

"A nossa? Quer dizer, a da atual Igreja?"

"Sim."

"Os cristãos de Roma", sentenciou. "Foram estes que se organizaram de forma mais eficiente, com hierarquia e estruturas nas suas congregações. Nasceram assim as igrejas. Os outros grupos tinham organizações mais informais. Além disso, beneficiaram-se da forte implantação dos paulistas no mundo pagão. É certo que o centro do cristianismo continuou, durante algum tempo, a ser Jerusalém, onde se encontravam os judeus cristãos. Acontece que, no ano 70, os romanos destruíram Jerusalém e o centro de gravidade do cristianismo não poderia continuar lá. Para onde acha que se transferiu?"

A italiana encolheu os ombros.

"Sei lá!"

O historiador apontou para o chão.

"Para cá, é claro! Não era Roma a capital do império? Não iam todos os caminhos dar em Roma? A igreja dominante hoje não é designada católica apostólica *romana*? Quem melhor poderia liderar o cristianismo que os cristãos que se encontravam aqui na capital imperial? Eles ocupavam uma situação privilegiada, que lhes permitiu se tornarem dominantes. E fizeram pleno uso dessa posição. Com o tempo rejeitaram os evangelhos de vários grupos diferentes, que catalogaram como heréticos, e valorizaram os textos que consideravam verdadeiros. O seu julgamento tinha muita força, porque estes cristãos apresentavam-se bem organizados e com estruturas hierárquicas rígidas lideradas por bispos, o que facilitava a transmissão de ordens. Além disso, eram mais ricos e emitiam instruções a partir da capital do império. Os evangelhos considerados heréticos deixaram de ser copiados e gradualmente a doutrina dominante passou a se fundamentar nos quatro textos evangélicos aceitos pelos romanos: os de Mateus, Marcos, Lucas e, embora inicialmente com alguma relutância, João."

"E foi assim que os Evangelhos se juntaram às cartas como textos de referência?"

"Exato. Acontece que alguns desses textos, como o Evangelho segundo Mateus e a Primeira Carta de Paulo a Timóteo, começaram a pôr as palavras de Jesus no nível das Sagradas Escrituras, entende? Insinuavam assim que elas tinham a mesma autoridade que se reconhecia ao Antigo Testamento, o que constituiu uma importante inovação teológica." Fez uma careta teatral. "A palavra de Jesus valia tanto quanto a das Sagradas Escrituras?" Desfez a careta. "Além disso, na Segunda Carta de Pedro consta uma crítica aos 'incultos e inconstantes' que deturpam as epístolas de Paulo 'como o fazem com as outras Escrituras'. Ou seja, as próprias cartas de Paulo já haviam sido elevadas à categoria de Escrituras! Daqui até a sua aceitação como cânone, como deve calcular, bastou um passo."

"Quando foi isso?"

"O cânone ficou definido alguns anos depois de Constantino ter adotado o cristianismo", disse, fazendo um gesto na direção do *Codex Vaticanus*. "Mais ou menos quando este códice foi feito, no século IV. Determinou-se então que as novas Escrituras eram constituídas por vinte e sete textos: os evangelhos de Lucas, Marcos, Mateus e João, que narravam a vida de Jesus, e ainda as crônicas da vida dos apóstolos, a que se chamou Atos dos Apóstolos, e as diversas cartas escritas pelos próprios apóstolos. Além do Apocalipse, de João, para fechar."

A italiana apoiou o queixo na palma da mão, numa pose pensativa, e refletiu sobre o que havia acabado de escutar.

"Pode haver textos considerados heréticos que sejam verdadeiros", observou ao fim de alguns instantes. "Como sabemos que só os quatro evangelhos canônicos são historicamente corretos?"

"A questão é legítima", concordou Tomás. "Porém, há um certo consenso entre os acadêmicos de que a escolha foi globalmente bem-feita. Os textos heréticos, hoje chamados apócrifos, são fantasiosos demais. Um deles mostra Jesus quando criança matando outras crianças com atos de magia, veja só! Outro põe a cruz da crucificação falando, como se fosse uma pessoa. Onde já se viu? Uma cruz falante! Os cristãos de Roma não eram dados a fantasias e foram rejeitando estes textos. De todos os apócrifos, sabe qual é o único que pode ter material genuíno?"

A pergunta extraiu um olhar vazio de Valentina.

"Não faço a mínima ideia."

"O Evangelho segundo Tomé", disse. "Já há muito tempo que se sabia da existência desse evangelho, mas pensava-se que, depois de ser declarado herético, estava perdido para sempre. Acontece que em 1945 foram descobertos acidentalmente em Nag Hammadi, no Egito, vários volumes de manuscritos apócrifos, incluindo o Evangelho segundo Tomé. Houve uma grande agitação, como pode calcular, maior ainda quando se leu o seu conteúdo."

A revelação incitou a curiosidade da inspetora.

"E então? O que ele tinha?"

"É um manuscrito muito interessante porque não inclui nenhuma narrativa. Nada de nada. Limita-se a registar cento e catorze ensinamentos de Jesus, muitos dos quais também aparecem nos evangelhos canônicos, e outros ensinamentos que não aparecem em parte nenhuma, mas que podem ser ágrafos, isto é, citações autênticas não canônicas. Aliás, há acadêmicos que acham que as citações que se encontram no Evangelho segundo Tomé são mais próximas das palavras realmente pronunciadas por Jesus do que as citações que se encontram nos evangelhos canônicos. Por isso alguns lhe chamam de o quinto evangelho."

"Se é assim, por que foi excluído do cânone?"

"Porque alguns dos seus ensinamentos podem ser interpretados como gnósticos", devolveu Tomás. "Isso é algo que os cristãos romanos, que se tornaram a ortodoxia, queriam evitar em absoluto. Mas o Evangelho segundo Tomé é um documento com informação histórica que pode ser pertinente, embora o assunto divida os acadêmicos. De qualquer modo, a sua descoberta consolidou uma velha suspeita de que a Fonte Q, o manuscrito perdido que alimentou Mateus e Lucas, seria igualmente um texto composto apenas por ensinamentos."

Valentina balançou a cabeça num movimento afirmativo e emitiu um som apreciativo.

"Muito curioso, sim senhor", disse. "Mas onde quer chegar com isso tudo?"

O historiador se endireitou no seu lugar e passeou o olhar pelas estantes carregadas de livros da Biblioteca Apostólica Vaticana.

"Quero chegar a esta pergunta", disse, virando-se para a sua interlocutora. "Onde estão os originais de todos os textos canônicos que compõem o Novo Testamento?"

Num movimento quase instintivo, os olhos azuis da inspetora da Polizia Giudiziaria acompanharam a deambulação visual de Tomás pela Sala Consultazioni Manoscritti.

"Bem... aqui no Vaticano", disse. "Talvez nesta biblioteca mesmo." Sentiu o olhar perscrutador do seu interlocutor examinando-a e, intuindo que tinha dado a resposta errada, hesitou. "Não?"

Tomás balançou a cabeça.

"Não", disse com ênfase. "Não há originais."

"Como?"

"Os originais do Novo Testamento não existem."

# IX

Estudar um manuscrito através de uma tela de computador era uma tarefa exigente para qualquer um, mas fazê-lo madrugada adentro se revelou uma verdadeira loucura. Alexander Schwarz esfregou os olhos cansados e vermelhos e endireitou o tronco, sentindo as articulações doerem. Estava sentado naquela posição há tempo demais, a atenção dançando entre o texto no monitor e o bloco de notas onde registrava as suas observações.

"Já chega!", murmurou nesse instante, sentindo os olhos pesarem-lhe. "Não aguento mais!..."

Fechou o arquivo do manuscrito e desligou o computador. Olhou ao redor e viu a sala deserta e mergulhada na penumbra, as sombras refletindo a luz da lâmpada que incidia sobre ele. Havia também a luminária do balcão, lá ao fundo, para onde Alexander espiou. Quis chamar o funcionário que a biblioteca tinha destacado para o acompanhar naquela noite, mas não o encontrou. Devia ter ido ao banheiro, pensou.

Arrumou os seus papéis, engoliu de uma vez os restos já frios do café que tinha no copo descartável e se levantou por fim. Cambaleou no primeiro passo, o corpo afetado pela posição prolongada à mesa de trabalho. Os músculos pareciam enferrujados, embora ao fim de três passos já caminhasse normalmente. Chegou ao balcão de atendimento e olhou para todas as direções, mas não viu sinal do rapaz.

"Onde diabo se meteu?", perguntou-se em voz baixa.

Olhou no banheiro e não o encontrou. Pensou que poderia ter ido buscar qualquer coisa para beber e foi até a máquina do café, mas não encontrou vivalma.

"Olá?", chamou em voz alta. "Olá?"

Ninguém respondeu. A Chester Beatty Library estava sediada num edifício de traços modernos. À noite, porém, com as salas às escuras e as raras fontes de luz projetando sombras estranhas no chão e nas paredes, a biblioteca adquiria uma atmosfera inesperadamente lúgubre. E o pior é que o ambiente pesado o contagiava.

"Olá? Tem alguém aí?"

A voz ecoou pela sala e morreu no silêncio. Definitivamente, o empregado desaparecera. Alexander decidiu não esperar mais e avançou pelo corredor. O problema é que o resto do piso estava mergulhado na escuridão e ele não sabia onde ficava o interruptor. Caminhou devagar, tateando as paredes, mais imaginando o caminho que o vendo. A escuridão começava a afetar-lhe os nervos e, sem conseguir se controlar, sentiu uma pontada de medo eriçando-lhe a pele.

"Que tolice!", falou consigo mesmo, esforçando-se para se tranquilizar. "Só tenho de encontrar a saída, mais nada!..."

No escuro era difícil. Caminhou com cuidado e dobrou uma esquina. Nesse instante percebeu um vulto atravessando um facho difuso de luz e tomou consciência de que não estava sozinho naquele corredor.

"Quem está aí?", perguntou, assustado.

Escutou o som da respiração de alguém.

"Sou eu."

"Eu, quem?"

Esforçou-se para identificar as feições do vulto que se aproximava na escuridão, mas não conseguiu. Precisava de luz. Assim, no escuro, sentia-se estupidamente vulnerável.

"Eu."

O vulto estacou diante de Alexander, que ficou momentaneamente sem saber o que fazer. Ouviu um clique e, em seguida, o corredor se iluminou. À sua frente estava um rapaz de cabelo desgrenhado e olheiras em torno dos olhos azuis.

O empregado da biblioteca.

"Ah!", exclamou Alexander aliviado. "Onde diabo você se meteu?"

O rapaz ergueu a mão e exibiu o celular.

"Fui conversar com a minha namorada", disse. "Saí da sala para não o incomodar." O empregado olhou para o fundo do corredor. "Já terminou o que estava fazendo?"

"Sim, sim. Desliguei o computador e tudo. Estou muito cansado." Abriu a boca e bocejou, como se assim quisesse reforçar o que dissera. "Como se sai daqui?"

O rapaz indicou o outro lado do corredor.

"Vai por aqui, passa pelas galerias e desce as escadas. O resto você já sabe, não é?"

Alexander se despediu e seguiu na direção indicada. Passou por uma galeria e lançou um olhar contemplativo aos tesouros que ela guardava, os manuscritos antigos. Estavam ali os originais que ele consultara pelo computador mas também outras preciosidades, como fragmentos dos Manuscritos do Mar Morto, esplêndidas cópias ilustradas do Corão e velhos textos budistas e hindus. Já os observara mil vezes, mas sempre que passava por aquela galeria sentia a mesma chama do encantamento animando-o. Como era possível que tamanhas raridades tivessem ido parar numa coleção privada?

A galeria seguinte exibia outras maravilhas, como livros chineses de jade, caixas inro japonesas, belas miniaturas mughal e magníficas iluminuras persas. Coisas de encher os olhos, mas, na perspectiva de Alexander, não tão valiosas e interessantes quanto as riquezas preservadas na galeria dos manuscritos.

Desceu as escadas e chegou ao átrio, de arquitetura moderna. O guarda noturno cochilava atrás do balcão e despertou ao escutar os passos. Levantou-se e veio abrir a porta para deixá-lo sair.

"Boa noite, *sir*."

Alexander despediu-se também e, mergulhando no ar frio da rua, pôs-se a caminho. Ia fatigado, mas satisfeito com o trabalho dessa noite. Avançara bem na pesquisa e calculou que precisava de apenas mais um dia de pesquisa na biblioteca para concluir a tarefa que o trouxera a Dublin. Ia para o hotel, mas sentia-se tão entusiasmado e motivado que sabia que não poderia passar muito tempo afastado dos manuscritos que tanto o enfeitiçavam. Quando acordasse, e depois de comer, retornaria de imediato à Chester Beatty Library. No fim das contas, ainda tinha de...

Nesse instante sentiu uma presença atrás dele.

# X

O *Codex Vaticanus* se tornara de repente, de novo, o centro das atenções na Sala Consultazioni Manoscritti. A inspetora Valentina Ferro fixou a sua atenção nele, quase como se o velho manuscrito pousado na mesa de leitura tivesse culpa do que ela acabara de ouvir.

"Não existem os originais do Novo Testamento?"

Tomás fez um gesto vago no ar.

"Nunca ninguém os viu", disse. "Puf!", soprou, como se expulsasse grãos de poeira. "Sumiram! Desapareceram com o tempo!"

"Sério?", admirou-se Valentina, fazendo um gesto na direção do códice diante dela. "Só temos estas… estas cópias?"

Nova negativa do historiador.

"Nem isso."

A italiana franziu o cenho.

"Não temos as cópias?"

"Não."

A italiana pousou a mão no *Codex Vaticanus*.

"Então o que é isto? Um fantasma?"

"Quase", retorquiu Tomás com o vestígio de um sorriso se formando no rosto. "Ouça o que lhe digo: não temos os originais do

Novo Testamento nem as respectivas cópias. Na verdade, não temos as cópias das cópias, nem sequer as cópias das cópias das cópias." Pousou a mão sobre o manuscrito depositado ao seu lado. "O primeiro evangelho que chegou até nós foi o de Marcos, escrito por volta do ano 70, isto é, ainda no século I. Ora, o *Codex Vaticanus*, embora seja um dos mais antigos manuscritos que sobreviveram com o texto do Novo Testamento, é datado de meados do século IV! Ou seja, este códice é uns trezentos anos mais recente do que o original do Evangelho segundo Marcos, o que faz dele a enésima cópia da cópia dos originais escritos pelos autores dos textos agora canônicos."

"*Madonna!*", exclamou a italiana. "Eu não fazia ideia!"

Tomás se recostou na cadeira, procurando uma posição mais confortável, mas manteve os olhos fixos na sua interlocutora.

"Isto cria um problema, como deve ter percebido."

Valentina balançou afirmativamente a cabeça; era detetive e sabia bem a importância de acessar fontes primárias.

"Como podemos ter a certeza de que a enésima cópia é igual ao original?"

"Bingo!", exclamou o historiador, dando um tapa na mesa. "Já me aconteceu certa vez contar uma história a uma amiga, essa amiga contar a história a outra pessoa e essa outra contar a uma terceira, que depois veio me contar. Quando a história voltou a mim, após ter passado por três filtros sucessivos, já chegou diferente. Agora imagine o que é estarmos falando de uma história que foi copiada inúmeras vezes por escribas, os primeiros dos quais eram decerto amadores pouco qualificados. Que alterações não sofreu ela?"

"Algumas, imagino."

O acadêmico português voltou a sua atenção para a página onde o *Codex Vaticanus* estava aberto.

"Daí a importância desta nota na margem do escriba repreendendo o copista que Patricia veio consultar", disse, indicando a anotação rabiscada no manuscrito. "'Estúpido e ignorante! Deixa o velho texto em paz, não o alteres!' Tudo porque alguém tinha mudado *phanerón* para *pherón*." Folheou o códice com cuidado. "E não é o único caso aqui no *Codex Vaticanus*. Repare no que vem escrito no Evangelho segundo João." Localizou o evangelho e procurou a referência. "João, capítulo 17, versículo 15. Aqui está. É Jesus implorando a Deus em favor da humanidade." O texto estava redigido em grego, mas Tomás o traduziu diretamente. "'Não peço que os livres do mal.'" O historiador ergueu os olhos interrogativos na direção da sua interlocutora. "'Não peço que os livres do mal'? Jesus pediu a Deus que mantivesse o mal afligindo a humanidade? Mas o que é isto?"

Valentina lhe devolveu o olhar com uma expressão perdida, sem saber como interpretar a estranha frase.

"Não... Não entendo bem."

Tomás bateu com o dedo no velho pergaminho.

"Isto é um erro do copista!", exclamou. "A frase original é 'Não peço que os tires do mundo, mas que os livres do mal'. Acontece que o copista do *Codex Vaticanus* saltou inadvertidamente uma linha e copiou 'Não peço que os livres do mal'. Este tipo de erro se chama *periblepsis* e ocorre quando duas linhas de um texto terminam com as mesmas palavras ou as mesmas letras. O copista está copiando uma linha, baixa os olhos para escrever, e quando os levanta olha para a mesma palavra na linha seguinte, não na linha anterior, acabando sem querer ignorando o texto entre as duas palavras iguais." Fez um gesto para o manuscrito. "E estamos falando do *Codex Vaticanus*, que é considerado um dos trabalhos de cópia mais profissionais do mundo antigo! Agora imagine os erros que não andarão por toda a Bíblia, cujos originais desapareceram e dos quais só temos cópias das cópias das cópias das cópias das..."

"Tudo bem, já entendi", impacientou-se Valentina. "E então? Que eu saiba, uma andorinha não faz verão! Encontrar um ou outro errinho não invalida o Novo Testamento!..."

Tomás fez um ar escandalizado.

"Um ou outro errinho? Tem ideia de quantos erros já foram detectados nos mais de cinco mil manuscritos antigos da Bíblia que sobreviveram?"

A italiana encolheu os ombros e pegou numa pequena garrafa de água mineral que um policial corpulento veio lhe trazer.

"Não sei", disse enquanto desenroscava a tampa. "Quantos? Vinte? Trinta erros? E depois?"

Desenroscou a tampa e levou a garrafa à boca, quase indiferente à resposta. O historiador se inclinou para a frente, a atenção fixa nela enquanto bebia a água mineral, e lhe soprou o número perto do ouvido.

"Quatrocentos mil."

Valentina engasgou e tossiu, deixando a água escorrer pelo queixo e voltando-se para o lado de modo a evitar molhar o *Codex Vaticanus*. Passou as costas da mão pela boca, para se secar, e fitou Tomás com uma expressão incrédula.

"Quatrocentos mil erros na Bíblia? Está brincando!..."

O historiador acenou afirmativamente, confirmando o número.

"Quatrocentos mil", repetiu. "Na verdade, mais do que isso."

"Mas... mas... não pode ser! A Bíblia contém mais de quatrocentos mil erros? Que absurdo!"

"É verdade que a esmagadora maioria é composta por coisas pequenas", concedeu Tomás. "Palavras mal copiadas, linhas saltadas, esse tipo de coisas acidentais." Ergueu as sobrancelhas. "Mas há outros erros que são propositais. Coisas que os autores dos Evangelhos inventaram, por exemplo."

"Que absurdo!", retorquiu a italiana. "Como pode saber se uma determinada coisa que aparece escrita no Novo Testamento é ou não inventada? Esteve lá para poder dizer isso?"

"Posso não ter estado lá, mas, tal como vocês, detetives, nós, historiadores, também dispomos de métodos para apurar a verdade dos fatos."

"Que métodos? Do que você está falando?"

"Estou falando do método de análise histórica, que se baseia em critérios de crítica textual." Tomás abriu a palma da mão, mostrando todos os dedos estendidos. "Cinco critérios."

"Desculpe, mas não vejo como se possa, através da mera análise de um texto, determinar o que há nele de verdade ou de invenção, e muito menos na Bíblia. Sejam quantos forem os critérios a que recorra."

"Ouça antes de julgar", recomendou o historiador. "Estes critérios são confiáveis quando bem aplicados. Olhe, o primeiro é o da antiguidade. Quanto mais antigo é um manuscrito, maior é a nossa confiança no seu rigor. Isto porque o texto de uma cópia antiga sofreu necessariamente menos modificações do que uma mais recente. O segundo critério é a abundância de fontes. Quanto mais fontes independentes umas das outras disserem a mesma coisa, mais confiança temos de que essa coisa aconteceu realmente. Mas precisamos nos assegurar de que as fontes são mesmo independentes. Por exemplo, uma informação que apareça nos evangelhos de Lucas e Mateus não é necessariamente independente, uma vez que os dois evangelistas muitas vezes citam a mesma fonte, o manuscrito Q. O terceiro critério é o do embaraço. Diz-se em latim: *proclivi scriptioni praestat ardua*, isto é, *a leitura mais difícil é melhor do que a fácil*. Ou seja, quanto mais embaraçosa for uma informação, mais certeza temos de que é verdadeira."

"Uma informação embaraçosa?", estranhou Valentina. "O que quer dizer com isso?"

"Deixe-me dar um exemplo do Novo Testamento", sugeriu Tomás. "Os vários Evangelhos narram que Jesus foi batizado por João Batista. Esta informação é embaraçosa para os cristãos, porque se acreditava que a pessoa que batizava era espiritualmente superior àquela que era batizada. O episódio mostra Jesus numa situação de subalternidade espiritual em relação a João. Como isso é possível, se Jesus é o Filho de Deus? Além do mais, o batismo servia para purificar uma pessoa dos seus pecados. Se Jesus se batizou, isso significa que ele também era um pecador. Mais uma vez, como isso pode ser verdadeiro se ele era o Filho de Deus? É altamente improvável que os autores dos Evangelhos tenham inventado este episódio do batismo de Jesus, tão embaraçoso ele se revela. Por que o fariam, se tal relato questiona a superioridade e a pureza de Jesus? Por isso os historiadores consideram que o batismo de Jesus por João ocorreu mesmo. É um fato histórico. Nenhum evangelista inventaria uma coisa tão embaraçosa."

"Ah, entendo."

"O quarto critério é o do contexto. Será que as informações que constam em um evangelho se enquadram no contexto da época? E o quinto critério é o da própria estrutura intrínseca do texto, ou seja, o seu estilo de escrita, o vocabulário usado e até a tendência teológica do seu autor. Se num trecho aparecem por exemplo várias palavras que não surgem em qualquer outra parte, é altamente provável que se trate de um acréscimo feito por um copista. Mas atenção, estes critérios não devem ser aplicados arbitrariamente. Pode haver um texto que seja mais antigo do que outro, mas, porque elimina determinados elementos embaraçosos ou acrescenta coisas fantasiosas, deixa-nos convictos de que se trata de uma cópia de pior qualidade, quando comparada com um texto mais recente. Enfim, tudo tem de ser ponderado."

A italiana fez que sim com a cabeça.

"Um trabalho de detetive!...", observou. "Com tudo isto, no entanto, onde quer chegar?"

"Quero chegar aos episódios ficcionais do Novo Testamento." Aguardou um instante, para obter efeito dramático. "Como a história da adúltera, por exemplo."

Valentina quase saltou da cadeira.

"Ah, sim! Você disse que me ia dar a prova de que essa história é uma fraude. Pois ainda não vi nada!"

O historiador lhe lançou um olhar carregado de avisos.

"E não é apenas essa história. Há outras."

"Quais?"

Tomás respirou fundo, subitamente cansado. Tinha passado a última meia hora explicando à inspetora italiana o básico sobre os manuscritos da Bíblia. O mais duro, porém, estava por vir. E era duro, sabia, porque atingia alguns elementos centrais da teologia cristã. O acadêmico tamborilou os dedos na mesa de leitura e nem se atreveu a olhar para a sua interlocutora quando por fim ganhou coragem e respondeu à pergunta.

“A narrativa da ressurreição de Jesus, por exemplo.”

“A narrativa da... da ressurreição?”, alarmou-se Valentina. “O que tem ela?”

Encarou-a por fim.

“É outra fraude.”

# XI

A relva dos Dubh Linn Gardens estava molhada com a umidade gelada que a neblina ali depositara de mansinho, mas Paddy McGrath se mostrava já insensível àquele gênero de desconforto. E por que haveria de se importar? Tinha cinquenta e dois anos, estava desempregado, a mulher o abandonara e ele se sentia o homem mais infeliz do mundo.

Estendeu-se no tapete verde e ergueu bem alto a garrafa de uísque; o líquido cor de caramelo ia a um terço da garrafa, o que significava que ainda lhe restava uma boa quantidade para afogar as memórias do ano pavoroso que tinha tido.

*"And it's all for me grog, me jolly jolly grog"*, cantarolou em voz baixa. *"All for me beer and tobacco. Well I've spent all me tin with the ladies drinking gin..."*

O uísque o fazia feliz por umas horas, ou pelo menos lhe apagava durante esse tempo a infelicidade da memória, por isso engoliu mais um trago e recomeçou a entoar a música que na sua juventude animara muitas folias. Paddy tinha consumido quase trinta anos da sua vida trabalhando na função pública. Trinta anos! De repente veio a crise, os bancos foram atingidos, o governo os financiou, o déficit público ficou descoberto, veio o FMI e se seguiram as demissões em massa. Fora apanhado na voracidade dos cortes de pessoal e viu-se de repente sem emprego.

Com mais de cinquenta anos, quem iria contratá-lo? Sentindo-se um farrapo abandonado, começou por afogar as mágoas nas Guinness do Mulligan's, o pub da esquina. Chegava a casa todas as noites cambaleando e vomitando. Ao fim de alguns meses nisso, a mulher, aquela vaca de voz esganiçada e língua viperina, abandonou-o e voltou para Limerick.

"Bruxa!", rosnou logo que pensou nela. "Que apodreça corroída pelo seu próprio veneno!..."

Depois vieram os bancos e ficaram com a casa por causa das mensalidades que deixara de pagar.

"Uns abutres, esses caras dos bancos!", acrescentou em seguida, já sem saber se falava com ele próprio ou se alguém o escutava. "Que se enterrem na porcaria que andaram fazendo, esses animais!..."

Porém, Paddy tinha bem a consciência de que quem andava enterrado na porcaria era ele, que ficara sem teto e dormia ao relento. Havia já quatro meses que fizera dos Dubh Linn Gardens a sua cama. Ergueu a cabeça e olhou ao redor. Havia lugares piores, considerou, esfregando os cabelos desgrenhados. O jardim podia não ser um local muito confortável para dormir, em especial nas noites frias e úmidas de inverno, mas ao menos era bonito. Além disso tinha vizinhos de prestígio, como o castelo e a biblioteca. E silenciosos, ainda por cima. No fundo, do que ele poderia se queixar?

Lançou um olhar quase carinhoso na direção da Chester Beatty Library, como se buscasse confirmação dos predicados que acabara de lhe atribuir. Ficou por isso admirado quando viu a porta de entrada se abrir e o guarda-noturno da biblioteca se despedir de um homem alto e magro, com um porte distinto.

"O quê? Movimento a esta hora?"

Sentia-se entorpecido pelo álcool e bebeu mais um gole, como se essa fosse a maneira mais eficiente de recuperar a sobriedade. Depois observou o homem alto e magro se afastando. Preparou-se para voltar a se estender na relva, aproveitando o embalo do sono que começava a pesar-lhe nos olhos, mas um movimento inesperado o fez se deter um instante mais.

De uma sombra lá ao fundo emergiu um vulto que se aproximou correndo em direção às costas do homem que acabava de sair da biblioteca. O vulto avançava com passos rápidos, mas furtivos, e, com uma agilidade fulminante, saltou sobre a sua presa. As duas figuras ficaram momentaneamente unidas, os contornos dos corpos caídos na escuridão. Depois o vulto emitiu um grito de consternação e se afastou correndo, deixando o homem estendido no chão.

Pego de surpresa pela brevidade e pela estranheza do acontecido, Paddy esfregou os olhos com força e depois voltou a abri-los. Fitou o local onde lhe parecera que algo tinha ocorrido e pensou por momentos que havia sonhado, mas logo divisou o corpo estendido no chão e percebeu enfim que os sentidos não o tinham enganado e que havia de fato visto o que pensara que vira.

Levantou-se da relva, cambaleante, e, com a sua voz de bêbado, gritou por socorro.

# XII

A beldade de cabelos castanho-escuros encaracolados e olhos azuis balançava a cabeça sem cessar, recusando-se terminantemente a aceitar o que acabara de ouvir.

"Agora já não é apenas a história da adúltera que é falsa?", perguntou de dentes cerrados, mal contendo a irritação que a envenenava. "A ressurreição de Jesus também? Mas que conversa é essa? Está brincando comigo ou quê?"

O tom era tão agressivo que Tomás percebeu uma gota de suor escorrendo-lhe pelas têmporas, ziguezagueando como uma lágrima. Teria feito mal em contar aquilo? Começava a alimentar sérias dúvidas sobre a sensatez de expor a uma católica devota as informações históricas sobre Jesus que haviam sido extraídas pelos historiadores dos vestígios existentes. Mas, uma vez que se pusera a trilhar aquele caminho, sabia, não havia mais volta. Não podia dizer coisas como aquelas sem ir até as últimas consequências. Era tarde demais para se arrepender...

"Tenha calma", pediu. "Não fique nervosa."

"Eu estou calma, ouviu?", quase gritou a italiana. "Não me perturbo facilmente! Não sou dessas! Mesmo quando por vezes tenho motivos para me exaltar. Como quando escuto certas bobagens!..."

"Não são bobagens. São coisas que..."

"Ah, não são?", cortou ela. "Você diz coisas assim sem apresentar a mínima prova e espera o quê? Que digamos amém? Obrigado por nos trazer a luz, a nós, os tolos? Está esperando que lhe agradeça? Está esperando o quê?"

O olhar de Tomás endureceu.

"Espero que me ouça", disse, com veemência inesperada. Apontou-lhe o dedo. "Você me disse que me escutaria sem se zangar, não disse? Agora cumpra!"

Valentina fechou os olhos, pronunciou num sussurro uma ladainha imperceptível em italiano, respirou fundo e voltou a encarar Tomás, desta vez no perfeito controle das emoções.

"Então prossiga", concedeu, num tom perfeitamente tranquilo que surpreendeu o seu interlocutor; parecia impossível transfiguração tão instantânea. "Quais são afinal as provas que você tem para me apresentar?"

Tomás a olhou com desconfiança, na dúvida sobre se aquele tom era genuíno ou fingido. Percebendo a hesitação, a italiana pestanejou e exibiu um sorriso tão encantador e reluzente que lhe arrancou, também a ele, um sorriso.

"A primeira coisa que tem de perceber é que há erros na Bíblia que são intencionais", disse Tomás, apesar de tudo com cautela. "Os erros acidentais são muito mais numerosos, claro. Mas os intencionais, infelizmente, também existem."

"As provas, professor Noronha."

"Olhe, logo no segundo versículo do Evangelho segundo Marcos", indicou. "O texto diz: 'Conforme está escrito no profeta Isaías: Eis que envio, à Tua frente, o Meu mensageiro, a fim de preparar o Teu caminho.' O problema é que o autor do Evangelho se enganou, porque essa citação não é de Isaías, mas de Malaquias, capítulo 3, versículo 1. Muitos copistas perceberam este erro e emendaram para 'Conforme está escrito pelos profetas'. Ora, isso é uma alteração fraudulenta do texto original."

Valentina curvou os lábios.

"Sim, mas não me parece grave."

"É uma alteração intencional e não está fiel ao original", insistiu Tomás. "E, ao contrário do que possa parecer à primeira vista, é uma alteração importante. O erro nos revela algumas limitações teológicas do autor do Evangelho. Ao apagar o erro, adulterou-se a percepção da qualidade do seu autor."

A italiana inclinou levemente a cabeça para o lado, concedendo ao argumento.

"Que seja", disse. "Mas você ainda não me apresentou as provas sobre as fraudes nas histórias da adúltera e da ressurreição..."

Tomás ergueu a mão, como se a quisesse travar.

"Já vai", indicou, pedindo-lhe que tivesse paciência. "Primeiro queria que ficasse com uma ideia mais clara do tipo de alterações intencionais que os copistas foram fazendo ao longo dos séculos." Indicou com o olhar o códice pousado na mesa. "Leia o que está escrito em Mateus, capítulo 24, versículo 36. Jesus profetiza o fim dos tempos e diz: 'Quanto àquele dia e àquela hora, ninguém o sabe, nem os anjos do Céu, nem o Filho; só o Pai.' Este versículo traz problemas óbvios ao conceito de Santíssima Trindade, que, entre outras coisas, estabelece que Jesus é Deus. Se é Deus, é onisciente. No entanto, neste versículo, Jesus admite que não sabe quando será o dia e a hora do Juízo Final. Como é possível? Jesus não é Deus? Ele não é onisciente? Para resolver este paradoxo incômodo, muitos copistas eliminaram a expressão 'nem o Filho', e assim resolveram o problema." Bateu com o indicador na mesa. "Esta, minha cara, é uma alteração intencional típica feita por motivos teológicos. Não sendo inocente, também não é inconsequente, como estou certo que perceberá."

"Mas essa alteração se mantém ainda hoje?"

"Esta alteração foi denunciada e, após grande polêmica, as traduções mais fiéis decidiram recuperar o texto original. Assim sendo, mantêm o paradoxo e rezam para que os fiéis não o notem. Mas o importante é sublinhar que os copistas não cometem apenas erros acidentais. Há muitas alterações que são intencionais. Por exemplo, quando encontravam pequenas alterações de uma história nas diferentes cópias, muitos deles eliminavam as diferenças e harmonizavam os textos, alterando assim intencionalmente o que copiavam. Chegaram o ponto de inserir histórias que não se encontravam nos evangelhos que copiavam." Fez uma pequena pausa, para efeito dramático. "É o caso da história da adúltera e da narrativa da ressurreição no Evangelho segundo Marcos."

"Ah-ha!", exclamou Valentina. "Custou, mas foi! Chegamos finalmente ao que interessa!"

Tomás riu.

"O que interessa vai muito além dessas duas histórias, acredite."

"Isso eu não sei", respondeu ela. "O que sei é que você questionou duas narrativas fundamentais da Bíblia e, que eu saiba, ainda não apresentou uma única prova!"

"Quer provas?"

"Não espero outra coisa..."

Sentindo uma dor nos rins por causa da posição incômoda em que estava sentado, o historiador endireitou o tronco e encheu os pulmões de ar, como se os quisesse exercitar.

"A primeira noção que tem de ter é que, apesar de ser muito conhecido, o episódio da adúltera se encontra numa única passagem, do Evangelho segundo João. Mais exatamente do versículo 53 do capítulo 7 até o 12 do capítulo 8."

Valentina arregalou os olhos.

"*Mamma mia!*", exclamou, sem conter a admiração. "Você até decorou os números dos versículos! Que gênio!"

"Minha cara, sou historiador." Ele sorriu. "Mas é importante que perceba que esse episódio não constava originalmente desse evangelho. Aliás, nem desse nem de qualquer outro. Foi acrescentado por escribas."

A italiana esfregou o indicador no polegar, como se pedisse algo de material.

"Provas?"

"É muito simples", disse Tomás. "A história da adúltera não se encontra nos manuscritos mais antigos do Novo Testamento, considerados mais fiéis ao texto original. Só aparece nas cópias posteriores. Além disso, o estilo de escrita difere marcadamente do existente no resto do Evangelho segundo João, incluindo as narrativas que se situam nos versículos imediatamente antes e depois. Por fim, este episódio inclui um grande número de palavras e frases que não são usadas no resto deste evangelho. Por tudo isto, há um consenso no mundo acadêmico de que este trecho foi acrescentado. É uma fraude."

A inspetora franziu as sobrancelhas.

"Ah!", bufou, percebendo que não tinha maneira de contra-argumentar. "Esta agora!" Olhou para o *Codex Vaticanus*. "E como esse episódio foi parar ali?"

"Ninguém sabe. É possível que tenha sido inserido por teólogos cristãos que, num debate com judeus sobre a lei de Deus, se sentissem embaraçados pelas regras divinas estabelecidas em Levítico. Não encontrando nada em Jesus contrariando a ordem de apedrejar as adúlteras, inseriram esse episódio no Evangelho segundo João."

"Mas... Mas faziam isso assim, sem mais nem menos?"

"Atenção, isto é apenas uma teoria. Naquele tempo as pessoas acreditavam que certas ideias religiosas que lhes ocorriam eram verdadeiras porque lhes tinham sido implantadas na mente pelo Espírito Santo. Jesus é citado por Marcos no capítulo 13, versículo 11 dizendo o seguinte: 'Quando vos levarem para serdes entregues, não vos inquieteis com o que haveis de dizer, mas dizei o que vos for dado nessa hora, pois não sereis vós a falar, mas sim o Espírito Santo.' Ou seja, acreditavam que o Espírito Santo os guiava quando lhes vinha à cabeça qualquer conceito teológico. Se a inspiração não fosse divina, como poderiam ter lhes ocorrido essas ideias? Daí até inserir a narrativa da adúltera, que convenientemente desautorizava uma ordem incômoda de Deus estabelecida de maneira inequívoca em Levítico, foi um passo." Tomás comprimiu os lábios. "Outra hipótese é que um escriba tivesse anotado esse episódio na margem de um manuscrito, baseado numa tradição oral qualquer sobre Jesus. Décadas depois um outro escriba que estivesse copiando o texto poderia ter achado que a anotação na margem pertencia à narrativa e a inseriu no meio do Evangelho. É curioso notar que o episódio da adúltera aparece nos diversos manuscritos em diferentes pontos da narrativa: nuns casos em João, capítulo 8, versículo 1, noutros após João, capítulo 21, versículo 25, e em outros ainda em Lucas, capítulo 21, versículo 38. Isso dá uma certa credibilidade a esta hipótese." Encolheu os ombros. "Seja como for, o que interessa é que a história é comprovadamente uma falsificação da Bíblia."

Valentina fez um assobio suave.

"Quem diria!", exclamou, balançando a cabeça. Ergueu a sobrancelha, de repente preocupada. "E a ressurreição de Jesus? Por que você diz que é falsa?"

O historiador folheou com cuidado o *Codex Vaticanus*, em busca de uma passagem específica.

"Pelos mesmos motivos", disse. "Neste caso estamos falando do Evangelho segundo Marcos. Mais precisamente dos últimos versículos. O final deste evangelho não constitui um trecho que pareça familiar às pessoas em geral, mas tem grande peso na interpretação bíblica, como irá notar." Parou na última página do Evangelho segundo Marcos. "Aqui está!"

Num movimento quase automático, a italiana se inclinou também sobre o manuscrito, mas o texto estava escrito em grego e, quase decepcionada, teve de aguardar a explicação do seu interlocutor.

"O final de Marcos aborda, claro, a morte de Jesus", explicou Tomás. "Ele foi crucificado, como sabe, e, uma vez morto, José de Arimateia pediu o seu corpo e foi depositá-lo num sepulcro cavado na rocha, cuja entrada selou com uma pedra. Ao amanhecer de domingo, Maria Madalena, Salomé e Maria, mãe de Tiago, desceram ao sepulcro para besuntar o cadáver de óleo, como era a tradição. Quando chegaram ao local, porém, encontraram a entrada aberta e um jovem de túnica branca sentado à direita, que lhes disse: 'Buscais a Jesus de Nazaré, o crucificado? Ressuscitou, não está aqui.' As três mulheres fugiram do sepulcro, tremendo, 'e não disseram nada a ninguém porque tinham medo'."

Valentina se impacientou.

"Onde está a fraude?"

O acadêmico português pousou o indicador num ponto do texto do *Codex Vaticanus*, que encerrava o Evangelho.

"Nos doze versículos seguintes", disse. "Aqui, no capítulo 16, dos versículos 9 ao 20. Diz Marcos que, depois de as três mulheres fugirem apavoradas do sepulcro, Jesus ressuscitado apareceu primeiro a Maria Madalena e depois aos apóstolos. E lhes disse: 'Ide pelo mundo inteiro e anunciai a Boa-Nova a toda a criatura. Quem acreditar e for batizado será salvo, mas quem não acreditar será condenado.' Depois Jesus foi arrebatado para o Céu e sentou-se à direita de Deus."

A italiana carregou as sobrancelhas, derramando irritação com o olhar azul subitamente nublado.

"Está insinuando que esse relato da ressurreição é uma fraude?"

Tomás abriu os braços, num sinal de rendição.

"Não estou insinuando nada", apressou-se a esclarecer. "Se Jesus ressuscitou ou não, isso é um assunto de convicção religiosa no qual com certeza não me meto. Estou apenas preocupado em extrair a verdade histórica do texto, recorrendo a uma análise crítica dos documentos ao nosso dispor segundo os cinco critérios que lhe expliquei."

"Mas, se o entendi bem, você está questionando a validade desses versículos que relatam a ressurreição..."

"De fato, estou."

Valentina o olhou com as sobrancelhas carregadas, indicando-lhe que esperava que ele a esclarecesse.

"E então?"

O historiador desviou a atenção para o texto redigido em grego no manuscrito aberto diante dele.

"Isto é uma fraude", sentenciou. "Os versículos da ressurreição de Jesus estão ausentes dos dois melhores e mais antigos manuscritos que contêm o Evangelho segundo Marcos."

A italiana arregalou os olhos.

"O quê?"

"É uma situação em tudo semelhante ao episódio da adúltera", indicou o acadêmico. "Além de não constarem nos textos mais antigos, e consequentemente mais próximos dos originais, o estilo de escrita destes versículos é diferente do utilizado no resto do Evangelho. Ainda por cima, muitas das palavras e frases que são usadas nestes doze versículos da ressurreição não se encontram em outras partes do texto de Marcos." Bateu insistentemente com o dedo no pergaminho do *Codex Vaticanus*, como se quisesse reforçar a ideia. "Ou seja, esta narrativa da ressurreição não pertence ao texto original e foi acrescentada por um escriba posterior." Cravou os olhos na inspetora, como um juiz no momento de um veredito terrível. "É uma intrusão."

Valentina desviou a atenção do seu interlocutor, quase embaraçada por escutar estas palavras em referência à Bíblia, e observou o rumor tranquilo nas duas salas contíguas da Biblioteca Apostólica Vaticana. Os seus subordinados ainda analisavam vestígios e os paramédicos tinham sido autorizados a recolher o cadáver estendido no chão, e faziam os preparativos para a remoção do corpo.

"Tudo isto por causa da investigação que a sua amiga estava conduzindo", murmurou, quase com ressentimento.

Tomás evitou olhar para a atividade que, com a chegada ao local dos paramédicos, de repente se desencadeou em torno do corpo de Patricia. Em vez disso se concentrou no velho manuscrito depositado a dois palmos dele.

"Ela estava em busca dos erros do Novo Testamento", disse. "O fato de ter deixado o *Codex Vaticanus* aberto precisamente nesta página é um indício seguro disso."

A inspetora da Polizia Giudiziaria meditou durante alguns instantes, considerando as pontas soltas da sua investigação. Havia uma coisa importante que ainda não esclarecera, lembrou-se, então apontou para a passagem entre as duas salas.

"E o que me diz daquele enigma que encontramos no chão?", perguntou. "Acha que tem alguma relação com isto tudo? Ou é apenas uma brincadeira?"

Tomás voltou a atenção para o papel pousado sobre o mármore da biblioteca e ponderou sobre o assunto. Sim, que papel desempenhava o enigma naquele assunto sórdido? Fixou os olhos na folha e os focou na mensagem cifrada que nela fora rabiscada.

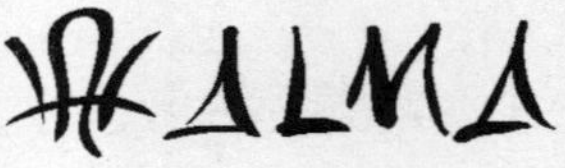


O que queria dizer aquele *alma*? Seria uma piada? Uma referência ao mundo dos espíritos? E o estranho sinal antes da palavra? Parecia uma forquilha. Ou então uma… uma…

"Uma flor de lis!?"

O historiador se ergueu com um movimento brusco, assustando a inspetora.

"Jesus!", exclamou ela, dando um salto na cadeira. "O que foi? O que houve?"

Tomás deu dois passos na direção da passagem entre as duas salas e apontou com veemência para a folha de papel pousada no chão.

"Já sei!", vociferou, num estado de excitação repentino. "Já sei o que é isto!"

Valentina fitou a folha, entendendo enfim o alvoroço.

"Ah, sim? E o que é?"

O acadêmico português se abaixou junto ao enigma rabiscado no papel, observando-o com novos olhos, os de quem enfim entendeu o que via.

"É o segredo de Maria", exclamou. "A Virgem que não era virgem."

# XIII

Correr na escuridão é uma coisa naturalmente difícil para qualquer um, mas fazê-lo com dois terços de uma garrafa de uísque circulando no sangue se revelou uma tarefa quase impossível para Paddy McGrath.

"Ajudem!"

O homem bêbado tombou duas vezes na grama molhada dos Dubh Linn Gardens, mas das duas vezes se levantou e recomeçou a correr. Era uma corrida trôpega, cambaleante, feita quase aos tropeções, numa rota aos zigue-zagues, os pulmões arfando, a garganta seca, o mundo ao redor rodando.

Porém, correu.

"Ajudem!"

Chegou junto ao vulto tombado no chão e estacou, a respiração ofegante. A seus pés o homem se mexia, mas não conseguia falar; emitia apenas uns sopros gorgolejantes. O pior era que havia uma poça de sangue ao lado da cabeça. Paddy olhou-o, confuso, sem saber como proceder. Quis ajudá-lo, mas hesitou. Como? O que tinha que fazer? O que ele sabia de primeiros socorros?

"Espere!", titubeou, fazendo-lhe gestos enfáticos. "Aguente!" Olhou em volta, atarantado. "Ajudem!", gritou. Ninguém apareceu e encarou com impotência o ferido agonizante. "Eu vou... vou buscar ajuda. Espere um pouco. Já volto!" Procurou de novo ao redor. "Ajudem!"

Apenas o vento respondeu. Paddy largou o ferido e, desorientado, deu uns passos para um lado e depois para o outro, atarantado e indeciso quanto ao que fazer. De repente viu luz num edifício e correu naquela direção. Era a Chester Beatty Library.

Chegou diante da porta e bateu freneticamente no vidro.

"Ajudem!", berrou. "Abram a porta! Alguém ajude!"

Em seguida, o guarda-noturno apareceu no hall interior da biblioteca com ar de poucos amigos. Aproximou-se da porta envidraçada e encarou Paddy do outro lado do vidro. Com um gesto peremptório, fez-lhe sinal com o braço de que se fosse embora.

"Abra a porta!", insistiu Paddy, batendo de novo no vidro, agora ainda com mais força. "Ajude!"

O guarda-noturno pareceu se irritar. Tirou o cassetete do cinto e abriu a porta com modos agressivos.

"O que é isto?", rugiu, bramindo o cassetete. "Vai embora daqui! Anda!"

Paddy apontou para a esquerda.

"Ali!", disse. "Aquele homem precisa de ajuda! Está ferido. Pode ajudar?"

O guarda-noturno espiou naquela direção e vislumbrou um vulto se contorcendo no chão. Intrigado e desconfiado, puxou o walkie-talkie.

"Phoenix para Eagle."

Foram precisos dois segundos para uma voz responder no aparelho.

*"O que é, Phoenix?"*

"Tenho um problema na porta da Chester", disse. "Vou sair e comunico de novo em trinta segundos."

*"Fico à espera, Phoenix.* Over."

O guarda trancou a porta atrás dele e caminhou em passo rápido para o corpo estendido no chão, mas se assegurando de que o sem-teto malcheiroso se mantinha a uma distância prudente. O guarda sabia que precisava ser cuidadoso e tomar todas as precauções; havia sempre a possibilidade de tudo aquilo não passar de uma encenação para assaltar a biblioteca.

Quando chegou junto ao vulto caído, porém, as dúvidas se desfizeram. O guarda-noturno reconheceu de imediato o usuário que, apenas um minuto antes, acompanhara à porta da biblioteca.

Foi então que viu o sangue.

*"My God!"*

Ajoelhou-se junto do ferido e localizou a ferida; estava no pescoço e, pelo aspecto, era grave. Muito grave para ele, sozinho e com os seus limitados conhecimentos de primeiros socorros, conseguir prestar uma ajuda eficiente. A vítima estremecia convulsivamente, como se fosse acometida por uma febre alta. Precisava de auxílio profissional. E depressa.

O guarda-noturno colou o walkie-talkie junto aos lábios.

"Phoenix para Eagle."

*"O que é, Phoenix?"*

"Tenho um ferido grave na porta da Chester", disse. "Chame imediatamente uma ambulância. É urgente."

Largou o walkie-talkie e se curvou de novo sobre o ferido, que tremia descontroladamente. O guarda colocou-lhe os dedos no pescoço e tentou localizar a abertura por onde jorrava todo aquele sangue, na esperança de o estancar. Foi nesse instante que o líquido vermelho deixou de golfar e que o tremor cessou. A sua primeira reação foi de alívio, mas depois olhou para o rosto da vítima e percebeu por que razão a hemorragia e o tremor haviam parado.

O homem tinha morrido.

# XIV

Os dois paramédicos se puseram em posição, um segurando os ombros do cadáver e o outro as pernas, contaram até três e, com um movimento sincronizado, transferiram-no para a maca. Depois voltaram a cobrir o corpo com o lençol e levantaram a maca, transportando Patricia pela biblioteca em direção à saída.

Agachado na ligação entre as duas salas dos manuscritos, Tomás viu a maca passar diante dele e desaparecer para além da porta que conduzia à Joanina. Permaneceu um longo tempo olhando para a porta deserta; parecia hipnotizado, mas na verdade se despedia em silêncio da amiga galega.

"Que história é essa de Maria?", questionou-o Valentina, quebrando a solenidade constrangedora do momento. "Você disse que ela é a Virgem que não é virgem?"

O historiador apontou para o enigma rabiscado no papel que fora abandonado no chão.

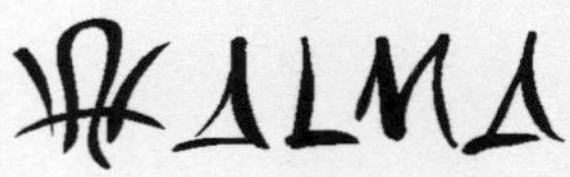

"É o que revela este enigma."

A inspetora da Polizia Giudiziaria olhou interrogativamente para a mensagem incompreensível, tentando entender onde poderia o acadêmico português ver ali uma referência à Virgem Maria. Por mais que esquadrinhasse aqueles rabiscos, não conseguia traçar a menor ligação.

"Como você me disse há pouco, o que está escrito aqui é a palavra *alma*", lembrou. "Que eu saiba, não há nenhuma referência à mãe de Jesus."

Tomás apontou com o dedo para o primeiro rabisco da mensagem, antes da palavra *alma*.

"Está vendo este símbolo que parece uma forquilha?", perguntou. "Ele é a chave da decodificação desta mensagem."

"Por quê? O que é isso?"

"É o desenho esquemático de uma flor de lis." Arqueou as sobrancelhas, para sublinhar o significado da descoberta. "O símbolo da pureza da Virgem Maria."

"Ah, então a *Madonna* sempre é virgem!...", exclamou Valentina, carregada de ironia. "Pensei que tinha dito que..."

"Calma!", pediu Tomás, reprimindo um sorriso. "A flor de lis serve apenas para direcionar a interpretação da palavra que está a seguir. *Alma*."

A italiana cruzou os seus olhos azuis com os verdes de Tomás.

"Então *alma* não remete a espíritos?"

"Não quando tem a flor de lis atrás. Neste caso nos remete para a Virgem Maria."

"Por que você diz isso? O que está escrito aqui é *alma*, não é *virgem* nem *Maria*."

Embora se mantivesse agachado, o historiador endireitou o tronco para melhor se equilibrar naquela posição.

"Sabe onde está a informação de que a mãe de Jesus era uma virgem?"

"Na Bíblia, presumo."

Tomás fez um V com os dedos.

"Apenas em dois evangelhos", disse. "Mateus e Lucas. Marcos ignora por completo a questão do nascimento de Jesus e João diz, no capítulo 1, versículo 45: 'É Jesus, o filho de José, de Nazaré.' Ou seja, declara diretamente que José é pai de Jesus, afirmação que implica contradizer Mateus e Lucas." Ergueu o dedo. "Mas o mais importante é o testemunho de Paulo, mais antigo que os Evangelhos. Diz Paulo na Carta aos Gálatas, no capítulo 4, versículo 4: 'Deus enviou o seu Filho, nascido de mulher.' Paulo, escrevendo mais perto dos acontecimentos, pelo visto se esqueceu de mencionar que a dita mulher era virgem. Não me parece possível que tenha achado esse detalhe irrelevante. Uma virgem que dá à luz não é coisa normal, não? Se tivesse acontecido com Maria, decerto Paulo não se esqueceria de mencionar. Ora, se Paulo não o afirma, é porque tal nunca lhe foi dito. E por quê? Porque provavelmente essa tradição não existia ainda naquele tempo. Foi inventada mais tarde."

Valentina arregalou os olhos.

"Inventada? Você é inacreditável! Vai para o inferno! Como pode afirmar uma coisa dessas, *Dio mio?*"

Tomás indicou o papel pousado no chão.

"Por causa desta palavra", explicou. "*Alma.*"

A italiana baixou os olhos para a charada e os levantou de novo, perdida naquela argumentação.

"Não entendo. O que quer dizer com isso?"

"A resposta a essa pergunta nos é dada por Lucas e por Mateus. Diz um anjo a Maria, no Evangelho segundo Lucas, no capítulo 1, versículo 35: 'O Santo que vai nascer há de chamar-Se Filho de Deus.' E esclarece Mateus no capítulo 1, versículos 22 e 23, ao apontar as razões pelas quais Jesus nasceu de uma virgem: 'Tudo isto sucedeu para que se cumprisse o que foi dito pelo Senhor e anunciado pelo profeta: Eis que a Virgem conceberá e dará à luz um filho; e chamá-Lo-ão Emanuel, que quer dizer Deus conosco.'"

O historiador se calou, deixando que as implicações das duas citações do Novo Testamento fossem absorvidas pela sua interlocutora, mas Valentina lhe devolveu um olhar vazio, ainda sem nada entender.

"E então?"

"Não entende? Lucas relaciona o fato de Jesus ter nascido de uma virgem com a afirmação de que é o Filho de Deus. O mais importante é que Mateus atribui isso ao 'que foi dito pelo Senhor e anunciado pelo profeta'." Fez uma nova pausa. "Dito pelo Senhor? Anunciado pelo profeta?" Inclinou a cabeça para a italiana, interpelando-a diretamente. "O profeta revelou que o Messias nascerá de uma virgem? E chamar-se-á Emanuel? Que profeta escreveu tal coisa?"

"Bem, presumo que se trate de um profeta do Antigo Testamento, não é verdade?"

"Claro que é um profeta do Antigo Testamento! A questão é esta: que profeta das Escrituras previu que o Messias iria nascer de uma virgem e se chamaria Emanuel?"

Valentina encolheu os ombros.

"Sei lá!"

Tomás se levantou e fez sinal à inspetora de que o seguisse. Sentaram-se ambos de novo à mesa de leitura e o historiador folheou com extremo cuidado o velho *Codex Vaticanus*.

"Na verdade, consultando o Antigo Testamento, descobre-se que há de fato um profeta que fez a previsão mencionada por Mateus", disse, enquanto virava as páginas do códice do século IV. "Trata-se do profeta Isaías." Chegou ao trecho das Escrituras que buscava. "Aqui está! Repare o que diz Isaías no... no capítulo 7, versículo 14: 'Por isso, o mesmo Senhor por sua conta e risco, vos dará um sinal: Olhai: A virgem está grávida e dará um filho, por-lhe-á o nome de Emanuel.'"

A italiana arregalou os olhos.

"Então... Então Mateus tinha razão!", exclamou com entusiasmo. "O nascimento de Jesus estava de fato previsto por um profeta do Antigo Testamento! E esse profeta anunciou que o Messias nasceria de uma virgem, como de fato aconteceu!"

Tomás a encarou demoradamente, como se estudasse seu rosto. Na verdade, avaliava apenas a forma como iria lhe explicar o enigma bíblico que aquela charada encerrava.

"Sabe em que língua foi originalmente escrito o Novo Testamento?", perguntou de repente.

"Não foi em latim?"

O historiador sorriu.

"Não brinque comigo", disse. "Que língua Jesus falava?"

"Bem... hebraico, acho."

"Aramaico", corrigiu o acadêmico. "É verdade que o aramaico é uma língua muito próxima do hebraico." Baixou por momentos os olhos para o *Codex Vaticanus*. "E a Bíblia? Em que língua acha que foi originalmente escrita?"

"Enfim, se Jesus falava aramaico, me parece natural que os Evangelhos também tenham sido escritos em aramaico..."

Tomás assentiu.

"O Antigo Testamento foi de fato escrito em aramaico e em hebraico", disse. Indicou as palavras em grego alinhadas no manuscrito do século IV. "Mas o Novo Testamento, criado em torno da figura e dos ensinamentos de Jesus, foi originalmente redigido em grego." Apontou para o enigma que se encontrava no chão, junto à passagem entre as duas salas. "O que explica muita coisa, não acha?"

"Não vejo o que..."

O historiador pousou o dedo sobre uma palavra no meio de uma linha do *Codex Vaticanus*.

"A palavra-chave do enigma é esta", indicou. "*Parthenos*. Ou seja, *virgem* em grego." Releu a frase desenhada no códice. "'A virgem está grávida e dará um filho.'"

Valentina olhou para a linha em grego, cheia de curiosidade e fascínio. As letras eram arredondadas e tinham sido desenhadas com esmero.

"É essa a linha onde Isaías profetiza o nascimento de Jesus filho da Virgem Maria?"

"Seria", retorquiu Tomás, "não fosse o fato de o profeta Isaías não ter profetizado tal coisa!"

"Como você pode dizer isso?", protestou, indicando o *Codex Vaticanus*. "A profecia não está muito clara? O Messias nascerá de uma virgem. Foi isso o que Isaías profetizou."

Tomás voltou a bater com o indicador na palavra *parthenos* grafada no velho códice.

"Foi o que Isaías profetizou na tradução do Antigo Testamento em grego", disse. "Acontece que o Antigo Testamento foi originalmente escrito em hebraico e aramaico. No caso das profecias de Isaías, o texto foi redigido em hebraico. E a minha pergunta agora é esta: que palavra hebraica usou Isaías quando mencionou a mulher que daria um filho que seria o Messias?"

"Bem, presumo que seja a palavra *virgem* em hebraico!..."

"Aí é que está o problema!", exclamou. "É que a palavra usada originalmente por Isaías em hebraico neste versículo do Antigo Testamento não foi *virgem*."

"Então qual foi?"

"*Alma*."

A italiana arregalou os olhos.

"Perdão?"

"A palavra original neste versículo é *alma*. Que em hebraico significa *mulher jovem*. Ou seja, o que Isaías originalmente escreveu em hebraico foi: "'A mulher jovem está grávida e dará um filho.'" Voltou a bater em cima da palavra *parthenos* grafada no *Codex Vaticanus*. "O que aconteceu foi que, na antiguidade, o tradutor do Antigo Testamento em grego se enganou neste versículo e, em vez de traduzir *mulher jovem*, traduziu *virgem*. Acontece que os autores dos dois evangelhos, Lucas e Mateus, leram a profecia de Isaías na sua tradução grega, e não no original em hebraico. Querendo associar Jesus às profecias das Escrituras, para o legitimar enquanto Messias e Filho de Deus, escreveram que Maria era virgem, coisa à qual aliás Marcos, João e Paulo nunca afirmaram. Além do mais, é bom não esquecer que Jesus teve vários irmãos. Escreveu Marcos no capítulo 6, versículo 3: 'Não é Ele o carpinteiro filho de Maria e irmão de Tiago, de José, de Judas e Simão? E as Suas irmãs não estão aqui entre nós?' Se a mãe de Jesus era de fato virgem, como pretendem Lucas e Mateus, como concebeu ela essa filharada toda? Também por obra e graça do Espírito Santo?"

Valentina levou a mão à boca, estupefata.

"*Madonna!*", exclamou. "Enganaram-me este tempo todo!" Estreitou os olhos. "E a Igreja? O que diz a Igreja a respeito desses irmãos todos?"

Tomás sorriu.

"É um embaraço, claro!", exclamou. "Os teólogos cristãos teorizaram e arranjaram várias desculpas. Uma é que os irmãos são, na verdade, meios-irmãos, todos filhos de José, mas não de Maria. Outra é que não se trata de irmãos, mas de primos. E outra é que a expressão *irmãos* era muito abrangente e podia ser aplicada a companheiros."

"Ah, isso explica a filharada toda!..."

O historiador balançou a cabeça com ênfase.

"Não, minha cara", disse. "A frase de Marcos, 'Não é Ele o carpinteiro filho de Maria e irmão de Tiago, de José, de Judas e Simão? E as Suas irmãs não estão aqui entre nós?', torna evidente pelo seu contexto que está se referindo a irmãos de sangue. O resto não passa de esforços desesperados para adaptar os fatos à teologia." Pôs o indicador nas têmporas. "Meta isto na cabeça: Maria não era virgem. O relato da sua maternidade enquanto virgem resulta de um erro de tradução do Antigo Testamento em grego e da vontade de Lucas e Mateus de associar Jesus às profecias de Isaías, para reforçarem a ideia de que ele era o Filho de Deus e sem consciência de que o trecho de Isaías que leram em grego estava maculado por um erro de tradução."

Valentina bufou.

"Sim, isso faz sentido."

"E o pior é que este erro desencadeou uma sucessão de adulterações do texto bíblico ao longo dos séculos", acrescentou Tomás, quase ainda no mesmo fôlego. "Por exemplo, quando Lucas diz que José e Maria levaram Jesus ao Templo e Simeão o identificou como o Senhor, escreve o evangelista no capítulo 2, versículo 33: 'Seu pai e Sua mãe estavam admirados com o que se dizia d'Ele.'"

O historiador fez uma careta. "Seu *pai*? Como pode Lucas dizer que José é pai de Jesus se ele nasceu de uma virgem? Confrontados com este problema, muitos copistas alteraram o texto para 'José e Sua mãe estavam admirados...' O mesmo aconteceu uns versículos mais à frente, no 43, quando Lucas diz que José e Maria 'regressaram a casa e o Menino ficou em Jerusalém, sem que os pais o soubessem'. *Pais*? José volta aqui a ser apresentado como pai de Jesus. Novamente os copistas corrigiram o texto, escrevendo 'sem que José e a mãe soubessem'. No versículo 48, Maria repreende o pequeno Jesus por ter ficado para trás, dizendo: 'Teu pai e eu andávamos aflitos à Tua procura.' Os copistas mudaram para 'Andamos à tua procura', evitando assim de novo chamar a José pai de Jesus." Sorriu. "Enfim, estamos perante uma coleção de adulterações do texto original, nascidas de um simples erro de tradução de Isaías do hebraico em grego."

"É inacreditável!", exclamou Valentina. "Absolutamente inacreditável!" Ergueu a sobrancelha. "É comum os autores dos Evangelhos cometerem esses erros de tradução?"

"Mais do que os teólogos cristãos gostariam", retorquiu o acadêmico português. "No Evangelho segundo João está descrita uma conversa entre Jesus e um fariseu chamado Nicodemo. No capítulo 3, versículo 3, Jesus lhe diz: 'Quem não nascer de novo não pode ver o Reino de Deus.' Ao que Nicodemo responde, no versículo seguinte: 'Como pode nascer um homem sendo velho? Poderá entrar pela segunda vez no seio de sua mãe e voltar a nascer?' Jesus esclarece que não está falando de um nascimento pela segunda vez, mas de um nascimento de origem divina. Este equívoco de Nicodemo é perfeitamente natural, uma vez que a expressão *outra vez* tem, em grego, um duplo significado: quer dizer *uma segunda vez*, mas também *do alto*. Nicodemo pensava que Jesus tinha usado a palavra no sentido de *nascer uma segunda vez*, mas o Messias esclareceu que queria dizer *nascer do alto*, isto é, nascer de Deus. Acontece que, ao ter ocorrido, esta conversa teria forçosamente de ter sido em aramaico, a língua de Jesus. O problema é que, em aramaico, a palavra *outra vez* não tem esse duplo sentido. O duplo sentido existe apenas em grego. Assim sendo, esta conversa não pode ter ocorrido. É uma invenção."

Valentina parecia abismada.

"Mas como é possível que eu nunca tenha ouvido estas coisas na missa?"

O historiador encolheu os ombros.

"Isso eu não sei", disse, lançando um olhar de esguelha para o contorno do corpo de Patricia que ficara desenhado a giz no local onde a historiadora fora encontrada. "Nem isso é o que nos interessa nesta investigação. A questão realmente pertinente é perceber por que razão o equívoco em torno da virgindade de Maria é abordado neste enigma."

A italiana respirou fundo, deixando esvair a irritação por só agora descobrir um conjunto de coisas que nunca ninguém havia lhe explicado sobre a sua própria religião. O seu interlocutor tinha razão, ela sabia; precisava se concentrar no essencial. Dadas as circunstâncias, o essencial era desvendar aquele crime na Biblioteca Apostólica Vaticana. Tudo o resto não passava de distrações.

"A resposta a essa questão depende de saber quem redigiu o enigma", retorquiu ela. "Se foi a vítima ou o homicida. Já encomendei uma perícia caligráfica para determinar se a letra em que o enigma foi rabiscado é ou não da sua amiga."

Tomás assentiu com a cabeça, a mente se detendo num pormenor que ainda não ficara claro.

"Há uma coisa que gostaria que me explicasse."

"O quê?"

"Disse-me há pouco que há uma relação entre o homicídio e a investigação que Patricia estava conduzindo", recordou. "Mas não me revelou que relação é essa."

Valentina apontou para o espaço vazio onde antes se encontrara o cadáver da historiadora espanhola.

"O assassino entrou aqui com o único intuito de matar a sua amiga."

"Como sabe isso?"

A inspetora indicou os códices e os incunábulos que enchiam as prateleiras da biblioteca.

"Estivemos verificando o catálogo e não desapareceu nada", disse. "Logo, o roubo não foi o motivo do crime." Indicou a porta. "Além do mais, descobrimos o empregado da biblioteca inconsciente no banheiro de serviço. Pelo visto o assassino não quis matá-lo, apenas neutralizá-lo. Isto significa que o intruso veio especificamente com a missão de matar a sua amiga."

"Ah, entendi."

"E depois há o homicídio propriamente dito."

"O que tem ele?"

"A sua amiga foi degolada, lembra-se?"

O português estremeceu.

"Por favor, poupe-me desses detalhes!..."

"Estes detalhes são muito importantes", sentenciou a inspetora da Polizia Giudiziaria. "A maior parte dos homicídios na Itália, e, aliás, no resto da Europa, são realizados com lâminas. As vítimas são esfaqueadas até à morte."

"Portanto, a Patricia foi vítima de um homicídio comum..."

Valentina balançou a cabeça.

"Não necessariamente", disse devagar. "Sabe, apesar da frequência de assassinatos com uso de lâminas, a verdade é que a degolação não é uma maneira simples de matar alguém. As vítimas lutam muito, criam enormes dificuldades e atrapalham as manobras necessárias. É difícil cortar o pescoço de uma pessoa. É por isso que a degolação constitui uma forma muito rara de homicídio. Tão rara, aliás, que em geral só ocorre numa situação muito específica."

Fez uma pausa, instigando a curiosidade de Tomás.

"Qual?"

"Lembra-se de eu ter lhe dito que a sua amiga foi degolada como um cordeiro?", perguntou ela. "Essa imagem, embora admissivelmente de gosto duvidoso, é muito conveniente porque exprime com exatidão a natureza deste tipo de crime."

O português arqueou as sobrancelhas, sem entender aonde a inspetora queria chegar.

"Não estou entendendo."

Valentina fitou Tomás com intensidade.

"É que a degolação em geral revela um homicídio ritual."

"O quê?"

"A morte da sua amiga não foi um mero assassinato", sentenciou. "Foi um ato ritual."

"Mas... mas..."

A italiana indicou o *Codex Vaticanus.*

"É por isso que estou convencida de que este crime está relacionado com a pesquisa que ela estava conduzindo." Apontou para o seu interlocutor. "E é por isso que a sua ajuda é preciosa. Estou convencida de que poderá me fornecer pistas que se revelem a chave deste crime."

"Eu? Mas não vejo o que mais possa..."

Uma voz os interrompeu.

"*Signora* inspetora", disse um homem corpulento que se aproximara deles com um celular na mão. "Com licença?"

Valentina se virou para ele.

"Sim, Vittorio. O que é?"

"Recebemos agora uma ligação da polícia da Irlanda", disse. "Parece que houve um homicídio e querem falar com você."

A inspetora da Polizia Giudiziaria arregalou os olhos, pega de surpresa.

"Comigo? A polícia da Irlanda? A esta hora?"

"Parece que o crime ocorreu há pouco tempo..."

A italiana soltou uma gargalhada seca.

"Ora, essa, eles falam como se eu não tivesse mais nada para fazer!" Fez um gesto com a mão, mandando Vittorio embora. "Diga-lhes que estou ocupada. Eles que nos enviem um ofício segundo os trâmites normais nestes casos."

O policial à paisana não se mexeu e manteve os olhos pousados na superior hierárquica.

"Parece que em Dublin assassinaram esta noite um historiador", afirmou num tom lacônico. "A polícia da Irlanda viu o relatório preliminar que enviamos para a Interpol e percebeu as semelhanças com o nosso caso. Os irlandeses consideram imprescindível a sua colaboração. Querem que você vá a Dublin o mais depressa possível."

A inspetora franziu o cenho.

"*Mamma mia!*", exclamou. "São rápidos, esses irlandeses." Esboçou um gesto de indiferença. "Muito bem, na mesma noite foram mortos dois historiadores. Um no Vaticano, outro em Dublin. E então? Será que os irlandeses nunca ouviram falar em coincidências?" Novo gesto com a mão, mandando o subordinado embora. "Vá, mande-os dar uma volta. Tenho mais que fazer."

Vittorio se manteve ainda absolutamente imóvel; era como se nem sequer a tivesse escutado.

"O historiador assassinado esta noite em Dublin estava pesquisando manuscritos antigos da Bíblia", revelou no seu tom monocórdico. "Foi degolado. Ao lado do corpo, a polícia encontrou um papel com uma coisa estranha."

"Estranha como?"

O policial arqueou as sobrancelhas, enfatizando a derradeira informação que tinha para dar.

"Uma outra charada."

# XV

Uma luz de chumbo pintava a manhã de tonalidades tristes. O céu apresentava-se densamente nublado e o clarão difuso do dia emprestava um azul sombrio e deprimente àquele canto verdejante no centro de Dublin.

"Nem sei como me deixei arrastar para cá", queixou-se Tomás. "Eu devia estar lidando com as ruínas do Fórum de Trajano!..."

Valentina Ferro lhe lançou uma censura com o olhar.

"Outra vez se lamentando?", perguntou. "Já lhe expliquei mil vezes que a sua colaboração é essencial para o sucesso desta investigação. A forma como me ajudou a desvendar as pistas bíblicas semeadas na Biblioteca Vaticana foi brilhante." Juntou os dedos da mão para cima, num gesto muito italiano. "Bri-lhan-te!"

"Está bem, mas o meu trabalho não é este..."

"O seu trabalho é colaborar com a justiça", sentenciou a inspetora da Polizia Giudiziaria. Encarou o historiador e suavizou o tom das suas palavras, numa clara mudança de tática argumentativa. "Não quer encontrar o assassino da sua amiga galega? Não acha que lhe deve pelo menos isso?"

Tomás sabia que o argumento era manipulador, mas não deixava de ser válido. Devia de fato isso a Patricia. Como amigo dela, o mínimo que poderia fazer era ajudar a polícia a encontrar o assassino. Que diabo de amigo seria ele se nem a uma coisa dessas estivesse disposto? Se a polícia solicitava a sua colaboração, era de fato seu dever oferecê-la. Como poderia recusar?

"Tem razão", concedeu por fim, conformando-se com a situação. "É só que eu..."

"Inspetora Ferro?"

Um homem de cabelo grisalho e sobretudo bege, imagem clássica de um detetive, aproximou-se dos dois recém-chegados com uma pasta de cartolina verde na mão.

"Sim, sou eu", disse Valentina. "E este é o professor Tomás Noronha, que está nos ajudando a investigar o homicídio no Vaticano."

O desconhecido estendeu a mão para cumprimentá-los.

"Sou o superintendente Sean O'Leary", identificou-se. "Inspetor do NBCI, o National Bureau of Criminal Investigation da An Garda Síochána, a polícia da República da Irlanda. Fui eu que pedi a presença de vocês aqui em Dublin." Abriu o rosto num sorriso acolhedor. "Sejam bem-vindos. A viagem foi boa?"

"Normal", retorquiu Valentina com indiferença; tinha mais a fazer do que alimentar amenidades. "Pelo que me disseram do caso de vocês existe uma extraordinária semelhança com o nosso. Acha mesmo que estão relacionados?"

O superintendente O'Leary devolveu-lhe o olhar, como se considerasse a resposta evidente.

"O que acha?"

A italiana encolheu os ombros.

"Não sei. Explique-me o que aconteceu e logo lhe direi."

O superintendente do NBCI indicou com o polegar o edifício atrás dele; era uma construção de traços modernos, encravada entre dois edifícios de linhas clássicas.

"Esta é a Chester Beatty Library, uma biblioteca fundada com a herança de um magnata da mineração", disse. Retirou da sua pasta de cartolina verde a fotografia de um sexagenário de porte elegante e olhos pálidos. "Acontece que um historiador holandês, um tal Alexander Schwarz, professor de arqueologia da Universidade de

Amsterdã e colaborador da *Biblical Archaeology Review*, veio aqui consultar uns manuscritos antigos da Bíblia." Fez com a cabeça sinal para o edifício. "Parece que esta biblioteca tem umas coisas com um certo valor..."

Tomás sorriu com a observação.

"Umas coisas?", perguntou com sarcasmo. "A coleção de Bíblias da Chester Beatty Library é melhor que o do Vaticano!"

"O quê?", admirou-se Valentina. "Está brincando!..."

"É sério!", insistiu o historiador, apontando para o edifício. "Ouça, esta biblioteca guarda dois grandes tesouros. Um é o P45, o mais antigo exemplar quase completo do Novo Testamento que foi encontrado. Trata-se de um manuscrito em pergaminho e escrito em letras minúsculas. Remonta ao século III. O P45 é ainda mais antigo do que o *Codex Vaticanus*!"

"*Dio mio!*"

"E esta biblioteca guarda também o P46, a mais antiga cópia quase completa das Epístolas de Paulo. Este pergaminho foi redigido no ano 200. Isto significa que o P46 foi escrito pouco mais de cem anos depois da morte de Paulo. É talvez o mais antigo texto do Novo Testamento que chegou até nós." Fez um gesto no ar. "Consegue calcular o valor destas preciosidades? À falta dos originais e das cópias iniciais, estes pergaminhos são o que temos de mais próximo dos primeiros manuscritos do Novo Testamento."

O policial irlandês afinou a voz, sinalizando que tinha coisas pertinentes para dizer.

"Engraçado que mencione esses dois documentos", observou, retirando um bloco de notas do bolso. "É que o professor Schwarz veio para cá justamente para consultá-los." Verificou as anotações. "Passou a noite estudando as reproduções em computador do P45 e requisitou para esta tarde a consulta do P46."

"E então?", impacientou-se a italiana. "O que aconteceu?"

O superintendente O'Leary passou os olhos nas suas anotações.

"Alegando urgência no seu trabalho, o professor Schwarz obteve uma autorização especial para trabalhar durante a noite, fora do horário normal de expediente. Por volta das três da manhã terminou a consulta do P45 e se despediu do funcionário encarregado de o acompanhar. O guarda noturno abriu a porta e os deixou sair. Depois voltou para o seu lugar e diz que não viu nada de anormal." Virou a folha do bloco de notas. "Um minuto mais tarde notou um sem-teto aos berros e batendo ao vidro da porta. O guarda-noturno foi falar com ele para mandá-lo embora. Foi nessa altura que avistou o corpo do professor Schwarz no chão." Indicou um ponto protegido por fitas instaladas pela polícia. "Ali. Foi falar com ele e percebeu que ainda estava vivo. Pediu ajuda à central de segurança, mas quando os paramédicos chegaram já não havia nada a fazer. O professor tinha morrido."

"Esse sem-teto", disse Valentina, atenta aos detalhes, "viu alguma coisa?"

"Parece que sim." Folheou o bloco, em busca das anotações da testemunha. "Repetiu a mesma frase aos paramédicos. 'Foi um acidente', disse ele. 'Foi um acidente.'"

"Um acidente? Um acidente como?"

"Foi o que ele disse aos paramédicos."

"E a vocês? O que ele disse a vocês?"

O irlandês corou e baixou os olhos.

"Então... ainda não falamos com esta testemunha."

A inspetora da Polizia Giudiziaria esboçou uma expressão intrigada.

"E estão esperando o quê?"

O homem do NBCI permaneceu constrangido, incapaz de a encarar de frente.

"Ele dormiu", murmurou. "Parece que estava embriagado. Os paramédicos insistiram em levá-lo para o hospital e só esta tarde poderemos interrogá-lo."

Valentina assentiu com a cabeça. Refletiu um momento e indicou o local onde o corpo do professor Schwarz havia tombado.

"E a vítima? Qual a causa do óbito?"

O superintendente O'Leary passou o dedo pelo pescoço, num gesto universal.

"Degolação."

Tomás e Valentina trocaram um olhar. Tudo indicava tratar-se de um novo homicídio ritual, em circunstâncias semelhantes às do assassinato ocorrido na noite anterior na Biblioteca Vaticana. Não podia ser coincidência.

A inspetora da Polizia Giudiziaria suspirou.

"Estamos diante um serial killer", observou, pensando em voz alta. "Alguém que mata historiadores que estejam pesquisando especificamente manuscritos antigos da Bíblia. E que sente necessidade de praticar assassinatos rituais." Fez com as mãos um gesto simulando uma pistola. "Podia lhes dar um simples tiro. Seria rápido, limpo e fácil. Mas não. Ele os degola como cordeiros." Fitou o seu colega irlandês. "Por quê?"

O'Leary fez um gesto de ignorância.

"Não faço ideia", disse. "Esperava que vocês pudessem me ajudar. Vi o relatório preliminar que vocês enviaram à Interpol e percebi que estávamos diante do mesmo caso. Acredito que temos de cooperar para resolvê-lo."

"Isso é evidente", concordou Valentina. "Disseram-me que, assim como aconteceu no Vaticano, aqui também foi encontrado um papel com um enigma. Isso tem algum fundamento?"

O homem do NBCI irlandês retirou mais uma fotografia da pasta verde que trazia na mão.

"Está se referindo a isto?"

Os dois recém-chegados se inclinaram para a imagem. A foto mostrava um papel amassado com uma série de números um e quatro alternadamente rabiscados com caneta preta.

141414

"Exatamente como no Vaticano", constatou Valentina. "É uma nova mensagem."

"O que isto significa?", quis saber o irlandês.

"Noite passada tive muitas dúvidas a propósito do enigma que encontramos no chão da Biblioteca Vaticana", indicou a inspetora da Polizia Giudiziaria. "A charada podia ter sido uma brincadeira da própria vítima, algo que ela escrevera enquanto trabalhava e que tombou no chão no momento em que foi morta. Ou poderia ser uma assinatura deixada pelo assassino." Apontou para a fotografia. "Mas, se o mesmo tipo de charada aparece horas depois num homicídio semelhante perpetrado a milhares de quilômetros de distância, isso só pode significar que a resposta verdadeira é a segunda."

O'Leary olhou para a fotografia que tinha na mão.

"Ou seja, isto é uma assinatura do assassino."

Tomás se posicionou ao lado do superintendente irlandês, de modo a observar melhor a imagem. Não precisou de mais de dois segundos para formar uma opinião.

"Ou algo diferente", sugeriu, metendo-se na conversa. "Uma mensagem."

Os dois policiais se voltaram para ele, os rostos contraídos numa expressão inquisitiva.

"Acha mesmo?", perguntou a italiana. "Uma mensagem? Você é capaz de decifrá-la?"

O historiador pegou a fotografia e analisou com atenção a sequência de algarismos.

"Já o fiz."

"Já? E o que é?"

Tomás estudou a imagem por alguns segundos mais. Depois levantou o rosto e sorriu com timidez, quase envergonhado por ser o portador de uma nova revelação que a italiana decerto não iria apreciar.

"Mais uma coisa embaraçosa do Novo Testamento, eu receio."

# XVI

O trânsito na entrada da cidade revelou-se intenso, embora fluido. Os blocos de apartamentos pareciam verdadeiros caixotes cinzentos e monolíticos; tinham um aspecto vagamente decadente, como era característico da construção da era soviética. Além disso, pairava no ar um certo cheiro de óleo queimado, um pouco desagradável, e o barulho lá fora mostrava-se desagradavelmente invasivo.

Incomodado, Sicarius apertou o botão com uma seta para cima e o vidro elétrico do automóvel emitiu um zumbido prolongado enquanto a janela se fechava. Já isolado dos ruídos e dos odores exteriores, encostou o carro, pegou o celular e digitou o número.

"Cheguei, mestre!", anunciou logo que o destinatário atendeu. "Estou esperando suas instruções."

A pessoa do outro lado da linha fez um ruído de mastigação; devia estar comendo.

*"Fez uma boa viagem?"*

"Longa."

Ouviu-se o som de talheres tilintando na louça e depois papéis sendo remexidos.

*"Tenho informações sobre o seu novo alvo"*, disse o mestre, dirigindo-se ao assunto sem mais delongas. *"Entrou na faculdade às nove da*

*manhã em ponto para dar aulas. Ao meio-dia termina a aula e vai direito para casa, onde entrará ao meio-dia e vinte e dois."*

"Entra em casa ao meio-dia e vinte e dois?", estranhou Sicarius. "Nem um minuto mais tarde? Como pode estar tão seguro disso?"

A voz soltou uma gargalhada.

*"Parece que o nosso amigo é um tipo de hábitos rígidos"*, explicou. *"Há colegas da faculdade que acertam o relógio pela passagem dele. Tudo o que ele faz é previsível."*

Sicarius fungou.

"Perfeito", disse. "Assim é mais fácil."

*"Eu sabia que você ia gostar"*, disse a voz ao telefone. *"Mas não facilite, ouviu? Assegure-se de que não haverá complicações. Quero tudo correndo sem erros, como foi até agora. Avance apenas quando for seguro."*

"Esteja tranquilo, mestre."

*"Bom trabalho!"*

Sicarius desligou e guardou o celular no bolso da calça. Pegou o seu caderno, consultou as anotações e identificou o endereço que procurava. Era em Stariot Grad. Identificou o local no mapa da cidade e em seguida introduziu o endereço no GPS do carro.

Concluída a operação, ligou a seta para a esquerda, sinalizando que ia voltar ao tráfego, e espiou o trânsito pelo retrovisor lateral; com vários automóveis passando não tinha possibilidade de arrancar de imediato. Por isso lançou um olhar à mala de couro preta que trazia no banco do carona. A mala estava aberta, exibindo o conteúdo como se fosse um passageiro silencioso.

A adaga sagrada.

# XVII

Um delicioso aroma de especiarias e uma fragrância quente de café enchiam o espaço junto ao hall ocupado pelo restaurante da Chester Beatty Library. Os três visitantes se acomodaram a uma mesa da esplanada do Silk Road Café, situado na torre do relógio, e Tomás apreciou a magnífica vista para o jardim do Castelo de Dublin. Pediram chá de camomila, doces baclava e kataif, panquecas libanesas recheadas de nozes e coco, muito recomendadas pelo empregado, mas o motivo que os levava ali era o crime cometido nessa madrugada às portas da biblioteca.

Logo que o empregado se afastou, o historiador português fez sinal para a pasta de cartolina verde que Sean O'Leary havia pousado no chão, junto à cadeira.

"Mostre-me a fotografia da charada."

O irlandês se inclinou, apanhou a pasta e retirou a fotografia, que entregou a Tomás. Nesse instante apareceu um policial fardado que chamou O'Leary. O superintendente trocou umas palavras com ele e voltou-se para os seus convidados.

"Queiram me desculpar", disse. "O dever me chama."

O'Leary se afastou, deixando Tomás e Valentina a sós. O acadêmico estudou a fotografia do enigma e se deteve demoradamente na sequência alternada de uns e quatros, como se quisesse confirmar a sua conclusão preliminar.

**14/414**

"Então?", impacientou-se Valentina. "O que é isso?"

Foi a vez de Tomás se inclinar no seu lugar e retirar de um saco de plástico um livro volumoso que havia comprado numa livraria do aeroporto de Dublin. A italiana espiou a capa e viu o título.

A Bíblia.

"Os únicos evangelhos que dão a genealogia de Jesus são o de Mateus e o de Lucas", disse o historiador, folheando o livro. "O que é interessante é que ambas são feitas a partir da linhagem de José. O que é intrigante, não acha?"

"Certamente", admitiu ela. "Se José não era o pai biológico de Jesus, como estabelecem esses dois evangelhos, por que motivo fizeram a genealogia de Jesus a partir dele?" Indicou a Bíblia. "Não há genealogia feita a partir da linha de Maria?"

"Não, apenas de José", esclareceu Tomás. "A outra coisa interessante é que as genealogias apresentadas por Mateus e por Lucas, embora acompanhem a ascendência de José, são diferentes uma da outra." Fixou o livro na primeira página do primeiro dos Evangelhos. "Mas apenas vamos nos ocupar da genealogia delineada no Evangelho segundo Mateus."

"Por que isso?"

O acadêmico indicou a fotografia deixada pelo superintendente O'Leary.

"Porque é esta genealogia que irá nos conduzir à resolução da charada deixada pelo assassino." Afinou a voz e colou os olhos à linha inicial do texto. "O primeiro versículo deste evangelho começa assim: 'Genealogia de Jesus, filho de Davi, filho de Abraão.'"

"Filho de Davi?", surpreendeu-se Valentina. "Não é de José?"

"Já chegaremos lá", retorquiu Tomás, fazendo sinal à sua interlocutora de que tivesse paciência. "O segundo versículo deste evangelho traça a linhagem a partir de Abraão: 'Abraão gerou Isaque; Isaque gerou Jacó; Jacó gerou a Judá e a seus irmãos...', e assim sucessivamente até chegar a Jessé e dizer: 'Jessé gerou o rei Davi.' Depois recomeça, dando a linhagem a partir de Davi. 'Davi, da mulher de Urias, gerou a Salomão; Salomão gerou a Roboão...' e assim consecutivamente até desembocar na deportação para a Babilônia. O texto retoma novamente a linhagem e a sucessão de nomes acaba chegando a Jacó, terminando assim: 'Jacó gerou a José, marido de Maria, da qual nasceu Jesus, que se chama Cristo.'"

"E assim se liga Jesus genealogicamente a Davi e a Abraão."

"Isso", murmurou o historiador, a atenção retida no texto bíblico. "Agora repare no que está escrito no versículo 17 deste primeiro capítulo do Evangelho segundo Mateus. 'De modo que todas as gerações, desde Abraão até Davi, são catorze gerações. De Davi até o desterro da Babilônia, catorze gerações; e, desde o desterro da Babilônia até Cristo, catorze gerações.'"

Ergueu o rosto e fitou a sua interlocutora, esperando que ela tirasse as suas próprias conclusões. Os olhos de Valentina se desviaram para a fotografia do enigma encontrada junto ao corpo da vítima dessa madrugada.

"Catorze, catorze, catorze", disse a italiana com a cadência mecânica de um robô. Levantou a cabeça e encarou o historiador, os olhos arregalados. "É incrível! Acertou outra vez!" Bateu palmas e sorriu. "Bravo!"

O rosto cansado de Tomás abriu-se num vasto sorriso.

"Obrigado."

"O assassino estava chamando a atenção para esse versículo do Novo Testamento!", observou. Passada a excitação inicial, contudo, a sombra de uma dúvida atravessou-lhe o olhar. "Muito bem, já entendi a ligação entre o enigma e a Bíblia. Mas, ao colocar este enigma junto ao corpo da vítima, o que o assassino queria dizer exatamente? Qual o significado disso?"

O dedo do historiador bateu no texto que reproduzia o Evangelho segundo Mateus.

"Estes versículos dizem a numerologia da ancestralidade de Jesus", disse. "Repare, temos aqui catorze gerações entre Abraão e Davi, o maior dos reis de Israel. Seguem-se mais catorze gerações entre Davi e a escravização dos judeus na Babilônia, o que corresponde ao fim do primeiro templo. E depois mais catorze gerações entre a Babilônia e Jesus."

"E então?"

"Não percebe? Mateus está nos dizendo que, de catorze em catorze gerações, há um evento de imensa importância na vida dos judeus. Ao fim das primeiras catorze gerações surge Davi, ao cabo das segundas catorze gerações acontece o fim do primeiro templo e a consequente escravização na Babilônia. O que quer dizer que Jesus, que surge catorze gerações depois da Babilônia, é também um acontecimento de imensa importância."

"O que é uma evidência", sentenciou Valentina. "Jesus *foi* um acontecimento importante."

"Não discuto a fé de ninguém", declarou Tomás. "Mas me permito salientar vários erros cometidos por Mateus. O primeiro é que o último grupo de catorze gerações só contabiliza treze. Pelo visto Mateus não sabia contar. O segundo erro é que a contabilidade de Mateus também não bate com a do Antigo Testamento. Mateus diz no capítulo 1, versículo 8, que Jorão é o pai de Ozias." Recuou, de uma vez, centenas de páginas no seu exemplar da Bíblia. "Mas consultando as Crônicas, no Antigo Testamento, descobrimos no capítulo 3, versículo 10, que Jorão não é o pai de Ozias, mas o trisavô! Ou seja, Mateus fez desaparecer três gerações."

Valentina pegou a Bíblia e contou as gerações no primeiro livro das Crônicas. Depois verificou o que estava escrito no Evangelho segundo Mateus.

"Tem razão", confirmou. "Por que isso aconteceu?"

"Não é evidente?", perguntou o acadêmico português num tom retórico. "Se incluísse todas as gerações, Mateus não tinha como demonstrar que ocorria um evento de extrema importância de catorze em catorze gerações. O que ele fez para resolver o problema? Alterou a contagem."

A italiana emitiu com a língua um estalido agastado; a associação da palavra *alterou* com a Bíblia não era manifestamente do seu agrado.

"Oh, não diga isso!"

"Não tenhamos medo das palavras só porque estamos falando da Bíblia", insistiu Tomás. "Mateus adulterou intencionalmente a contabilidade das gerações para forçar um efeito numerológico. Precisava que a conta desse catorze gerações e por isso subtraiu as que estavam a mais."

Não havia maneira de contra-argumentar, por isso a inspetora da Polizia Giudiziaria optou por ignorar o assunto. Fez um gesto para a fotografia deixada por O'Leary.

"Acha que era isso o que o homicida estava tentando demonstrar? Que o Evangelho segundo Mateus fez uma... enfim, uma engenharia com a genealogia de Jesus?"

"Sim, mas por outros motivos. Sabe, o algarismo sete é considerado na Bíblia o número perfeito. Não foi Deus que descansou no sétimo dia? Assim sendo, o que é o catorze senão o sete duplicado? No contexto genealógico, catorze é a perfeição em dobro."

"Entendo."

Tomás voltou a bater com o indicador nos versículos iniciais do primeiro evangelho.

"A genealogia de Mateus destina-se a sublinhar o estatuto de Jesus como o rei de Israel previsto pelas Escrituras. Em Samuel II, os cronistas judaicos afirmam que Deus disse a Davi no capítulo 7, versículo 16: 'Tua casa e teu reino permanecerão eternamente, e o teu trono será firme para sempre.' Ou seja, o trono seria sempre ocupado por um descendente de Davi. Porém, e devido às vicissitudes da história, já não havia um descendente de Davi no trono. Deus, no entanto, tinha prometido que haveria. Como resolver este paradoxo? Mateus dá uma solução: Jesus. Quem é o Jesus apresentado por este evangelista? É descendente de Davi por via de duas sequências de catorze gerações, o duplo número perfeito." Pegou uma caneta e se pôs a rabiscar num guardanapo de papel com o logotipo do Silk Road Café. "Nas línguas antigas, as letras do alfabeto tinham valores numéricos e eram numeradas. Em hebraico, por exemplo, as três primeiras letras são o alef, o beth e o guimel, não é? Pois o alef vale um, o beth vale dois, o guimel vale três, e assim sucessivamente. Chama-se a isso gematria." Pegou de novo a caneta. "O nome em hebraico, *David*, se escreve com estas três letras."

Grafou D-V-D no guardanapo, o que suscitou a estranheza da inspetora.

"DVD?", admirou-se Valentina. "Faltam duas letras!..."

"Em hebraico não se escrevem as vogais", esclareceu o historiador. "*Davi* fica DVD." Atribuiu algarismos às letras. "O valor do D, ou daleth em hebraico, é quatro, e o valor do V, ou waw, é seis. Assim sendo, D-V-D é daleth-waw-daleth, ou quatro-seis-quatro. Quanto dá a soma destes três algarismos?"

"Catorze."

Tomás confirmou a conta no guardanapo, desenhando no final um gordo *14*, e mostrou o resultado à sua interlocutora.

"Ou seja, a gematria do nome de Davi é catorze, o duplo número perfeito", enunciou. "Foi esta a razão pela qual Mateus arrumou a genealogia de Jesus em três grupos de catorze. O evangelista queria associar Jesus a Davi por laços de sangue, cumprindo assim a promessa divina que consta em Samuel II." Ergueu um dedo, como se lhe tivesse ocorrido uma ideia. "Aliás, é interessante notar uma outra coisa. Ao longo de todo o Novo Testamento, Jesus é apelidado de Filho de Deus. O que significa essa expressão?"

A italiana fez um olhar de admiração, como se a resposta fosse óbvia.

"Não é evidente?", questionou. "Filho de Deus significa que Jesus é Deus Filho."

O historiador sorriu e balançou a cabeça.

"É um fato que essa expressão é hoje associada à ideia de que Jesus é Deus na terra. Mas ela não tem originalmente esse sentido. A sua origem encontra-se em Salmos, cuja autoria a tradição atribui a Davi. Diz Davi no capítulo 2, versículo 7: 'Divulgarei o decreto do Senhor. Ele disse-me: «Tu és meu filho, hoje mesmo te gerei.»' Ou seja, e sem nunca reivindicar qualquer estatuto divino, Davi se apresenta como o Filho de Deus. Então o que fazem os evangelistas? Chamam a Jesus o Filho de Deus. Com essa expressão não estão afirmando que Jesus é um deus, ou o Deus Filho, como agora se pretende, mas que é descendente de Davi, condição essencial para reclamar o trono de Israel. É nesse sentido que os Evangelhos lhe chamam Filho de Deus."

Os dedos de Valentina tamborilaram pela mesa numa cadência ritmada, enquanto ela tirava as consequências do que acabara de escutar.

"Já entendi essa parte", afirmou. "Mas agora me explique uma coisa: o que o assassino queria dizer realmente quando deixou essa charada? Isso é o que não compreendo!..."

O historiador inclinou a cabeça e lançou-lhe um olhar simuladamente admirado.

"Ainda não entendeu?", perguntou. "O nosso amigo está marcando os assassinatos com pistas sobre as fraudes no Novo Testamento."

A italiana revirou os olhos, esforçando-se por conter a irritação.

"*Madonna!*", protestou. "Lá vem você com essas palavras... desagradáveis. De que tipo de... enfim, de problemas da Bíblia estamos falando agora? Novamente de erros?"

Com a caneta girando entre os dedos, Tomás ponderou a questão.

"Não são bem erros", disse devagar, como se ainda estivesse pensando no problema. Fez uma curta pausa. "Sabe, para poder lhe explicar o significado profundo da questão suscitada por esta charada vou ter de lhe revelar algo que a chocará."

Se tivesse um cinto de segurança, Valentina teria posto nesse momento. À luz das coisas que já tinha escutado, pressentia que o que vinha aí não era agradável.

"Diga."

O acadêmico acariciou a capa do seu exemplar da Bíblia.

"Não existem textos de ninguém que tenha conhecido Jesus pessoalmente."

A italiana arregalou os olhos.

"Ah, não? Essa agora! Então e os evangelhos de Marcos, Lucas, Mateus e João?", contra-argumentou. "Eles não foram testemunhas dos acontecimentos?"

Tomás coçou a ponta do nariz e baixou os olhos, como se se sentisse constrangido por desfazer mais um mito.

"Minha cara", disse, "ao contrário do que está escrito na Bíblia, Marcos, Lucas, Mateus e João não escreveram os Evangelhos." Fez uma pausa. "E a maior parte dos textos que aparecem no Novo Testamento são pseudoepígrafos."

"Pseudo... quê?"

"Pseudoepígrafos", repetiu o acadêmico. "Um nome pomposo que se arranjou para não chamar os bois pelos nomes. Diz-se pseudoepigrafia e se evita assim usar uma palavra mais desagradável para descrever a maior parte dos textos da Bíblia."

"Que palavra?"

Tomás a fitou nos olhos e se esforçou para manter a expressão o mais neutra possível.

"Falsificações."

# XVIII

O centro do vilarejo exibia uma beleza desconcertante, com os soberbos promontórios de rochedos rasgando de verde o emaranhado da urbe, plano e espraiado. Um pequeno rio serpenteava entre os edifícios, mas eram os promontórios que verdadeiramente chamavam a atenção; pareciam castelos erguidos na planície, imponentes e majestosos, verdadeiras joias que coroavam a cidade.

Sicarius baixou o vidro da janela do carro e interpelou um transeunte.

"Onde é a Stariot Grad?"

O homem, um velho de longas barbas brancas e corpo curvado pelos anos, indicou o promontório central.

"Ali", disse. "No monte."

Sicarius seguiu naquela direção, percebendo o que o GPS não conseguia lhe explicar: o seu destino estava numa elevação. Tentou subir o monte, mas a inclinação da rua era demasiado grande e, além do mais, havia ali um sinal proibindo o trânsito. Por isso o recém-chegado se viu forçado a dar meia-volta e a deixar o carro estacionado no sopé do promontório.

Seguiu a pé, com a mala de couro preta balançando na mão. Escalou a rua, íngreme e estreita, mas Sicarius estava em boa forma e não teve dificuldade em subir o monte e se enfiar em Stariot Grad. Os edifícios tinham um traço muito original, com o primeiro andar mais largo que a base e sustentado por traves de madeira. O traço balcânico, cruzado com elementos otomanos, era bastante evidente.

O visitante se perdeu no emaranhado de ruelas da cidade velha, por isso teve de consultar o endereço que havia anotado num papel e se dirigir a uma banca.

"A Casa de Balabanov?"

A atendente da banca apontou para um edifício de esquina, junto a uma rua estreita que descia acentuadamente.

"É aquela."

Sicarius seguiu de imediato em direção à casa e inspecionou a fachada pintada de branco e bordô, repleta de janelas com o topo arredondado, o primeiro andar erguido em *erker*. As linhas arquitetônicas eram tradicionais e revelavam-se em tudo semelhantes às das restantes construções antigas de Stariot Grad. Considerou a possibilidade de invadi-la por uma janela ou até mesmo pela porta, mas constatou que a cidade velha permanecia tranquila e optou por se posicionar na rua.

Consultou o relógio. Os ponteiros assinalavam meio-dia e quinze. O recém-chegado escolheu uma grande árvore ao lado da Casa de Balabanov e se sentou à sua sombra, junto ao tronco. Abriu a mala de couro preta e, sempre com gestos de grande delicadeza, pegou a adaga. Uma faísca cristalina cintilou na ponta, para êxtase de Sicarius; era como se Deus tivesse acabado de lhe enviar um sinal.

Espiou de novo o relógio. Meio-dia e dezenove. Desceu a rua com o olhar e lá ao fundo viu um homem iniciar a escalada. Procurou as feições do rosto e as reconheceu das fotografias integradas no dossiê que o mestre lhe entregara. Depois acariciou o punho da adaga, sentindo-lhe a superfície macia.

A hora tinha chegado.

# XIX

A palavra que acabara de escutar deixou Valentina à beira de uma explosão de fúria.

"Falsificações?", protestou ela, a face enrubescendo. "Lá vem você mais uma vez com essas palavras depreciativas! Parece que faz de propósito!"

Tomás encolheu os ombros.

"O que quer que faça?", perguntou. "Quer que esconda estes fatos?" Indicou a fotografia da charada deixada pelo assassino de Dublin. "Se o fizer, nunca irá compreender o significado deste enigma. E se não compreender jamais poderá desvendar estes casos."

A inspetora lançou um olhar ao redor, em busca de ajuda do superintendente O'Leary, mas o irlandês ainda não voltara. A italiana suspirou longamente com resignação. A agonia que lhe atacava o estômago roubava-lhe toda a vontade de resistir.

"As coisas que tenho de fazer pelo meu trabalho", desabafou ela. Esboçou com a mão um gesto de rendição. "Está bem, conte o que aconteceu com os Evangelhos."

O historiador folheou o seu exemplar da Bíblia até localizar o primeiro evangelho na sequência do Novo Testamento, o de Mateus.

"A primeira coisa que tem de ver é que os Evangelhos são textos anônimos", disse. "O primeiro a ser escrito foi o de Marcos, entre 65 e 70, ou seja, quase quarenta anos depois da crucificação de Jesus. Ainda poderia haver apóstolos vivos, mas já deviam estar velhos. Os textos de Mateus e Lucas foram escritos uns quinze anos mais tarde, entre 80 e 85, e o de João dez anos depois, entre 90 e 95, numa época em que a primeira geração já deveria ter morrido. Estes evangelhos circulavam entre as comunidades de fiéis sem que se soubesse quem eram os autores. Aliás, atribuir-lhes uma autoria até os descredibilizava. Ao serem apresentados sem autores, o ponto de vista subjetivo era anulado e os textos apareciam como portadores da verdade absoluta, objetiva e anônima. Quase como se fossem diretamente a palavra de Deus."

"Sendo assim, nenhum dos evangelistas afirmou ter escrito os Evangelhos..."

"Exato", confirmou Tomás. "Se alguém cometeu fraude não foram eles com certeza, mas quem mais tarde abusivamente lhes atribuiu a autoria dos Evangelhos. O mais importante é que temos a certeza de que os dois discípulos, Mateus e João, não escreveram esses textos. O Evangelho segundo Mateus, por exemplo, refere-se a Jesus e aos apóstolos como *eles*, não como *nós*. Isto mostra que o autor do texto não era um apóstolo. Mas Mateus era. Além disso, no capítulo 9, versículo 9, este evangelho descreve o apóstolo Mateus na terceira pessoa. Logo, Mateus não pode ser o autor do Evangelho segundo Mateus. Isso é uma mistificação posterior da Igreja."

Valentina voltou a revirar os olhos.

"Mistificação?", questionou. "Lá vem você outra vez com essas palavras acintosas!..."

"Isso é ainda mais claro no caso do Evangelho segundo João", disse o historiador, ignorando o protesto. "No final do Evangelho, o autor fala no 'discípulo que Jesus amava' para afirmar nos derradeiros versículos: 'É esse o discípulo que dá testemunho destas coisas e as escreveu; e nós sabemos que o seu testemunho é verdadeiro.' Ou seja, o próprio autor admite que não é um apóstolo, apenas alguém que falou com um apóstolo. Assim, o autor não pode ser João."

"E os outros dois evangelistas?"

"Marcos não era um discípulo, mas companheiro de Pedro, e Lucas era companheiro de viagem de Paulo. Isto quer dizer que nem Marcos nem Lucas foram testemunhas diretas dos acontecimentos. E já vimos que Mateus e João não escreveram os evangelhos que lhes são atribuídos." Cravou os olhos na sua interlocutora, interpelando-a. "Assim sendo, qual é a conclusão?"

A inspetora da Polizia Giudiziaria suspirou, vencida e quase desanimada.

"Não temos testemunhas."

O acadêmico português estreitou os olhos.

"Pior ainda", acrescentou. "Parece haver um grande distanciamento entre os apóstolos e os autores dos Evangelhos. Repare, temos como certo que Jesus e os seus discípulos eram todos pessoas de baixa condição que viviam na Galileia. Ora, estima-se que nesta época só dez por cento das pessoas no Império Romano sabiam ler. Uma porcentagem menor conseguia escrever frases rudimentares e apenas uma ínfima parte era capaz de elaborar narrativas completas. Tratando-se de gente sem instrução, os discípulos eram analfabetos. Aliás, no capítulo 4, versículo 13 os Atos dos Apóstolos descrevem explicitamente Pedro e João como *agrammatoi*, ou 'homens iletrados'. Jesus seria uma exceção. Lucas o apresenta lendo na sinagoga no capítulo 4, versículo 16, mas em nenhuma parte Jesus aparece escrevendo."

"No episódio da adúltera", apressou-se Valentina a lembrar, "Jesus está escrevendo no chão."

"O problema desse episódio é que é uma fraude, como já lhe expliquei. Não está nas cópias mais antigas do Novo Testamento."

A italiana bateu com a palma da mão na testa.

"Ah, é verdade!..."

Tomás voltou a sua atenção para o exemplar da Bíblia que tinha pousado na mesa do Silk Road Café.

"Em suma, os discípulos de Jesus eram analfabetos de classe baixa que falavam aramaico e viviam na Galileia rural", recapitulou. Pôs a mão sobre a Bíblia. "No entanto, lendo os Evangelhos depressa percebemos que os seus autores não são apenas alfabetizados. Com exceção de Marcos, que escrevia em grego popular, são todos falantes de grego de classe alta que viviam fora da Palestina."

"Como pode ter a certeza desses detalhes todos?"

"Devido a um vasto número de razões linguísticas de natureza técnica, o consenso acadêmico hoje em dia é que todos os evangelhos foram originalmente escritos em grego e não na língua de Jesus e dos seus discípulos, o aramaico", explicou. "Por exemplo, sabemos que Mateus copiou várias histórias de Marcos palavra por palavra na versão grega. Se Mateus tivesse sido originalmente escrito em aramaico, seria impossível que essas histórias fossem copiadas exatamente com as mesmas palavras que estão no texto grego."

"Ah, entendo."

"Além do mais, a complexidade estilística dos Evangelhos, que incluem parábolas e outros artifícios literários, implica que os seus autores eram pessoas com educação elevada. Mais ainda, não se tratava de judeus nem de gentios que vivessem na Palestina. Percebemos isso porque os autores dos Evangelhos revelam certa ignorância em relação aos costumes judaicos. Por exemplo, Marcos indica no capítulo 7, versículo 3 que 'Os fariseus efetivamente, e os judeus em geral, não comem sem ter lavado cuidadosamente as mãos, conforme a tradição dos antigos', o que é falso. Na época os judeus em geral não tinham ainda o hábito de lavar as mãos antes de comer. Se o autor deste evangelho vivesse na Palestina, saberia com certeza e não teria escrito tamanho disparate. Assim sendo, temos fundamentos para concluir que os autores dos Evangelhos eram falantes de grego oriundos de classes altas que não viviam na Palestina, o que contrasta com os discípulos falantes de aramaico oriundos de classe baixa que habitavam na Galileia. Como estão linguística, social, geográfica e culturalmente afastados dos discípulos, podemos com segurança afirmar que os verdadeiros autores dos Evangelhos não eram apóstolos, mas pessoas que não viveram nem testemunharam os acontecimentos que narraram."

Valentina se recostou na cadeira e voltou a olhar em redor, como se pedisse ajuda. Contudo, o superintendente irlandês permanecia retido pelas suas funções. Era evidente que dali não viria qualquer auxílio.

"Espere aí!", exclamou a inspetora da Polizia Giudiziaria, ainda combativa. "De onde vem então a atribuição da autoria dos Evangelhos? Apareceram assim sem mais nem menos, por obra e graça do Espírito Santo?"

Tomás riu.

"Quase", gracejou. "Isso resultou da tradição. Apesar das provas de que Mateus e João não são os autores dos textos que lhes são atribuídos, e dos indícios de que Marcos e Lucas também não o são, a mais antiga tradição da Igreja atribui a autoria de dois evangelhos a Mateus e a Marcos."

"Ah-ha!", exclamou Valentina num tom triunfante. "Eu sabia que haveria algum fundamento!"

O historiador voltou a soltar uma gargalhada.

"Tenha calma, isto não é uma competição", disse. "Sabe, a fonte mais antiga dessa tradição é um autor chamado Pápias, que numa obra da primeira metade do século II teria dito que falou pessoalmente com cristãos que conheceram pessoas a quem chamaram 'os anciãos'. Esses anciãos afirmaram ter conhecido alguns dos discípulos. Pápias teria escrito, e vou citar mais ou menos de cor: 'O ancião costumava dizer «quando Marcos era o tradutor de Pedro anotou rigorosamente tudo o que se lembrava do que o Senhor disse e fez, mas não por ordem. Pois ele não escutou o Senhor nem o acompanhou, mas mais tarde, como indicado, ele acompanhou Pedro, que adaptava os ensinamentos às circunstâncias, sem fazer uma composição ordenada das palavras do Senhor. Marcos se limitou a escrever alguns destes assuntos como os lembrava. Só tinha um propósito: não deixar de fora nada do que tinha escutado nem incluir nenhuma falsidade».' Sobre Mateus, Pápias teria escrito: 'E então Mateus compôs as máximas na língua hebraica.'"

Valentina irradiava felicidade, como se aquelas palavras fossem melodia divina.

"Está vendo?", exultou. "Está vendo?"

"Olhe, há uns problemas..."

"Problemas?", exaltou-se a italiana. "Que problemas? *Dio mio*, lá vem você complicar!"

O historiador voltou a ignorar o protesto.

"O primeiro problema é que não possuímos o texto original de Pápias", explicou. "O que temos é o que escreveu um antigo historiador cristão chamado Eusébio. Ou seja, tudo o que sabemos sobre Marcos é que alguém diz que alguém escreveu que alguém conheceu alguém que conheceu alguns discípulos que conheceram o evangelista. Ou, em outras palavras, Eusébio diz que Pápias escreveu que conheceu cristãos que dizem que conheceram anciãos que afirmam ter conhecido discípulos que alegaram ter conhecido Marcos." Contraiu o rosto. "Um pouco complicado, convenhamos. São fontes em quarta mão, com todas as consequências que isso acarreta. Aliás, outras informações atribuídas a Pápias são consideradas erradas pelos historiadores, o que mostra tratar-se de uma fonte pouco confiável. Mesmo que a sua informação fosse rigorosa, nada nos garante que o evangelho de Marcos a que Pápias se referiria é o evangelho que chegou a nós."

"E sobre Mateus?"

"Pior ainda. Eusébio não diz qual a fonte de Pápias. E a pouca informação que nos dá sobre o evangelho de Mateus decididamente não corresponde ao nosso Evangelho segundo Mateus. Pápias teria indicado que o evangelho de Mateus era constituído por uma coleção de máximas, como o Evangelho segundo Tomé, e, presumivelmente, a fonte Q. Mas o nosso Mateus nos deu uma narrativa completa, não uma mera coleção de máximas. Por outro lado, o Mateus de Pápias teria sido escrito em hebraico, enquanto o nosso Mateus foi comprovadamente redigido em grego. Pápias parece portanto falar de um evangelho que teria se perdido."

"Então como é que os nossos evangelhos foram atribuídos a esses autores?"

"A primeira referência segura aos quatro evangelhos canônicos foi feita por um líder cristão gaulês chamado Ireneu no ano 180", respondeu. "Nesta época já havia curiosidade em saber quem eram os autores dos textos considerados pela hierarquia mais confiáveis, uma vez que existiam muitos evangelhos circulando que teriam sido escritos por discípulos, como Maria Madalena, Pedro, Tomé e outros. Recuperando tradições orais, um evangelho foi atribuído a Mateus e outro a Marcos. As demais atribuições foram mais arbitrárias. Percebeu-se que o autor do terceiro evangelho escrevera também os Atos dos Apóstolos, onde Paulo é uma figura proeminente, pelo que se achou que o autor teria de ser alguém ligado a Paulo. Escolheram Lucas, companheiro de viagem de Paulo. E o nome de João foi ligado ao quarto evangelho, apesar de o autor anônimo desse texto afirmar explicitamente que não era um discípulo."

"Nesse caso, em parte alguma aparecem esses nomes reivindicando a autoria dos evangelhos canônicos..."

"Exato. O que significa que os autores destes textos não testemunharam coisa nenhuma. Os Evangelhos foram escritos décadas depois dos acontecimentos que relatam, por pessoas que não conheceram Jesus, não falavam a sua língua, tinham outra cultura e educação e viviam num país diferente. Nestas condições, que confiança podemos ter no que elas escreveram?"

Valentina emitiu um suspiro longo e desanimado.

"Felizmente o Novo Testamento não é apenas constituído pelos Evangelhos", desabafou. "Há outros textos, não é verdade?"

A observação produziu uma hesitação em Tomás. Deveria ou não problematizar esta questão? Ainda considerou a possibilidade de a deixar passar em branco, mas percebeu que, tendo em conta que toda a informação poderia ser relevante para desvendar aqueles crimes, teria de levar a explicação até o amargo fim.

"Receio que os outros textos também levantem problemas graves", disse, quase com medo. "Aliás, bem mais graves!..."

"O quê?"

"Dos vinte e sete textos do Novo Testamento, apenas oito são de autoria segura", revelou. "É o caso de sete epístolas de Paulo e do Apocalipse, de João, embora não se trate do apóstolo João. Os autores dos dezenove textos restantes são incertos. Semelhante ao caso dos Evangelhos é a Carta aos Hebreus, texto anônimo atribuído a Paulo mas quase com certeza de outro autor. A Carta de Tiago é também genuína, mas o autor não é o Tiago irmão de Jesus, conforme erradamente pensou a Igreja quando aceitou este texto. Os outros textos, minha cara, são puras fraudes."

A italiana balançou a cabeça, desanimada.

"Lá vem você!..."

"Lamento, mas a verdade é para se dizer", insistiu o historiador. "Várias epístolas de Paulo são provavelmente falsificações: a Segunda Carta aos Tessalonicenses, que contradiz a primeira e parece ser um texto posterior para corrigir certas coisas ditas anteriormente e que não ocorreram, e as Cartas aos Efésios e aos Colossenses, redigidas num estilo diferente do de Paulo e abordando problemas que não existiam no tempo de Paulo. Paulo também não escreveu as duas Cartas a Timóteo nem a Carta a Tito, uma vez que abordam igualmente problemas que não existiam no tempo do seu suposto autor. Além disso, um terço das palavras usadas nestas epístolas nunca foi usado por Paulo, e a maior parte eram palavras características dos cristãos do século II. Por outro lado, João não escreveu as três Cartas de João e Pedro não escreveu as duas Cartas de Pedro. Convém lembrar que estes dois apóstolos eram analfabetos." O historiador pegou a Bíblia e a exibiu. "Ou seja, a maior parte dos textos que compõem o Novo Testamento não foi escrita pelos autores que lhes foram atribuídos. São fraudes."

Valentina não parava de balançar a cabeça.

"Não posso acreditar!", murmurou. "Não posso acreditar!" Fitou por momentos o jardim diante da biblioteca, a mente perdida no que acabara de escutar, até que estremeceu e encarou o seu interlocutor. "A Igreja sabe?"

"Claro que sabe."

"Então... então porque não retirou esses textos do Novo Testamento?"

"Se o fizesse, o que restaria? Sete epístolas de Paulo e o Apocalipse de João? Parece curto, não acha?"

"Mas como é então justificada a manutenção desses textos na Bíblia?"

Tomás sorriu.

"São inspirados."

"O quê?"

"Os teólogos já perceberam que estão lidando com falsificações ou textos anônimos. A primeira coisa que fazem para enfrentar o problema é evitar usar as palavras *fraude* ou *falsificação*. Dizem *textos pseudoepígrafos* e a coisa fica disfarçada. Depois afirmam que, apesar de os autores desses textos não serem os atribuídos, os textos são sagrados porque foram inspirados por Deus." Fez um movimento rápido com as mãos, como se fosse um ilusionista. "E assim, quase por artes mágicas, o problema é resolvido."

A esta altura Valentina já fervia, irritada com a forma como a Bíblia se desfazia na boca daquele historiador português. Mesmo assim a agente italiana manteve a compostura. No fim das contas, ainda guardava alguns argumentos na manga.

"Pode dizer o que quiser", afirmou, "mas uma coisa é indiscutível: os textos do Novo Testamento contam todos a mesma história. E isso é a prova de que pelo menos a história de Jesus é verdadeira."

"Por acaso não é verdade", respondeu. "Cada texto bíblico conta uma história diferente. E vários episódios são completamente inventados."

"Está brincando comigo!..."

Tomás coçou a cabeça.

"A história de que Jesus nasceu em Belém, por exemplo."

# XX

Já havia muito tempo que o professor Vartolomeev andava pensando em se mudar, mas no momento da verdade nunca reunia coragem para consumar o projeto. Afinal vivia na histórica Casa de Balabanov, uma construção novecentista em Stariot Grad, a zona antiga que havia sido erguida no preciso promontório onde nascera a velha cidade. Só um louco se desfaria, sem precisar fazê-lo, de uma casa daquelas e num local como aquele.

No entanto, era sempre no momento em que escalava a rua a caminho de casa que o pensamento lhe voltava. Desde que completara cinquenta anos sentia mudanças no corpo, e para pior. A escalada do monte se tornava mais penosa a cada dia, com os músculos das pernas endurecendo como pedras e os pulmões arfando como se ele tivesse corrido uma maratona. E isto apenas por subir uma rua inclinada! Quanto mais tempo conseguiria escalar o monte? Já sabia que, logo que chegasse a casa...

"Senhor professor."

... e se estendesse no sofá, estes pensamentos se desvaneceriam como vapor em ar puro. Mas não podia ser assim. Definitivamente, tinha de se convencer de que a juventude fora consumida pelos anos e o seu corpo não tinha culpa das indulgências a que se entregava o espírito. Viver em Stariot Grad era muito bonito, sim senhor. O problema é que não era prático. Bastava ver...

"Senhor professor?!"

Ouviu a voz interpelá-lo e estacou, confuso.

"Hã?"

"Sou eu, senhor professor", disse a voz à sua direita. "*Zdravei'te!*", saudou-o. "Não leva hoje o seu exemplar do *Maritsa?*"

Olhou naquela direção e viu a atendente da banca lhe estendendo o jornal com um sorriso luminoso.

"Ah, Daniela!" Deu dois passos e dirigiu-se à banca com uma moeda na mão. "Onde estou com a cabeça hoje, meu Deus? Claro que quero o *Maritsa*! Claro!"

Daniela lhe entregou o periódico e, em seguida, acenou-lhe com um pequeno livro.

"A Hermes publicou mais um daqueles livrinhos de que tanto gosta. Quer levar este?"

O professor espiou o título e a capa.

"Amanhã", decidiu. "Hoje me basta o jornal."

Vartolomeev fez tenção de se afastar, mas a moça prendeu-lhe o braço.

"O senhor hoje tem uma visita."

"Eu? Uma visita?"

Daniela apontou para o vulto que se encontrava lá ao fundo, junto à casa.

"É um estrangeiro", sussurrou. "Está à sua espera."

O professor lançou um olhar interrogativo na direção do vulto e recomeçou a andar, cheio de curiosidade. Seria o correio com o resultado das amostras? Vartolomeev acreditava firmemente que era possível resolver o problema do encurtamento dos telômeros, mantendo assim os cromossomos intatos. Talvez as últimas experiências tivessem sido bem-sucedidas, quem sabe? Aqueles resultados eram na verdade cruciais para toda a investigação. Se conseguisse solucionar esse colossal problema científico, tinha a certeza absoluta de que dessa vez o Prêmio Nobel de Medicina seria mesmo seu.

O vulto se tornou um homem cujas feições o cientista teve dificuldade em reconhecer quando se aproximou dele. É que o desconhecido estava à sombra da árvore e os olhos do professor Vartolomeev, como o resto do seu corpo, já não gozavam da saúde de outrora. Mesmo assim percebeu que o indivíduo ocultava um objeto na mão e as esperanças aumentaram. Seria uma carta? Uma encomenda? Talvez os resultados das experiências? Ah, como era importante aquele momento! Sentindo a ansiedade apertar-lhe o estômago, o cientista ajeitou os óculos para ver melhor.

Foi nesse instante que o desconhecido desatou a correr ao seu encontro. O professor estacou, pego de surpresa. Ficou mais espantado quando enfim reconheceu o objeto que o homem trazia na mão. Não se tratava de nenhum envelope com o resultado das experiências. Era uma faca. Obedecendo ao instinto, o cientista se virou para fugir.

Tarde demais.

# XXI

O empregado do Silk Road Café não podia ter chegado em melhor hora. Distribuiu o chá, as panquecas libanesas e as baclavas pela mesa, e isso bastou para desanuviar a tensão e trazer o sorriso de volta ao rosto encantador de Valentina.

"Desde criança que me contam sempre a mesma história sobre a vida de Cristo", disse ela enquanto se deliciava com a primeira baclava. "Que conversa é essa de que Jesus não nasceu em Belém e cada texto do Novo Testamento contém uma narrativa diferente? As palavras podem ser diferentes, claro. Mas que eu saiba a história é sempre a mesma."

Tomás pegou de novo o seu exemplar da Bíblia.

"Acha que sim?", perguntou num tom de desafio enquanto folheava as páginas do livro. "Então por onde quer começar? Pelo nascimento de Jesus? Pela morte? Por onde?"

A italiana encolheu os ombros.

"É indiferente", disse. "Você falou em Belém, não falou? Que tal começarmos por aí?"

Ao escutar a sugestão, o historiador foi direto ao início do primeiro dos evangelhos.

"Belém nos remete ao princípio", observou. "Os dois únicos evangelhos que abordam o nascimento de Jesus são o de Mateus e o de Lucas." Baixou o tom de voz, como se fizesse um aparte. "Mantenho os nomes dos evangelistas por uma questão de comodidade, claro. Na verdade não foram eles quem escreveu estes evangelhos, como já lhe expliquei." Retomou o tom original. "Mateus conta a história de Maria ser uma virgem que concebe pelo Espírito Santo e depois fala nos magos que seguiram uma estrela até Jerusalém em busca do rei dos judeus. O rei Herodes se informa sobre o caso e lhes diz que foi de fato profetizado o seu nascimento em Belém. A estrela conduz os magos até uma casa de Belém onde vive a família de Jesus e onde eles oferecem presentes ao bebê. Com receio da ameaça que o rei recém-nascido pode representar, Herodes dá ordens para se matarem todas as crianças de Belém. É então que Jesus e Maria fogem para o Egito."

"É essa exatamente a história que sempre me contaram."

Tomás avançou dezenas de páginas do livro até chegar ao terceiro evangelho.

"A história de Lucas também começa com a narrativa da Imaculada Conceição, quando Quirino era o governador da Síria, e depois diz que o casal decidiu ir para Belém, de onde eram os antepassados de José. Jesus nasce numa manjedoura, 'por não haver para eles lugar numa hospedaria', e os pastores vão prestar tributo ao menino. A seguir Jesus é levado ao Templo, em Jerusalém, para ser apresentado a Deus. Depois a família regressa a Nazaré."

Valentina hesitou.

"Essa, é... essa é a história que eu conheço."

O seu interlocutor levantou a mão direita, como um policial mandando parar o trânsito.

"Espere aí!", disse ele. "As duas histórias são diferentes, já reparou?"

"Bem... têm um ou outro detalhe diferente, é verdade. Mas apenas em pormenores. O essencial está lá."

Tomás apontou para a Bíblia.

"Desculpe, mas as histórias são muito diferentes! Mateus põe a Imaculada Conceição ocorrendo em Belém, enquanto Lucas diz que ela aconteceu em Nazaré. Mateus faz os eventos decorrerem no tempo de Herodes, enquanto Lucas defende que tudo aconteceu na época de Quirino, que só foi governador da Síria dez anos *depois* da morte de Herodes. Mateus diz que a família vivia numa casa em Belém, Lucas afirma que tudo se passou numa manjedoura de Belém. Mateus conta que o menino foi visitado por magos, Lucas só fala em pastores. Mateus diz que a família fugiu para o Egito para escapar de Herodes, mas Lucas põe a família visitando o Templo de Jerusalém e regressando a Nazaré." Cravou o olhar na italiana. "São histórias diferentes!"

"Não", argumentou ela. "São histórias complementares."

"Complementares? A concepção de Jesus ocorreu em Nazaré ou em Belém? Uma hipótese elimina a outra, não a complementa! Isso aconteceu no tempo de Herodes ou de Quirino? Os dois tempos são diferentes e os acontecimentos não podem ter ocorrido simultaneamente! Jesus nasceu numa casa ou numa manjedoura? Não pode ter nascido nos dois lugares ao mesmo tempo! A família fugiu para o Egito ou regressou diretamente a Nazaré? Se foi para o Egito, não seguiu diretamente para Nazaré, e vice-versa! Que eu saiba, uma possibilidade exclui a outra! Não podem ser as duas verdadeiras simultaneamente! Percebe?"

Valentina passou a mão pelo rosto e massageou a face com a ponta dos dedos.

"É, realmente..."

O historiador pegou de novo o seu exemplar da Bíblia, que brandiu no ar como um troféu.

"Este problema percorre todo o Novo Testamento", declarou. "Todo." Pousou o livro e voltou a folheá-lo. "Há incoerências e contradições ao longo de todos os textos, mas não quero massacrá-la com uma análise episódio a episódio, por isso vou apenas lhe mostrar o fim da história." Localizou as partes que buscava. "Como sabe, a vida de Jesus termina na cruz, não é verdade? Marcos, Lucas e Mateus afirmam que a execução decorreu na sexta-feira de Páscoa,

João afirma que foi no dia anterior. Não pode ter sido simultaneamente na sexta-feira e na véspera, não é? Mas prossigamos. O que dizem os Evangelhos que aconteceu então? Os quatro concordam que, ao terceiro dia, Maria Madalena foi ao sepulcro e o encontrou vazio. A partir daqui é a confusão total."

"Isso não é verdade!..."

O historiador fez um gesto enfático para o livro.

"Leia você mesma!", exclamou. Apontou para os versículos. "João afirma que Maria Madalena foi sozinha, mas Mateus diz que ela foi acompanhada por uma segunda Maria, Marcos lhes acrescenta Salomé e Lucas substitui Salomé por Joana e lhes adicionou 'outras mulheres'. Afinal como ficamos? Maria Madalena foi sozinha ou foi com mais mulheres? E quantas mulheres exatamente? E quem eram elas? Os Evangelhos se contradizem uns aos outros e não podem estar todos certos. A pergunta seguinte é esta: quem ela encontrou, ou elas, ao chegar ao sepulcro? Mateus diz que deram com 'um anjo', mas Marcos afirma que foi 'um jovem', Lucas garante que foram 'dois homens' e João não fala em ninguém. Como ficamos? E a seguir, o que acontece? Na verdade não sei, porque os Evangelhos voltam a se contradizer. Marcos assegura que as mulheres 'não disseram nada a ninguém', mas Mateus afirma que elas 'correram dando a notícia'." Fez um ar perplexo. "Estão todos loucos?" Folheou o livro. "Se deram a notícia, deram-na a quem? Mateus diz que foi 'aos discípulos', mas Lucas indica que foi aos discípulos 'e a todos os demais' e João afirma que elas foram ter 'com Simão Pedro e com o outro discípulo', que não nomeia. Afinal qual dos Evangelhos diz a verdade?"

Valentina quase encarava o seu interlocutor com medo.

"Não é possível conciliá-los?"

"Isso é o que os teólogos cristãos têm tentado fazer este tempo todo", disse ele. "Contudo, não creio que se possa conseguir isso sem mutilar gravemente os textos ou fingir que não estão aqui escritas coisas que estão de fato escritas. A verdade é que Jesus ou nasceu no tempo de Herodes ou nasceu no tempo de Quirino. E ou morreu na sexta-feira de Páscoa ou morreu na véspera. Não há exercício que resolva todas estas contradições." Ergueu a mão, em advertência. "E olhe que eu apenas levantei a ponta do véu. Se estudar os Evangelhos episódio a episódio, vai encontrar múltiplas situações destas. Ga-ran-ti-do!"

A inspetora da Polizia Giudiziaria não sabia bem o que dizer. Era verdade que nestes episódios cada evangelho contradizia todos os outros a cada versículo. Ela própria acabara de o verificar no exemplar da Bíblia usado por Tomás.

"Então, quer dizer...", gaguejou. "Isso significa que não é possível ter nenhuma certeza sobre Jesus!..."

"Isso é verdade sobre qualquer figura histórica. Em história nunca se tem a certeza absoluta de nada, apenas se calculam probabilidades em função dos indícios existentes. Em relação a Jesus há algumas certezas relativas. Os historiadores dão como seguro que estamos perante um rabino de Nazaré que viveu na Galileia, era um dos filhos do carpinteiro José e da sua mulher Maria, foi de fato batizado por João Batista e arranjou um grupo de seguidores composto por pescadores, artesãos e algumas mulheres da região, a quem pregou a chegada do reino de Deus. Por volta dos trinta anos partiu para Jerusalém, protagonizou um incidente no Templo, foi preso, julgado sumariamente e crucificado. Tudo isto é informação considerada segura. O resto... bem, o resto é incerto."

"Mas como sabe que esses pormenores são verdadeiros? Como se chega lá?"

"Porque várias fontes diferentes os relatam, incluindo as mais remotas", explicou Tomás. "As epístolas de Paulo são os textos mais antigos do Novo Testamento, escritas uns dez a quinze anos antes do primeiro evangelho, o de Marcos. Mas o Evangelho segundo Marcos começou a ter grande circulação antes de essas epístolas serem copiadas pelas congregações. Portanto, Marcos e Paulo com certeza não se usaram mutuamente como fontes. Se os dois dizem a mesma coisa, isso reforça a credibilidade dessa informação porque estamos perante fontes antigas comprovadamente diferentes. E muita dessa informação é duplamente crível por ser embaraçosa. Lembra-se daquilo que lhe disse? Quanto mais embaraçosa teologicamente for uma informação, mais confiança temos de que não foi inventada?"

"Sim, já me falou nisso."

"Veja a vida de Jesus na Galileia, por exemplo. Nenhuma profecia antiga indicava que o Messias viveria na Galileia. E muito menos em Nazaré, um canto tão insignificante que nem sequer é mencionado no Antigo Testamento. Que cronista cristão inventaria informação tão inoportuna?"

"Mas ele nasceu em Belém. Você diz que isso é invenção?"

O historiador pegou a Bíblia e folheou até ao texto de um dos últimos profetas do Antigo Testamento.

"Claro que é", confirmou. "O nascimento em Belém não passa de um episódio arquitetado para satisfazer uma profecia das Escrituras. O profeta Miqueias, referindo-se a Bet-Ephrata, ou Belém, disse no capítulo 5, versículo 1: 'Mas tu, Bet-Ephrata, tão pequena entre as famílias de Judá, é de ti que me há-de sair aquele que governará Israel.' Perante isto, o que fizeram Mateus e Lucas? Puseram Jesus nascendo em Belém! Conveniente, não? Mas as contradições entre os dois evangelistas quanto ao nascimento de Jesus são tantas que se traem mutuamente e revelam a ficção. Ambos sabiam que Jesus era oriundo de Nazaré, mas tinham de conciliar esse fato incômodo com a profecia de Miqueias. O que fizeram? Cada um inventou a sua maneira de tirar Jesus de Nazaré e de o pôr nascendo em Belém. Repare, a verdade é esta: se 'aquele que governará Israel' nasceu de fato em Belém, como é profetizado por Miqueias e garantido pelos autores de Lucas e Mateus, por que razão Marcos e João não falam nisso? Nem sequer Paulo. Como poderiam ignorar evento tão relevante, que tão espantosamente confirmava a velha profecia? A resposta só pode ser uma. Mateus e Lucas fizeram Jesus nascer em Belém apenas para satisfazer essa profecia e assim convencer os judeus de que Jesus era de fato o rei profetizado nas Escrituras por Miqueias."

"Um pouco como a história da Virgem Maria?"

"Precisamente! Os mesmos Mateus e Lucas disseram que Maria concebeu virgem também para tentarem satisfazer o que pensavam ser outra profecia bíblica." Mostrou a fotografia do papel com a charada de Dublin. "E o mesmo se passa com este 141414. É uma tentativa de fazer recuar a genealogia de Jesus a Davi, de maneira a ir ao encontro das profecias das Escrituras."

"Entendo."

"Isto é, de fato, uma constante nos Evangelhos. Os evangelistas tentaram em todas as oportunidades apresentar provas de que os diversos aspectos da vida de Jesus não eram mais do que coisas que as Escrituras profetizavam sobre o Messias. Procuraram desse modo provar aos judeus que Jesus era o salvador profetizado. Se os fatos não o confirmavam, inventavam-nos. Inventaram que Jesus nasceu em Belém, inventaram que a mãe o concebeu virgem, inventaram que era descendente de Davi."

Valentina franziu a sobrancelha.

"Está insinuando que o Antigo Testamento nunca profetizou o nascimento de Jesus?"

O rosto de Tomás se abriu num sorriso.

"Não estou insinuando", disse. "Estou afirmando."

# XXII

O médico examinava o corpo enquanto dois policiais impediam o acesso àquele setor da rua e se esforçavam por convencer os cidadãos a se afastarem. Um bafo opaco de neblina prateada ensombrava o final da manhã, pintando as ruelas de tonalidades tristes.

Agarrada ao lenço e com os olhos inchados de lágrimas, Daniela ainda fungava. O homem magro a fitava com uma expressão de serena impaciência.

"Conte o que aconteceu."

Uma nova lágrima brotou do canto do olho da moça, mas ela se esforçou por dominar os nervos.

"Nem sei como explicar, senhor... senhor..."

"Pichurov", identificou-se o homem magro, todo ele feito de uma impaciência paciente. "Inspetor Todor Pichurov."

Mais um soluço de Daniela.

"O professor passou por mim, comprou o jornal e... e foi para casa." Apontou para a árvore, quase com medo. "O homem estava à espera dele neste local e..."

"Que homem, Daniela?"

"O estrangeiro." Novo soluço. "Estava à espera do professor."

"Como ele era?"

"Não reparei bem, eu o vi de relance. Mas me pareceu ser um homem novo e bem constituído. Estava vestido de preto."

O inspetor tomou nota.

"E o que aconteceu a seguir?"

"Como o professor se afastou, peguei o telefone e liguei para Desi por causa de uns livros que ela e a Iveline iam..."

"Quem são essas?"

A moça assoou o nariz ruidosamente.

"Umas amigas." Limpou o nariz avermelhado e secou as lágrimas que lhe molhavam a face. "Eu estava no meio da conversa quando... quando..."

Daniela recomeçou a chorar. O policial revirou os olhos e suspirou, esforçando-se para se manter paciente. Odiava lidar com familiares e amigos de vítimas de homicídios; a choradeira era constante e os comportamentos repetidos e previsíveis. Deixou-a se acalmar e esperou o momento adequado para pedir que retomasse o seu testemunho.

"Quando o quê?"

"Quando ouvi o grito."

Oprimida pela penosa recordação daquele berro dos infernos, o choro baixo da atendente da banca se transformou num uivo prolongado. O inspetor Pichurov bufou; tinha de aguardar ainda uns instantes. Aproveitou a nova pausa para tomar mais notas e deixou passar uns trinta segundos antes de voltar a intervir.

"Que palavras o professor Vartolomeev gritou?"

A moça tinha o rosto mergulhado no lenço, mas meneou a cabeça.

"Não foi ele. Foi o estrangeiro."

"O estrangeiro?", estranhou o policial, parando momentaneamente de escrever. "Então o professor Vartolomeev é assassinado e quem grita é o estrangeiro?"

Daniela fez que sim com a cabeça.

"Foi um grito de... de angústia, de dor... sei lá."

O inspetor Pichurov esboçou uma expressão intrigada, mas anotou a observação.

"E depois?"

Ela soluçou.

"Olhei e vi o estrangeiro fugindo e… e o professor estendido no chão." Mais lágrimas de pranto. "Vim correndo e foi então que vi o sangue e…"

Desatou de novo a chorar, agora convulsivamente, o corpo sacudido em soluços contínuos. O policial entendeu que teria de ser um pouco mais paciente e, para passar o tempo, passeou os olhos ao redor. Reparou nesse instante numa pequena folha de papel pousada por baixo de uma pedra, junto ao cadáver.

Ajoelhou-se e pegou o papel. Achou o conteúdo bizarro. Ergueu-se e o virou para a jovem.

"Sabe o que é isto?"

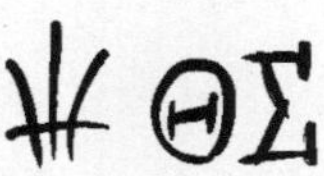

Daniela espiou por trás do lenço e passou os olhos congestionados de lágrimas pelos rabiscos, mas acabou por sacudir negativamente a cabeça.

"Não faço ideia."

O inspetor Pichurov voltou a estudar o papel e ficou um longo momento refletindo. Pensativo, passou os dedos pelo cabelo, que começava a escassear-lhe no topo da cabeça, e estreitou os olhos no momento em que capturou na mente a imagem dos relatórios que tinha visto essa manhã no computador, logo antes de sair à rua para vir tratar daquele caso.

"Pois me faz lembrar uma coisa."

# XXIII

O superintendente O'Leary não dera ainda sinais de vida, mas Valentina e Tomás estavam de tal modo embrenhados na análise das questões suscitadas pelas charadas encontradas nos locais dos crimes que nem notaram a passagem do tempo.

"Sempre ouvi dizer que a vida de Jesus estava profetizada no Antigo Testamento", disse a inspetora da Polizia Giudiziaria. "Agora vem você me garantir o contrário. Que história é essa?"

O historiador desenhou com a mão um gesto vago no ar.

"Ponha-se na cabeça das pessoas daquele tempo", sugeriu. "O grande problema dos primeiros seguidores de Jesus era convencer os demais judeus de que o Messias prometido pelos profetas das Escrituras tinha enfim chegado e era aquele desgraçado que os romanos haviam crucificado." Pegou na caneta e escreveu *Messias* no guardanapo. "*Messias* vem de *mashia*, palavra hebraica que significa ungido, ou *christos*, em grego, expressão usada no Antigo Testamento para indicar pessoas especialmente escolhidas por Deus, como reis e sacerdotes. Já vimos que no Antigo Testamento Deus prometeu a Davi que haveria sempre um descendente seu no trono de Israel, promessa quebrada com o exílio na Babilônia. Naquele tempo as pessoas eram muito supersticiosas. Se as coisas corriam bem, atribuíam os bons tempos à graça de Deus; se corriam mal, diziam que o Senhor os estava punindo por terem se desviado do caminho. Assim sendo, os fiéis interpretaram a quebra da promessa de que o trono de Israel seria sempre ocupado por um descendente de Davi como uma punição de Deus por um desvio da virtude. Os judeus suspiravam assim por um descendente de Davi que reconciliasse Deus com os Seus filhos. Miqueias tinha profetizado que em Belém nasceria 'aquele que governará Israel' e reconciliará Deus com o Seu povo. O prometido. O *mashia*."

"Ou seja, Jesus."

"Isso era o que argumentavam os seguidores de Jesus, mas não o que pensava o restante dos judeus", lembrou. "Acontece que a profecia de Miqueias não era a única sobre o Messias. Os Salmos referem no capítulo 2, versículo 2 que 'Sublevam-se os reis da terra, os príncipes conspiram entre si contra o Senhor e contra o seu ungido'. A palavra *ungido* diz-se *mashia* em hebraico, ou Messias, e falam no capítulo 2, versículos 7 a 9, num decreto de Deus a proclamar: 'Tu és meu filho, hoje mesmo te gerei. Pede-me e eu te darei as nações por herança e os confins da terra por domínio. Quebrá-las-ás com cetro de ferro.' Os Salmos de Salomão preveem mesmo que esse descendente de Davi terá 'força para destruir os governantes ímpios'. E Daniel diz no capítulo 7, versículo 13, que teve uma visão em que viu 'aproximar-se, sobre as nuvens do céu, um ser semelhante a um Filho do homem', e que 'O Seu império é um império eterno que não passará jamais, e o Seu reino nunca será destruído'. Já Esdras teve uma visão de uma figura que designou 'Filho do homem' em que o viu 'soltar da boca uma corrente de fogo e dos seus lábios sair um hálito flamejante'. Isto quer dizer que os judeus estavam à espera de um descendente de Davi que fosse tão poderoso que pudesse quebrar as nações 'com cetro de ferro' e 'destruir os governantes ímpios', ou então de um ser cósmico, esse tal 'Filho do homem', que governasse um império eterno e soltasse 'da boca uma corrente de fogo'." Fitou a italiana. "E agora lhe pergunto: quem lhes saiu na rifa?"

"Jesus."

"Um rabino pobre da Galileia, cujo exército não passava de um punhado de pescadores e artesãos analfabetos, mais algumas mulheres que lhe pareciam desencaminhadas por terem abandonado os seus lares. Era este o descendente de Davi que governaria com cetro de ferro, expulsaria os romanos e destruiria os governantes ímpios? Era este o Filho do homem que teria um 'império eterno'? Este... este maltrapilho? Os judeus riram. Era inacreditável! E o pior foi que, em vez de se impor como um rei poderoso, alguém que reunia um grande exército e repunha a soberania de Deus em Israel, Jesus foi preso, humilhado e crucificado como um bandido vulgar, destino que nenhum profeta vaticinou. Nestas condições, qual o judeu que acreditaria que era Jesus o rei profetizado por Miqueias, o Messias previsto nos Salmos, o Filho do homem augurado por Daniel e Esdras?"

Valentina enrolara os dedos no cabelo encaracolado enquanto acompanhava a explicação.

"Sim...", admitiu. "Era difícil acreditar."

"Quando Jesus morreu, os seus seguidores ficaram desanimados. O líder afinal não era o Messias. Só que depois veio a história da ressurreição. Isso era um sinal, a prova de que ele tinha o favor especial de Deus! Jesus era mesmo o Messias! Ficaram todos excitados. O problema é que os demais judeus não foram na conversa, sobretudo porque o crucificado não correspondia ao perfil do Messias. Paulo admite mesmo, na Primeira Carta aos Coríntios, no capítulo 1, versículo 23, que a noção de o Messias ser crucificado era um 'escândalo para os judeus'. O que fizeram os seus seguidores? Puseram-se a atribuir a Jesus elementos que constavam das antigas profecias, de modo a convencer os outros judeus. Jesus era de Nazaré, terra nunca mencionada nas Escrituras? Está bem, mas arranjou-se maneira de colocá-lo convenientemente nascendo em Belém para satisfazer a profecia de Miqueias. O pai de Jesus era um mero carpinteiro? Está certo, mas confabulou-se que ele afinal descendia de Davi, como requerido nos Salmos. A tradução em grego das profecias de Isaías dizia que a mãe do Messias seria uma virgem? Pois se improvisou uma virginal concepção feita sob medida. E o que fazer da crucificação, que nunca ninguém profetizou e atrapalhava demais esta construção messiânica, constituindo um 'escândalo para os judeus'? Como resolver esse imbróglio? Os evangelistas puseram as mãos à obra e releram as Escrituras à lupa. E o que eles descobriram? Que Isaías escreveu uns versículos sobre o sofrimento de um servo de Deus não nomeado."

Valentina lançou um olhar à Bíblia.

"Onde está isso?"

"No capítulo 53, versículos 3 a 6", indicou Tomás, pondo-se a ler o texto de Isaías. "'Desprezado e evitado pelos homens, como homem das dores, experimentado nos sofrimentos; diante do qual se tapa o rosto, menosprezado e desestimado. Na verdade, ele tomou sobre si as nossas doenças, carregou as nossas dores; nós o reputávamos como um leproso, ferido por Deus e humilhado. Mas foi castigado pelos nossos crimes, esmagado pelas nossas iniquidades; o castigo que nos salva pesou sobre ele, fomos curados nas suas chagas. Todos nós andávamos desgarrados como ovelhas, cada um seguia o seu caminho; o Senhor carregou sobre ele a iniquidade de todos nós.'" O português respirou fundo e ergueu as mãos para o céu, num gesto teatral. "Aleluia! Estava encontrada a profecia da morte do Messias! Deus é grande!"

"Desculpe, mas essa descrição assenta como uma luva na Paixão de Cristo!"

O historiador indicou as páginas abertas diante dele.

"As pessoas veem aqui o que quiserem ver", sentenciou. "A verdade é que Isaías em parte alguma diz que o servo da sua profecia era o Messias. Os historiadores acreditam até que este texto está relacionado com o sofrimento dos judeus na Babilônia. Mas que interessava isso? A profecia encaixava no episódio da crucificação. E descobriram-se também uns versículos dos Salmos a propósito de alguém que sofre e que começam com esta frase no capítulo 22, versículo 2: 'Meu Deus, meu Deus, por que Me abandonaste?' e concluem assim no capítulo 22, versículo 8: 'Todos os que me veem escarnecem de mim; torcem os lábios, meneiam a cabeça.' Logo os primeiros cristãos acharam que isso era um texto profetizando o que aconteceu a Jesus. Conclusão: os Salmos também previram a sua morte!"

A italiana se agitou de novo.

"Espere aí!", cortou. "Jesus disse essa frase na cruz, tenho a certeza. «Meu Deus, meu Deus, por que Me abandonaste?» Ele disse mesmo isso! Eu já li isso! Essa profecia está mesmo certa!"

Tomás a fitou como um professor que acabou de escutar uma resposta errada durante uma prova oral.

"Já vi que não percebeu o que tenho tentado lhe explicar", observou. Voltou a folhear o seu exemplar da Bíblia. "Essa frase está no final de Marcos, quando Jesus se encontra já pregado à cruz, no capítulo 15, versículo 34: 'E à hora nona Jesus exclamou em voz alta: «Eloi, lama sabachthani?», que quer dizer: «Meu Deus, meu Deus, por que Me abandonaste?»' Uma frase semelhante aparece em Mateus." O historiador pousou o indicador no versículo. "Isto, minha cara, é mais um esforço dos evangelistas para colar Jesus às profecias. Atribuíram-lhe esta frase para poderem dizer que se cumpriram as palavras das Escrituras e deste modo convencer os demais judeus. Está percebendo?"

"Como pode ter a certeza de que Jesus não proferiu essa frase?"

"Certezas, minha cara, em história nunca ninguém tem", lembrou ele. "No entanto, a semelhança desta frase com os versículos dos Salmos a torna altamente suspeita, como é evidente. Lembre-se de que nenhum seguidor de Jesus esteve com ele na hora final, como admitem os próprios evangelistas. Os homens 'fugiram todos', conforme estabelece Marcos no capítulo 14, versículo 50, e as mulheres estavam 'observando de longe' a crucificação, como diz o mesmo Marcos, no capítulo 15, versículo 40. Nenhum deles se encontrava suficientemente perto da cruz para ouvir as últimas palavras do seu líder."

"Os apóstolos podem ter mais tarde interrogado um legionário que estivesse perto da cruz..."

"Os apóstolos estavam cheios de medo e receavam ser também executados. A última coisa que queriam era chegar perto de legionários, uma vez que os romanos tinham por hábito matar os líderes que criavam problemas e também os seus seguidores. Há muitos exemplos disso. Mas admitamos que os apóstolos conseguiram falar com um legionário. Será que o romano entenderia o aramaico de Jesus? E terá sido fiel na reprodução do que o moribundo disse? A verdade é que não temos um testemunho direto, é tudo com base no 'alguém disse que alguém disse'." Fez um gesto impreciso no ar. "De resto, a narrativa da paixão parece construída ao redor do que está escrito no Salmo 22 e não em testemunhos presenciais."

"Então tem tudo a ver com o Antigo Testamento..."

"De uma ponta à outra!", confirmou Tomás. "Todos os Evangelhos estão impregnados de palavras, frases e expressões reminiscentes das velhas Escrituras. Os Salmos falam no Messias? Os Evangelhos dizem que Jesus é o Messias. Daniel e Esdras descrevem um Filho do homem? Os Evangelhos chamam a Jesus o Filho do Homem. Os Salmos apelidam o rei Davi de Filho de Deus? Os Evangelhos designam Jesus Filho de Deus. Os Salmos dizem que Deus disse a Davi: 'Tu és meu filho, hoje mesmo te gerei'? Marcos põe Deus para dizer a Jesus após o batismo: 'Tu és o Meu Filho muito amado, em Ti pus toda a Minha complacência.' Os Salmos descrevem alguém que sofre dizendo: 'Meu Deus, meu Deus, por que me abandonaste?' Marcos faz Jesus dizer na cruz: 'Meu Deus, meu Deus, por que Me abandonaste?' Tudo é reminiscente do Antigo Testamento!" Estreitou as pálpebras. "Mesmo os episódios da vida de Jesus."

Valentina esboçou uma careta.

"O que você quer dizer com isso?"

"Não tinha reparado? O Êxodo descreve uma ordem do faraó para que se matassem todos os meninos judeus quando Moisés era bebê, não descreve? O que fez Mateus? Arranjou uma ordem semelhante de Herodes quando Jesus era bebê. O Êxodo relata a saga dos judeus fugindo do Egito? Mateus relata a aventura da família de Jesus fugindo para o Egito. Moisés foi à montanha receber as tábuas da lei? Mateus leva Jesus à montanha para comentar alguns aspectos dessa mesma lei. Moisés separou as águas do mar Vermelho? Jesus caminhou sobre as águas do mar da Galileia. Os judeus andaram quarenta anos perdidos no deserto? Três evangelistas põem Jesus quarenta dias no deserto. Moisés arranjou o maná para alimentar os judeus? Jesus apresentou aos discípulos o pão da vida. Até os milagres e os exorcismos, amplamente descritos nos Evangelhos, têm antecedentes bíblicos em Elias e Isaías!" Apontou para a Bíblia. "Os autores do Novo Testamento não estavam escrevendo história. Estavam tentando convencer os seus contemporâneos de que Jesus respondia às profecias e preenchia os requisitos das Escrituras. Nem mais nem menos."

Os dois ficaram em silêncio um longo tempo, como se medissem as implicações de tudo aquilo.

"Ajude-me, Tomás", disse Valentina por fim, tentando reencontrar terreno seguro no meio daquela avalanche de informação. "Temos dois historiadores degolados quando faziam pesquisas em manuscritos antigos do Novo Testamento e, em ambos os casos, o assassino nos deixou mensagens enigmáticas. O que ele está nos dizendo?"

"Não está claro ainda? Ele está nos mostrando problemas sérios que existem no Novo Testamento. A primeira charada alude à origem do mito da Virgem Maria." Indicou a fotografia que O'Leary tinha lhes deixado. "A segunda charada aborda os esforços dos evangelistas para associar Jesus a profecias das Escrituras sobre a ligação genealógica entre o Messias e o rei Davi." Cravou os olhos na italiana. "O nosso homem está nos dizendo que o Novo Testamento não passa de uma colagem fraudulenta do Antigo Testamento."

"Mas por que ele nos diz isso? Qual a ligação entre esse assunto e estas mortes?"

O historiador encolheu os ombros.

"A policial é você."

Um grupo de agentes invadiu nesse instante a esplanada do Silk Road Café; à cabeça vinha Sean O'Leary com o rosto muito corado e o semblante compenetrado.

"Superintendente!", saudou-o Valentina com uma expressão surpresa. "Por onde o senhor tem andado?"

O irlandês fez um gesto vago na direção da rua.

"Fui interrogar a testemunha no hospital."

"E então? Disse alguma coisa de interessante?"

O'Leary tirou o bloco de notas do bolso no seu característico jeito desajeitado.

"Quer saber os detalhes?", perguntou, os olhos deslizando pelas anotações. "Chama-se Patrick McGrath, um desempregado que os amigos conhecem por Paddy. É um sem-teto e estava ali no jardim tentando dormir quando o crime ocorreu."

"Ele consegue identificar o assassino?"

O superintendente torceu os lábios enquanto consultava os seus apontamentos.

"Viu o homicídio na escuridão da noite e à distância", disse. "Infelizmente não teve oportunidade de observar o rosto do assassino nem notou nada de particular na sua fisionomia."

"Ah, que pena!..."

O policial irlandês fungou, sem tirar os olhos do bloco de notas.

"Mas houve uma coisa estranha. Perguntei-lhe se era verdade que esta madrugada disse aos paramédicos que a morte do professor Schwarz tinha sido um acidente. Ele confirmou. Aliás, insiste em repetir a mesma coisa."

Valentina fez um gesto a desvalorizar esse testemunho.

"É absurdo!", considerou ela. "Não se degola ninguém por acidente. O que o leva a afirmar isso?"

"Ele alega que, depois de cair em cima do professor Schwarz, o assassino se pôs a berrar. Diz a nossa testemunha que era um urro de agonia, uma espécie de lamento."

A italiana trocou um olhar intrigado com Tomás.

"Agonia? Lamento? O que ele quer dizer?"

O'Leary parecia embaraçado.

"Então... não sei. Apertei-o um pouco quanto a esta questão, mas o homem garante que o assassino lamentou a morte do professor Schwarz com um grito de sofrimento."

Valentina balançou a cabeça.

"Não há dúvida de que essa testemunha estava bêbada", sentenciou. "Ouça, os meus homens em Roma estão reconstituindo a vida da primeira vítima, a professora Escalona, ao longo do último ano. Preciso que você faça a mesma coisa em relação ao professor Schwarz. Temos de saber onde esteve, quando, o que foi fazer lá... Essas coisas."

"Isso já está sendo preparado. Entrego-lhe amanhã um relatório preliminar."

"Será interessante cruzar as duas reconstituições e ver se existem pontos em comum nos trajetos recentes das duas vítimas, o que nos permitirá..."

Nesse instante o celular do superintendente tocou e ele, pedindo licença, atendeu de imediato.

"Sim?" Fez uma curta pausa e se endireitou de repente. Quase se pôs em sentido. "Sim, sou eu, *sir*." Uma pausa mais longa, durante a qual o policial foi arregalando os olhos. "O quê?" Mais uma pausa. "Onde? Esta manhã? Mas... mas como é isso possível?" Ainda uma pausa. "Imediatamente? Mas eles acabaram de chegar, *sir*!..." Nova pausa. "Sim, *sir*. Vou já falar com eles. Muito bem, *sir*." Quase fez continência. "É para já, *sir*. Obrigado, *sir*."

O irlandês desligou o telefone e as faces coradas tinham desaparecido; estava lívido, como se tivesse visto um fantasma. Olhou para os dois convidados com cara de assombro.

"O nosso homem atacou outra vez!"

"Quem?"

"O serial killer", disse com uma ponta de impaciência. "Voltou a agir!"

Valentina e Tomás deram um salto nas cadeiras.

"Morreu mais alguém?"

O'Leary fez que sim com a cabeça.

"Na Bulgária."

Os dois interlocutores abriram a boca, estupefatos.

"O quê?"

O superintendente acenou com o telefone, como se se tratasse de uma entidade superior, de autoridade absolutamente indiscutível.

"Querem vocês lá o mais depressa possível."

# XXIV

Uma fina neblina branca cobria a cidade, envolvendo-a num manto de luz angelical. Os picos nevados do Vitosha, o vulcão adormecido à distância como uma sentinela silenciosa, elevavam-se acima da névoa e davam a impressão de estar cobertos por iogurte derramado, os veios brancos de neve entornando pela serra nua.

Os primeiros sinais registrados por Sicarius de que estava chegando ao destino foram os grandes blocos de apartamentos de linha soviética que enxameavam a periferia como formigueiros gigantes plantados em largos espaços de um verde cru e acinzentado; faziam pensar numa boa ideia malconcretizada. As placas em caracteres cirílicos indicavam *Grad*, mas foi só quando o veículo desembocou no emaranhado elegante das ruas bem arranjadas do centro, circulando entre belos edifícios de estilo francês ou em estilo balcânico, que o motorista pegou no celular e fez a chamada.

"Cheguei a Sófia."

Do outro lado da linha, o mestre parecia ansioso.

*"E a missão?"*, quis saber. *"Correu bem?"*

"Como previsto."

A voz ao telefone suspirou de alívio.

*"Ufa! Ainda bem que acabou. Já estava preocupado."*

Em contraste com os arredores, onde os traços soviéticos se misturavam com linhas modernas, o centro da capital búlgara respirava ordem e exibia uma arquitetura clássica de bom gosto. A atenção de Sicarius foi, aliás, atraída nesse instante pela Igreja Russa, um edifício que parecia saído de um conto de fadas, com cúpulas verdes e douradas que emprestavam à cidade um toque de presépio moscovita.

"O que faço agora? Tem uma nova missão para mim?"

O mestre riu baixinho.

*"Você é uma máquina, Sicarius"*, declarou com satisfação. *"Um digno filho de Deus. No momento não. Volte para casa."*

A ordem deixou o capanga um pouco decepcionado.

"Acabou? Não há mais?"

*"Eu não disse isso"*, corrigiu o mestre. *"Isto está longe de ter acabado. Ainda vou precisar de você."*

"Ainda bem."

*"Mas não no momento. Volte para casa. O seu trabalho foi inestimável e estou certo de que o guerreiro precisa de repouso."*

Sicarius respirou fundo, resignando-se à decisão.

"Está bem. Adeus."

E desligou.

O carro passava nessa altura pela grande catedral de Alexandre Nevski, com as suas espetaculares cúpulas bizantinas. Sicarius diminuiu para apreciar melhor o edifício e depois virou em direção ao aeroporto. Passou por uma rua estreita e movimentada, os passeios repletos de transeuntes, uns caminhando despreocupadamente e outros espiando as vitrines das lojas. Algumas delas exibiam produtos búlgaros, outras expunham marcas internacionais e aqui e ali viam-se néons coloridos anunciando cassinos.

Foi nesse instante que Sicarius sentiu a irritação subir pelo estômago.

"Ímpios", vociferou entre os dentes. "Impuros e pecadores."

# XXV

O sol batia com um hálito acolhedor sobre o casario quando o carro da polícia búlgara que trazia Tomás e Valentina do aeroporto de Sófia deu finalmente entrada no perímetro urbano. Uma placa assinalou a chegada a Plovdiv.

"Sabem quantos anos tem esta cidade?", perguntou o motorista com evidente orgulho. "Seis mil!" Virou a cabeça e sorriu para os passageiros no banco de trás. "Seis mil anos, já viram isso?" Voltou-se de novo para a frente. "Incrível!"

Tomás tinha os olhos colados aos blocos de apartamentos de arquitetura soviética; conhecia bem aquele lugar pelos livros de história da faculdade.

"Foi fundada no Neolítico", observou com uma expressão sonhadora. "É a cidade mais velha da Europa."

Uma vez cruzado o rio Maritsa, os blocos de cimento da periferia deram lugar a um centro arejado, com edifícios de traços tradicionais encravados amiúde em ruínas antigas. O mais desconcertante era a visão dos montes verdes cobertos de rochedos escarpados e coroados com casas que se erguiam abruptamente em meio à urbe.

O motorista apontou para o maior desses promontórios, cravado em pleno centro como se uma pedra gigantesca ali tivesse de repente tombado do céu.

"Stariot Grad", indicou. "A cidade velha."

Os dois passageiros ergueram os olhos para o topo do promontório, fascinados por aquela imagem fantástica.

"Foi ali que construíram as primeiras habitações, há seis mil anos?", quis saber o historiador.

"Exato", confirmou o búlgaro ao volante. "E foi ali que ocorreu o crime ontem."

De cenário histórico, aos olhos curiosos dos recém-chegados, Stariot Grad passou de imediato a palco de um homicídio.

"Vamos agora para lá?"

"Para Stariot Grad?", admirou-se o motorista. "Não. Tenho ordens de deixar vocês na Glavnata."

Ao chegarem à Glavnata deram com uma rua cheia de pedestres, larga e encaixada numa fileira de edifícios coloridos, com fachadas de clara influência francesa, os andares superiores adornados por belas varandas, as lojas ocupando o térreo.

Valentina e Tomás foram levados para uma esplanada, onde um homem magro se levantou de imediato de uma cadeira e os acolheu de mão estendida para cumprimentá-los.

"Todor Pichurov", anunciou. "Inspetor da polícia búlgara. Sejam bem-vindos a Plovdiv."

Os visitantes se apresentaram e se instalaram à mesa. Pediram cafés e trocaram amenidades com o anfitrião a propósito da beleza da cidade e do fato de o dia estar excelente, em contraste com a neblina que haviam encontrado nessa manhã ao desembarcarem em Sófia.

Mas a italiana não queria perder tempo e na primeira oportunidade entrou no assunto.

"Então o que houve?", perguntou. "Disseram-me que precisavam da nossa ajuda por causa de um crime. O que aconteceu exatamente?"

O policial búlgaro abriu uma pasta que estava pousada sobre a pequena mesa circular da esplanada e retirou a fotografia de um homem de barba grisalha rala e olhar compenetrado.

"Este é o professor Petar Vartolomeev", identificou. "Tratava-se de um dos cidadãos mais notáveis da nossa cidade. Era professor catedrático de medicina molecular aqui na Universidade de Plovdiv. Vivia num edifício histórico de Stariot Grad, a Casa de Balabanov. Ontem de manhã, quando vinha das aulas, foi esfaqueado por um desconhecido que o esperava à porta de casa. Fui chamado de urgência, mas quando cheguei ao local o professor já estava morto."

Valentina aproveitou a pausa para intervir.

"Professor de medicina molecular?"

"Um dos mais renomados do mundo no seu campo", confirmou Pichurov. "Todos os anos se dizia que ganharia o Nobel de Medicina."

A italiana sacudiu a cabeça.

"Desculpe, mas não entendo. Nós estamos investigando dois crimes que ocorreram na Europa ocidental e que envolvem dois historiadores que estavam consultando manuscritos antigos do Novo Testamento. Uma paleógrafa foi assassinada em plena Biblioteca Vaticana, o outro era um arqueólogo, morto diante de uma biblioteca em Dublin. Mas o senhor está nos falando de um médico e, francamente..."

"Cientista molecular."

"Que seja", retomou Valentina, sempre no mesmo tom. "Um professor catedrático na área da medicina, se prefere. Para todos os efeitos, esta vítima não é um historiador. O senhor nos fez cruzar a Europa de uma ponta à outra e vir aos Balcãs por causa desta morte. O que o levou a pensar que havia uma ligação entre o seu caso e os nossos dois historiadores?"

O inspetor búlgaro exibiu uma fotografia do cadáver da vítima, tombado no chão, de barriga para baixo e a cabeça mergulhada numa vasta poça de sangue.

"O professor Vartolomeev foi degolado."

A italiana olhou de relance para a imagem e respirou fundo, subitamente impaciente.

"É desagradável", disse com frieza. "Não sei como é aqui na Bulgária, mas as degolações no meu país são muito raras. No entanto, e à parte esse detalhe repugnante, não vejo o que este caso poderá ter em comum com aqueles que estou...", olhou para Tomás e corrigiu, "... que estamos investigando."

Pichurov coçou o nariz.

"Por coincidência, momentos antes de ser alertado para a ocorrência, estava consultando o site da Interpol, como faço todas as manhãs, e cruzei com o seu relatório preliminar sobre o crime no Vaticano", disse. "Crime estranho, convenhamos."

"Muito."

"Interessei-me pela coisa e me dei conta de que horas depois ocorreu um homicídio com características semelhantes em Dublin. Como sou uma pessoa de natureza curiosa, fui dar uma olhada no relatório deste segundo crime e voltei a cruzar com o seu nome, o que me surpreendeu. Percebi que estava ajudando os irlandeses e que era acompanhada por um historiador português."

Valentina lançou um olhar cúmplice a Tomás.

"Sim, de fato", confirmou. "E então? Aonde quer chegar?"

"Achei os dois casos curiosos", disse. "As charadas deixadas pelo assassino me pareceram intrigantes. Mas não pensei mais nisso, sobretudo a partir do momento em que fui chamado com urgência a Stariot Grad para lidar com um homicídio que tinha ocorrido junto à Casa de Balabanov. Quando cheguei lá, notei que a vítima era o professor Vartolomeev. Descobri que ele tinha sido degolado."

"E foi aí que pensou nos casos que estou investigando."

O inspetor balançou a cabeça.

"Na verdade, não. Achei estranho, claro. Aqui na Bulgária os homicídios por degolação também são raros. Quando ocorrem têm sempre uma natureza ritual."

"Como em todo o mundo."

"Naturalmente que me questionei sobre o assunto. Por que razão haveria alguém de matar o professor Vartolomeev? E por que motivo o faria deste modo? Um assassinato ritual? Aqui, em Stariot Grad? E com um dos nossos mais respeitados concidadãos?" Esboçou uma careta. "Não faz sentido."

"Então o que o levou a estabelecer a ligação desse homicídio com os nossos casos?"

O policial búlgaro voltou a pôr a mão na sua pasta.

"Foi uma coisa que descobri ao lado do corpo", disse, retirando um plástico selado com uma folha de papel no interior. "Isto."

Virou a folha para os seus dois interlocutores.

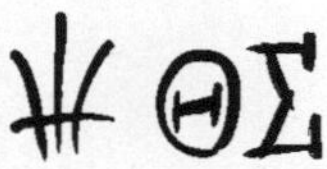

Tomás e Valentina se debruçaram de imediato sobre o enigma e entenderam o raciocínio do anfitrião.

"É o nosso homem!", exclamou Valentina, apontando para o primeiro sinal, à esquerda. "Veja aqui. Até desenhou o símbolo da pureza da Virgem Maria, exatamente como no Vaticano."

O historiador olhava para a charada com uma expressão de perplexidade, como se o que estava vendo não fizesse sentido.

"Não pode ser!..."

"É o nosso homem!", insistiu a inspetora da Polizia Giudiziaria, rendida à evidência. "É ele mesmo!"

"Eu sei que é ele", assentiu Tomás. "Mas o símbolo da pureza da Virgem Maria..." Meneou a cabeça. "Esse símbolo não faz sentido ao lado do que ele desenhou a seguir."

A italiana quase se indignou.

"Ora essa! Por quê?" Fez um gesto indicando a charada. "Pelo contrário, faz todo o sentido! Ele assinou o homicídio do Vaticano com esta flor de lis esquematizada e voltou a utilizá-la agora para assinar este novo crime. Parece tudo claro. Qual é a dúvida?"

O acadêmico português observava o enigma como se estivesse hipnotizado, esforçando-se por extrair dele o sentido que lhe escapava. Por que diabos o assassino tinha desenhado ali aquele símbolo? O contexto não batia. Talvez a resposta estivesse no contexto. Na verdade, raciocinou, talvez devesse começar a interpretação pelo resto do enigma. Ora, o que ele tinha ali? Tinha uma palavra escrita em... em...

"Já sei!", exclamou Tomás de repente.

Os dois policiais voltaram os olhares para ele.

"O quê? O que houve?"

O historiador se virou para Valentina e depois para Pichurov e de novo para Valentina, muito excitado, e exibiu o papel fechado dentro do plástico.

"Já sei!"

As atenções se voltaram para a charada que lhe dançava entre os dedos.

"Conseguiu decifrar?", espantou-se o búlgaro. "Já?"

A italiana sorriu e aplaudiu.

"Bravo, Tomás!", exclamou, com evidente orgulho dele, quase como se o português fosse o seu herói. "Bravo!"

Ao vê-la tão feliz, Tomás sentiu-se constrangido. Encolheu-se num reflexo, recolheu a mão que brandia a charada e baixou os olhos tingidos de embaraço.

"Não sei se vai ficar contente depois de me escutar", disse ele a Valentina, quase sem coragem para encará-la. "Acho até que vai ter vontade de me degolar!..."

"Eu?!", admirou-se ela. "Que disparate! Por que diz isso?"

O olhar do historiador se desviou para a charada no plástico fechado.

"Este enigma nos remete para mais uma fraude da Bíblia."

A face de Valentina se fechou como se de repente tivesse sido coberta por uma sombra densa.

"Oh, não!", exclamou ela, irritada. "Sou mesmo ingênua! Devia ter desconfiado!"

Tomás se inclinou para a sua pequena mala de viagem e se pôs a vasculhar no interior com a mão esquerda. Fixou a mão num objeto e o retirou da mala, pousando-o sobre a mesa. Tratava-se do exemplar da Bíblia que já havia sido útil em Dublin. Levantou os olhos embaraçados e encontrou enfim os da italiana.

"A fraude da divindade de Jesus."

# XXVI

O empregado ziguezagueou entre as mesas da esplanada da Glavnata equilibrando a bandeja e, naquele menear profissional, aproximou-se da mesa onde o historiador e os dois policiais se encontravam. Distribuiu os cafés e se afastou para atender os clientes que tinham se instalado numa mesa ao lado.

De novo à vontade, Tomás pegou o plástico que protegia a folha encontrada junto ao corpo do acadêmico búlgaro e apontou para os três símbolos desenhados no papel.

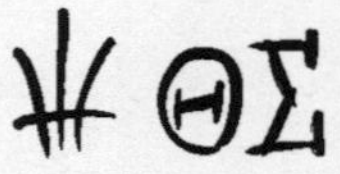

"Este enigma nos remete a duas questões teológicas centrais do cristianismo", explicou. "São questões diferentes, mas relacionadas entre si."

O inspetor Pichurov se mexeu no seu lugar.

"Você falou na divindade de Jesus", observou, ansioso para ir direito ao assunto. "E disse que se tratava de uma fraude. Como esses garranchos levantam tal questão?"

O historiador indicou os símbolos do meio e da direita, ΘΣ.

"Veem isto? Sabem o que é?"

Os policiais prenderam os olhos nos dois caracteres.

"Parecem sinais alienígenas", brincou Valentina. "Daqueles que vemos desenhados nas naves dos extraterrestres em filmes de ficção científica. *Star Trek* e coisas do gênero."

Tomás riu.

"Realmente, estes caracteres parecem um pouco bizarros", admitiu. "Mas não são símbolos dos ETs pintados em naves espaciais. São letras gregas grafadas na Bíblia."

Os dois policiais arregalaram os olhos, surpresos.

"Isso?"

O historiador assentiu.

"O símbolo do meio é um teta e o da direita é um sigma", identificou. "Quando juntas num manuscrito bíblico e com um traço no topo, teta-sigma são a abreviatura de um dos *nomina sacra*."

"O que é isso?"

"Um nome sagrado. Neste caso, *Deus*."

O inspetor Pichurov franziu o cenho numa expressão cética, como quem dizia que aquela ele não engolia.

"O assassino deixou o nome abreviado de Deus ao pé da vítima?", questionou. "Com que propósito?"

"Isso é o que iremos ver", disse Tomás, ignorando o tom incrédulo do policial búlgaro. "O mais interessante é que, à luz do que o nosso serial killer já revelou nas duas mensagens anteriores, isto constitui sem dúvida uma piscadela ao *Codex Alexandrinus* e a uma manobra habilidosa feita nesse manuscrito por um escriba."

A referência pareceu familiar a Valentina.

"Está se referindo ao documento antigo que a professora Escalona estava consultando na Biblioteca Vaticana?"

"Isso era o *Codex Vaticanus*", esclareceu o historiador. "Mas esta nova charada nos remete ao *Codex Alexandrinus*, um manuscrito do século V oferecido pelo patriarca de Alexandria ao rei de Inglaterra e que se encontra guardado na Biblioteca Britânica. É também um dos manuscritos mais antigos e completos da Bíblia, com a versão grega do Antigo Testamento, a que faltam apenas dez folhas, e o Novo Testamento, exceto trinta e uma folhas, que desapareceram."

A italiana apontou para os dois símbolos, ΘΣ.

"Como sabe que este teta-sigma se refere especificamente a esse códice?"

"Trata-se de uma suposição sustentada no tipo de raciocínio desenvolvido até agora pelo nosso homem", explicou o acadêmico português. "Já percebemos que ele parece obcecado com as fraudes no Novo Testamento. Ora, acontece que existe de fato uma anomalia no *Codex Alexandrinus*, localizada justamente numa referência abreviada a Deus. Uma referência com teta e sigma."

"Não estou entendendo!..."

Tomás pousou o papel da charada na mesa e pegou a sua Bíblia, que se pôs a folhear.

"Um dos problemas da tese de que Jesus era uma divindade nasce de ele não se ter referido a si mesmo nesses termos de uma forma explícita nos textos mais antigos", explicou. "Apenas no último evangelho, o de João, escrito por volta de 95, Jesus indica com clareza a sua natureza divina. João cita Jesus no capítulo 8, versículo 58, dizendo isto: 'Antes de Abraão existir, Eu sou.' É uma referência clara ao Êxodo, capítulo 3, versículo 14, onde Deus diz a Moisés: 'Eu sou Aquele que sou.' Ou seja, o Jesus de João se apresenta como o Deus das Escrituras."

"Ah-ha!"

"Curiosamente, Jesus não faz o mesmo nas fontes anteriores a João", apressou-se Tomás a sublinhar. "Nem Paulo, nem Marcos, nem Mateus, nem Lucas, que escreveram os seus textos antes do autor do Evangelho segundo João, põem Jesus se dizendo Deus." Fez uma careta irônica. "Ter-se-ão esquecido? Terão achado esse detalhe irrelevante? Seria uma coisa sem importância?" Ergueu o dedo. "Quanto mais antiga é a fonte, menos divino Jesus aparece. O primeiro evangelho a ser escrito foi o de Marcos. Que Jesus nos é apresentado por Marcos? Um ser humano que nunca se reivindica Deus. O máximo que Jesus faz é, durante o seu julgamento, e pressionado pelo alto sacerdote que lhe pergunta se é ele 'o Messias, Filho do Deus Bendito', responder no capítulo 14, versículo 62: 'Sou', adiantando que 'vereis o Filho do Homem sentado à direita do Poder e vir sobre as nuvens do céu.' Mas atenção que, na cultura hebraica, o *mashia* não é Deus, apenas alguém escolhido por Deus. Nunca em Marcos vemos Jesus afirmar ser Deus."

O inspetor Pichurov, que assistia pela primeira vez a uma conversa de análise crítica do Novo Testamento, voltou a se remexer na cadeira.

"Desculpe, eu entendo pouco de Bíblias", disse. "Mas não é Marcos que o apresenta como o Filho de Deus?"

"Todos os evangelhos apresentam Jesus como o Filho de Deus. E depois? No contexto da religião judaica, a expressão *Filho de Deus* não significa Deus-Filho, como agora se pretende, mas descendente do rei Davi, conforme estabelecido nas Escrituras. Nos Salmos, Deus diz a Davi, um ser de carne e osso, que ele é o Seu filho, coisa que confirma em Samuel II. Uma vez que os Evangelhos apresentam Jesus como um descendente do rei Davi, é natural que o designem por Filho de Deus, o título de Davi. E, atenção, o Filho de Deus pode até ser a própria nação de Israel, conforme estabelecido no Antigo Testamento por Oseias, no capítulo 11, versículo 1, onde Deus diz: 'Quando Israel era ainda menino, Eu o amei, e chamei do Egito o Meu filho.' Ou em Êxodo, capítulo 4, versículo 22: 'Assim fala o Senhor: Israel é o Meu filho primogênito.' Em suma, diz-se que é *Filho de Deus* alguém que tem uma relação especial com Deus. Isso não significa que esse alguém seja Deus."

Valentina lançou um olhar sobranceiro ao seu colega búlgaro, intimando-o a se calar.

"Ele já tinha me contado isso", disse. "Depois explico tudo."

Pichurov se encolheu no seu lugar e, percebendo que havia detalhes que o ultrapassavam naquela conversa, remeteu-se ao silêncio.

"Sendo assim, Marcos jamais afirma, ou insinua sequer, que Jesus é Deus", retomou Tomás. "Os evangelhos que se lhe seguiram foram os de Mateus e Lucas. Também estes nunca disseram que Jesus é Deus. Os três evangelistas põem até Jesus para afirmar que não tem poderes para decidir quem se sentará à sua direita e à sua esquerda, e a dizer que nem sabe o dia e a hora em que chegará o Reino de Deus. Ou seja, e ao contrário de Deus, Jesus não é onipotente nem onisciente. O grande debate entre estes três evangelistas e Paulo não é então o problema de Jesus ser Deus, questão que nem sequer se levanta, mas determinar *quando* é que Deus atribuiu a Jesus o Seu favor e o transformou num ser humano especial. O primeiro evangelista, Marcos, dá a entender que isso aconteceu no momento em que João Batista batizou Jesus. Foi nesse momento que 'dos céus veio uma voz: «Tu és o Meu Filho muito amado, em Ti pus toda a Minha complacência»', conforme estabelecido no capítulo 1, versículo 11, frase inspirada numa citação dos Salmos hebraicos. Ou seja, Marcos considera que Jesus se tornou Filho de Deus no momento do batismo. Já Lucas e Mateus defendem que isso aconteceu no momento do nascimento, com a Imaculada Conceição."

"E Paulo?"

"Esse apresenta ainda outra versão. É interessante notar que nos Atos dos Apóstolos, um texto do autor de Lucas descrevendo o que fizeram os apóstolos depois da morte de Jesus, não encontramos nenhuma declaração de um discípulo que considere que Jesus é Deus. Os apóstolos se limitam a pregar que Jesus é alguém a quem Deus conferiu poderes especiais. Pedro é até citado no capítulo 2, versículo 36, dizendo 'Deus estabeleceu, como Senhor e Messias, a esse Jesus por vós crucificado', relacionando implicitamente o título de Messias com a crucificação, conceito explicitado no capítulo 13, versículo 33, por Paulo, segundo o qual Deus cumpriu a Sua promessa 'ressuscitando Jesus, como está escrito no salmo segundo: «Tu és Meu Filho, Eu gerei-te hoje!»', insinuando assim que esse estatuto especial foi entregue, não quando Jesus nasceu, não quando Jesus foi batizado, mas *hoje*, o dia em que ele ressuscitou. Ou seja, Paulo e Pedro aparecem até sugerindo que, em vida, Jesus nem sequer era Filho de Deus! Isso só aconteceu com a sua morte." Os olhos de Tomás dançaram entre os dois policiais que o escutavam. "Para os textos mais antigos não está em questão Jesus ser Deus, mas apenas captar *quando* é que Deus lhe conferiu o estatuto especial de o tornar Seu filho, na acepção judaica de descendente de Davi. Foi na imaculada concepção? Foi no ato de batismo? Ou foi no momento em que ressuscitou?"

"Se bem entendi", observou Valentina, "só o último dos evangelhos estabelece que Jesus é Deus."

"O Evangelho segundo João", confirmou o historiador. "Isto quer dizer que, quanto mais perto no tempo um texto está dos acontecimentos, mais humano é Jesus. Quanto mais se afasta, mais divino ele se torna. O que parece natural. Com o passar dos anos, a memória histórica do ser de carne e osso foi se perdendo, sendo substituída por elementos míticos de exaltação do herói a um estatuto de divindade. O ser humano Jesus se transforma gradualmente num ser humano especial escolhido por Deus e, mais tarde, torna-se o próprio Deus. É uma espécie de processo de construção divina. E a questão é esta: por que haveremos nós de afirmar que Jesus era Deus se ele próprio não o fazia nos primeiros textos do Novo Testamento?" Recomeçou a folhear a sua Bíblia. "Os teólogos cristãos gastaram muito tempo queimando as pestanas à volta deste problema, até encontrarem uma importante referência numa epístola de Paulo, a Primeira Carta a Timóteo." Parou de folhear e pousou a mão numa página. "Está aqui." Procurou a referência. "Vejamos o versículo 16 do capítulo 3: 'Deus manifestou-se na carne, foi justificado pelo Espírito.'" Olhou para os seus interlocutores com uma expressão interrogativa, claramente interpelando-os. "'Deus manifestou-se na carne'? Que Deus se manifestou na carne? A quem Paulo está se referindo?"

Valentina hesitou, receando dizer algum disparate, mas o historiador fez um sinal para encorajá-la e ela avançou.

"O Deus que se manifesta na carne é Jesus, me parece." Vacilou. "Ou não?"

"Claro que é Jesus!", confirmou Tomás, tranquilizando-a quanto à sua interpretação. "Aliás, essa é ainda hoje a tese oficial da Igreja. Jesus é Deus se manifestando em carne. Mas a questão essencial não é essa. O mais importante é que esta frase é de Paulo."

Ao se dar conta das implicações dessa constatação, a italiana quase deu um pulo na cadeira.

"Paulo é o primeiro dos autores do Novo Testamento!", exclamou. "As suas cartas foram escritas dez a quinze anos antes do primeiro evangelho! Isso significa que temos o autor mais antigo se referindo a Jesus como Deus!"

Tomás sorriu.

"Dez para a *signora* Valentina Ferro!", anunciou, como se estivesse atribuindo uma nota na faculdade. "É isso mesmo! Esta citação é fundamental porque significa que o mais antigo dos autores do Novo Testamento, e consequentemente o mais próximo dos acontecimentos, não se referiu a Jesus como uma mera figura humana especialmente escolhida por Deus. Paulo apresentou Jesus como se ele fosse o próprio Deus. Com Jesus, 'Deus manifestou-se na carne'. É verdade que nas restantes epístolas Paulo atribuiu um estatuto divino a Jesus, mas só depois da ressurreição, não em vida. Daí que esta frase tenha uma importância crucial, porque põe o autor mais antigo expondo uma teologia que só apareceu mais tarde, a de que em vida Jesus era Deus."

A inspetora da Policia Giudiziaria, já habituada às súbitas reviravoltas do seu interlocutor, hesitou.

"Com certeza você vai me apresentar algum problema", disse, cheia de prudência repentina. "E acho que já sei qual é: só existe um manuscrito onde Paulo afirma tal coisa."

O historiador regressou à linha que havia lido.

"Não, pelo contrário", assegurou. "Este versículo da Primeira Carta a Timóteo é o que consta na maior parte dos manuscritos antigos que chegaram até nós."

"Então qual é o problema?"

"O problema é que, se formos consultar este versículo no *Codex Alexandrinus*, verificamos que a linha sobre o teta-sigma, e que indica assim se tratar da abreviatura de um *nomen sacrum*, foi traçada com uma tinta diferente da usada no texto ao redor. Examinando melhor esta anomalia, percebe-se que se trata de algo que um escriba acrescentou posteriormente, portanto é uma adulteração fraudulenta que desvirtua o texto." Apontou para a primeira letra grega da palavra, Θ, constante na charada. "Estudando com cuidado o teta, percebe-se que a linha horizontal traçada no meio da letra não foi originalmente colocada naquele local. Trata-se antes de um ponto de tinta usada no texto do verso da página e que atravessou o pergaminho aparecendo ali acidentalmente."

Os dois policiais seguiam a explicação com um ar muito atento, os olhos saltitando entre o historiador e a charada deixada pelo assassino.

"E então? Qual a consequência dessa alteração?"

"As letras originais desse versículo não são teta-sigma, que daria *Deus* abreviado, mas ómicron-sigma, palavra que significa *aquele*." Desenhou numa folha de papel os dois caracteres da charada e a sua tradução, ΘΣ = *Deus*, e por baixo a nova versão, o primeiro símbolo sem o traço no interior e a respectiva tradução, ΟΣ = *Aquele*. Depois voltou à página da Bíblia aberta na Primeira Carta a Timóteo. "Ou seja, o texto original copiado pelo escriba do *Codex Alexandrinus* no capítulo 3, versículo 16, não é 'Deus manifestou-se na carne, foi justificado pelo Espírito', mas 'aquele manifestou-se na carne, foi justificado pelo Espírito'. É uma coisa totalmente diferente, uma vez que Jesus deixa assim de ser Deus." Fechou o livro. "O perturbador é que a mesma alteração feita intencionalmente por escribas foi detectada em quatro outros manuscritos antigos da Primeira Carta a Timóteo, contaminando assim as cópias posteriores, em particular as medievais, que reproduziram e eternizaram a adulteração."

"Nesse caso, o que está me dizendo é que Jesus não é originalmente equiparado a Deus."

"Exato", confirmou o acadêmico. "Nem ele provavelmente alguma vez declarou ser Deus, nem os apóstolos assim o encaravam. Isso é uma construção posterior. Aliás, e como já lhe expliquei, os próprios apóstolos relataram coisas que inviabilizam que se equipare Jesus a Deus. Por exemplo, o batismo. Marcos revela no capítulo 1, versículo 5, que os judeus iam ter com João Batista 'e eram batizados por ele no rio Jordão, confessando os seus pecados'. Depois diz que Jesus também foi batizado, admitindo assim que ele tinha pecados para confessar. Se Jesus fosse Deus, seria crível que pecasse? E Mateus, no capítulo 24, versículo 36, põe Jesus predizendo o fim dos tempos e afirmando: 'Quanto àquele dia e àquela hora, ninguém o sabe, nem os anjos do Céu, nem o Filho; só o Pai.' Ou seja, Jesus não era onisciente. Assim sendo, eu pergunto, ele poderia ser Deus?"

"E então os milagres que Jesus fazia?", insistiu Valentina. "Isso não prova que ele era Deus?"

Tomás riu.

"Os milagres não têm nada a ver com a suposta divindade de Jesus", retorquiu. "Tal como acontece hoje nas feiras, naquele tempo também existiam curandeiros e pessoas com poderes especiais, ditos milagrosos. A antiguidade está cheia de gente assim. Apolônio de Tiana, um conhecido filósofo, era também curandeiro e exorcista. O Antigo Testamento mostra-se repleto de milagres levados a cabo por Moisés, Elias e outros. O próprio historiador judeu Josefo afirmava ser capaz de fazer curas milagrosas e exorcismos. Na Galileia, uma geração depois de Jesus, viveu um famoso curandeiro chamado Hanina ben Dosa, a quem se atribuem milagres. Umas décadas antes de Jesus, apareceu naquela região um homem chamado Honi, célebre por conseguir atrair a chuva. Apolônio, Moisés, Elias, Josefo, Hanina e Honi eram alegadamente capazes de fazer milagres, mas ninguém achava que eram Deus. Dizia-se que estas pessoas tinham 'poderes', e apenas isso."

"Está bem, não digo que Jesus fosse Deus", concedeu a italiana, "mas há de concordar que, se ele era capaz de fazer milagres, tinha pelo menos algo de divino!..."

"Ouça, o que é isso *algo de divino*? Que eu saiba o cristianismo se diz uma religião monoteísta. Os cristãos, tal como os judeus, defendem que só há um Deus. Quer isto dizer que ou Jesus é o próprio Deus ou é um ser humano. Não pode é ser um deus menor, ou um ser humano com qualidades divinas. Percebe? Isso iria contra o monoteísmo proclamado pelos cristãos."

A inspetora da Polizia Giudiziaria baixou os olhos e assentiu, vencida pela argumentação.

"Sim, tem razão."

O historiador apontou para o primeiro dos três símbolos da charada encontrada ao lado do cadáver em Stariot Grad.

"E essa é justamente a questão suscitada por esta flor de lis."

"Está se referindo ao símbolo da pureza da Virgem Maria?"

Tomás meneou a cabeça.

"Neste contexto, o assassino já não está se referindo à questão da Virgem Maria, como na charada que deixou na Biblioteca Vaticana", corrigiu. "Está se referindo ao outro sentido simbólico da flor de lis."

Valentina esboçou uma expressão de surpresa.

"A flor de lis tem mais de um sentido?"

O seu interlocutor acenou afirmativamente.

"Este é também o símbolo da Santíssima Trindade", esclareceu. "A mais bizarra das invenções do cristianismo."

# XXVII

Um som de rap acelerado irrompeu na esplanada, interrompendo inopinadamente a conversa. Tomás olhou ao redor, quase atarantado, tentando perceber de onde vinha aquela estranha música, e acabou por se fixar no rosto corado do inspetor Pichurov. De ar comprometido, o policial levou a mão ao bolso das calças enquanto exibia um sorriso embaraçado.

"Peço desculpa", disse. "É o meu celular."

O anfitrião atendeu e desatou a falar em búlgaro. Menos de meio minuto depois desligou o celular, fez sinal ao empregado e largou uma nota sobre a mesa.

"Vamos andando", disse. "A viúva do professor Vartolomeev chegou agora do mar Negro, onde estava nos banhos. Temos de ir a Stariot Grad falar com ela."

Tomás e Valentina se ergueram da mesa.

"Ah, com certeza!"

O inspetor Pichurov se virou para a colega italiana.

"Também me disseram do escritório que o seu pessoal em Roma e a polícia irlandesa acabaram de nos enviar uns documentos urgentes. São para lhe entregar."

"Que documentos?"

"Parece que se trata de reconstituições do que as vítimas fizeram de Roma e de Dublin nos últimos doze meses. Você pediu isso?"

"É verdade. Onde estão?"

"Disse-lhes que os levassem para Stariot Grad."

Abandonaram a esplanada e caminharam pela Glavnata em direção ao lugar onde o inspetor Pichurov havia deixado a sua viatura. O final de manhã se revelava realmente aprazível, com o sol banhando a vasta rua de pedestres e o chilrear melodioso dos pássaros embalando os transeuntes.

O policial búlgaro levava o dossiê do caso numa mão e na outra o plástico onde a terceira charada permanecia fechada. Valentina fez um sinal pedindo o plástico e, enquanto caminhava ao lado de Tomás, indicou os rabiscos que o assassino fizera no papel.

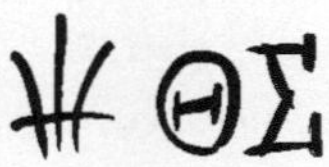

"Já sabemos que os símbolos do meio e da direita são teta e sigma, do alfabeto grego, e remetem para o problema da divinização de Jesus", recapitulou. "Agora não compreendo bem o papel desta flor de lis rabiscada à esquerda. Você diz que, neste contexto, ela representa a Santíssima Trindade?"

"Correto."

"Desculpe, mas qual a relevância da Santíssima Trindade nesta conversa? Por que o assassino se referiu a ela?"

Tomás pegou o plástico com a charada.

"Porque a Santíssima Trindade está diretamente relacionada com a atribuição do estatuto de divindade a Jesus", explicou.

"Relacionada como?"

O historiador fixou os olhos pensativos na calçada da Glavnata, que percorriam em ritmo de passeio.

"Ouça, a partir do momento em que o Evangelho segundo João começou, no ano 95, a dizer que Jesus era Deus, criou-se um problema teológico sério. Em primeiro lugar, se Deus é Deus e Jesus também é Deus, então quantos deuses temos?"

Pichurov, que seguia à frente, voltou a cabeça para ele.

"Na minha contagem dá dois deuses."

O historiador exibiu o seu exemplar da Bíblia.

"Mas não eram as Escrituras que diziam que só havia um Deus? Como conciliar a atribuição do estatuto de Deus a Jesus com a afirmação do monoteísmo? Em segundo lugar, se Jesus é Deus, isso significa que não era um ser humano?"

"Claro que era um ser humano!", exclamou Valentina. "Morreu na cruz, lembra-se?"

"Então, se era um ser humano, isso significa que não era Deus?"

A italiana o olhou, atrapalhada com a pergunta.

"Bem... também era Deus."

"Humano ou Deus? Em que ficamos?"

"Metade uma coisa, metade outra."

Tomás torceu os lábios e esboçou uma expressão cética.

"Hmm... tudo isto parece um pouco dúbio, não acham? A verdade é que foram justamente estes problemas que dividiram os seguidores de Jesus. Havia um grupo, os ebionitas, que defendia que a conversa da divindade era um disparate, Jesus não era deus nenhum, não passava de um ser humano que Deus tinha escolhido por se tratar de uma pessoa particularmente respeitosa da lei, e apenas isso. Mas outros grupos se puseram a adorar Jesus como se ele fosse Deus. Os docetas entendiam que Jesus era uma entidade exclusivamente divina que apenas parecia ser humana. Não tinha fome, não tinha dor, não sangrava, embora parecesse sofrer de todos esses males do corpo. Defendiam que havia dois deuses, o dos judeus e Jesus, sendo este o maior. E depois havia os gnósticos, que afirmavam existirem muitas divindades e que Jesus era uma delas, pertencente a uma raça de deuses superior à do Deus dos judeus. Achavam que Jesus era um ser humano cujo corpo foi temporariamente ocupado por Deus, designado Cristo. Cristo entrou no corpo de Jesus no momento do batismo, e terá sido por isso que nesse instante Deus disse 'Tu és o Meu Filho muito amado, em Ti pus toda a

Minha complacência', e Cristo abandonou o corpo quando Jesus se encontrava pregado à cruz, tendo sido por isso que Jesus disse 'Meu Deus, meu Deus, por que Me abandonaste?'"

"Que confusão!", observou Valentina.

"Os cristãos de Roma, que viriam a se tornar a ortodoxia, posicionaram-se no meio deste debate. Afirmaram que Jesus era Deus e homem simultaneamente."

"Uma decisão verdadeiramente salomônica", constatou o inspetor Pichurov com um sorriso. "Metade Deus, metade homem."

"Não, não!", corrigiu Tomás. "Para se diferenciarem da posição gnóstica e estabelecerem que Jesus e Cristo eram a mesma entidade, os cristãos romanos disseram que Jesus era, ao mesmo tempo, Deus e homem. Para se diferenciarem dos ebionitas, afirmaram que era cem por cento Deus. E para se diferenciarem dos docetas sublinharam que era cem por cento homem. Ou seja, Jesus é ao mesmo tempo cem por cento humano e cem por cento Deus."

O policial búlgaro sacudiu a cabeça, sem entender.

"Cem por cento as duas coisas? Isso não é possível!"

"Mas foi o que ficou decidido. Além do mais, a ortodoxia considerou que Deus-Pai era uma entidade diferente de Deus-Filho. Mas ambos são Deus."

O inspetor Pichurov se deteve no meio da Glavnata e fez uma careta, como se não tivesse entendido.

"Então temos dois deuses."

"Não. É apenas um. Deus-Pai e Deus-Filho."

Os dois interlocutores esboçaram uma expressão confusa.

"Mas... mas isso dá dois."

"Não segundo a Igreja." Tomás sorriu, fazendo um gesto de impotência como se ele próprio não fosse capaz de entender o que estava dizendo. "Deus-Pai e Deus-Filho são entidades diferentes. Mas os dois dão um único Deus."

"Espere aí", disse Pichurov, tentando dar sentido ao que estava escutando. "De acordo com a Igreja, Jesus é Deus?"

"É."

"E Deus-Pai é Deus?"

"Claro."

"Jesus é Deus-Pai?"

"Não."

"Então há dois deuses! Deus-Pai e Deus-Filho!"

"Não, segundo a Igreja. Os dois são distintos, Jesus se senta à direita do Pai e os dois são Deus, mas só há um Deus."

Valentina ergueu a sobrancelha.

"Bom, isso não faz realmente muito sentido", admitiu. "Com certeza essa ideia evoluiu depois para qualquer coisa mais lógica..."

"Só evoluiu no sentido em que a Igreja, não contente com toda esta confusão, decidiu lhe acrescentar uma terceira entidade. Como no capítulo 14, versículo 16, o Evangelho segundo João põe Jesus apresentando o Espírito Santo como 'outro consolador, para estar convosco para sempre' quando Jesus voltar para o Céu, a Igreja achou por bem instituir esta nova entidade de contornos difusos, o Espírito Santo, também como Deus." Fez um gesto grandioso. "*Voilà!* A Santíssima Trindade!"

"Por que você usa essa expressão sarcástica?", protestou a italiana. "As três entidades são três expressões diferentes de Deus. Qual é o problema?"

"Não!", corrigiu o historiador. "Eu sei que é difícil de entender, mas segundo a doutrina oficial são três entidades totalmente distintas umas das outras. Todas diferentes, mas todas são Deus, embora só exista um Deus. E Jesus é cem por cento Deus e cem por cento homem. Esta foi a tese estabelecida no célebre Concílio de Niceia, convocado em 325 para resolver todas as disputas teológicas e unificar o cristianismo, e que vigora ainda hoje." Fez um gesto enfático. "Ainda hoje!"

A inspetora da Polizia Giudiziaria sacudiu a cabeça, como se tivesse esperança de que assim as peças se encaixassem de alguma forma em sua mente.

"Há três deuses diferentes e são todos um Deus?", estranhou. "Jesus é cem por cento divino e cem por cento humano? Realmente, essa aritmética não bate!..."

"Realmente, não."

"Como é que a Igreja resolveu o problema?"

Tomás riu.

"Disse que era um mistério."

"Um mistério... como?"

"A Igreja percebeu que é um absurdo afirmar que Jesus é cem por cento humano e cem por cento Deus. Não faz sentido! E percebeu que é também incompreensível defender que Deus, Jesus e o Espírito Santo são três entidades divinas totalmente distintas umas das outras e, porém, só existe um Deus. Mas não quis recuar nas suas posições paradoxais. Então o que fez? Seguiu em frente. Incapaz de resolver estas contradições, mas não querendo dar razão aos ebionitas, ou aos gnósticos, ou aos docetas, limitou-se a declarar que isto é tudo um grande mistério." Mudou o tom de voz, como se fizesse um aparte. "No que, aliás, até tem razão: é um mistério porque não faz nenhum sentido." Retomou o tom normal. "E assim, como quem esconde o lixo debaixo do tapete para fingir que ele não existe, lavou as mãos da trapalhada teológica que montou. E aqui está, em todo o seu esplendor, o mistério da Santíssima Trindade."

Chegaram junto da viatura da polícia búlgara. O anfitrião retirou a chave do bolso, mas não entrou de imediato.

"Com certeza isso faz sentido e nós é que somos burros", observou. "Mas o que eu quero perceber é qual a relação entre esse assunto e a charada deixada pelo autor dos crimes que estamos investigando."

O olhar dos três se desviou para o objeto na mão de Tomás, o plástico com a folha de papel encontrada junto à vítima de Stariot Grad.

"Por algum motivo que me escapa, o nosso homem quis nesta mensagem chamar a atenção para as ficções criadas em torno da divindade de Jesus e da Santíssima Trindade", disse ele. "Se a segunda parte desta charada incide na adulteração que conduziu ao teta-sigma que transformou Jesus num Deus, talvez o primeiro símbolo se relacione também com adulterações do Novo Testamento relativas à Santíssima Trindade."

"Nisso também houve adulterações?"

"Claro que houve. Basta ler o Novo Testamento para perceber que em parte alguma se fala na Santíssima Trindade. Nem mesmo no Evangelho segundo João!" Abriu o seu exemplar da Bíblia. "A exceção, claro, é a Primeira Carta de João, onde, no capítulo 5, versículos 7 e 8, está escrito: 'Porque três são os que testificam no céu, o Pai, a Palavra e o Espírito Santo: e estes três são um. E há três que prestam testemunho na Terra, o Espírito, a água e o sangue; e os três estão de acordo.'"

Valentina lhe lançou um olhar desconfiado.

"Vai me dizer que isso é falso."

"Duplamente", confirmou Tomás. "Em primeiro lugar, as três Cartas de João que constam do Novo Testamento são fraudes. O apóstolo João, que os Atos dos Apóstolos revelam ser 'analfabeto', não as escreveu. Confrontada com este problema, a Igreja diz que a epístola pode não ter sido escrita por João, mas mesmo assim o seu conteúdo é 'inspirado' por Deus. É uma maneira de ignorar o problema embaraçoso de existirem textos canônicos fraudulentos, embora essa prática na época não fosse considerada condenável. Mesmo que se aceite essa ficção, o fato é que este versículo nem sequer fazia parte da carta original. Nenhum manuscrito grego o contém desta maneira. O texto foi adulterado para meter à força a referência ao Pai, ao Filho e ao Espírito Santo, num exemplo claro de adaptação dos factos à teologia."

"E você diz que essa era a única referência no Novo Testamento à Santíssima Trindade?"

"A única", insistiu o historiador. "E é duplamente falsa." Soprou, como se assim o versículo se desfizesse em pó. "Já não resta mais nada." Voltou a folhear a Bíblia. "O que fica é a simples constatação de que Marcos põe um escriba perguntando a Jesus qual o primeiro de todos os mandamentos e Jesus responde desta forma no capítulo 12, versículo 29: 'O primeiro é: «Ouve, Israel: O Senhor, nosso Deus, é o único Senhor.»' Ou seja, Jesus se limita a proclamar o Shema, a afirmação judaica de que só há um Deus. Jesus não faz em parte alguma alusão a uma Trindade nem a um Espírito Santo, e muito menos à possibilidade de ele próprio ser Deus. Ao longo de toda a Bíblia, a palavra *Deus* aparece cerca de doze mil vezes. Pois não há uma única vez em que a palavra *três* ou *trindade* surja no mesmo versículo onde está a palavra *Deus*. E em parte alguma, quando Deus ou Jesus falam e se referem a si próprios, dizem ou insinuam 'Eu, os três'."

Fez-se uma pausa e o inspetor Pichurov destrancou o veículo e convidou os seus dois acompanhantes a se acomodarem no interior. Tomás se instalou ao lado do motorista, Valentina no banco de trás. O búlgaro pôs a chave na ignição e, antes de ligar o motor, olhou para o lado.

"Onde é que isso tudo nos deixa nesta investigação?", quis saber.

O historiador encolheu os ombros.

"O nosso assassino é evidentemente um erudito em questões teológicas", disse. "Parece firme em demonstrar que quase tudo o que sabemos sobre Jesus é uma mentira. E me parece que só perceberemos o que está verdadeiramente acontecendo se descobrirmos o que une as três vítimas. Será esse ponto em comum entre elas que nos conduzirá ao autor destes crimes."

Os dois policiais assentiram.

"Tem razão", concordou Valentina. "Essa também me parece ser a única maneira de desvendar estes casos."

O consenso estava estabelecido no interior do carro. Percebendo que já se encontravam atrasados, e determinado a não perder mais tempo, Pichurov ligou a ignição, deu seta para a esquerda, verificou no retrovisor lateral se tinha o caminho livre e pisou no acelerador.

# XXVIII

O ambiente no interior da Casa de Balabanov era de profunda consternação. Enquanto subia as escadas de madeira, Tomás ouviu o choro abafado da viúva no primeiro andar e teve vontade de fugir dali; sentia-se um intruso na desgraça alheia, como um abutre que vive dos despojos da morte. Mas os policiais que o encaminhavam nem hesitaram; afinal era uma situação a que estavam habituados. Resignando-se, o historiador se ateve ao seu papel.

A escadaria desembocou num grande salão no primeiro andar, bem-iluminado pelas múltiplas janelas que o cercavam. O salão se ligava a vários compartimentos, como um polvo espraiando os seus múltiplos tentáculos, e os visitantes notaram um movimento numa das salinhas de esquina. Era decerto ali que se encontrava a viúva, por isso se encaminharam para lá.

*"Dober den"*, cumprimentou o inspetor Pichurov ao entrar na salinha. *"Kak ste?"*

Uma mulher com o rosto encovado e os olhos congestionados estava sentada numa cadeira ao canto e acolheu os recém-chegados com um olhar interrogador. O policial pôs-se a dialogar com ela em búlgaro. Instantes depois apontou para a italiana, disse o nome dela e depois indicou o historiador. Tomás escutou o seu nome entre a algaravia eslava e ainda entendeu a palavra *portugalski*, mas o resto lhe escapou. A conversa em búlgaro acabou no entanto por se revelar curta e foi interrompida quando a viúva encarou os dois estrangeiros e se dirigiu a eles em inglês.

"Sejam bem-vindos", disse, com uma voz arrastada. "Lamento que tenham vindo nestas circunstâncias penosas. Ofereceria um chá a vocês se me sentisse com forças, mas assim..."

Uma grossa lágrima deslizou pelo rosto enrugado da mulher, deixando o historiador constrangido.

"Oh, não se preocupe", balbuciou. Não sabia o que dizer naquelas circunstâncias. Deveria apresentar condolências, claro, mas, não conhecendo a vítima nem a sua interlocutora, pareceu-lhe que os pêsames seriam artificiais. Tudo o que conseguiu dizer foi: "Isto é uma coisa terrível..."

Tomás deixou a frase em suspenso, mas Valentina, experiente naquelas situações, não perdeu tempo.

"Vamos pegar a pessoa que fez isto", garantiu com a convicção de quem acabara de fazer do caso uma questão pessoal. "A polícia italiana está empenhada em descobrir o criminoso e contamos com ajuda internacional." Apontou para Tomás, como se ele fosse a dita *ajuda internacional*. "No entanto, primeiro precisamos da sua cooperação."

A viúva meneou a cabeça com tristeza.

"Não sei se me encontro em condições de ajudar vocês", disse ela. "Quando ontem me deram a notícia eu estava nos banhos na nossa casa de veraneio em Varna." Pousou a palma da mão no peito. "Ah, foi um choque! Estou há quase vinte e quatro horas com sedativos e me sinto um pouco entorpecida."

"Eu compreendo", afirmou Valentina num tom caloroso, toda ela compaixão profissional. "Queria apenas saber se notou alguma coisa anormal nos últimos tempos. O seu marido andava preocupado? Receberam alguma ameaça? Aconteceu qualquer coisa estranha?"

A mulher balançou a cabeça.

"Não, nada. Estava tudo bem. O Petar estava com suas coisas, claro. Sempre entusiasmado, como era de seu feitio. Passava a vida enfiado na faculdade, dando aulas ou nas suas pesquisas. Às vezes tinha de fazer umas viagens ao exterior, mas nada de anormal."

"Ah, sim? Ele viajava? E aonde ele foi nos últimos tempos?"

"Não tenho muita certeza", disse ela, os olhos encovados traindo a fadiga. "Esteve em Nova York, foi a Israel, deu uma passada em Helsinque..." Fez um esforço de memória. "Ah, passou pela Itália!..."

A referência ao seu país chamou a atenção da inspetora da Polizia Giudiziaria.

"Onde ele esteve, na Itália?"

"Ah, isso já não sei. Andou em conferências e coisas do gênero." Fez um gesto incomodado. "Talvez seja melhor irem à faculdade. Eles é que tratam das viagens..."

O inspetor Pichurov se inclinou para a sua colega italiana.

"Os meus homens já estão na universidade recolhendo informações", segredou-lhe. "Se quiser, encaminho-lhe depois os detalhes."

A viúva aproveitou aquela pausa para se erguer da cadeira. Com uma expressão condoída, fez um gesto a indicar aos visitantes que a deixassem passar.

"Estou muito cansada", disse. "Se me dão licença, vou para o meu quarto repousar um pouco."

"Com certeza", assentiu Valentina. "Só tenho mais uma pergunta para lhe fazer, se não se importar."

A mulher continuou a caminhar, embora com passos curtos, como vergados pelo pesar.

"Diga."

"O seu marido era um homem religioso?"

A viúva parou, estranhando a pergunta.

"Nem um pouco. O Petar não ligava para essas coisas. Interessava-se mais por ciência, vê?"

"Mas não consultava a Bíblia nem nada? Nunca lhe falou de manuscritos antigos e coisas do gênero?"

A senhora Vartolomeev esboçou uma careta atônita, como se não entendesse a pertinência da pergunta.

"Minha senhora", retorquiu com uma ponta de acidez, "estou lhe dizendo que ele não se interessava por esses assuntos!..." Endireitou o corpo, empertigando-se, e retomou a marcha, agora com passos mais convictos. "Se me dão licença, vou me retirar para os meus aposentos. Boa tarde!"

A viúva desapareceu por trás de uma porta e deixou os policiais olhando uns para os outros na salinha do canto. Valentina fez a expressão de quem tinha tentado obter alguma coisa de útil, mas os colegas búlgaros lhe responderam com uma expressão facial fria e distante. Constrangida pelo fracasso, bateu em retirada e se recolheu com Tomás ao salão central. O inspetor Pichurov ficou para trás conversando com os subordinados, mas pouco depois se juntou aos visitantes no salão com algumas folhas de papel entre os dedos.

"Estão aqui os documentos enviados de Dublin e de Roma", anunciou. "Contêm a relação das viagens das outras duas vítimas nos últimos doze meses."

A italiana arrancou-lhe os papéis com um gesto sôfrego e pousou de imediato os olhos neles. Quase se assustou com o que viu.

"Oh, a professora Escalona se fartou de viajar!", exclamou. Virou o documento na direção do historiador. "Olhe para isto! São mais de quarenta viagens!" Espreitou o segundo documento. "Que horror! O Schwarz ainda foi pior!" Também exibiu o texto. "Este homem devia ser o holandês voador! *Madonna*, são umas cinquenta viagens!"

Tomás olhou para as duas listas.

"É realmente muita coisa", concordou. "Ouça, veja só os lugares onde ambos estiveram na mesma época."

Valentina pegou uma caneta e assinalou os destinos comuns. Fez dezesseis cruzes. Depois verificou os dias das respectivas viagens, em busca de coincidências de datas, e reduziu o número de cruzes para cinco.

"Hmm, interessante", murmurou. "Estiveram ambos em Roma ao mesmo tempo. A Escalona foi ver manuscritos no Vaticano e o Schwarz andou envolvido em escavações dentro do Coliseu." Fez uma pausa. "Os dois andaram pela Grécia na mesma época. Ele nas ruínas de Olímpia, ela na biblioteca do Mosteiro de Roussanou." Nova pausa. "Israel é outro ponto em comum. Ele foi lá inspecionar ossários na Autoridade das Antiguidades de Israel, ela participou numa conferência sobre os Manuscritos do Mar Morto."

"Até aqui, tudo muito normal", observou o acadêmico português. "O professor Schwarz sempre envolvido em atividades ligadas à sua especialidade, a arqueologia, e a Patricia no meio de manuscritos, como seria de esperar de uma paleógrafa com a sua reputação. Não há nada de anormal nas outras duas viagens em comum?"

"Paris", disse a italiana. "A professora Escalona foi participar numa perícia de dois palimpsestos."

"Parece-me normal. E o professor Schwarz?"

"Fez uma simples visita de turismo." Cravou os olhos azuis em Tomás. "O turismo é uma exceção no perfil geral das viagens que ele fazia. Pode querer dizer alguma coisa."

"Pode ser que sim", concordou o historiador, "mas também pode ser que não. Escolher Paris como destino turístico me parece uma coisa perfeitamente normal." Desviou a atenção para os documentos. "E a última viagem?"

Valentina verificou a derradeira cruz.

"Estiveram ambos em Nova York ao mesmo tempo. Ela de passagem para Filadélfia para ir ver algum outro manuscrito antigo qualquer que está guardado lá..."

"Deve ser o pergaminho P1, o primeiro fragmento de papiro já catalogado. Contém versículos do Evangelho segundo Mateus e data do século III. Uma preciosidade." Desviou os olhos para a lista das viagens do professor Schwarz. "E ele?"

"Foi tratar de umas questões de financiamento para a Universidade de Amsterdã."

Os dois trocaram um olhar, esperando contra todas as esperanças.

"Talvez tenha sido aqui que eles se cruzaram", observou Tomás. Fez um gesto indicando a salinha ao lado. "Não foi em Nova York que a nossa viúva disse que o marido também esteve?"

Os olhos de Valentina brilhavam.

"Nova York", repetiu, como se se tratasse de um nome mágico. "Acha mesmo que é esse o ponto que une os três?"

O português encolheu os ombros.

"Pode ser, não acha? Alguma coisa deve ter em comum, para serem assassinados da mesma forma."

Estavam ambos ponderando as diversas hipóteses quando o inspetor Pichurov, que havia se afastado para dar instruções aos seus subordinados, voltou a se aproximar.

"*Haide!*", disse em búlgaro, fazendo com a mão um gesto chamando-os. "Vamos embora. A viúva está muito afetada pelo que aconteceu e pediu silêncio."

"Ah, compreendo."

Encaminharam-se para as escadas e começaram a descer. Eram de madeira e os degraus rangiam a cada passo, como se protestassem pelo peso que tinham de suportar.

"Coitada!", desabafou Pichurov. "Parece que a senhora Vartolomeev ficou muito perturbada quando lhe contaram que o assassino lançou um berro lamentando a morte do marido. Perguntou que diabo de animal mata uma pessoa e depois começa a fingir que..."

"O quê?", interrompeu-o Tomás, estacando no meio das escadas como se um raio tivesse acabado de o paralisar. "Repita o que disse!"

Os dois policiais ficaram olhando para o historiador, surpresos com a sua reação.

"Bem, dizia que ela perguntou que diabo de animal é que..."

"Não. Antes. O que disse antes?"

"Antes?", admirou-se o búlgaro, sem entender nada. "Antes, como?"

"Disse que o assassino gritou?"

"Ah, sim. Temos uma testemunha, a beldade do quiosque, que diz que o assassino deu um berro, como se lamentasse ter matado o professor Vartolomeev. Estranho, não é?"

Tomás lançou um olhar para Valentina, que acabara de perceber a reação do português.

"Lembra-se do que a testemunha de Dublin revelou?"

"Tem razão!", exclamou ela. "O bêbado contou a mesma coisa. O assassino de Dublin também gritou, como se chorasse a morte do professor Schwarz." Hesitou. "O que isso quer dizer?"

O historiador fez um ar pensativo. Tinha os olhos baixos, colados à madeira da escada, mas no seu cérebro só passavam imagens de páginas e páginas dos milhares de livros de história que ao longo dos anos tivera de ler por causa da sua profissão.

"Os *sicarii*!", exclamou de repente. "São os *sicarii*!"

A italiana esboçou uma expressão inquisitiva.

"Os... quem? O que diabo você está dizendo?"

Tomás indicou com a cabeça os documentos que ela tinha nas mãos, com a lista dos destinos de viagem das duas primeiras vítimas.

"Já sei o que as nossas três vítimas têm em comum."

"Diga! O quê?"

O português olhou para a porta que dava para a rua, como se não houvesse mais tempo a perder.

"Jerusalém."

# XXIX

O sol banhava o topo do muro com intensidade, mas a sombra traçava uma reta pelas enormes pedras e abrigava os fiéis do calor inclemente. Depois de ajeitar o *tallit* sobre a cabeça e os ombros e de assegurar que o *tefilin shel rosh* estava adequadamente apertado em torno da testa e os *tzitzit* se encontravam devidamente atados nas bordas, como requerido pelas Sagradas Escrituras, Sicarius pegou o rolo de pergaminho.

Deu um passo para a frente, encostou a cabeça à pedra fria, estendeu o rolo e começou a murmurar as palavras sagradas dos Salmos, nas Escrituras.

"'Para Vós, Senhor, elevo a minha alma!'", entoou, lendo o texto impresso no pergaminho. "'Meu Deus, em Vós confio, não seja eu confundido! Não exultem contra mim os meus inimigos! Na verdade, quantos esperam em Vós...'"

O som do celular irrompeu inesperadamente do bolso, atraindo para Sicarius os olhares incomodados dos fiéis que rezavam em redor. Embaraçado, o crente levou às pressas a mão ao bolso e, às cegas e de memória, localizou o botão vermelho e o apertou, desligando o aparelho. A tranquilidade fora restabelecida.

"'Na verdade, quantos esperam em Vós não serão confundidos'", recitou, retomando a leitura sagrada. "'Confundidos serão os traidores sem qualquer motivo.'"

Sicarius permaneceu meia hora recitando os Salmos em voz baixa diante do grande muro de pedra, o tronco balançando para a frente e para trás, os dedos desenrolando o pergaminho. Depois voltou a levar a mão ao bolso, localizou os papéis que trazia preparados com versículos do Cântico dos Cânticos e os colocou nas pequenas aberturas entre as pedras gigantescas.

Terminada a tarefa, retirou-se com todo o respeito e foi preparar as suas coisas para abandonar o local. Quando atravessou a enorme praça, voltou a ligar o celular, localizou a chamada que o havia interrompido no meio da oração e ligou para o número.

"Lamento não ter atendido, mestre", desculpou-se. "Estava em oração no HaKotel HaMa'aravi."

*"Ah, peço desculpas. Não sabia que tinha ido rezar no Muro das Lamentações. Tem muita gente aí?"*

Sicarius olhou ao redor.

"O normal." Torceu os lábios. "Foi para saber isso que me ligou?"

*"Sabe muito bem que não. Queria apenas avisar que me chegaram uns boatos aos ouvidos..."*

"Que boatos?"

*"Eu não sei"*, disse, enigmático. *"Preciso me assegurar de que está pronto para mais uma operação."*

O coração de Sicarius deu um salto.

"Com certeza, mestre. Para que país quer que eu vá?"

*"Não terá de viajar"*, retorquiu a voz ao celular. *"A operação irá decorrer aqui em Jerusalém."*

"Aqui?", admirou-se o capanga. "Quando?"

O mestre fez uma pausa antes de responder.

*"Em breve. Mantenha-se preparado."*

# XXX

O bar do American Colony tinha um certo ar de choupana lúgubre, como se estivesse encravado nas masmorras de uma fortaleza medieval sombria, mas de resto pareceu a Tomás o ambiente adequado para o encontro com o inspetor-chefe da polícia israelense.

"*Shalom!*", cumprimentou o homem mal os dois recém-chegados cruzaram a porta do bar do hotel. "Sou Arnald Grossman, do departamento de homicídios da polícia israelense. Podem me chamar de Arnie. Bem-vindos a Jerusalém!"

O anfitrião era um homem de sessenta anos, alto e bem constituído, olhos claros e cabelo grisalho, denunciando o loiro já perdido da juventude. Ofereceu um uísque a Tomás e um martíni a Valentina, e desatou a tagarelar sobre os infindáveis problemas de segurança do seu país.

Ao fim de alguns minutos de conversa informal, a inspetora da Polizia Giudiziaria achou que estava na hora de entrar no assunto que os trouxera ali.

"Estamos convencidos que em Israel está a solução para uma série de crimes ocorridos há três dias na Europa", disse ela. "No espaço de vinte e quatro horas foram assassinados três acadêmicos em países diferentes. Temos razões para acreditar que a chave dos casos se encontra aqui."

Grossman semicerrou os olhos, como um jogador de pôquer avaliando os adversários.

"Estou familiarizado com o acontecido", declarou. "Li os relatórios da Interpol e o material que acompanhou os pedidos urgentes que nos fizeram chegar. Mas não entendo bem os motivos pelos quais vocês acreditam que esses casos se resolvem aqui."

"Bem... as três vítimas estiveram simultaneamente em Israel", explicou Valentina. "A professora Patricia Escalona era uma paleógrafa muito renomada e veio há três meses para participar de uma conferência sobre os Manuscritos do Mar Morto. O professor Alexander Schwarz esteve no mesmo período em Jerusalém inspecionando os ossários protocristãos guardados na Autoridade das Antiguidades de Israel para um artigo que estava escrevendo para a *Biblical Archaeology Review*. Na mesma data, o professor Petar Vartolomeev proferiu uma palestra no Instituto Weizmann de Ciência."

O policial israelense estudou os seus dois interlocutores com olhos argutos, como se os dissecasse.

"Tudo isso eu já sei", acabou por dizer, no tom de quem insinua que não o enganavam facilmente. "Mas, meus amigos, não nasci ontem. Vocês não estão me contando tudo."

"Por que diz isso?"

Arnie Grossman suspirou, como se se enchesse de paciência.

"O fato de as três vítimas terem estado simultaneamente em Israel constitui sem dúvida uma pista interessante", admitiu. "Mas não dá certeza sobre coisa alguma. É apenas um indício, algo circunstancial." Inclinou-se para a frente, cravando os olhos perscrutadores na italiana. "Certamente algo mais lhes deu a certeza de que a chave dessa série de homicídios se encontra aqui."

Valentina esboçou uma expressão toda ela feita de inocência angelical.

"Não sei do que está falando. Limitamo-nos a seguir uma pista. As três vítimas estiveram ao mesmo tempo aqui em Israel. Trata-se de uma coincidência perturbadora e que requer investigação. Queremos saber se se encontraram e onde. Apenas isso."

O enorme policial israelense balançou a cabeça.

"Que pena, não estamos nos entendendo!", declarou em voz baixa, num leve tom ameaçador. "Se querem a nossa ajuda, têm de jogar limpo." Bateu com o indicador na mesinha que os separava. "Ou me contam tudo o que sabem, e contam agora com todas as vírgulas, ou não estou nem aí para a sua investigação." Cruzou os braços, na pose de quem espera. "Escolham."

Valentina cruzou o olhar com Tomás. O historiador encolheu os ombros, indiferente; não sabia qual a utilidade daqueles joguinhos entre policiais, nem queria saber. Ela é que era a profissional, ela é que sabia o que seria ou não adequado para revelar aos outros policiais, ela é que teria de tomar a decisão.

A inspetora da Polizia Giudiziaria compreendeu a mensagem. Respirou fundo e encarou o colega israelense.

"Está bem", cedeu. "Existe de fato um elemento adicional que nos deu a firme convicção de que a solução para este mistério se encontra aqui em Israel."

Grossman tirou o seu bloco de notas e a caneta e se preparou para começar a escrever.

"Sou todo ouvidos."

"As nossas três vítimas morreram degoladas."

"Eu reparei. O que quer dizer que estamos perante assassinatos rituais."

"Exatamente. Acontece que temos testemunhas oculares do segundo e do terceiro crime. Em ambos os casos, elas nos disseram que o assassino soltou um grito de angústia, como se lamentasse as mortes, no instante em que terminou as execuções."

A informação levou o policial a suspender as anotações e a erguer o olhar, intrigado e desconcertado.

"Ele lamentou as mortes?"

"Exato. Essa observação chamou a atenção do professor Noronha, a quem pedi assistência no caso."

Valentina se voltou para Tomás, como se o convidasse a retomar a palavra onde ela a deixara.

"De fato, esses dois testemunhos me pareceram vindos de algo com que cruzei quando estudei o período entre a morte de Jesus, por volta do ano 30, e a destruição do Templo de Jerusalém pelos romanos, no ano 70." Apontou para Grossman, que voltara a tomar notas. "Como o senhor observou há pouco, os homicídios por degolação resultam em geral de práticas rituais. A inspetora Ferro já tinha me falado nisso na noite do primeiro homicídio no Vaticano, e até observou que a vítima foi morta como um cordeiro. Mas no momento não prestei muita atenção. Não me pareceu relevante. Quando, porém, me dei conta de que o criminoso soltava lamentos terríveis depois de cada execução, minha mente se iluminou."

"*Yehi or!*", murmurou o policial quase automaticamente, enunciando em hebraico a célebre expressão bíblica. "Faça-se luz!"

"Foi o que aconteceu comigo. *Yehi or!* Como se tivesse sido atingido por um relâmpago, lembrei-me nesse instante das práticas de uma seita de assassinos judeus que existiu aqui em Israel nas décadas que se seguiram à crucificação de Jesus, e que..."

"Não vai me falar nos zelotas?", atalhou Grossman, com uma expressão desconfiada.

Tomás fez uma pausa e arregalou os olhos, como uma criança que tivesse sido apanhada em flagrante com a mão no pote de doces.

"Sim, vou", admitiu por fim. "De fato, lembrei-me dos zelotas, que na época tinham uma facção extremista conhecida por *sicarii*."

O israelense corpulento fez um gesto de enfado.

"Isso foi há dois mil anos! Os zelotas... ou *sicarii*, se prefere, já não existem! Vocês estão caçando fantasmas, que diabo!"

"Eu sei que os *sicarii* já não existem", reconheceu o historiador. "No entanto, as práticas de assassinatos rituais são as mesmas! Os *sicarii* esfaqueavam os romanos em público com as suas *sicae*, as adagas sagradas que escondiam por baixo das capas, e logo depois das execuções punham-se a bradar aos céus em grandes lamentos, como se estivessem consternados, fingindo assim que nada tinham a ver com o sucedido, e depois desapareciam no meio da multidão e ninguém os apanhava."

"Isso são histórias antigas!"

"Pode ser que sim. Todavia, a prática é a mesma. Além disso, duas das nossas vítimas são historiadores que pesquisavam manuscritos do Novo Testamento, que abordam justamente acontecimentos ocorridos na mesma área e no mesmo período histórico. Agora some as degolações e os lamentos rituais típicos dos *sicarii* ao fato de as três vítimas terem estado há três meses em Israel ao mesmo tempo. São coincidências demais, não acha?"

Arnie Grossman ponderou a questão por momentos, como se avaliasse a pertinência daquele raciocínio.

"Tem razão", acabou por condescender. "Parecem de fato coincidências demais!..."

"Foi o que achamos", disse o historiador, fazendo um gesto largo a indicar o bar do American Colony. "De modo que aqui estamos."

Valentina, que tinha se mantido calada para deixar Tomás desenvolver o raciocínio que os conduzira aos *sicarii*, pareceu ganhar vida e encarou o seu colega israelense.

"Já lhe expusemos todo o nosso raciocínio", lembrou. "Espero contar agora com a sua colaboração..."

"Com certeza", assegurou Grossman enquanto recuava algumas páginas no seu bloco de notas. "Tenho aqui a informação que vocês me solicitaram no pedido que nos enviaram por escrito. Não sei se vai ajudar, mas espero que sim."

Foi a vez de Valentina pegar a caneta e se preparar para registar os dados que ia receber.

"Então diga."

"As suas três vítimas ficaram alojadas em hotéis diferentes", indicou. "A professora Escalona se instalou no King Davi, talvez o hotel mais famoso de Jerusalém."

"Típico dela", observou Tomás com um sorriso. "Patricia sempre apreciou o grande luxo."

"O professor Schwarz ficou no Mount Zion Hotel, em pleno Monte Sião", acrescentou o policial israelense, imperturbável, "e o professor Vartolomeev foi para o Ritz." Virou a página e leu as anotações seguintes. "Os três vieram fazer coisas diferentes e, tanto quanto nos foi possível perceber, tiveram itinerários separados." Fechou o bloco de notas e esboçou um sorriso conclusivo. "E é tudo."

Os seus dois interlocutores ficaram olhando para ele, decepcionados.

"É só isso?"

"Receio que sim."

"Mas... mas...", titubeou Valentina, "não há nenhuma possibilidade de que tenham se encontrado em algum momento?"

Arnie Grossman respirou fundo.

"Ouça, ninguém pode garantir coisa nenhuma!", disse. "Jerusalém é uma cidade grande, mas não tão grande assim. Será que não esbarraram uns com os outros na Porta de Damasco, por exemplo? Sei lá! Se isto fosse uma investigação prioritária, eu alocaria grandes recursos e pode acreditar que, se eles tivessem se encontrado, acabaríamos sabendo. Mas, como deve imaginar, este problema é insignificante para a nossa ordem de prioridades. Lidamos todos os dias com coisas bem mais graves. Assim sendo, só pude destacar um homem durante uma manhã para este assunto."

"Mas então como fazemos agora?"

"Agora já temos em campo dois investigadores em tempo integral. Com certeza que isso nos permitirá chegar a algum lugar."

"Ah, sim? É gente experiente do seu departamento?"

O anfitrião abriu o rosto num vasto sorriso e, pegando o seu copo de uísque, recostou-se na cadeira e relaxou.

"Isso não sei", riu, fazendo um gesto na direção dos seus interlocutores. "Os novos investigadores estão à minha frente."

Tomás e Valentina se entreolharam.

"Está falando de nós?"

O inspetor-chefe Grossman engoliu o líquido dourado de uma vez e pousou pesadamente o copo sobre a mesinha. A seguir cruzou a perna e pôs-se confortável, uma expressão indisfarçável de gozo bailando nos seus olhos.

"Pensaram que vinham a Jerusalém de férias?"

# XXXI

A circunspecta fachada de calcário cor-de-rosa do Hotel King David impunha respeito, mas Tomás e Valentina estavam tão preocupados com a necessidade de encontrarem indícios que os pusessem na pista certa que nem pararam para contemplar o edifício histórico. Foi só quando cruzaram a porta giratória de entrada e percorreram o *lobby* que verdadeiramente sentiram o esplendor daquele lugar.

"Que hotel!", exclamou Tomás enquanto apreciava o hall. Ao longo do corredor que unia as duas alas, o chão era cortado por uma longa faixa branca com nomes e assinaturas de hóspedes notáveis. Inclinou-se sobre a faixa e leu um dos nomes. "Churchill esteve hospedado aqui!"

"Ele e mais uma penca de outras celebridades", acrescentou a italiana, estudando também as assinaturas registradas no chão; viam-se os nomes rabiscados de Elizabeth Taylor, Marc Chagall, Henry Kissinger, Simone de Beauvoir, do Dalai Lama, de Kirk Douglas, Yoko Ono e uma infinidade de outros famosos. Depois lançou um olhar de apreciação para a decoração. "Hmm... *ma che bello!*"

O hall do hotel era de uma imponência babilônica, com grandes colunas ricamente trabalhadas e vistosas arcadas azuis a sustentarem o teto, num espaço ornamental cheio de elementos decorativos inspirados nos vários estilos da região, incluindo arte fenícia, egípcia, grega e assíria. Tratava-se sem dúvida de uma entrada imponente.

Um empregado uniformizado se aproximou dos recém-chegados.

"Em que posso lhes ser útil?"

Como se estivesse preparada, Valentina exibiu de imediato o seu crachá da Polizia Giudiziaria e um documento que lhe fora passado pelas autoridades israelenses.

"Sou da polícia italiana e procuro informações sobre uma cliente de vocês", explicou. "Gostaria de falar com o gerente do hotel, por favor."

O empregado fez uma leve mesura e desapareceu tão depressa quanto tinha surgido, mas voltou dois minutos mais tarde na companhia de um homem baixo e engravatado. O homem estendeu a mão aos visitantes e exibiu um sorriso profissional.

"O meu nome é Aaron Rabin, sou gerente do King Davi. Posso lhes ajudar?"

Valentina voltou a se identificar. Depois de o gerente inspecionar o cartão da Polizia Giudiziaria e o documento israelense e se prontificar a auxiliar no que pudesse, a italiana tirou da mala uma fotografia colorida, com o rosto de uma mulher sorridente.

"Esta senhora se chamava Patricia Escalona, era espanhola e foi assassinada há alguns dias", disse. "Temos a informação de que há três meses esteve alojada neste hotel e gostaríamos de saber se algum dos seus funcionários se lembra dela."

O gerente pegou a fotografia e a contemplou por alguns instantes. Era evidente que aquele rosto não lhe parecia familiar. Pediu licença e foi ao balcão da recepção discutir com os empregados. Os recepcionistas viram a fotografia e chamaram o *concierge*, que também estudou a imagem. A certa altura havia já um pequeno grupo reunido atrás da recepção. Mais pessoas foram chamadas, incluindo dois *bell-boys*, até que pareceu gerar-se um consenso, com várias cabeças acenando afirmativamente.

O gerente regressou enfim para junto dos dois forasteiros, acompanhado por um homem calvo que trazia na mão a fotografia da professora Escalona.

"Apresento Daniel Zonshine, da agência Jerusalem Tours", anunciou o gerente, indicando o seu acompanhante. "Creio que ele poderá ajudar."

Valentina e Tomás o cumprimentaram e Zonshine, ultrapassadas as amabilidades formais, apontou para uma loja na zona comercial do térreo do hotel.

"A minha agência tem uma sucursal aqui no King Davi." Exibiu a fotografia. "Acontece que esta senhora foi de fato nossa cliente. Lembro-me dela porque falava muito mal inglês e precisava de um guia que soubesse espanhol e que, além de a levar aos locais aonde precisava de ir, pudesse lhe servir de intérprete sempre que necessário."

O rosto da italiana se iluminou.

"Ah! E onde está esse guia?"

Zonshine consultou o relógio.

"Mohammed deve entrar no serviço daqui a pouco." Indicou uns sofás. "Por que não esperam aí? Quando ele chegar, trago-o até vocês."

Os dois visitantes se instalaram na elegante esplanada do restaurante do hotel, rodeada por um pequeno muro coberto de flores e com vista para a piscina e o jardim. Ao longe se estendiam as muralhas da cidade velha no setor da Porta de Jaffa. Apesar do calor, pediram um chá de hortelã e ficaram observando o movimento na esplanada, onde jovens casaizinhos de judeus ortodoxos namoravam com infinito pudor, e comentando a decoração e o valor histórico do edifício. Tomás contou que foi justamente ali no King Davi que, após o colapso do Império Otomano, esteve instalada a administração do Mandato Britânico. Por causa disso, o movimento judaico Irgun explodiu uma bomba naquele hotel em 1946, precipitando a retirada britânica, que conduziria à proclamação do Estado de Israel, dois anos mais tarde.

"Como pode ver", observou Tomás, "o King Davi é um hotel cheio de história, de modo que..."

A conversa foi interrompida por Daniel Zonshine, que apareceu na esplanada na companhia de um rapaz magro e de bigode preto, vestindo uma camisa com o logotipo da Jerusalem Tours.

"Este é o Mohammed", apresentou-o. "Foi ele que acompanhou a senhora em questão."

"*Salaam alekum!*"

"*Alekum salema*", devolveu Tomás, exibindo o seu árabe. "Foi você o guia da professora Escalona?"

"Sim, senhor."

"Lembra-se dos locais que ela visitou enquanto esteve aqui?"

"A *señorita* fez um pouco de turismo na cidade velha e se dirigiu a algumas instituições ligadas à investigação histórica, creio eu", revelou. "Mas passou a maior parte do tempo numa conferência na Universidade Hebraica de Jerusalém. Do que me recordo, tratava-se de umas palestras sobre as descobertas de Qumran."

"Os Manuscritos do Mar Morto?"

"Isso."

"Ela estava sozinha?"

"Inicialmente, sim. Depois arranjou uns amigos e me dispensou."

Tomás e Valentina trocaram um olhar.

"Uns amigos?"

"Sim. Uns ocidentais que a *señorita* conheceu na Fundação Arkan. Ainda os acompanhei no dia seguinte a uma visita à Autoridade de Antiguidades de Israel, mas ela acabou por prescindir dos meus serviços e não voltei a vê-la."

"Lembra-se do nome dos amigos da professora Escalona?"

O palestino balançou a cabeça.

"Não. Isto foi há três meses, não é? Além do mais, tinham nomes esquisitos. Acho que nem na época os decorei..."

A inspetora da Polizia Giudiziaria retirou umas fotografias da mala e se mostrou ao guia. Eram imagens com os rostos dos professores Alexander Schwarz e Petar Vartolomeev.

"Eram estes?"

Ao ver as fotografias, Mohammed estreitou os olhos e as comparou com os arquivos da sua memória.

"Como disse, isto já foi há uns três meses e não estive muito tempo com eles", indicou, hesitante. "No meio de tantos clientes, não é fácil lembrar de todas as pessoas que vemos." Concentrou-se de novo nas imagens e acabou por acenar afirmativamente. "Mas, sim. Acho que são eles."

"Com certeza?"

O guia lançou um derradeiro olhar sobre as imagens, para se certificar de que não se enganara.

"Tenho quase certeza. Quanto mais vejo esses rostos, mais eles me parecem familiares."

"Onde disse que a professora Escalona os encontrou?"

"Na Fundação Arkan."

"O que é isso?"

Mohammed hesitou e o seu superior hierárquico, que até ali acompanhara o diálogo em silêncio, respondeu por ele.

"É uma instituição muito prestigiada aqui em Israel", indicou Daniel Zonshine. "Desenvolve atividades em várias áreas e tem a sede no Bairro Judeu da cidade velha."

Valentina e Tomás trocaram um novo olhar, desta vez com uma expressão triunfante cintilando nos olhos. Tinham acabado de encontrar a pista que procuravam.

A Fundação Arkan.

# XXXII

O ambiente no Bairro Judeu da cidade velha era de absoluta tranquilidade. As ruas estavam quase desertas, à exceção de uma ou outra pessoa que passava a caminho do Muro das Lamentações ou se dirigia para a Praça Hurva. O chilrear dos pássaros parecia ecoar pelos becos como melodia serena e as palavras das raras pessoas que por ali circulavam se reduziam a murmúrios.

Neste contexto, o ruído seco dos passos de Tomás e Valentina reverberando no chão de pedra, ganhou amplitude, mas os dois visitantes não se incomodaram. Consultando o mapa do bairro, o historiador verificou a posição das sinagogas sefarditas e indicou uma ruela lateral.

"É por ali."

Caminharam ambos na direção apontada, mas Valentina parecia se mover com o piloto automático ligado, limitando-se a seguir o vulto do companheiro. Tinha os olhos mergulhados nos documentos que lhe haviam sido enviados essa manhã de Roma e sabia que precisava acabar de lê-los antes de chegar ao destino.

"Esta fundação é curiosa", observou ela num tom ambíguo; talvez estivesse apenas falando consigo mesma, mas nem isso era certo. "Muito curiosa, mesmo..."

"Em que sentido?"

A italiana levou alguns segundos para responder. Leu mais um pouco e só quando terminou é que baixou os papéis e encarou Tomás.

"Para começar, tem interesses muito variados, com apostas em áreas diversificadas do conhecimento", disse. "A fundação investe muito na pesquisa histórica, da arqueologia à paleografia. Naturalmente a sua área de especialização incide no Oriente Médio, e em particular em toda a região da Terra Santa. Ao que parece, o seu espólio inclui uma coleção de artefatos dos tempos bíblicos. Mas também desenvolveu pesquisas em vários domínios científicos, tendo criado laboratórios especializados em coisas tão diferentes como a física das partículas e a pesquisa médica, por exemplo." Assobiou, apreciativa. "*Dio mio*, isto é um mundo!"

"Mas qual a filosofia que a orienta? A investigação pura?"

Valentina exibiu o topo de uma página dos documentos que estivera lendo. Tratava-se de um logotipo com uma frase escrita em grossos caracteres góticos.

"*'Über allen Gipfeln'*", leu em voz alta, "*'ist Ruh, in allen Wipfeln spürest du kaum einen Hauch; Die Vögelein schweigen im Walde. Warte nur, balde. Ruhest du auch.'*"

Tomás ficou um longo instante imóvel olhando-a ler.

"O que diabo quer isso dizer?"

"'Por todos estes montes reina a paz'", recitou ela, "'em todas estas frondes a custo sentirás sequer a brisa leve; em todo o bosque não ouves nem uma ave. Ora espera, suave. Paz vais ter em breve.'"

O historiador fez uma careta incrédula.

"Você fala alemão?"

A italiana riu e exibiu o documento enviado de Roma.

"Este poema tem a tradução em italiano", disse. "Vê? É aqui embaixo."

Foi a vez de Tomás sorrir.

"Ah, bom!" Esboçou uma expressão apreciativa. "São versos bonitos, sim senhor. Quem os escreveu?"

"Ora, quem haveria de ser?", retorquiu ela. "O maior de todos os escritores alemães. Goethe."

"Além de bonito, é um texto pacifista. Se o lema da Fundação Arkan é mesmo esse, penso que estamos perante uma instituição bem-intencionada."

Valentina fez uma careta e ergueu o dedo, como se quisesse interpor alguma cautela.

"*Se!*", sublinhou. "Sabe, desconfio sempre daqueles que passam a vida pregando a paz. Por vezes são os piores. Por trás de uma conversa inócua ocultam desígnios bem sinistros..."

O acadêmico português estacou diante de um edifício anônimo no meio da rua e verificou o número da porta. Depois viu uma pequena placa dourada pregada por cima da campainha com o nome *Arkan Foundation* gravado no metal.

"Então já vamos tirar a prova", anunciou ele. "Chegamos!"

Apertou o botão e um *crrrrrr* eléctrico da campainha soou no interior do edifício. Aguardaram alguns instantes até escutarem o som de passos se aproximando e a porta se abrir. Do outro lado viram uma jovem de cabelo preto e olhos curiosos.

"*Shalom!*"

"*Good afternoon*", cumprimentou-a Tomás, sinalizando assim que não iria falar hebraico. "Temos um encontro marcado com o senhor Arkan, o presidente da fundação. Ele está?"

Depois de se certificar da identidade dos dois visitantes, a moça os levou para uma sala e lhes ofereceu dois copos d'água. Pronunciou em seguida um cortês "aguardem um minuto, por favor", e os deixou a sós. Pouco depois reapareceu, pediu-lhes que a seguissem e os conduziu até ao primeiro andar. Bateu à porta com suavidade, ouviu-se uma voz de homem dar uma ordem em hebraico do outro lado e ela indicou aos seus acompanhantes que entrassem.

"Sejam bem-vindos", cumprimentou-os o homem grande e de sobrancelhas espessas, como as de Brejnev, que os veio acolher à porta. "Sou Arpad Arkan, o presidente da fundação. A que devo o prazer da visita da policial da *bella Italia*?"

"Lamento incomodá-lo", disse Valentina. "Estamos investigando a morte recente de três acadêmicos europeus em circunstâncias que nos parecem bizarras."

A declaração da inspetora da Polizia Giudiziaria lançou uma sombra no olhar vivo do anfitrião.

"Ah, eu soube!", exclamou Arkan, de repente falando devagar como se medisse as palavras. "É terrível! Fiquei chocadíssimo quando me deram a notícia!"

"As investigações aos três casos nos trouxeram aqui a Israel. Acabamos por perceber que as três vítimas se cruzaram neste país." Fez uma pausa, para estudar a reação do seu interlocutor. "Soubemos agora que o local exato onde se encontraram foi aqui mesmo." Apontou para o chão. "A Fundação Arkan."

Calou-se, à espera do que Arkan tinha para dizer sobre esta revelação. Percebendo que as suas reações estavam sob escrutínio, o presidente da fundação respirou fundo e, quase constrangido, desviou o olhar para a janela.

"Não tinha me dado conta disso", afirmou. "Mas é um fato que os conhecia. Convidei-os a virem aqui à fundação." Percorreu a agenda que estava aberta sobre a secretária. "Fez anteontem três meses. Mal sabíamos a tragédia que iria se abater sobre eles!..."

A inspetora italiana ponderava todas as palavras que escutava, em busca de contradições, lacunas ou sentidos ocultos, como um jogador de xadrez avaliando cada movimento do adversário.

"Podemos saber o que eles vieram fazer aqui?"

Arpad Arkan esboçou um gesto em direção aos papiros e aos pergaminhos emoldurados que estavam pendurados nas paredes do gabinete. Pareciam antigos, com os caracteres gregos e hebraicos em *scriptio continua*, e apresentavam as bordas rasgadas e buracos no meio.

"A fundação possui um valioso espólio de manuscritos", explicou. "São alguns extratos da Bíblia ou então outros documentos antigos escritos em hebraico, aramaico ou grego. Encomendei à professora Escalona uma perícia." Apontou para o que parecia um vaso tosco pousado no chão, bem ao lado da secretária. "E temos também alguns ossários protocristãos. O professor Schwarz me foi aconselhado como perito nessa área."

"E o professor Vartolomeev? Ele não era historiador..."

"Ah, o cientista da Bulgária? A fundação criou um centro de pesquisa avançada na área molecular e me disseram que ele era uma autoridade de renome mundial. Parece que todos os anos o seu nome é cogitado para ganhar o Prêmio Nobel de Medicina. Convidei-o a colaborar conosco e ele aceitou." Balançou a cabeça, combalido. "O seu falecimento, receio, constitui uma grande perda para a Fundação Arkan. Depositávamos grandes esperanças no trabalho dele."

"Os três estiveram juntos aqui na fundação?"

"Sim, estiveram juntos. Embora pertencessem a áreas diferentes, falei com eles ao mesmo tempo."

"Foi assim que se conheceram?"

"É provável", admitiu. "De fato, não tive a impressão de que se conhecessem antes."

Valentina fez um ar pensativo, como se pensasse na maneira de formular a pergunta seguinte.

"Como o senhor explica que três pessoas que se conheceram aqui no seu gabinete tenham sido executadas três meses depois no espaço de menos de vinte e quatro horas?"

O anfitrião pareceu atrapalhado com a pergunta.

"Então... enfim, não sei como explicar", titubeou. "É realmente... quer dizer, é uma coincidência." A palavra lhe surgiu como uma boia de salvação, à qual se agarrou de imediato. "Foi isso e apenas isso. Uma infeliz coincidência."

A italiana trocou um breve olhar com Tomás e voltou a encarar o seu interlocutor, os olhos de um azul glacial.

"Para a polícia não há coincidências, senhor Arkan."

O presidente da fundação se empertigou.

"O que está insinuando?"

"Não estou insinuando nada", devolveu ela sem se deixar intimidar. "Estou lhe dizendo que, em ciência criminal, as coincidências são encaradas com grande desconfiança. O fato é que três acadêmicos que se conheceram aqui no seu gabinete acabaram mortos três meses depois em circunstâncias no mínimo bizarras. Não sei se posso chamar isso de coincidência."

Arpad Arkan ergueu o seu corpo volumoso e, com grande veemência, apontou para a porta.

"Rua!", vociferou. "Vão embora!"

Valentina e Tomás se imobilizaram na cadeira, estupefatos com aquela reação. A insinuação que a italiana havia feito era desagradável, sabiam, mas a reação do anfitrião parecia-lhes extremamente desproporcionada.

"Está cometendo um erro grave."

"Não quero saber!", rugiu o homem das sobrancelhas grossas, insistindo em apontar para a porta do gabinete. "Quero vocês fora da minha fundação o mais depressa possível! Rua!"

O tom intempestivo do anfitrião irritou Valentina, que se ergueu e colou o nariz ao nariz de Arkan.

"*Madonna!* Mas com quem pensa que está falando?"

"Saiam imediatamente ou chamo a polícia! Saiam daqui!"

"*Cretino! Stupido! Stronzo!*"

"Fora! Fora daqui!"

Os dois gritavam cara a cara um com o outro, os rostos ruborizados e os perdigotos voando em todas as direções. Percebendo que estava lidando com duas cabeças quentes e que a situação ameaçava ficar fora de controle, Tomás pegou a inspetora da Polizia Giudiziaria e a arrastou para fora do gabinete.

"Vamos embora", disse num tom calmo. "Não vale a pena."

"Rua!", gritava Arkan, fora de si. "Quero vocês no olho da rua! Quem vocês pensam que são para virem me insultar na minha própria casa? Hã? Saiam daqui!"

"*Imbecile! Scemo!*"

As portas se fecharam com estrondo e, tão depressa como tinha sido interrompida, a tranquilidade voltou ao interior do edifício da fundação. Ainda arfando, Arkan afrouxou a gravata, desabotoou o botão superior da camisa e soltou o colarinho. Depois caiu pesadamente na sua poltrona e respirou fundo, readquirindo o controle das emoções.

Os seus olhos se desviaram para o telefone pousado ao canto da secretária. Hesitou um instante, como se combatesse a pulsão que tentava dominar sua vontade. Com um suspiro de rendição, resignou-se ao inevitável e pegou enfim no aparelho.

"Alô? É você?"

# XXXIII

"Sim, mestre. Sou eu. Qual o problema?"

Sentado nos restos da velha muralha, os pés dançando sobre o precipício e os restos do Palácio de Herodes, fundamentados em três degraus escavados na face escarpada do norte do promontório, Sicarius contemplou a extensão árida do deserto da Judeia, cortada pela mancha azul do mar Morto como se o grande lago salgado fosse um oásis. Sentiu o vento seco e quente soprar pela encosta do maciço rochoso e afagar-lhe a face enquanto lhe sacudia a túnica.

*"Hoje estou um pouco enervado"*, confessou a voz do outro lado da linha. Respirou fundo. *"Lembra-se da nossa última conversa?"*

"Quando eu estava rezando no HaKotel HaMa'aravi?"

*"Sim"*, confirmou o mestre.

*"Disse para você estar preparado."* Fez uma curta pausa. *"Está?"*

"Sempre."

Nova pausa ao telefone.

*"Chegou o momento."*

O vento levantou uma súbita nuvem de poeira e Sicarius ajeitou o *tallit* que lhe cobria a cabeça, posicionando-o de modo a proteger melhor os olhos. Lá embaixo o vale se estendia numa desconcertante sinfonia de cores e tonalidades ao longo das margens sinuosas do mar Morto, passando do castanho da terra ao ouro da areia, depois à orla branca do sal, ao verde opalino da água que logo se torna azul-turquesa e a seguir anil profundo, até desmaiar na outra margem, para além da neblina, entre o cinzento-amarelado das montanhas e dos desfiladeiros da Jordânia.

"Quem é o alvo?"

*"São dois investigadores enviados pela polícia italiana. Chegaram agora a Jerusalém e se meteram no nosso caminho."* Fez um estalido com a língua. *"Este é o momento de agir."*

"Onde eles estão alojados?"

*"No American Colony."*

"Hmm... o hotel dos espiões. Parece apropriado."

*"Muito. Estamos falando de um casal."*

"Cuido dos dois?"

*"Deixe a mulher em paz. É inspetora da polícia italiana, não queremos nos meter com essa gente. A pessoa de quem você vai tratar é o acompanhante dela. É do gênero calado."*

"São os mais perigosos..."

*"Este é historiador e parece ter capacidade para interpretar os enigmas que fomos espalhando. Chama-se Tomás Noronha e é português. Vou enviar para o seu e-mail um retrato que tiramos esta tarde com toda a discrição. Enviarei também instruções detalhadas sobre o que deverá fazer, incluindo a mensagem que vai deixar."*

"Esse historiador é o meu alvo prioritário?"

A voz do mestre se tornou profunda, a exemplo do que acontecia sempre que dava ordens importantes.

*"Sim."*

Fez-se silêncio na linha, como se depois daquela confirmação já não houvesse mais nada a dizer entre eles.

"Mais alguma coisa?"

*"É tudo. Já sabe o que tem que fazer."* O mestre mudou o tom de voz, que se tornou inquisitivo. *"Quando planeja agir?"*

Os lábios finos de Sicarius se contorceram e formaram o que parecia o vestígio de um sorriso.

"Hoje."

Sicarius desligou o celular e lançou um derradeiro olhar para a direita, contemplando o deserto da Judeia, com a mancha azulada do mar Morto no meio, e depois para a esquerda, onde se alinhava a cadeia de montanhas, desfiladeiros e penhascos que bordejavam o vale. O Sol se punha no horizonte, flamejante em tonalidades laranja e roxas, tão baixo que acentuava as sombras recortadas pelas marcas do que restava dos vários campos romanos que um dia cercaram o promontório, as estruturas desenhadas na terra como vestígios de labirintos retangulares. Era uma vista atordoante, cenário de uma beleza majestosa, a prova de que Deus abençoara aquela terra agreste. O silêncio era regenerador; apenas se escutava o sopro do vento que batia de norte e o chilrear melancólico dos estorninhos que voavam por sobre a estrutura montanhosa.

Com agilidade inesperada, Sicarius se pôs em pé de um salto e virou as costas àquele panorama grandioso. Começou a caminhar em direção à porta do Caminho da Serpente. O sol poente ainda escaldava e a brisa beijava-lhe o rosto ardente, afagando o cabelo e aquecendo a pele, mas logo o sopro parou e o ar se incendiou. Sicarius sabia que o vento só soprava na encosta norte; o resto do promontório permanecia estático. As gotas de suor começaram a deslizar pela face, a túnica depressa ficou encharcada embaixo dos braços, sentiu a pele em brasa e o chão se tornou tão luminoso que quase o encandeava.

Passou pelos restos dos alojamentos dos zelotas e lançou uma espiadela orgulhosa aos vestígios ainda intactos da sinagoga; fora decerto naquele mesmo lugar que Eleazar Ben Yair juntara os *sicarii* para o ato final da tragédia que ali ocorrera dois mil anos antes. As ruínas no topo do maciço rochoso eram os vestígios mais sublimes que os seus antepassados lhe haviam legado. Cabia-lhe agora se mostrar à altura deles.

Foi ali, em Masada, que os *sicarii* esboçaram o derradeiro e mais heroico ato de resistência contra os invasores romanos. Quando os legionários da Décima Legião conseguiram por fim romper as linhas de defesa, os dois mil *sicarii* preferiram morrer a se entregar ao inimigo. Queimaram Masada e escolheram dez homens que mataram todos os resistentes e se suicidaram de seguida. Apenas duas mulheres escaparam para contar a história.

Caminhando entre as ruínas, Sicarius se sentiu voar no tempo. Ouvia nas pedras os urros da discussão, a voz de Eleazar proclamando "escolhamos a morte e não a escravidão", os gemidos diante da angústia da decisão, as vozes resignadas dos *sicarii* aprovando a escolha fatídica do chefe, e depois os gritos da chacina, os homens matando os filhos, em seguida as mulheres, por fim uns aos outros até o silêncio se abater sobre o promontório e apenas se escutarem os estorninhos que esvoaçavam na fortaleza caída, testemunhas mudas do drama que os romanos encontraram, atônitos, quando na manhã seguinte contornaram a muralha e caminharam entre os cadáveres que se estendiam pelo chão ensopado de sangue.

Pousou a mão na adaga sagrada que trazia à cintura e sentiu-lhe a superfície polida. A *sica*, descoberta nas escavações de Masada, havia sido utilizada nessa grande matança final. Tudo aquilo sucedera há dois mil anos, quando os pagãos destruíram o Templo e expulsaram o povo da Terra Prometida. Dois mil anos.

Chegara a hora da vingança.

# XXXIV

A gargalhada ecoou pelo hall do American Colony e foi tão sonora que atraiu os olhares dos recepcionistas e dos clientes do hotel que por ali passavam.

"Tem vontade de rir?", questionou Valentina com uma ponta de ressentimento na voz. "Pois eu não acho graça nenhuma!"

O inspetor-chefe da polícia israelense parecia bem-humorado. Arnie Grossman abriu os braços, quase como se estivesse se espreguiçando, e passou as suas grandes mãos pelo cabelo grisalho e ondulado, penteando-o para trás.

"Essa é boa!"

"Não teve graça", insistiu a italiana, sem nenhuma vontade de se rir. "Foi muito desagradável!"

"Peço desculpa, mas mandar a polícia se pôr na rua requer uma certa *chutzpah*!", observou Grossman, ainda com o semblante divertido. "O nosso Arpad Arkan até pode ser um malandro, mas não há dúvida nenhuma de que é uma figura! Só de imaginar essa cena quase tenho uma síncope!..."

O policial israelense se contorcia de riso, para exasperação de Valentina. A italiana fervia de irritação no sofá, mas Tomás, que acabara de se sentar depois de ter ido pedir aos recepcionistas a chave do quarto, mostrava-se indiferente e até compreendia a reação de Grossman. Visto de uma certa perspectiva, o que lhes acontecera nessa tarde tinha de fato a sua graça. Podia ser que com o tempo a bela inspetora também o percebesse.

"Isso não interessa", cortou Valentina, desejosa de avançar na conversa para outros pontos que considerava mais relevantes. "A nossa investigação nos conduziu a este ponto, a partir do qual não tenho qualquer autoridade para intervir. Preciso saber o que a polícia de Israel pode fazer agora."

Já recomposto, Arnie Grossman abriu as palmas das mãos, como se a quisesse acalmar.

"Woah! Tenha calma!", exclamou. "Vamos mais devagar." Inclinou-se para a frente e desfez o sorriso, como se enfim tivesse se decidido a encarar o assunto a sério. "Vamos por partes. Que conclusão tirou da conversa que teve na fundação?"

"Que tudo aquilo é muito suspeito", disse ela. "O homem está evidentemente escondendo alguma coisa."

"Por que diz isso?"

"Primeiro, por causa da explosão intempestiva quando o questionei sobre a coincidência de os três acadêmicos terem sido assassinados três meses depois de terem se encontrado na fundação. A reação desproporcional de Arkan mostra que ele está nervoso com isto. Quem não deve não teme. Depois, porque a explicação dele não confere. Repare nos fatos: as três vítimas não conheciam umas às outras, Arkan as convidou para uma conversa em que contratou os dois historiadores para uma perícia e o cientista para um instituto qualquer e, quase por mágica, as três pessoas até então desconhecidas se tornaram inseparáveis. Segundo o guia, as nossas vítimas se juntaram no dia seguinte e foram visitar a Autoridade das Antiguidades de Israel. Depois a professora Escalona se sentiu tão à vontade com os seus novos amiguinhos que até dispensou o guia." Fez uma careta de perplexidade. "Por que os três se tornaram inseparáveis? Por causa de um encontro sem importância na Fundação Arkan? Como é que uma mera conversa acadêmica tem esse efeito?"

"Realmente..."

"E por que razão, sendo os três cientistas de especialidades e áreas de investigação tão diferentes, Arkan foi falar com eles ao mesmo tempo? Não seria mais lógico que tivesse uma reunião com um, depois com outro e finalmente com o terceiro? Por que os três ao mesmo tempo?"

"Valentina tem razão", observou Tomás, que até ali permanecera calado. "Nada disso faz sentido."

Mas a italiana ainda não acabara de dizer o que tinha em mente.

"Se eles se reuniram todos simultaneamente é porque o presidente da fundação queria falar a eles sobre um assunto de interesse comum. E que assunto seria esse? Por que motivo o Arkan está ocultando as coisas de nós? Que questões inconfessáveis ele anda escondendo? Qual a relação dessa misteriosa conversa com as mortes a que temos assistido? Como diabos..."

O inspetor-chefe da polícia israelense fez um movimento afirmativo com a cabeça.

"Certo", atalhou, interrompendo o raciocínio da sua colega. "Essa história parece realmente malcontada, é evidente. Não me admiraria nada que Arkan estivesse metido num esquema qualquer duvidoso. Mas temos de proceder com cautela."

A italiana quase explodiu ao ouvir estas últimas palavras.

"Como, proceder com cautela?" Apontou para a porta como se o presidente da fundação estivesse ali. "Aquele *scemo* está escondendo coisas! Ele tem responsabilidades nestas mortes! E o que nós fazemos?" Fez uma expressão caricatural, como se imitasse o seu interlocutor. "Procedemos com cautela!..."

"Tenha calma", pediu Grossman. "Arpad Arkan é um homem poderoso. Dispõe de muitos contatos nos meios políticos e mexe com interesses acima de nós." Esfregou o indicador no polegar. "Há muito dinheiro envolvido, e não apenas daqui. O homem se movimenta com muita facilidade em certos círculos das finanças internacionais. Além disso, a fundação se apresenta como uma instituição muito humilde, com toda uma conversa sobre a paz que cai bem junto da imprensa e da política internacional. O lema da fundação é, aliás, revelador, cheio de..."

"Está se referindo ao poema de Goethe?"

O israelense arregalou os olhos, surpreso.

"Ah! Já conhecem?"

"Fizemos o dever de casa..."

"Então, esse poema que eles escolheram para lema é muito pacifista e tem se revelado incrivelmente útil à fundação. A conversa da paz proporciona uma fachada perfeita para as suas atividades mais nebulosas. Por isso é necessário proceder com o máximo cuidado."

Valentina se impacientou.

"Inspetor Grossman, tudo isso pode ser verdade, mas nós somos policiais, não somos? Então temos de agir como policiais. Na Itália a máfia também é um assunto sensível, que mexe com as altas finanças e a alta política, e não é por isso que deixamos de enfrentá-la."

"Está bem, mas mesmo assim...", murmurou o israelense, deixando a frase morrer. "Investigar a Fundação Arkan pode ser quase impossível. Já faz algum tempo, aliás, que a tenho observado e sei bem do que estou falando."

"Você a tem observado?", estranhou a italiana. "Por quê?"

O inspetor-chefe da polícia israelense se calou por um instante, como se ponderasse o que podia ou não revelar.

"Digamos que tenho motivos para desconfiar das suas atividades", indicou. "Nunca descobrimos nada de concreto, mas por vezes correm uns boatos que me deixam inquieto."

"Boatos? Que boatos?"

Nova pausa hesitante de Arnie Grossman.

"Boatos", repetiu. "Fiquemos por aqui."

Os três se entreolharam, como jogadores de pôquer escondendo os respectivos jogos e tentando adivinhar a mão dos adversários. Valentina era a mais impaciente e nervosa dos três, por isso não foi surpresa que tenha sido ela quem quebrou o silêncio desconfortável que por alguns instantes se instalara entre eles.

"Então o que sugere que façamos?"

O policial israelense desenhou no ar um gesto vago com a mão.

"Não façam nada", recomendou. "Vou pensar sobre o assunto e amanhã digo alguma coisa a vocês, está bem?"

"Parece justo."

Grossman se voltou para Tomás.

"No entanto, professor Noronha, talvez o senhor possa me ajudar a ligar algumas pontas soltas deste caso."

O pedido surpreendeu o historiador.

"O que deseja saber?"

O inspetor-chefe tiquetaqueou com os dedos sobre o braço do sofá, como se considerasse a forma adequada de apresentar o problema. Fez um sinal com o polegar indicando o caminho para o bar.

"Lembra-se de, na nossa primeira conversa, ter me dito que suspeitava que os *sicarii* estivessem envolvidos nesta história?"

"Claro. As execuções rituais das nossas três vítimas apresentam características semelhantes às perpetradas pelos *sicarii* há dois mil anos. Em especial aquele detalhe do grito de lamento logo que matavam o seu alvo. Por quê?"

Arnie Grossman fez uma careta, passou os dedos pelo queixo e desviou os olhos para o lado, numa expressão ainda pensativa.

"Os relatórios que vocês me enviaram quando pediram a nossa ajuda me deixaram intrigado", disse. "Estive lendo aquela parte dos três enigmas largados pelo assassino junto das três vítimas e a sua interpretação. Se entendi bem, o senhor acha que essas charadas apontam para fraudes no Novo Testamento."

"É verdade", aquiesceu o historiador. "Mas aonde quer chegar?"

"A questão é esta: que interesse poderiam ter os *sicarii*, uma organização judaica, por fraudes na Bíblia dos cristãos?"

"Quer mesmo saber?"

"Sou todo ouvidos."

Tomás se inclinou para a frente, como se fosse cochichar um grande segredo.

"O problema é que Jesus já tinha religião."

"Perdão?"

O português voltou a se recostar, cruzou as pernas e sorriu, os olhos divertidos dançando entre os rostos ávidos de Arnie Grossman e Valentina Ferro.

"Era judeu."

# XXXV

O American Colony tinha a fama de ser o hotel dos espiões. Acomodado no sofá e envolvido pelo ambiente intimista que o cercava, Tomás percebia o porquê; o local era perfeito para conversas discretas. Não que ele tivesse algo a esconder, mas a investigação em que estava envolvido requeria de fato uma certa dose de discrição, considerando a natureza dos crimes que haviam sido cometidos.

O problema, claro, é que ele acabara de fazer uma afirmação explosiva para os ouvidos teologicamente sensíveis de Valentina, e intuía que a italiana seria tudo menos discreta na reação às suas palavras. Nem foi preciso esperar um segundo para perceber que essa intuição estava certa.

"O que você quer dizer com isso de que Jesus era judeu?", admirou-se Valentina, quase ofendida. "*Dio mio*, ele não foi o fundador do cristianismo?"

Tomás balançou a cabeça.

"Lamento ter de dizer", murmurou. "Mas não, Jesus não fundou o cristianismo."

"*Madonna!*", protestou ela, o corpo agitado num frêmito de justa indignação. "Mas que disparate! Claro que fundou! A palavra *cris-*

*tianismo* vem de *Cristo*! Jesus *Cristo*! São as palavras e os ensinamentos de Cristo que servem de fundamento à religião! Como se atreve a dizer uma coisa dessas? Como pode afirmar que Cristo não fundou o cristianismo? Que absurdo é esse?"

"Jesus era judeu", repetiu o acadêmico português. "Sem interiorizar essa verdade fundamental, nada compreenderemos sobre ele. Jesus era judeu. Os pais eram judeus e tiveram um filho judeu a quem circuncidaram e com quem viviam em Nazaré, um vilarejo judaico situado na Galileia dos judeus. Jesus falava aramaico, uma língua relacionada com o hebraico e que era falada pelos judeus naquela época. Teve uma educação judaica, rezava a um deus judaico, acreditava em Moisés e nos profetas judaicos, respeitava as leis judaicas e era tão versado nas Escrituras judaicas e na lei de Moisés que até as ensinava e discutia. As pessoas o chamavam de *rabino*. A expressão é, por exemplo, usada por Marcos no capítulo 14, versículo 45: 'Rabbi.' A palavra *rabino* significava, há dois mil anos, *professor*. Diz Marcos no capítulo 1, versículo 21: 'Chegado o sábado, Jesus entrou na sinagoga e começou a ensinar.' Ou seja, Jesus frequentava a sinagoga aos sábados, prática naturalmente judaica, e usava uma técnica típica dos rabinos para ensinar as Escrituras: as parábolas. Além disso, tinha costumes judaicos e até se vestia como um judeu."

"Como sabe isso? Acaso alguma vez viu fotografias dele?"

"Basta ler os Evangelhos. Mateus refere no capítulo 9, versículo 20, que uma mulher 'tocou-Lhe na borda do manto', e Marcos, no capítulo 6, versículo 56, diz que os enfermos 'rogavam-Lhe que os deixasse tocar pelo menos a franja da Sua capa'. Borda do manto? Franja da capa? Do que eles estavam falando? Obviamente era do *tallit*, o manto de oração usado pelos judeus com as suas franjas, ou *tzitzit*, atadas conforme as ordens constantes em Números, um dos livros do Antigo Testamento. Isto é, Jesus se vestia como um judeu."

"Você está falando de costumes", argumentou Valentina. "Admito que eles fossem totalmente judaicos. No fim de contas, ele vivia entre judeus, é verdade. Mas o que distinguiu Jesus dos judeus foram os seus ensinamentos!..."

Tomás indicou a Bíblia que tinha nas mãos.

"Ao contrário do que pensa, os costumes judaicos constituem uma parte central dos ensinamentos de Jesus", respondeu. "Os Evangelhos o põem com frequência discutindo questões relacionadas com costumes. As roupas são apenas um exemplo. Em Mateus, capítulo 23, versículo 5, Jesus critica os fariseus porque 'alargam as filactérias e alongam as bordas dos seus mantos', dando a entender que as suas próprias filactérias, ou *tefilin*, eram estreitas e as suas bordas do manto, ou *tzitzit*, curtas."

"Ah! Então Jesus estava em desacordo com os judeus!..."

"Valentina, isto é uma discussão normal entre judeus! Os judeus discutiam, e discutem ainda, com grande paixão este tipo de coisa! Uns acham que os *tzitzit* devem ser longos, outros acham que devem ser curtos. Uns entendem que as tiras de pergaminho onde se escrevem extratos das Escrituras, ou filactérias, devem ser largas, por uma questão de devoção, e outros defendem que essas tiras devem ser estreitas, por uma questão de modéstia. Não passava pela cabeça de um romano ou de qualquer outra pessoa que não fosse judia questionar os *tzitzit* ou as filactérias de um judeu ou qualquer outra dessas minúcias bizantinas. Isso é algo que só um judeu fazia. Entende? O fato de Jesus debater este tipo de questão serve justamente de prova de que ele era judeu da ponta das unhas à ponta dos cabelos!"

A italiana ergueu o dedo, como se tivesse acabado de lhe ocorrer uma ideia.

"Espere aí! Havia costumes judaicos que ele não respeitava! A comida, por exemplo. Acredito que Jesus negou as Escrituras quando declarou que não havia comidas impuras..."

Tomás procurou na sua Bíblia.

"Isso está em Marcos", disse, localizando o trecho. "Diz Jesus, citado no capítulo 7, versículo 18: '«Não percebeis que tudo quanto de fora entra no homem não pode torná-lo impuro, porque não penetra no seu coração mas no ventre, e depois é expelido em lugar próprio?»' Assim, declarava puros todos os alimentos."

"É isso mesmo. Jesus está ou não contrariando as Escrituras?"

“Talvez, mas não necessariamente”, retorquiu o historiador. “É importante salientar que há boas razões para duvidar que Jesus tenha realmente declarado a pureza de toda a comida, assim invalidando o Antigo Testamento.”

“Ora essa! Por que diz isso?”

“Porque a declaração de pureza não está numa citação de Jesus, mas num comentário de Marcos. Além disso, esse comentário sofre contradição em outros textos do Novo Testamento.” Localizou um extrato. “Mateus, por exemplo, cita Jesus no capítulo 15, versículo 17, como tendo perguntado: ‘Não compreendeis que tudo aquilo que entra pela boca passa para o ventre e é expelido em lugar próprio, ao passo que tudo quanto sai da boca provém do coração, e é isso que torna o homem impuro?’ Como pode ver, Mateus não conclui que Jesus declarou toda a comida pura.” Avançou umas páginas. “O mais importante é o que Lucas diz nos Atos dos Apóstolos, no capítulo 10, versículo 14, quando, já depois da morte de Jesus, uma voz ordena a Pedro que coma comida impura e o apóstolo responde: ‘De modo algum, Senhor! Nunca comi nada de profano, nem de impuro!’ Ou seja, Pedro respeitava a comida *kosher*. Se Jesus alguma vez tivesse decretado toda a comida pura, Pedro também a comeria sem problemas. Mas o fato é que não comia. Logo, Jesus também não a devia comer.”

“Então como explica que Marcos ponha Jesus anulando as leis dos alimentos previstas no Antigo Testamento?”

“É uma retroação.”

“Uma retro… quê?”

“O debate sobre o que se podia ou não comer era típico do tempo em que o autor de Marcos escreveu o Evangelho. A mensagem cristã não atraiu os demais judeus, para quem era ridículo dizer que um rabino pobre da Galileia que fora crucificado como um reles bandido era o poderoso Messias previsto nas Escrituras, mas seduziu muitos gentios. Isso levantou um problema novo. Seriam esses gentios obrigados a respeitar todas as regras do judaísmo? As três questões dominantes na comunidade de cristãos passaram a ser a proibição de consumir alimentos impuros e de trabalhar ao sábado, e a obrigatoriedade da circuncisão. Havia grupos de cristãos judeus que insistiam que as regras judaicas eram para manter, enquanto outros admitiam que não. É evidente que muitos gentios gostavam de comer porco, pretendiam trabalhar aos sábados, e sobretudo não queriam de modo nenhum que lhes tocassem com lâminas no pênis, de forma que a insistência no respeito dessas três regras só servia para desencorajá-los de aderir ao movimento. A questão é que sem os gentios não havia modo de o movimento florescer, uma vez que os judeus não aderiam. Tornou-se então fundamental eliminar essas regras que desagradavam aos gentios. Daí que a obrigatoriedade da circuncisão ou a proibição de consumir alimentos impuros e trabalhar ao sábado tivesse acabado por ser anulada. Mas como legitimar teologicamente essa anulação? A melhor maneira, claro, era atribuir a ordem ao próprio Jesus. Foi o que Marcos fez."

Valentina ergueu as sobrancelhas.

"Os evangelistas podiam fazer isso?"

Tomás riu.

"As retroações são muito normais nos Evangelhos", confirmou. "Por exemplo, Lucas põe Jesus dizendo no capítulo 21, versículo 20: 'Mas quando virdes Jerusalém sitiada por exércitos, ficai sabendo que a sua ruína está próxima.' Ora, os romanos sitiaram e destruíram Jerusalém no ano 70, acontecimento que já tinha ocorrido quando Lucas escreveu o seu texto. Sabendo desse evento traumático, o evangelista pôs Jesus profetizando-o. Isso foi uma retroação. Quando as profecias são escritas após o acontecimento, a profecia e o acontecimento têm uma natural tendência a coincidir, não é verdade? Acontecia, por isso, de Jesus dar respostas nos Evangelhos a problemas que não eram do seu tempo, mas do tempo dos próprios evangelistas."

"É o caso do debate sobre a comida pura?"

"Precisamente. Este debate não é do tempo de Jesus, mas do tempo dos autores dos Evangelhos. Na Carta aos Gálatas, Paulo descreve até um desacordo que teve com Pedro justamente por causa da comida *kosher*. Escreve Paulo no capítulo 2, versículo 12: 'Antes de terem chegado alguns homens da parte de Tiago, ele comia juntamente com os gentios; mas, quando eles chegaram, retraiu-se e separou-se deles, com receio dos da circuncisão.' Pedro se justificou no capítulo 2, versículo 15: 'Nós somos judeus por nascimento, e não pecadores dentre os gentios.' Isto significa que Pedro, que era próximo de Jesus, insistia em respeitar as leis judaicas da alimentação. Isto faz pressupor que Jesus também as respeitava."

A italiana franziu o cenho, uma objeção se formando na mente.

"Está bem, Pedro respeitava as leis da comida *kosher*", admitiu. "Mas Paulo não. E Paulo também era um apóstolo. Portanto, se Paulo não respeitava a regra da pureza alimentar, por que não admitir que era ele quem seguia o exemplo de Jesus?"

O historiador sorriu e meneou a cabeça.

"Porque Paulo nunca conheceu Jesus."

"Oh, lá vem você com as suas histórias!", exclamou ela. "Mas se ele era um apóstolo!..."

"Pois é, mas Paulo é o único dos apóstolos que nunca conheceu Jesus pessoalmente", explicou. "Paulo só se converteu quando teve uma visão de Jesus já depois da crucificação. Esse foi o seu único suposto contato com Jesus e o que lhe permitiu reivindicar o estatuto de apóstolo. Mais tarde partiu para Jerusalém e conheceu Pedro e o irmão de Jesus, Tiago. O que ele sabia do Jesus de carne e osso era portanto pela boca de Pedro e Tiago, não por experiência pessoal. Isto significa que, quando Paulo entra em desacordo com Pedro, é a posição de Pedro que mais provavelmente representa a posição de Jesus. Se Pedro tinha pudor em comer com os gentios e Paulo não tinha, então provavelmente Jesus também teria pudor. Aliás, é interessante notar que, neste confronto com Pedro, Paulo não deu o exemplo de Jesus. Se Paulo soubesse que Jesus não respeitava as leis da pureza da comida, teria decerto invocado esse argumento para derrotar Pedro. Contudo, não o fez, indício seguro de que ou desconhecia a posição de Jesus sobre esta questão ou tinha consciência de que ela lhe era desfavorável."

Arnie Grossman, que até ali havia se mantido calado assistindo à conversa, remexeu-se no sofá.

"Já percebemos que Jesus respeitava as leis dos alimentos *kosher*", disse, desejoso de que a conversa avançasse. "Mas o que está tentando provar?"

"Estou dizendo que as principais disputas descritas nos Evangelhos entre Jesus e os fariseus se centram nas proibições de consumir comida impura e de trabalhar ao sábado, que curiosamente são duas das três principais questões em debate na comunidade de cristãos na época em que os Evangelhos foram escritos."

"Acha que isso não é coincidência?"

"Claro que não! A preeminência destas polêmicas nos Evangelhos não reflete necessariamente os debates do tempo de Jesus, mas os debates posteriores, de quando os gentios aderiram ao movimento. O que os evangelistas estavam tentando fazer era tranquilizar os gentios, pondo na boca de Jesus afirmações que permitiam que eles trabalhassem ao sábado e comessem alimentos impuros, como estavam habituados a fazer. Se essas interdições judaicas se mantivessem, era provável que a grande maioria abandonasse o movimento."

"Entendo."

"Os evangelistas encheram os seus textos com todas as histórias que encontraram que pudessem pôr Jesus desautorizando as Escrituras nestas duas questões. O problema é que não detectaram muita coisa nas tradições que consultaram. Em parte alguma, com exceção daquela retroação de Marcos sobre a comida *kosher*, vemos Jesus questionando a lei. Ele se limita a fazer como todos os judeus, os do seu tempo e os atuais, isto é, apenas discute interpretações na aplicação da lei, não a própria lei. Os evangelistas tentam a todo o custo polemizar pormenores, num esforço desesperado para se agarrarem a tudo o que podiam. Fizeram isso com a comida impura mas também com o sábado."

"Sim, o sábado!", exclamou Grossman. "Diz o senhor que Jesus não questionou o trabalho ao sábado?"

"Claro que não. Repare, o Êxodo proíbe o trabalho ao sábado, mas o que é isso de *trabalho*? É aqui que começam as divergências. Como sabe, alguns judeus dizem que apanhar espigas para comer não é trabalho, outros acham que é. Tal como os demais judeus, Jesus tinha as suas opiniões sobre o assunto. Marcos descreve os discípulos de Jesus colhendo espigas ao sábado, questão que suscitou dúvidas dos fariseus. Jesus respondeu no capítulo 2, versículo 25, com uma exceção fornecida pelas Escrituras: 'Nunca lestes o que fez Davi, quando teve necessidade e sentiu fome, ele e os que estavam com ele?' Era uma referência a um episódio em que Davi e os seus homens trabalharam ao sábado porque tinham fome. Ou seja, Jesus jamais pôs em dúvida que o sábado fosse um dia sagrado. Apenas questionou o que se podia ou não fazer ao sábado. Mas é importante sublinhar que entre os judeus era aceitável debater estas pequenas regras. Até os fariseus discordavam entre si sobre o trabalho ao sábado e discordavam dos saduceus sobre essa e outras regras. Há textos de autores judaicos, como Filo, discutindo o que se pode ou não fazer ao sábado. Embora a nós, hoje, nos pareçam bizantinos e irrelevantes, eram debates normais entre os judeus."

"E o divórcio?", atalhou Valentina, regressando à conversa. "As Escrituras o aceitam, mas Jesus o proíbe. Ou nega isso?"

"Não, não nego nada", replicou Tomás, voltando a folhear a sua Bíblia. "É verdade que Jesus interditou o divórcio, mas o fez exclusivamente no quadro das próprias Escrituras. Basta ver como Marcos põe o problema quando Jesus é questionado no capítulo 10, versículos 2 a 9: 'Aproximaram-se uns fariseus e perguntaram-Lhe se era lícito ao marido repudiar a mulher. Esta pergunta foi feita para O experimentarem. Respondeu-lhes Ele: «Que vos preceituou Moisés?» «Moisés permitiu passar carta de divórcio e repudiá-la», responderam-Lhe. Jesus retorquiu-lhes: «Devido à dureza do vosso coração é que Ele vos deixou esse mandamento. Mas, ao princípio da criação, Deus fê-los homem e mulher. Por causa disso, deixará o homem seu pai e sua mãe e passarão os dois a ser uma só carne. Portanto, já não são dois, mas uma só carne. Aquilo, pois, que Deus uniu não separe o homem.»' Ou seja, Jesus diz que Moisés apenas permitiu o divórcio 'devido à dureza do vosso coração', não por o divórcio ser algo intrinsecamente sagrado. Considerando que a questão punha a vontade de Deus em conflito, Jesus estabeleceu que a união abençoada por Deus é que era sagrada, não o direito ao divórcio. Isto é, mais uma vez, uma interpretação perfeitamente judaica. Os Manuscritos do Mar Morto mostram que os essênios, outro grupo de judeus, tinham pontos de vista semelhantes sobre o casamento e o divórcio. Havia judeus que apresentavam interpretações liberais e outros que se inclinavam para interpretações conservadoras. Neste caso, Jesus perdeu para o lado conservador."

De novo, Valentina descruzou e cruzou as pernas com um movimento rápido e impaciente.

"*Va bene, va bene*", aceitou entre os dentes, a voz cheia de relutância. "Jesus era judeu nos costumes. Aceito isso. Mas a mensagem que ele nos trouxe não se limita a essas questões da comida e do trabalho ao sábado, não é?"

"Claro que não", admitiu o historiador. "É verdade que esses assuntos dominaram os debates que manteve com os fariseus ao longo dos Evangelhos. Mas é evidente que Jesus abordou igualmente outras questões. Algumas delas se revelaram da maior relevância em termos éticos e teológicos."

"Ah!", exclamou ela, triunfante. "É o que eu digo! Jesus abordou questões profundas. E foi justamente com essas questões que ele rompeu com os judeus e fundou o cristianismo!"

Tomás respirou fundo e olhou para Grossman, que se remetera novamente ao silêncio. Depois voltou a encarar a italiana e considerou como poderia articular a réplica à afirmação que ela acabara de proferir. Poderia ser meigo e diplomático, mas isso requeria muito trabalho de imaginação e àquela hora já não se sentia com forças para tanto. O melhor era se manter curto e direto, mesmo correndo o risco de se revelar brutal.

"Minha cara", disse. "Ainda não percebeu qual é a consequência última de Jesus ser judeu?"

"Um judeu que fundou o cristianismo."

"Não", insistiu Tomás com um toque de impaciência. "Cristo não era cristão."

# XXXVI

A noite já havia caído sobre Jerusalém. Aproveitando a cobertura da escuridão densa, Sicarius se aproximou com cuidado da janela e, sempre com muita cautela para não ser visto, espreitou o interior. Viu três pessoas sentadas em sofás conversando e perscrutou-lhes as faces. Uma era de uma mulher. Outra correspondia à fotografia que o mestre lhe havia enviado por e-mail.

"Tomás Noronha", murmurou.

O seu alvo.

Tendo-se assegurado de que o historiador não estava em condições de interferir na sua ação, Sicarius voltou a mergulhar na sombra. Atravessou a rua, passou ao lado da escadaria estreita que conduzia à livraria, àquela hora fechada, e penetrou na zona residencial do American Colony.

"Quinze", murmurou, falando para si mesmo. "Quarto quinze."

Caminhou na noite à procura da porta do quarto de Tomás. Obter o número havia sido a coisa mais simples do mundo. Bastara ter se instalado na recepção durante a tarde, sentado numa posição privilegiada, e ter visto o seu alvo chegar e pedir a chave do quarto. Os recepcionistas lhe entregaram a chave número quinze.

Movendo-se furtivamente, Sicarius identificou a porta treze, depois a catorze e chegou finalmente à quinze. Olhou ao redor para se certificar de que ninguém o estava observando. Com um movimento rápido, retirou do bolso a chave mestra, que havia furtado da sala das faxineiras depois de sair da recepção, e a colocou na fechadura. Depois a porta se abriu.

Sem perder tempo, Sicarius entrou no quarto, fechou a porta e ligou a lanterna. A luz dançou de um lado para o outro, perscrutando a área. Era a primeira vez que via um quarto do American Colony e ficou surpreso; não imaginara que fosse tão espaçoso.

Esquadrinhou metodicamente o espaço, revistando todos os cantos. Inspecionou o banheiro, o armário, a varanda e até o pequeno frigorífico. Tinha de escolher o local adequado para se esconder. Qual o melhor? A luz da lanterna saltitava de lugar em lugar, como se fosse ela, e não o intruso, quem permanecesse indecisa.

"Maldição!", resmungou. "Já ia me esquecendo!"

Aproximou-se da cama, larga e com o cobertor dobrado aos pés, e inspecionou-a. Tinha várias almofadas bem gordas, o que lhe conferia volume. Meteu a mão no bolso das calças e puxou a folha de papel que trazia dobrada. Desdobrou-a e fez incidir o foco da lanterna sobre o seu conteúdo, para se certificar de que tinha trazido o papel correto.

Era este mesmo.

Deu um passo para a cama e pousou a folha de papel sobre a mesinha de cabeceira, bem ao lado da pequena luminária. Recuou e contemplou a posição da folha. Achou que estava tudo muito bem. Era realmente melhor tratar de tudo com calma; depois de fazer o que tinha a fazer, a confusão poderia ser demasiado grande. Parecia-lhe importante deixar já resolvido o problema da mensagem.

Veritaten dies aperit

I:XV

Virou a luz da lanterna para a mão e consultou o papel que havia imprimido com as instruções enviadas pelo mestre para o seu e-mail. Não queria cometer erros e considerava importante memorizar tudo sem falhas.

A seguir regressou ao centro do quarto e recomeçou a girar o foco da lanterna em todas as direções. Onde diabo se esconderia? Aqui? Ali? E se?...

"Já sei!"

Tinha acabado de descobrir o lugar adequado. Por Deus, muito mais do que adequado! Que rica surpresa teria aquele Tomás Noronha quando entrasse no quarto! Ah, como estava ansioso por que o momento chegasse! Não havia dúvidas, aquele esconderijo era... era...

Perfeito.

# XXXVII

O dedo furioso de Valentina estava apontado na direção de Tomás e tremia com indignação, como o de uma vítima em tribunal denunciando ao juiz o seu algoz.

"Sabe o que você é?", rugiu ela. "O Anticristo!"

O historiador riu.

"Eu?"

"Sim. O Anticristo!" Ergueu os olhos azuis, como se quisesse comunicar diretamente com o Altíssimo. "*Dio mio*, por que me enviaste esta maldita criatura? É uma provação? Um teste à minha fé? Este homem... este herege... este demônio parece decidido a demolir tudo o que me ensinaram! Agora diz que Cristo não era cristão!" Ainda olhando para o alto, fez um gesto teatral na direção do seu interlocutor. "Pai, afasta de mim este cálice!"

Apesar do tom exageradamente dramático, ela parecia falar a sério. Na dúvida sobre como reagir, Tomás voltou a soltar uma gargalhada; pareceu-lhe mais seguro encarar aquele protesto com humor.

"Se quiser eu me calo."

"Aleluia!", exultou ela, erguendo os braços como se agradecesse aos Céus. "Aleluia!" Pousou o olhar nele. "Parece de fato melhor que se cale! Ufa, já não o consigo ouvir!"

Arnie Grossman se agitou no seu assento.

"Espere aí!", exclamou, como um advogado recorrendo da decisão. "Não é bem assim! Eu preciso saber qual o interesse que os *sicarii* têm em apontar as fraudes no Novo Testamento. Essa explicação pode ser crucial para identificar quem está por trás destes homicídios..."

O olhar indeciso de Tomás bailou entre o israelense e a italiana.

"Então, como é?", quis saber. "Continuo ou me calo? Decidam-se!"

Valentina suspirou, vencida, com um gesto de rendição.

"Prossiga."

O historiador fez uma pausa para reestruturar os seus pensamentos e avaliar o melhor caminho para prosseguir.

"Bem, para dar essa explicação é fundamental que vocês percebam que Jesus era cem por cento judeu."

"Só nos costumes", interpôs Valentina. "Na ética e na teologia introduziu inovações que, quer você queira quer não, fundaram o cristianismo."

Tomás cravou o olhar nela.

"Quais inovações? Sabe qual era a crença central de Jesus?"

"Amai o próximo."

O historiador se voltou para Arnie Grossman.

"Qual é a crença fundamental dos judeus, a oração na base da sua religião?"

"Sem dúvida é o Shema", retorquiu ele de imediato. Para exemplificar, o policial israelense tapou os olhos com a mão direita e entoou a prece, como fazia todos os sábados na sua sinagoga ou diante do Muro das Lamentações. "'Escuta, ó Israel! O Senhor, nosso Deus, é o único Senhor! Amarás ao Senhor, teu Deus, com todo o teu coração, com toda a tua alma e com todas as tuas forças!'"

Enquanto Grossman entoava o Shema, Tomás folheava a sua Bíblia para localizar um trecho.

"O Shema está enunciado em Deuteronômio, capítulo 6, versículo 4", identificou. "Agora vou ler o que está escrito no Evangelho segundo Marcos, capítulo 12, versículos 28 a 30: 'Aproximou-se d'Ele um escriba que os tinha ouvido discutir, e, vendo que Jesus lhes tinha respondido bem, perguntou-Lhe: «Qual é o primeiro de todos os mandamentos?» Jesus respondeu: «O primeiro é: Ouve, Israel: O Senhor, nosso Deus, é o único Senhor; amarás o Senhor, teu Deus, com todo o teu coração, com toda a tua alma, com todo o teu entendimento e com todas as tuas forças.»'" Bateu com o dedo no versículo. "Ou seja, quando questionado sobre qual a sua crença central, Jesus não fala no amor ao próximo. A sua crença central é o Shema judaico, o amor a Deus e a crença no monoteísmo. É esta a crença fundamental de Jesus. É a crença de um judeu puro."

Valentina pegou o exemplar da Bíblia que estava aberto nas mãos do português e verificou o texto.

"Está bem, Jesus diz aqui que acima de tudo está o Shema", admitiu. "Mas você não leu tudo! Veja o que Jesus afirma a seguir: 'O segundo é este: «Amarás o teu próximo como a ti mesmo.» Não há outro mandamento maior que estes.'" Fez um ar triunfante. "Está vendo? Está vendo? É verdade que Jesus pôs o amor a Deus acima de tudo, como os demais judeus. Mas logo a seguir introduziu uma inovação teológica. Estabeleceu o amor ao próximo como o segundo maior mandamento! Isto é uma inovação! É esta ideia que funda o cristianismo!"

O historiador manteve o olhar pousado nela.

"Tem certeza?"

"Claro que tenho? Jesus ensinou o amor ao próximo. É este ensinamento que separa o cristianismo do judaísmo! O Deus dos judeus é cruel e vingativo, mas o Deus de Jesus é benigno e cheio de compaixão. O Antigo Testamento fala na justiça de Deus, o Novo Testamento nos traz o amor de Deus! É esta a grande revolução de Jesus! O amor de Deus, o amor ao próximo." Fez um gesto largo, a indicar as pessoas em redor. "Todo mundo sabe!"

Tomás recomeçou a folhear a sua Bíblia.

"É mesmo?", perguntou com uma ponta de ironia. "Então vejamos o que está escrito no Antigo Testamento dos judeus." Identificou o trecho. "Diz Deus a Moisés em Levítico, capítulo 19, versículo 18: 'Não te vingarás nem guardarás rancor aos filhos do teu povo, mas amarás o teu próximo como a ti mesmo. Eu sou o Senhor.'" Ergueu a cabeça. "Então?"

Valentina observava as páginas da Bíblia com um olhar atrapalhado.

"Bem... quer dizer, enfim..."

"Você me disse que a inovação de Jesus era o amor. Mas afinal as Escrituras dos judeus já falam no amor. Como é? Jesus inovou ou se limitou a repetir um mandamento da lei de Moisés?"

"Pois... está certo", gaguejou ela. "Mas... mas as Escrituras dos judeus não dão ao amor a ênfase que Jesus lhe dá. É essa a inovação."

O historiador fechou a Bíblia e a deixou pousada no colo.

"Qual ênfase?", questionou. "Sabe quantas vezes aparece a palavra *amor* no Evangelho segundo Marcos? Apenas essa vez! A frase narrada em Marcos, capítulo 12, versículo 31, é o *único* momento desse evangelho em que Jesus fala no amor ao próximo!"

"Mas... mas não foi essa a inovação de Jesus?"

"Qual inovação?", insistiu. "Você tem de perceber que Jesus se limitou a fazer o que qualquer judeu fazia e ainda faz." Indicou o livro. "Sabe, o Antigo Testamento inclui textos para todos os gostos. Uns judeus privilegiam umas leituras, outros privilegiam outras. Jesus fez as suas escolhas. Mas é importante que perceba que ele não inovou coisa nenhuma. Tudo o que ele disse foi no contexto exclusivo do judaísmo. Jesus privilegiava o amor? À luz do que está escrito no Evangelho segundo Marcos, o mais antigo dos Evangelhos, essa afirmação é muito questionável. Mesmo que a aceitemos, é importante sublinhar que outros judeus também privilegiavam o amor. O célebre rabino Hillel reduziu as Escrituras a esta observação: 'Não faças aos outros o que não queres que te façam a ti; todo o resto é comentário, leiam e aprendam.' Jesus era um judeu que vivia segundo os costumes judaicos, acreditava no Deus judaico e ensinava a lei judaica. Não se desviou do judaísmo nem um milímetro!"

A italiana balançou a cabeça, recusando-se a aceitar a ideia.

"Isso não é verdade!", exclamou. "O que Jesus pregava entrou em ruptura com o judaísmo! Tenho certeza absoluta! Ele revogou certos aspectos da lei judaica!"

Percebendo que tinha de recorrer à artilharia pesada, Tomás voltou a abrir a sua Bíblia.

"Você acha?", perguntou. "Então veja o que diz Jesus no Evangelho segundo Lucas, capítulo 16, versículo 17: 'É mais fácil que o céu e a terra passem do que cair uma só vírgula da lei.' Ou seja, Jesus defendeu a aplicação da lei judaica até a última vírgula! Diz Jesus no Evangelho segundo João, no capítulo 10, versículo 35: 'A Escritura não pode ser anulada.' Isto é, o Antigo Testamento não é revogável nem ab-rogável! E diz Jesus no Evangelho segundo Mateus, no capítulo 5, versículos 17 e 18: 'Não penseis que vim revogar a Lei ou os Profetas: Não vim revogá-la, mas completá-la. Porque, em verdade, vos digo: Até que passem o Céu e a Terra, não passará uma só letra ou um só acento da Lei, sem que tudo se cumpra.' Quer dizer, Jesus não só disse que não veio revogar a lei judaica como insistiu que ela deveria ser respeitada até a última letra!" Cravou os olhos em Valentina. "Pergunto: você acha que estas palavras são de alguém que quer mudar a lei judaica?"

A inspetora da Polizia Giudiziaria se deixou cair sobre o encosto do sofá, numa postura de total rendição.

"E, realmente...", murmurou. Balançou a cabeça, não em negação, mas como se tentasse encaixar todas as peças soltas na sua mente. "Mas, se é assim, o cristianismo se funda em quê? Não entendo..."

"A estranha verdade é que o cristianismo não se funda na vida de Jesus nem nos seus ensinamentos", disse. "Ele era um judeu que respeitava e pregava a lei judaica. Havia pontos inquestionáveis nessa lei, mas outros permaneciam abertos a interpretações. Uns judeus mais liberais a interpretavam de uma maneira, outros mais conservadores a interpretavam de outra. Os fariseus, por exemplo, eram conservadores."

"E Jesus?"

"Também o era. Foi por isso que entrou em competição com os fariseus. Jesus e eles disputavam quem interpretava a lei de forma mais precisa. Os fariseus privilegiavam a letra da lei, Jesus também dava atenção ao seu espírito. Isso é muito visível no Sermão da Montanha, onde Jesus cita a lei e depois enuncia o que considera ser o seu espírito. Por exemplo, não só as pessoas não devem matar como nem devem ficar irritadas; não só devem evitar o adultério como também devem evitar o simples desejo; não só devem amar o seu próximo como também devem amar o inimigo. É como se Jesus estivesse competindo com os outros judeus. Não lhe interessava apenas a letra da lei. Levava a lei judaica tão a sério que chegava a ponto de querer respeitar o que achava ser a intenção por trás dessa letra."

Valentina fez um ar pensativo.

"Daí que ele nunca se irritasse e vivesse com grande austeridade."

Tomás a olhou durante dois segundos, na dúvida sobre se deveria ou não a contradizer. Acabou por decidir levar a verdade até ao fim.

"Lamento decepcioná-la, mas Jesus era tudo menos austero", disse. "Há um extrato em Mateus e em Lucas onde Jesus contrasta a austeridade de João Batista com a sua própria flexibilidade. Diz Jesus em Mateus, capítulo 11, versículo 18: 'Veio, efetivamente João, que não come nem bebe, e dizem dele: «Está possesso»! Veio o Filho do Homem, que come e bebe, e dizem: «Aí está um glutão e bebedor, amigo de publicanos e pecadores!»' Ou seja, Jesus admite que gostava de álcool e que era bom de garfo!"

A italiana riu.

"E há indícios de que, apesar de pregar que ninguém deveria se irritar, ele próprio se irritava."

O sorriso de Valentina se desfez.

"O quê? Nunca ouvi falar nisso!..."

Tomás localizou o trecho pertinente na sua Bíblia.

"É um versículo no Evangelho segundo Marcos", disse. "Está no capítulo 1, versículos 40 e 41: 'Um leproso veio ter com Ele, caiu de joelhos e suplicou-Lhe: «Se quiseres, podes limpar-me.» Compadecido, Jesus estendeu a mão, tocou-lhe e disse: «Quero, fica limpo.»'"

"Não vejo nada que indique que Jesus ficou irritado", observou a italiana. "Pelo contrário, ficou compadecido."

"Esta tradução usa uma palavra grega que aparece na maior parte dos manuscritos, *splangnistheis*, ou *compadecido*. O problema é que há outros manuscritos que usam a palavra *orgistheis*, ou *irritado*."

"Mas, veja bem, dizer que Jesus ficou irritado quando Lhe apareceu um leproso não faz sentido", argumentou ela. "Mas dizer que Ele ficou compadecido já faz."

"É verdade", admitiu Tomás. "E também é verdade que o *compadecido* surge na maior parte dos textos. O problema é que a palavra *irritado* aparece num dos mais antigos manuscritos existentes, o *Codex Bezae*, do século V. Mais importante que isso é que a mesma palavra surge também em três manuscritos em latim traduzidos a partir de cópias do século II, enquanto *compadecido* surge pela primeira vez nos manuscritos do final do século IV. Perante este impasse, qual a leitura mais embaraçosa para os cristãos?"

"Bem... *irritado* é a palavra mais embaraçosa."

"*Proclivi scriptioni praestat ardua*", recitou. "A leitura mais difícil é melhor do que a mais fácil. Trata-se de um princípio elementar da análise histórica de documentos. É mais natural que um copista cristão transforme *irritado* em *compadecido* do que o inverso. Se o copista manteve a palavra *irritado*, apesar de ser embaraçosa, é porque provavelmente essa foi a palavra originalmente escrita pelo autor de Marcos. É impossível ter a certeza, claro, mas esta interpretação é reforçada pelo fato de Mateus e Lucas terem copiado este trecho de Marcos palavra por palavra, tendo apenas suprimido a reação de Jesus. Mateus e Lucas não dizem que Jesus ficou compadecido ou irritado. Omitem a reação. Isso é um indício de que não terão gostado da palavra originalmente usada por Marcos para descrever a reação de Jesus ao leproso. Se a palavra fosse *compadecido*, não se veem motivos para Lucas e Mateus ficarem embaraçados e a eliminarem. Mas se a palavra fosse *irritado*, já se compreende por que a suprimiram." Fechou a Bíblia. "Além disso, este não é o único ponto onde Jesus se irrita. Basta lembrar a fúria que ele teve em Jerusalém quando visitou o Templo, por exemplo, episódio bem documentado nos Evangelhos."

Arnie Grossman consultou o seu relógio e, percebendo o adiantado da hora, deu um sonoro tapa na coxa e inclinou o tronco para a frente, fazendo tenções de se levantar.

"Bem, meus amigos, já está tarde!", exclamou, pondo-se devagar de pé. "Acham que poderemos continuar a conversa durante o jantar?" Apontou para Tomás. "É que o senhor ainda não respondeu à minha pergunta: o que os *sicarii* estavam fazendo quando deixaram aqueles enigmas junto aos cadáveres?"

Valentina e Tomás se puseram também de pé. O historiador encolheu os ombros e indicou a italiana.

"Por mim, já tinha respondido diretamente à sua pergunta", devolveu. "O problema é que ela não vai compreender a resposta se não perceber um conjunto de questões."

"Eu?", admirou-se a inspetora da Polizia Giudiziaria. "Agora a culpa é minha?"

Tomás a ignorou e olhou para o israelense.

"Vá andando para o restaurante", indicou. "Eu vou só ali ao quarto mudar de roupa e já volto."

"Eu também vou", apressou-se a adiantar Valentina, pegando a sua bolsa. Apontou para Tomás. "No caminho, espero que responda à minha pergunta."

"Qual delas?"

"Se o cristianismo não se funda na vida de Jesus nem em novos ensinamentos sobre as Escrituras", recordou, "funda-se em quê, afinal?"

Tomás indicou o pequeno crucifixo de prata que ela mantinha no pescoço.

"Funda-se na morte de Jesus."

Quase num reflexo, a italiana levou a mão ao pescoço e acariciou o pequeno crucifixo.

"Na morte? Desculpe, mas isso é apenas um aspecto do cristianismo."

Antes de se voltar para a porta do hall e de se dirigir para o quarto, o historiador lhe respondeu.

"A morte de Jesus, minha cara, é tudo."

# XXXVIII

A noite de Jerusalém era quente e seca, sem uma brisa para temperar o ar. Tomás e Valentina saíram do hall do American Colony para a rua, uma estreita faixa de caminho privado, e procuraram as luzes amareladas da zona residencial do hotel. Os quartos ficavam do outro lado da rua, no meio do verde.

"Não estou entendendo o que acabou de me dizer", observou ela. "A morte de Jesus é tudo? O que isso significa?"

Tomás ergueu os olhos para o céu e apreciou a miríade de estrelas que enxameavam a escuridão profunda, como pó de diamante espalhado sobre um manto de veludo negro.

"Certamente você já ouviu na missa os padres dizerem que Jesus morreu para nos salvar."

"Ah, sim. Com certeza. Quem não ouviu?"

O historiador estreitou os olhos, enfatizando a importância da pergunta seguinte.

"Mas nos salvar de quê?"

"Bem… nos salvar de… de… de tudo."

"Tudo, o quê?"

"O mal, o pecado… sei lá."

"Nesse caso, Jesus morreu na cruz e nós ficamos a salvo do mal e do pecado?"

Os olhos de Valentina saltitaram confusos pelo espaço ao redor, como se buscassem a resposta em qualquer canto da rua que a noite turvara.

"Quer dizer… sim, eu acho."

"Então já não há mal no mundo? Nem pecado?"

"Enfim… claro que há. Ainda há."

"Mas não foi Jesus que morreu para nos salvar do mal e do pecado? Então por que razão ainda existe mal e pecado?"

A italiana bufou e se encolheu, como um balão que de repente se esvazia.

"Oh, sei lá", rendeu-se. "Isso é uma confusão!..."

Satisfeito por ter feito a demonstração que tinha em mente, Tomás começou a andar e atravessou a pequena rua.

"A história de que Jesus morreu para nos salvar sempre me deixou confuso", admitiu. "Cada vez que ouvia essa frase numa igreja, ou me interrogava: morreu para me salvar? Mas me salvar de quê? De *quê*? Essa ideia não fazia nenhum sentido na minha cabeça, era apenas uma daquelas expressões enigmáticas que eu me limitava a repetir na catequese sem entender." Desceu o olhar para a Bíblia que tinha na mão. "Foi só quando estudei o judaísmo que percebi enfim o que queria isso dizer."

"Mesmo?", admirou-se Valentina. "A resposta está no judaísmo?"

"Minha cara, tudo o que envolve a vida e a morte de Jesus tem a ver exclusivamente com o judaísmo", sentenciou ele. "Tudo."

"Mas em que sentido?"

Passaram ao pé das escadinhas que conduziam à livraria do hotel. Numa pequena vitrine havia um guia turístico com a capa ilustrada por uma pintura que reconstituía o Templo de Jerusalém.

"Está vendo aqui o Templo?", perguntou, apontando para a imagem. "Os judeus acreditavam que o lugar onde a presença física de Deus mais se sentia era no Templo." Indicou um compartimento no centro do complexo religioso. "Mais exatamente nesta câmara.

Achavam que esta sala era o mais sagrado de todos os lugares e lhe chamavam de o Santo dos Santos. A sala continha a Arca da Aliança, com as tábuas da lei que Deus havia entregado a Moisés. Estava fechada por uma cortina e ninguém podia entrar lá. Com uma exceção. Todos os anos, por ocasião do Yom Kippur, o sumo sacerdote do Templo penetrava no Santo dos Santos e fazia um sacrifício. Sabe por quê?"

Valentina encolheu os ombros.

"Não."

"O Yom Kippur é o Dia da Expiação. Os judeus acreditam que Deus registra o destino de cada pessoa num livro, o Livro da Vida, e espera pelo Yom Kippur para ditar o veredicto. Durante um determinado período, cada judeu confessa os pecados que cometeu ao longo do ano, tenta obter perdão por eles e assim se reconciliar com Deus. A reconciliação acontece no Yom Kippur através do sacrifício de um animal. No Dia da Expiação, o sumo sacerdote entrava no Santo dos Santos e matava um cordeiro, expiando primeiro os seus próprios pecados e depois os pecados do povo. Acontece que, na Páscoa, todos os judeus convergiam para Jerusalém também para matarem um cordeiro, embora o sacrifício do cordeiro pascal não tivesse o efeito de expiação do cordeiro do Yom Kippur. Como muitos vinham de longe e era incômodo trazerem animais durante toda a viagem para fazerem o sacrifício em Jerusalém, preferiam comprá-los em tendas de vendedores às portas do Templo. Era mais prático. Mas com que moedas o faziam? As moedas romanas eram inaceitáveis, porque tinham gravada a imagem de César e isso era considerado uma afronta à soberania de Deus. Foi por isso criada uma moeda do Templo. Os peregrinos traziam moedas romanas, trocavam-nas por moedas do Templo e com elas compravam os animais."

"Costumes curiosos", observou a italiana, sem perceber a relevância daquela explicação. "E então?"

"Agora recuemos dois mil anos", propôs o historiador. "Jesus e os seus seguidores, todos eles judeus, viajaram até Jerusalém na época da Páscoa judaica, o Pesach. O que vieram fazer? Participar na peregrinação pascal, claro. Mas Jesus era, e digo isto sem ofensa, um rude da província."

Valentina revirou os olhos, agastada.

"Oh, lá vem você!"

"Sério! Ele veio do campo! Se ler com atenção os Evangelhos, vai reparar que Jesus passou a vida inteira na Galileia. Os vilarejos que frequentava eram cantinhos da província, como Cafarnaum, Corozaim, Betsaida e outras do gênero, onde só havia ignorantes. Não frequentava as grandes cidades. As duas maiores cidades da Galileia, Séforis e Tiberíades, nem sequer são mencionadas no Novo Testamento!"

"Já entendi. Prossiga."

"De modo que, quando viu instituído às portas do Templo o sistema de troca de moedas e de venda de animais para sacrifício, Jesus ficou ofendido. Achou que se estava fazendo um negócio à custa de Deus." A sua voz mudou de tom, como se ele fizesse um aparte. "O que, aliás, era verdade, embora se tratasse de um sistema bem mais prático do que obrigar as pessoas a andarem centenas de quilômetros levando os animais. Mas muitos judeus não gostavam deste negócio. Os Manuscritos do Mar Morto revelam que os essênios, outro grupo judeu, achava que o Templo estava corrompido. Isso mostra que criticar aquele sistema era uma prática normal entre os judeus." Retomou o tom normal. "Ao ver o negócio ali montado, o que Jesus fez? Protestou, derrubou umas bancadas de moedas e umas caixas com pombos, também vendidos para sacrifícios, e proferiu ameaças. Se calhar um dos seus seguidores disse que ele era o rei dos judeus, de modo a dar credibilidade ao protesto. É possível que o próprio Jesus tivesse profetizado que aquelas práticas um dia levariam Deus a destruir o Templo. Não foi nada de muito sério, claro, mas bastou para atrair as atenções das autoridades. Jerusalém estava cheia de gente e qualquer altercação poderia se tornar um tumulto generalizado, o que o sumo sacerdote e os romanos queriam evitar a todo o custo, como é compreensível."

"Então o prenderam."

"Devem ter feito umas perguntas e concluído que estavam perante uma daquelas figuras meio alucinadas que poderiam trazer problemas. Mais valia anularem preventivamente aquele foco potencial de distúrbios num período tão sensível como a Páscoa judaica. Prenderam-no e o sujeitaram a um julgamento sumário, como mandava a lei."

"E foi aí que a coisa degringolou", observou a italiana. "Jesus disse que era o Filho de Deus e isso era uma blasfêmia punível com a morte. Foi por isso que o executaram."

O historiador fez uma careta.

"Não foi bem assim", corrigiu. "É verdade que essa é a versão dos Evangelhos. Marcos descreve este diálogo crucial entre o sumo sacerdote e Jesus durante o julgamento, no capítulo 14, versículos 61 a 64: 'O sumo sacerdote voltou a interrogá-Lo: «És Tu o Messias, Filho do Deus Bendito?» «Sou, respondeu Jesus, e vereis o Filho do Homem sentado à direita do Poder e vir sobre as nuvens do céu.» O sumo sacerdote rasgou, então, as suas túnicas e disse: «Que necessidade temos ainda de testemunhas? Ouvistes a blasfêmia! Que vos parece?» E todos sentenciaram que Ele era réu de morte.'"

"Exatamente", insistiu Valentina. "Foi a blasfêmia que o condenou à morte."

Tomás balançou a cabeça.

"Não é possível", disse. "Em primeiro lugar, nenhum dos apóstolos presenciou este julgamento. Tudo o que souberam foi de ouvir dizer. Em segundo lugar, uma pessoa afirmar que ela própria era o Messias não constituía blasfêmia punível com a morte. Em terceiro lugar, o que é bem mais importante, a punição por blasfêmia era executada por apedrejamento. Mas Jesus não foi apedrejado, não é?"

A inspetora indicou o crucifixo que trazia ao pescoço.

"Foi crucificado, você sabe."

"Aí é que está o cerne da questão: Jesus foi crucificado. Acontece que a crucificação era uma forma romana de execução, não uma forma judaica. E era reservada aos inimigos dos romanos." Indicou o crucifixo da sua interlocutora. "Se Jesus foi crucificado, isso significa que não foi morto por blasfêmia, mas porque os romanos o consideraram uma ameaça. No capítulo 15, versículos 25 e 26, Marcos nos dá uma pista: 'Era a hora terceira quando O crucificaram. Na inscrição, que indicava o motivo da condenação, lia-se «O Rei dos judeus». "Ou seja, acharam que o título *rei dos judeus* constituía um desafio à autoridade de César, o único que tinha o poder de designar o monarca da Judeia. Foi por isso que Jesus foi executado! Porque os romanos entenderam que afrontava César!"

"Ah, entendo..."

Recomeçaram a caminhar, dirigindo-se para os corredores da zona residencial do hotel. Tomás folheou a sua Bíblia e se posicionou debaixo de um poste para poder ler o texto.

"Agora repare como Marcos descreve a morte de Jesus, no capítulo 15, versículos 37 e 38", disse, localizando o trecho. "'Soltando um grande brado, Jesus expirou. E o véu do templo rasgou-se em duas partes, de alto a baixo.'" Ergueu os olhos para a sua interlocutora. "O véu do templo se rasgou? A que véu Marcos está se referindo?"

"À cortina que isolava o Santo dos Santos, eu presumo."

"E presume bem. Agora vem a pergunta mais importante: por que razão Marcos relacionou a morte de Jesus com o momento em que essa cortina se rasgou?"

Valentina curvou os lábios, esboçando uma expressão de absoluta ignorância.

"Não sei."

"A resposta a essa pergunta nos é dada no Evangelho segundo João. No capítulo 1, versículo 29, o evangelista descreve deste modo o encontro entre João Batista e Jesus: 'No dia seguinte, João viu Jesus, que vinha ter com ele, e disse: «Aí está o Cordeiro de Deus que vai tirar o pecado do mundo.»'" O historiador levantou os olhos e fitou a italiana. "Entendeu?"

"Hmm... não."

Tomás respirou fundo, quase desanimado. Perante tudo o que tinha acabado de explicar, era só uma questão de unir os pontos.

"O sumo sacerdote sacrificava um cordeiro no Yom Kippur para expiar os seus pecados e os de todos os judeus para que todos se salvassem. Jesus morreu na Páscoa judaica, quando os judeus sacrificavam o cordeiro pascal. João chama a Jesus 'o Cordeiro de Deus que vai tirar o pecado do mundo'."

A inspetora da Polizia Giudiziaria arregalou os olhos e abriu a boca.

"Ah, estou entendendo!"

"O que os evangelistas estão nos dizendo é que Jesus era o cordeiro da humanidade! Ao morrer, expiou os pecados de todos, da mesma maneira que o sacrifício dos cordeiros expiava os pecados dos judeus. É nesse sentido, e só nesse sentido, que a sua morte significa a salvação de todos nós. A interpretação dessa morte só se compreende no quadro de referências da religião judaica. Se sairmos do judaísmo, como saímos, a morte dele enquanto ato de salvação deixa de fazer qualquer sentido. É preciso compreender o Yom Kippur, a Páscoa e a religião judaica para entender por que motivo os seus seguidores, todos eles judeus, interpretaram a morte de Jesus como um ato de salvação."

"Sim, tudo está claro agora!", exclamou ela. Hesitou. "E a cortina do Santo dos Santos? Como é que ela aparece nesta história?"

"É outra referência teológica de grande importância que só se entende no contexto do judaísmo", esclareceu o historiador. "A cortina separava o Santo dos Santos do resto do templo. Ou seja, separava Deus dos Seus filhos. E só se obtinha o perdão de Deus quando no Yom Kippur o sumo sacerdote cruzava a cortina e entrava na câmara para sacrificar um cordeiro. Mas, ao morrer na Páscoa, quando se sacrificava o cordeiro pascal, Jesus se tornou o cordeiro de Deus. Quando Marcos diz que a cortina se rasgou logo que Jesus morreu, está afirmando que nesse instante deixou de haver separação entre Deus e os Seus filhos. A destruição da cortina significa que Deus se tornou diretamente acessível, e não apenas através dos sacrifícios no Templo durante o Yom Kippur. A morte de Jesus trouxe a expiação a toda a humanidade."

As portas dos quartos estavam a dez metros e os dois se dirigiram a elas. Valentina caminhava, mas ainda não fechara a boca.

"A cortina do Santo dos Santos se rasgou mesmo?"

Tomás riu.

"Claro que não", respondeu. "Não há registro histórico de tal coisa. Isto é pura teologia, são os evangelistas tentando extrair um significado judaico da morte inesperada da pessoa que acreditavam ser o Messias. O importante é que a morte de Jesus só se compreende num contexto judaico. E é a interpretação que dessa morte vai ser feita pelos seus seguidores que traz a primeira ruptura entre o judaísmo e o cristianismo. Por isso eu disse que a vida e os ensinamentos de Jesus não fundaram o cristianismo. Provavelmente nunca lhe passou pela cabeça criar uma nova religião. Ele era um judeu até as profundezas do seu ser."

"Nesse caso", recapitulou ela, "o que concluo é que o cristianismo não se funda na vida e nos ensinamentos de Jesus."

"Não. Funda-se na sua morte."

Chegaram diante da porta do quarto de Valentina. A italiana retirou da bolsa o cartão de plástico que servia de chave e o inseriu na fechadura. A porta se abriu e, antes de entrar, ela olhou para trás.

"Tudo isso é realmente muito interessante", disse. "Mas agora vou me arrumar. Nos encontramos daqui a quinze minutos no restaurante?"

"Sim", confirmou o historiador. "O nosso amigo da polícia israelense está à espera no The Arabesque."

"Então até mais."

Tomás pôs o braço no batente da porta e o seu rosto esboçou uma expressão maliciosa.

"Não vai me convidar para entrar?"

A italiana ia fechar a porta, mas travou o movimento e reprimiu um sorriso.

"Está vendo o meu quarto?", perguntou, indicando com o polegar o interior do compartimento atrás dela. "É o Santo dos Santos." Acariciou a porta. "Isto é a cortina." Apontou-lhe o indicador para o meio do peito. "Que eu saiba, você não é o sumo sacerdote, não é? Portanto, tenha juízo!"

O português fez uma expressão de filhote abandonado e virou para ir embora, mas ainda lhe lançou um derradeiro olhar por cima do ombro.

"Vista qualquer coisa bonita", sugeriu com um sorriso conformado. "E *sexy*."

Valentina fingiu estar ofendida.

"Oh! Que idiota!"

E bateu a porta.

# XXXIX

O quarto estava escuro e Tomás, assim que fechou a porta, tateou a parede até localizar e apertar o interruptor. Houve um clique, mas a luz não se acendeu.

"Porra!"

Foi um murmúrio de frustração. Tinha se esquecido de inserir a chave do quarto no interruptor; enquanto não o fizesse, permaneceria às escuras. Tateando no escuro, o historiador identificou de novo o interruptor e lá inseriu a chave. Como no Gênesis bíblico, fez-se luz.

Um homem.

A primeira coisa que Tomás viu foi um homem parado diante dele. Deu um salto de susto e recuou um passo, encostando-se à porta. Só então viu o rosto do homem. Era ele próprio. Ou melhor, a imagem dele refletida no espelho pregado diante da entrada.

"Ufa!", desabafou. O coração batia-lhe no peito com a força do rufar de um tambor. "Que susto!" Olhou de novo para o espelho e riu da sua figura, o corpo espremido contra a porta de entrada como um animal encurralado. "Nossa, ando nervoso!..."

Endireitou-se e entrou no banheiro para urinar, mas, confiando que a iluminação do quarto servia perfeitamente, não acendeu a luz.

Arrependeu-se, porque a iluminação não era suficiente e o pequeno compartimento estava mergulhado na sombra mais completa. Teve preguiça de voltar atrás, até porque se sentia aflito, e preferiu procurar o vaso tateando.

Fez pontaria para o local onde presumia que fosse o centro da privada; o som gorgolejante do líquido caindo no líquido indicou-lhe que estava acertando em cheio no alvo. Quando terminou puxou a descarga e, ainda às escuras, foi lavar as mãos. Abriu a torneira e mergulhou as mãos na água fresca.

Nesse instante sentiu uma presença atrás dele.

"O que é isto?", perguntou, voltando-se para trás com um movimento brusco. "Quem está aí?"

Ninguém respondeu.

Alarmado e com o coração palpitando, Tomás deu um salto para a porta e apertou por fim o interruptor. Em seguida a luz se acendeu e revelou o banheiro. Estava deserto.

O historiador respirou fundo.

"Olhem para mim!", murmurou, entre o irritado e o aliviado. "Pareço um moleque, que diabo!" Balançou a cabeça. "Este caso está me dando nos nervos!..."

Saiu para o quarto e foi escolher a roupa que ia vestir para o jantar. Dirigiu-se ao guarda-roupa e o abriu com um movimento rápido. A maior parte do móvel permanecia mergulhada na escuridão, mas nem se importou. Havia três peças de roupa penduradas nos cabides e escolheu um blazer azul-escuro.

Queria impressionar Valentina e achou que, para a noite, o blazer lhe acentuaria o charme mediterrâneo. Além do mais, usaria uma gravata verde que condizia bem com os seus olhos. A italiana não lhe resistiria. Claro que tinha de se moderar na forma cruel como dissecava o Novo Testamento. Católica como ela era, aquilo não lhe caía nada bem. Mas, na verdade, que podia ele fazer? Mentir? Dourar a pílula? Não tinha nascido para ser diplomata e acreditava que a verdade era para abraçar como uma mulher que se entrega. Nua. E quanto mais crua mais verdadeira.

Tirou o blazer e a gravata do guarda-roupa e depois virou-se para a camisa. Escolheu uma branca de seda, mas constatou que as mangas não tinham botões. Depositou as peças de roupa nas costas do sofá, tendo o cuidado de não as amarrotar, e se dirigiu à mesinha de cabeceira. Tinha ideia de ter guardado ali os botões de punho que o senhor Castro, velho amigo da loja que frequentava na avenida da Liberdade, havia lhe dado de Natal. Pôs a mão na gaveta para abri-la, mas a sua atenção foi desviada para um papel pousado ao pé da luminária da mesinha.

"O que é isto?"

Não se lembrava de ter deixado ali qualquer papel. Seria um recado dos funcionários da limpeza? Ou talvez se tratasse de uma mensagem que a recepção deixara no quarto na sua ausência. Pegou o papel e contemplou o seu conteúdo.

O que viu o deixou de olhos arregalados.

"*Veritatem dies aperit?*", interrogou-se. "Mas o que diabo é isto?"

Lançou um longo olhar perscrutador à mensagem, tentando apreender o seu significado. Percebeu que havia algo de estranhamente familiar e perturbador naquele papel. Mas o quê? O mecanismo de raciocínio foi lento e rápido, lento porque durou dois longos segundos, rápido porque em apenas dois segundos caiu em si e compreendeu enfim o que segurava nas mãos. Era um enigma semelhante a outros que havia interpretado nos últimos tempos para a polícia e que tinham sido encontrados junto a cadáveres.

Os enigmas dos *sicarii*.

Foi nesse instante que a cama pareceu se levantar. Uma figura vestida de preto se ergueu repentinamente dos lençóis, como uma mola gigante se soltando do colchão, e saltou de braços abertos para cima de Tomás.

"Ímpio!"

O historiador sentiu primeiro o embate do desconhecido. Perdeu o equilíbrio e bateu com as costas na parede, estatelando-se no chão e derrubando um móvel. Uma jarra tombou, estilhaçando-se com fragor no piso do quarto.

A segunda coisa que sentiu, já estendido sobre o chão frio e duro, foi o peso e a agilidade do assaltante. O desconhecido se enroscou na sua vítima como uma rede elástica. Tomás tentou se libertar, mas o homem era de uma maleabilidade espantosa e conseguiu prender-lhe os movimentos. Como se estivesse envolvido numa camisa de força, o historiador se deu conta de que já nem se conseguia mexer.

"Ouça", disse, tentando naquelas circunstâncias parecer o mais razoável possível. "Vamos conversar."

O agressor o tinha bem preso, as costas para baixo e a face voltada para o chão de pedra gelada. Tomás não conseguia vê-lo, mas sentiu-lhe o calor da respiração sobre a nuca.

"Você alguma vez já sonhou com o riso da morte?", perguntou o homem que o dominava, com uma voz baixa e rouca. "Ou prefere conversar na antessala do Inferno?"

O tom era intenso, quase fanático, mas o fato de o desconhecido falar, mesmo que apenas para dizer coisas estranhas, pareceu-lhe vagamente encorajador. Quem sabe se o conseguiria convencer a largá-lo? Não que isso lhe parecesse provável, sobretudo à luz dos três cadáveres que aquele assassino deixara no seu rasto, mas valia a pena tentar. No fim de contas, o que tinha a perder?

A vida?

"Não há necessidade de violência", murmurou, num tom tão sereno que ele próprio ficou surpreso. "Diga-me o que pretende e estou certo de que poderemos chegar a um entendimento."

Ouviu uma gargalhada baixa atrás dele.

"Diga-me", soprou-lhe o desconhecido ao ouvido. "Que tentações me embriagam a transcendência da alma?"

"Não sei." Forçou-se a rir, de modo a esconder o medo que talhava seu sangue e estrangulava a voz. "Dinheiro não deve ser..."

Uma nova gargalhada sussurrada chegou-lhe aos ouvidos.

"Quero um cordeiro."

Tomás sentiu o coração se apertar. Considerando as circunstâncias, não era o que mais gostaria de ouvir.

"Um... um cordeiro?"

"Sim, um cordeiro", confirmou a voz baixa e rouca. "Pequei e tenho de expiar os meus pecados. O sacrifício de um cordeiro reconciliar-me-á com o Senhor." O desconhecido voltou a aproximar os lábios da orelha direita da sua vítima. "Disseram-me que tem carne tenra de bom cordeiro..."

A situação estava se agravando.

"Ouça, tenha calma", implorou o historiador, sentindo o tempo lhe fugir. "Isso dos cordeiros são histórias antigas que já não..."

"Histórias antigas?", rugiu o agressor, a fúria irrompendo de repente na voz. "Como se atreve?"

"Tenha calma!"

O historiador sentiu um movimento rápido do homem por cima dele e logo em seguida viu uma adaga de lâmina curva diante dos olhos. Era o desconhecido que a exibia.

"E isto? Acha que é uma história antiga?"

A lâmina era enorme e reluzia como cristal, refletindo com mil brilhos a iluminação do quarto.

"Afaste isso", pediu. "Alguém pode se machucar!..."

O agressor soltou uma gargalhada, desta vez sonora e aberta, e aproximou-lhe a lâmina dos olhos.

"Está vendo esta adaga?"

"Muito bem. Não pode afastá-la um pouquinho? Só um bocadinho..."

"Tem dois mil anos", sussurrou, ameaçador. "Foi usada pelos meus antepassados para os sacrifícios do Yom Kippur. Depois foi usada para enfrentar os legionários pagãos." Fez uma pausa. "Estou agora usando-a para resgatar de novo o meu povo. E você, pobre criatura fujona, não passa de um cordeiro. O cordeiro que Deus me entregou para expiar os pecados do meu povo."

Assim que acabou de proferir a frase, o agressor pegou na adaga de outra forma, passando a segurá-la de uma maneira muito agressiva. Tomás percebeu nesse instante que o homem se preparava para a usar e que só dispunha de alguns segundos para reagir.

"Socorro!", gritou.

Ao mesmo tempo, sacudiu o corpo com violência. O desconhecido se desequilibrou por um momento e Tomás sentiu de repente alguma liberdade de movimentos. Tentou explorá-la para se libertar totalmente, mas o agressor se recompôs e voltou a prendê-lo com firmeza.

"Morra, cordeiro!"

Enfiou a faca no pescoço da sua vítima e fez força. Tomás sentiu a lâmina atingir-lhe a pele pela parte lateral do pescoço, junto às veias, e entrou em pânico. Como um animal encurralado, fez um esforço titânico e conseguiu libertar a mão direita. A adaga já lhe rasgava a pele do pescoço e a dor aguda o cegava, por isso pôs a mão na lâmina e a agarrou com força, travando a sua progressão.

"Me larga!"

O agressor pareceu ter sido pego de surpresa por aquele movimento. Tomás conseguiu afastar a adaga do pescoço, mas notou uma desagradável sensação de frio na palma da mão. Pelo canto do olho viu sangue escorrendo pelo braço e percebeu que a lâmina lhe rasgava a mão direita. Teve uma vontade quase irresistível de largar a adaga e proteger a mão ferida, mas o instinto combateu essa vontade. Era melhor ter a mão rasgada do que o pescoço.

O agressor reagiu mais uma vez. Conseguiu arrancar-lhe a adaga e, com um movimento do corpo, imobilizou-lhe de novo o braço direito. Com a vítima enfim dominada, voltou a pressionar a ponta da lâmina na parte lateral do pescoço e fez força. Não demasiada, para não fazer um corte rápido, mas o suficiente para a lâmina romper a pele e Tomás perceber que estava perdido.

A vítima se contorceu num último esforço, rodopiando e dando uma cotovelada com o braço esquerdo no agressor. O desconhecido gemeu, mas manteve a camisa de força bem apertada.

"Dê um abraço em Belzebu!"

E fez força.

# XL

O primeiro encontrão balançou a porta, mas ela não cedeu. Logo a seguir veio o segundo, acompanhado por um estrondo ainda maior. A porta se manteve, porém, trancada, resistindo à violência dos ataques.

"Abram!", gritou uma voz do outro lado. "Polícia!"

Sicarius mantinha a vítima presa entre os seus braços, mas interrompeu os movimentos cirúrgicos da adaga. A lâmina estava ensanguentada e da sua ponta pingavam espessas gotas de um vermelho-vivo. Sem hesitar, como se tivesse ensaiado já mil vezes aquele gesto, limpou-a rapidamente nas calças de Tomás, manchando-as de sangue. Percebendo que a qualquer momento a porta seria arrombada, deu um salto e ficou de pé.

Soou um tiro.

O agressor correu pelo quarto em direção à varanda. Escutou um segundo tiro atrás dele, ouviu um estrondo surdo e percebeu que a porta havia sido derrubada, mas nem olhou para trás; não valia a pena, sabia muito bem que passara a ser um alvo.

"Alto!", gritou a voz feminina atrás dele. "Não se mexa!"

A esta altura Sicarius estava na varanda e se atirava para os arbustos que decoravam o jardim dos fundos do quarto. Ouviu um novo disparo de pistola e o zumbido da bala cortou o ar por cima dele, mas já havia mergulhado na sombra do jardim e se viu em segurança.

De pistola em riste, Valentina viu o corpo de Tomás tombado no chão, à esquerda, e hesitou um segundo. Deveria ir atrás do assaltante ou socorrer o historiador?

"Tomás?", chamou. "Tomás?!"

O português não respondeu e a inspetora da Polizia Giudiziaria se sentiu desfalecer. Teria chegado tarde demais? Com a angústia secando-lhe a boca, correu para o corpo e se inclinou sobre ele. Havia sangue por todo lado, parecia que estava num açougue.

"*Ah, Dio mio!*", exclamou, aflita, quase sem saber o que fazer. "Tomás?" Viu-lhe a ferida no pescoço e sentiu um aperto no coração. "Oh, não!" Sacudiu-o, tentando reanimá-lo. "Tomás?! Por amor de Deus, responda!"

Pegou-lhe na mão direita para sentir a pulsação, mas se deu conta de que a palma ensanguentada estava rasgada com cortes sucessivos e vacilou. Estava habituada a se deparar com cenas daquelas no decurso do seu trabalho de policial, mas jamais envolvendo uma pessoa que conhecia, e sobretudo de quem gostava.

"Tomás!"

A cabeça do historiador se mexeu e ouviu-se um gemido.

"Ai..."

A italiana caiu sobre ele e o abraçou, o alívio lavando-a como um banho retemperador, as lágrimas escorrendo pela face pálida e delicada.

"Ah, Tomás!...", murmurou, apertando-se a ele e sentindo-lhe o corpo de homem estremecendo. "Graças a Deus! Graças a Deus! Tive tanto, tanto medo!"

O português se virou com dificuldade, com cuidado para não se machucar nem afastar a mulher que o abraçava, e a encarou por fim.

"Sempre imaginei que você acabaria caindo nos meus braços", disse, esforçando-se para sorrir. "Mas não imaginava que fosse tão depressa."

Desta vez ela riu.

"Que idiota!", exclamou. "Eu estava morrendo de medo. Pensei que tinha chegado tarde demais..."

O ferido afastou ligeiramente a cabeça, de modo a ganhar ângulo de visão, e contemplou a mulher debruçada sobre ele. Valentina estava seminua, apenas de calcinha e sutiã. Todo o resto era pele branca e desnudada, com formas esculturais que os vestidos normalmente só deixavam adivinhar.

"Nossa!", admirou-se Tomás. "Eu sei que lhe pedi que vestisse uma coisa *sexy*, mas você levou a coisa a sério mesmo, hein?"

A italiana, que lhe afagava os cabelos com ternura, corou e se afastou dele, pondo as mãos diante do sutiã para melhor esconder os seios.

"Oh, não tem graça!", pediu. "Você está bem?"

O português fez uma expressão de dor.

"Minha mão está ardendo e tem esta ferida no pescoço também que não ajuda, mas acho que o cara não conseguiu me degolar." Passeou os olhos pelo corpo dela. "Explique-me esses seus trajes!..."

Ela pôs-se em pé e, sentindo-se desconfortável com a sua quase nudez, recuou até desaparecer no banheiro.

"Estava mudando de roupa quando recebi uma ligação de Grossman", explicou. "Parece que alguém telefonou à polícia israelense avisando que você corria perigo de vida." Ouvia-se apenas a voz dela falando do banheiro. "Ele me ligou e... enfim, não tive tempo de me vestir."

"Alguém telefonou para a polícia? Quem?"

A italiana reapareceu envolta numa toalha do hotel e com uma outra na mão, que acabara de molhar na torneira da pia.

"Sei lá", disse ela, aproximando-se. "Como deve imaginar, no meio daquela confusão não tive tempo de fazer perguntas." Ajoelhou-se junto a ele e começou a limpar-lhe a ferida no pescoço com a toalha molhada. "Vim correndo."

"Sozinha?"

Ela apontou para uma pistola pousada sobre a cama.

"Trouxe a minha Beretta."

Tomás esticou o pescoço para facilitar a limpeza.

"Que pena não ter recebido esse telefonema no meio do banho", observou. "Assim apareceria aqui ainda mais bonita!..."

Valentina lavou a ferida do pescoço e se voltou em seguida para a mão direita, onde, apesar do sangue, eram visíveis vários cortes.

"Que idiota eu consegui!", repreendeu-o com doçura. "Estou aqui totalmente preocupada com você e você só pensa em... enfim, só pensa naquilo."

Ouviram-se sirenes soando no exterior e nesse instante o enorme perfil de Arnie Grossman surgiu recortado à entrada do quarto. Trazia uma pistola na mão e atrás dele vinha um policial fardado com uma Uzi em riste, preparada para disparar.

"Então?", perguntou o policial israelense, dardejando o olhar atento em todas as direções, como se buscasse ameaças escondidas. "Está tudo bem?"

Valentina nem olhou para trás, preferindo se manter ajoelhada junto a Tomás limpando-lhe as feridas que lhe rasgavam a palma da mão direita.

"Por que levou tanto tempo?", quis saber ela.

Grossman se aproximou dos dois enquanto o seu subordinado inspecionava o quarto.

"Chamei reforços e enquanto eles não vinham fui para os fundos tentar interceptar o suspeito", respondeu. "Mas acho que cheguei tarde demais. Ele já tinha fugido." Inclinou-se diante de Tomás e observou-lhe o pescoço ferido. "Ui, isso está feio. Dói?"

O português esboçou uma expressão de sofrimento.

"Não, é muito agradável", ironizou. "Claro que dói! Já experimentou enfiar uma faca no pescoço? Olhe que é coisa para estragar a tarde a uma pessoa!..."

O policial manteve os olhos presos na ferida do pescoço.

"Pelo visto o alerta foi dado mesmo a tempo, hem? Um minuto mais tarde e..."

"Quem deu o alerta?"

"Foi uma ligação anônima recebida na central. Avisaram o meu departamento, que me avisou."

"E por que não veio de imediato?"

Grossman corou e desviou o olhar, esboçando a expressão de alguém comprometido.

"É que nessa hora eu estava... enfim, estava no vaso do banheiro do The Arabesque", disse em voz baixa, quase num sussurro. Passada a revelação embaraçosa, encarou o ferido. "Não tinha como sair de lá correndo daquele jeito, não é verdade? Já viu o espetáculo que seria?" Fez um gesto apontando para Valentina. "Como eu sabia que a senhora Ferro se encontrava hospedada no quarto ao lado do seu, liguei para ela de imediato."

A italiana ergueu o olhar para o colega israelense plantado atrás dela.

"Também me pegou daquele jeito, sim senhor", disse, fazendo um gesto para si mesma. "Só que eu, ao contrário de você, não me preocupei com isso. Vim como estava."

"Ah, mas o seu estado é muito melhor que o meu", retorquiu Grossman, quase empertigado. "No meu caso era muito embaraçoso mesmo!"

Valentina não respondeu. Em vez disso, ajudou o português a se levantar, o que ele fez com visível dificuldade. Ainda envolta na toalha que lhe escondia as formas, a italiana se certificou de que o ferido se encontrava bem e depois pegou a pistola que deixara pousada sobre a cama e deu meia-volta, dirigindo-se com passo decidido para a saída.

"Vou ao meu quarto", anunciou, acenando já de costas. "Tenho de ficar apresentável."

Desapareceu através da porta escancarada e Tomás ficou a sós com os dois policiais israelenses, Grossman e o homem fardado que vigiava a varanda.

"Que vocês estão fazendo para pegar o sujeito?"

O inspetor-chefe esboçou um gesto na direção da janela e do que estava para além dela.

"Isolamos o quarteirão e estamos passando o pente fino", explicou. "Mas, se quer que eu seja sincero, não me parece que ele se deixe capturar. O nosso homem teve tempo mais do que suficiente para se esconder. A esta hora já está do outro lado da cidade ou fugiu para Ramallah, Belém ou Tel Aviv."

"Também me parece."

Grossman apontou para a ferida na parte lateral do pescoço.

"Você é que esteve bem pertinho dele. Como é o sujeito?"

Tomás indicou com a mão uma altura quatro dedos mais baixa que a sua.

"Tem mais ou menos esta estatura", indicou. "É ágil e magro, mas forte. Deve ter treinamento militar. Ele me imobilizou de uma maneira incrível, parecia que me tinham metido numa jaula. Os braços dele eram de ferro."

"E o rosto?"

"Mal o vi. O cara me apanhou de surpresa e me colocou de cabeça para baixo, de maneira que não consegui vê-lo. Notei apenas que estava todo vestido de preto e tinha o cabelo cortado como um soldado." Estremeceu. "Uma figura sinistra."

"Ele disse alguma coisa?"

O português assentiu.

"Ele me chamou cordeiro e me informou que eu tinha sido indicado para o sacrifício de expiação." Reviu mentalmente as imagens gravadas na sua memória. "Houve um detalhe curioso. Ele tinha uma adaga ritual. Afirmou que foi usada pelos seus antepassados nos sacrifícios do Yom Kippur e para matar legionários pagãos."

"Legionários?", admirou-se o policial israelense. "Isso é uma referência evidente à grande revolta de dois mil anos atrás, que conduziu à destruição de Jerusalém e à expulsão dos judeus da Terra Santa."

"É evidente. E sabe qual foi um dos grupos de judeus mais ativos nessa revolta, não sabe?"

Grossman estreitou as pálpebras.

"Os *sicarii*."

Fez-se um silêncio súbito no quarto enquanto ambos digeriam o significado daquela conclusão. A pausa foi interrompida nesse instante por dois homens de jaleco branco que entraram no quarto com uma maca e o ar apressado de quem tinha uma missão a cumprir.

"O morto?", quiseram saber.

Grossman sorriu e indicou Tomás.

"Está aqui", disse. "Mas como ele é cristão e estamos em Jerusalém, o cadáver pelo visto já ressuscitou."

Os recém-chegados pareceram ficar momentaneamente decepcionados perante a visão da vítima olhando para eles, mas logo se animaram quando viram as feridas no pescoço e na mão direita do português. O deslocamento não tinha sido em vão.

"Isso tem de ser examinado", disse de imediato o paramédico que parecia liderar a dupla. "Vamos levá-lo para o hospital para tratar essas feridas. Vamos!"

O homem do jaleco branco puxou Tomás pelo braço, mas o ferido se libertou com um gesto seco e brusco.

"Só um momento."

"Aonde você vai?", admirou-se o paramédico. "A ambulância está lá fora esperando..."

O historiador foi até à mesinha de cabeceira e pegou o papel pousado junto à base da pequena luminária. Verificou que se tratava do que procurava e voltou para junto de Arnie Grossman.

"O nosso homem nos deixou mais uma mensagem."

Veritaten dies aperit

I:XV

O policial israelense pegou o papel e leu a charada rabiscada a tinta preta.

*"Veritatem dies aperit?"*, admirou-se, levantando os olhos para o seu interlocutor. "O que diabos vem a ser isto?"

"É latim."

"Que é latim eu já notei! Mas o que significa?"

Os paramédicos voltaram a puxar Tomás pelo braço e desta vez ele não resistiu. Deixou-se arrastar até a porta, mas antes de desaparecer no exterior lançou um último olhar a Grossman, que ainda aguardava a resposta à sua pergunta.

"O tempo revela a verdade."

# XLI

Da boca dos atores que interagiam na tela da televisão jorrava um dramalhão com sotaque carioca; era uma novela brasileira transmitida pela televisão israelense. Tomás estava estendido na cama do Hospital Bikur Holim com uma grande proteção colada no pescoço e a mão coberta por ataduras, mas seguia com curiosidade divertida o diálogo legendado em hebraico entre duas beldades tropicais na praia de Ipanema.

Foi nessa postura descontraída que Valentina e Grossman o surpreenderam.

"Então como vai o nosso cordeiro?", gracejou a italiana ao entrar no quarto. "Preparado para a matança?"

Não perdeu a oportunidade.

"Eu posso ser o cordeiro", retorquiu ele com ar malicioso, "mas quem me apareceu toda tosquiadinha no quarto foi você!..."

Valentina fez beicinho.

"Oh, já não se pode brincar!"

O inspetor-chefe da polícia israelense fez *hmm-hmm*, como se lhes pedisse que se contivessem na sua presença.

"Como eu imaginava, não pegamos o homem", anunciou. "Revistamos o quarteirão inteiro, mas não encontramos o rastro."

Consultou um bloco de notas. "Identificamos, porém, a origem do telefonema anônimo que recebemos na central. Era de um orelhão." Vasculhou no bolso e retirou o papel encontrado na mesinha de cabeceira do quarto. "A única coisa que nos resta é o enigma que ele deixou."

Estendeu o papel para Tomás, que o pegou com a mão boa.

"Quer que o decifre?"

Grossman forçou um sorriso.

"É a sua especialidade, creio eu."

O historiador respirou fundo e pousou os olhos na charada, estudando-a demoradamente.

"A primeira coisa a notar é que este enigma é algo diferente daqueles que encontramos no Vaticano, em Dublin e em Plovdiv."

"Diferente?", admirou-se Valentina, que a esta altura já conhecia as outras charadas de cor. "Diferente como?"

Tomás apontou para a frase em latim.

"Isto é uma citação de Sêneca", disse. "Ela nos remete para a verdade."

"E então?"

"Os outros enigmas, se bem se lembra, não apontavam para a verdade", explicou. "Apontavam para falsificações e fraudes introduzidas ao longo do tempo no Novo Testamento."

"Ah, sim!", exclamou Grossman. "O que nos leva àquela pergunta que lhe fiz e a que você ainda não me respondeu: por que os *sicarii* iriam querer chamar a atenção para essas fraudes?"

"Não fiz outra coisa senão explicar isso", retorquiu o historiador. "Os *sicarii* são, como sabe, um movimento judaico zelota. Com os enigmas anteriores queriam evidentemente mostrar que o Novo Testamento, longe de revelar o verdadeiro Jesus, o esconde. É preciso cortar as fraudes, as falsificações e a retórica dos evangelistas para podermos perceber quem era o verdadeiro Jesus. O Messias dos cristãos não passava de um judeu conservador." Ergueu um dedo, para acentuar a ideia que ia expor. "Um judeu tão judeu quanto os *sicarii*."

"Era esse o objetivo dos três primeiros enigmas?"

Tomás aquiesceu com a cabeça.

"Na minha opinião, sim."

Valentina apontou para a nova charada que ele tinha na mão.

"E esse?"

"Este é diferente", sentenciou o historiador. "Os *sicarii* já não estão preocupados em expor as falsidades que constam no Novo Testamento." Agitou a pequena folha de papel. "O que está aqui em questão não é a mentira, mas a verdade."

"A verdade? Qual verdade?"

"A verdade de quem realmente era Jesus." Baixou os olhos para o novo enigma. "Aliás, isso está implícito nesta frase de Sêneca. *Veritatem dies aperit*. Ou *o tempo revela a verdade*. É portanto da verdade que esta charada trata."

O inspetor-chefe da polícia israelense apontou para o desenho.

"E este leão? O que isto significa?"

"Não é um leão qualquer", observou Tomás. "Já reparou que tem asas?"

Grossman riu.

"Então é um leão-anjo."

O historiador balançou negativamente a cabeça, os olhos ainda presos ao desenho.

"Não, é Marcos."

"Perdão?"

Tomás estendeu o braço para a mesa ao lado da cama e abriu a gaveta. Pôs os dedos no interior e retirou uma Bíblia pequena e grossa impressa em hebraico e inglês.

"O Evangelho segundo Marcos começa no capítulo 1, versículo 3, falando numa 'Voz do que brada no deserto'. Esta voz, que é a de João Batista, foi comparada ao longo do tempo com o rugido de um leão. Por isso ficou instituído que o leão alado é o símbolo de Marcos."

Os olhos dos dois policiais se mantiveram presos à figura desenhada na charada.

"Este leão simboliza Marcos?"

"Exato." Indicou os caracteres rabiscados abaixo do leão. "E este I:XV é, evidentemente, numeração romana. Indica um determinado versículo que se encontra no Evangelho segundo Marcos. Um versículo que perdura no tempo." Arqueou as sobrancelhas. "O mesmo tempo que revela a verdade."

Valentina e Grossman contemplavam, fascinados, o enigma nas mãos do português.

"Ou seja", disse a italiana, a excitação se apossando da voz, "o que o assassino está nos dizendo é que a verdade sobre Jesus se encontra inscrita nesse versículo?"

"Bingo!", soltou Tomás. "O versículo I:XV. Ou capítulo 1, versículo 15, na numeração moderna."

Os três pares de olhos caíram quase simultaneamente para a Bíblia que o historiador tinha na mão.

"Homem", ordenou o israelense, "leia logo esse versículo!"

Tomás tinha o livro aberto na primeira página do Evangelho segundo Marcos, onde acabara de ler a referência à "Voz do que brada no deserto", no capítulo 1, versículo 3, por isso só teve de descer umas linhas e localizar o versículo 15, um pouco mais abaixo.

"Isto é uma frase de Jesus", disse, preparando-se para a ler. "'Completou-se o tempo e o reino de Deus está perto: Arrependei-vos, e acreditai na Boa-Nova.'"

Os dois policiais ficaram um instante à espera da continuação, mas o português levantou a cabeça e os encarou como se não houvesse mais nada para ler.

"E o resto?", quis saber a italiana. "Onde está o resto?"

Tomás sorriu, com ar de sonso.

"Não há resto", disse. "O versículo 15 é este."

De cenho franzido e com uma expressão interrogativa, Valentina lançou um olhar desconfiado para a Bíblia.

"Isso?", admirou-se. "É essa a grande verdade sobre Jesus?"

O historiador fez que sim com a cabeça.

"A verdade todinha."

"Mas o que isso tem de especial? Que grande verdade essa frase tão banal e inócua revela?"

Tomás pegou a Bíblia e mostrou a página aos dois policiais, como um advogado apresentando em tribunal uma prova crucial.

"Este, meus amigos, é um versículo que muitos teólogos cristãos gostariam de ver apagado para sempre do Novo Testamento!"

Valentina esboçou uma careta de incredulidade.

"Está brincando..."

"Minha cara", disse ele com solenidade, "é esse curto versículo que guarda a estranha verdade sobre Jesus Cristo."

"Não me diga? E qual é?"

O acadêmico português pousou o livro na cama e cruzou os braços, o olhar saltando entre Valentina e Grossman, como um toureiro escolhendo qual das bestas iria provocar.

"O último segredo da Bíblia."

# XLII

O sangue já estava seco na lâmina quando Sicarius mergulhou a adaga na água e começou a lavá-la. Procedeu com cuidado, esmero até, ensaboando o metal com movimentos delicados mas metódicos. A água que escoava pelo ralo se tornou avermelhada e o seu rosto não conteve um leve sorriso; era como se ele fosse Moisés e tivesse acabado de se purificar com uma das dez pragas lançadas sobre o Egito.

"'Eis o que diz o Senhor: para ficares a saber que Eu sou o Senhor, vou ferir as águas do rio com a vara que tenho na mão e transformar-se-ão em sangue'", murmurou, recitando de cor as Sagradas Escrituras numa ladainha ininterrupta. "'Sob os olhos do Faraó e sob os olhos dos seus seguidores, Aarão levantando a vara, feriu as águas do rio, e todas as águas do rio se transformaram em sangue. Os peixes do rio morreram, as águas do rio ficaram infectadas e os egípcios não as podiam beber. E, em vez de água, só havia sangue por todo o Egito. Mas tendo...'"

A água que escoava pelo ralo deixou de ser vermelha e Sicarius se calou. A adaga sagrada fora purificada. Tirou-a de baixo da torneira e a secou no *tallit*, o manto das orações, de modo a garantir a sua pureza ritual. Depois foi depositar a *sica* com todo o cuidado na mala de couro preta e a guardou no cofre.

Terminado o ritual da purificação da adaga, Sicarius pegou o celular. Digitou o número e aguardou. Uma voz de mulher encheu a linha num tom melífluo, embora monocórdico.

*"O número para o qual ligou não está disponível"*, disse a voz. *"Por favor, deixe uma mensagem após o sinal."*

Sicarius olhou para o aparelho com irritação.

"Maldição!", vociferou. "Por onde ele anda?"

Esteve à beira de desligar, a exemplo do que tinha feito nas três tentativas anteriores, mas reconsiderou a tempo. O mestre tinha destas coisas, sabia, contendo o ímpeto. Por vezes desaparecia de circulação por tempo indeterminado e não deixava rastro. O melhor, decidiu, era mesmo gravar uma mensagem.

O sinal soou ao telefone e começou a gravação.

"Mestre", disse, hesitante. Oh, como odiava falar para uma máquina! "A operação foi concluída com sucesso." Mais uma pausa, à procura das palavras certas; era difícil apresentar um discurso fluido quando não tinha ninguém do outro lado com quem interagir com perguntas e respostas. "Conforme as ordens que me enviou por e-mail, não o matei. Apenas o feri." Vacilou. Deveria repreender o mestre pelo seu atraso? Sim, no fim das contas a única coisa que não correra exatamente como o planejado fora por responsabilidade dele. Por que não deixar uma alfinetada sobre o assunto? "A intervenção da polícia foi um pouco tardia e tive de ganhar tempo." Suspirou. "Mas enfim, já foi." Uma última pausa. "Aguardo instruções."

Desligou.

# XLIII

Embora Tomás permanecesse deitado na cama do hospital, a sua atenção vagou pelo quarto até cair nos olhos pálidos de Arnie Grossman. Os policiais queriam entender a mensagem que o agressor lhe deixara no quarto do hotel? Pois ele não iria decepcioná-los.

"Diga-me uma coisa", perguntou de chofre. "Qual a natureza da aliança estabelecida entre Deus e o povo judaico?"

Pego de surpresa pela interpelação, o inspetor-chefe da polícia israelense pestanejou.

"Bem... Deus nos deu as tábuas da lei", titubeou. "Ele nos escolheu como o Seu povo e nos concedeu a Sua proteção, em troca do nosso respeito pela Sua lei."

"Se é assim, como explica a destruição do Templo em 70 e as sucessivas perseguições dos judeus, como a escravidão na Babilônia, a expulsão da Terra Santa e o Holocausto? Não é afinal Deus que garante a vocês a Sua proteção? Como é possível que tanta coisa má tenha acontecido com vocês ao longo da história se contam com o favor divino?"

Confrontado com o paradoxo, Grossman coçou a cabeça enquanto arquitetava uma resposta.

"Os nossos antigos profetas dizem que o mal sofrido por Israel resulta da desobediência dos judeus ao Senhor", retorquiu por fim. "São os nossos pecados que levam Deus a nos punir. Segundo os profetas, se nos tornarmos devotos, se cumprirmos fielmente a lei e regressarmos ao caminho do Senhor, Israel renascerá em todo o seu esplendor."

"Ou seja, o sofrimento é um castigo divino pelos pecados cometidos pelos judeus."

"É o que dizem os nossos profetas."

Tomás lançou um olhar pela janela aos postes de luz que iluminavam a rua e os edifícios em frente ao hospital, mas foi apenas por um momento, porque logo a seguir voltou a encarar os dois policiais que o tinham ido visitar.

"Essa é a explicação tradicional do sofrimento do povo judaico", confirmou. "Acontece que, na época da revolta dos macabeus, a repressão se intensificou e os judeus foram até proibidos pelos seus opressores de respeitar a lei. Quem desobedecesse era morto. Essa proibição criou a convicção entre muitos judeus de que o seu sofrimento não podia ser explicado como um castigo de Deus pelos seus pecados. Pois se nem sequer lhes permitiam respeitar a lei! Por outro lado, e por mais pias e zelosas no respeito da lei que as pessoas fossem, continuava a haver sofrimento. A que se devia isso? Apareceu então uma nova explicação: não era Deus quem fazia as pessoas sofrerem; era o Diabo. O exílio na Babilônia tinha introduzido na cultura hebraica a figura de Baalzevuv, ou Belzebu, a quem, com o tempo, foi atribuído todo o mal do mundo. O Diabo tomara conta da Terra e era ele o responsável por todo o sofrimento."

"Então e Deus?"

"Estava no Céu", explicou o historiador, apontando para cima. "Por qualquer razão não muito bem compreendida, o Senhor permitia que Belzebu reinasse no mundo e fizesse todo o mal que qualquer ser humano experimentava na pele ou via ao redor. Muitos judeus, embora não todos, adotaram assim uma visão maniqueísta da vida, fundada neste dualismo entre o bem e o mal. Deus liderava as forças do bem, tinha do seu lado a virtude e a vida, o bem-estar e a verdade, a luz e os anjos. Belzebu encabeçava as forças do mal, tinha do seu lado o pecado e a morte, o sofrimento e a mentira, as trevas e os demônios. Estas duas grandes forças cósmicas submetiam os seres humanos à sua vontade e as pessoas tinham de escolher um lado. Ou estavam com Deus ou estavam com o Diabo. Não havia terra de ninguém." Tomás fez uma pausa e arregalou os olhos. "Mas, atenção, isso não ia durar para sempre. O dia chegaria em que Deus desceria à Terra, destruiria as forças do mal e imporia o seu reino. Que reino é esse?"

Os olhos de Arnie Grossman se estreitaram ao reconhecer a expressão.

"O reino de Deus."

"Exatamente", confirmou Tomás. "Algumas seitas judaicas começaram a acreditar que este dualismo entre o bem e o mal se estendia também no tempo. O dualismo se tornou assim apocalíptico. Nos dias que se viviam imperava o reino de Belzebu e era isso que explicava a existência de tanto mal e de tanto sofrimento na Terra. O mundo vivia mergulhado no reino do Diabo, onde quem mandava eram os pecadores e os corruptos, aliados de Belzebu. Os justos e os virtuosos eram reprimidos. Porém, no final desta idade do mal ocorreria um grande acontecimento cataclísmico. Uns achavam que Deus enviaria um Messias para chefiar a batalha contra o mal, outros pensavam que o enviado seria uma outra figura, a quem as Escrituras chamavam o Filho do homem. Daniel descreveu no capítulo 7, versículos 13 e 14, esta visão profética: 'Vi aproximar-se, sobre as nuvens do céu, um ser semelhante a um Filho do homem. Avançou até o ancião, diante do qual o conduziram. Foram-lhe dadas soberanias, glória e realeza. Todos os povos, todas as nações e as gentes de todas as línguas o serviram. O Seu império é um império eterno que não passará jamais, e o Seu reino nunca será destruído.' Ou seja, na profecia de Daniel o agente de Deus que viria estabelecer o Seu reino eterno é este Filho do homem. Mas, fosse através do Messias ou fosse do Filho do homem, o fato é que Deus interviria no mundo, aniquilaria as forças do mal e se instalaria na Terra. Os mortos seriam ressuscitados e todos os seres humanos seriam julgados."

O policial israelense reconheceu aqui uma das mais importantes profecias das Escrituras.

"O dia do Juízo Final."

"Isso. Depois desse grande julgamento começaria uma nova era, em que não haveria dor nem sofrimento, não haveria fome nem guerra, não haveria ódio nem desespero, e o Senhor reinaria. O reino de Deus."

Valentina escutou tudo em silêncio, mas já começava a se sentir impaciente. Tinha na mão a folha com o enigma e, aproveitando a pausa, mostrou-a ao historiador.

"Tudo isso é muito bonito", disse. "Mas qual a relevância do que está contando para entender esta charada?"

Tomás abriu a Bíblia que estava pousada na cama.

"Não é evidente?", perguntou. "Esse enigma nos remete ao Evangelho segundo Marcos, versículo 15. Vou só reler a frase de Jesus que está citada nesse versículo." Afinou a voz. "'Completou-se o tempo e o reino de Deus está perto: Arrependei-vos, e acreditai na Boa-Nova.'"

Fez-se um súbito silêncio no quarto do hospital. A frase de Jesus era digerida em todas as suas implicações e ramificações.

"'Completou-se o tempo e o reino de Deus está perto'?", repetiu Valentina, tentando extrair um sentido do que acabara de escutar. "Está insinuando que Jesus disse que se completou o tempo de Belzebu e que Deus iria instituir o seu reino?"

Tomás apontou para o versículo.

"É o que está escrito nesta frase, não é?"

"Mas... mas o que isso quer dizer?"

O historiador cravou os olhos na italiana.

"Não é evidente?", perguntou em tom retórico. "Jesus era um pregador apocalíptico!" Fez um sinal para a janela. "Nunca viu lá fora, na rua, aqueles maluquinhos com grandes barbas e cartazes dizendo *Arrependam-se! O fim está próximo!* e outras baboseiras do gênero? Nunca viu?" Indicou o pequeno crucifixo de prata no pescoço dela. "Pois Jesus era um desses pregadores!"

"*Mamma mia!*", escandalizou-se ela. "Como pode afirmar uma coisa dessas?"

"Mas é verdade!", insistiu Tomás. "Aliás, a própria família de Jesus achava que ele não batia bem da cabeça!"

Foi como se tivesse espetado uma faca no belo corpo de Valentina.

"Oh!", gemeu ela. "Como se atreve? A Virgem... a *Madonna*... a santíssima Maria nunca pensou tal coisa do seu filho! Ela sabia que ele era... especial. Santa Maria sempre lhe foi muito devota!"

O historiador se pôs a folhear freneticamente a Bíblia.

"É mesmo?", devolveu. "Então veja o que está escrito no Evangelho segundo Marcos." Identificou o trecho. "Capítulo 3, versículo 21: 'E, quando os seus familiares ouviram isto, foram detê-Lo, pois se dizia: «Está fora de Si.»' Levantou os olhos. "Jesus 'Está fora de Si'? Era isto o que os seus próprios familiares pensavam dele, que correram para 'detê-Lo'? A família de Jesus achava que ele enlouquecera? Então o que vem a ser isto?"

Valentina se debruçou sobre o livro e leu o versículo com os seus próprios olhos.

"Bem... quer dizer... nunca tinha reparado neste trecho."

"E não era apenas a sua família que o achava 'fora de Si'. Os próprios habitantes de Nazaré pensavam o mesmo." Adiantou umas páginas. "Ora veja o que Marcos escreveu no capítulo 6, versículo 5, quando Jesus voltou a Nazaré e enfrentou os seus conterrâneos na sinagoga: 'Jesus disse-lhes: «Um profeta só é desprezado na sua pátria, entre os seus parentes e em sua casa.»' Ou seja, Jesus admite aqui abertamente que os parentes o desprezavam! E os seus conterrâneos também! E não era apenas em Nazaré. Em toda a parte por onde passava na Galileia, as pessoas riam do que ele dizia! De tal modo que Jesus se pôs a ameaçá-las. Citado por Mateus no capítulo 11, versículo 21, disse Jesus com grande fúria: 'Ai de ti, Corozaim! Ai de ti, Betsaida! Porque, se os milagres realizados entre vós tivessem sido realizados em Tiro e em Sidônia, há muito teriam feito penitência no saco e na cinza. Aliás, digo-vos Eu, haverá mais tolerância, no dia do juízo, para Tiro e Sidônia do que para vós. E tu, Cafarnaum, julgas que serás exaltada ao Céu? Serás precipitada no inferno.'" Observou seus interlocutores. "Poderá haver coisa mais clara?"

A italiana leu também o trecho do Evangelho, para se certificar de que era mesmo assim.

"*Dio mio!*", exclamou com a mão sobre a boca ao confirmar a leitura. "Mas por que diabo nunca me explicaram isso?"

A pergunta era evidentemente retórica e Tomás nem se deu ao trabalho de tentar responder. Em vez disso, folheou de novo o Evangelho segundo Marcos.

"A chegada do reino de Deus constitui, em boa verdade, o essencial da mensagem de Jesus", disse. "Não é, aliás, por acaso que Marcos começa justamente por ela. O Evangelho segundo Marcos se inicia com o encontro de Jesus com João Batista e o episódio do batismo no rio Jordão. É importante lembrar que João andava gritando aos sete ventos que vinha aí o reino de Deus e que as pessoas tinham de se arrepender e lavar os pecados na água para se purificarem e poderem entrar nesse reino. Se Jesus foi ter com João Batista é porque acreditava nessa mensagem. Segundo Marcos, logo que Jesus é batizado, purificando-se dos seus pecados como João recomendava, dos céus vem uma voz reconhecendo-o como 'o Meu Filho muito amado' e a seguir ele vai para o deserto passar quarenta dias. Depois regressa à Galileia e Marcos põe-lhe na boca a frase fatídica do versículo 15, na verdade um mero eco da mensagem apocalíptica de João Batista: 'Completou-se o tempo e o reino de Deus está perto: Arrependei-vos, e acreditai na Boa-Nova.'" Indicou com o dedo esta derradeira expressão. "Pergunto-vos eu: como se diz *Boa-Nova* em grego?"

Os dois policiais encolheram os ombros.

"O meu grego anda enferrujado", gracejou Grossman.

"*Evan gelion*", revelou Tomás. "*Boa-Nova* se diz *evan gelion* em grego." Indicou o texto da Bíblia. "O que significa que é esse o significado profundo e oculto dos Evangelhos: a Boa-Nova do apocalipse e da consequente chegada do reino de Deus!" Ergueu as mãos para o ar e fez um ar alucinado, imitando um pregador apocalíptico. "Arrependam-se! Arrependam-se e acreditem na Boa-Nova! O mundo vai acabar e Deus vai impor o Seu reino!" Readquiriu a fisionomia normal e fitou os seus interlocutores. "É essa, acreditem ou não, a mensagem central dos Evangelhos."

Valentina balançou a cabeça, recusando-se a acreditar.

"Não pode ser!", murmurou. "Não pode ser!"

"Acha que não? Então me diga: qual é a oração principal dos cristãos?"

"É o pai-nosso, claro."

"Pode recitar?"

"O pai-nosso?", admirou-se a italiana. Afinou a voz e começou a entoar a oração como fazia quando ia à missa aos domingos. "Pai nosso que estais no Céu, santificado seja o Vosso Nome, venha a nós o Vosso reino, seja feita a Vossa vontade, assim na Terra como no Céu."

"Já reparou no que acabou de dizer?"

"Ora! Estou simplesmente recitando o pai-nosso..."

"Sim, mas já viu o que disse? 'Pai nosso que estais no Céu'? Ele não está na Terra? Então quem está na Terra? O Diabo, claro. 'Venha a nós o Vosso reino'? Que reino é esse? O reino de Deus, é evidente. A oração pede que esse reino venha a nós. 'Seja feita a Vossa vontade, assim na Terra como no Céu'? Seja feita a vontade de Deus na Terra? Isso significa que ela ainda não está sendo feita na Terra? Por enquanto só está no Céu?"

Valentina pareceu ficar confusa.

"É curioso, nunca tinha reparado nisto."

"O pai-nosso, oração central do cristianismo, é na verdade uma oração apocalíptica! São os judeus implorando a Deus que desça à Terra para impor 'a Vossa vontade'! Vontade que ainda não reina na Terra, uma vez que o mundo está, lembro-o, nas mãos de Belzebu."

"*Mamma mia!* Da próxima vez que rezar vou prestar mais atenção ao que digo!..."

"Jesus até descreve em detalhes como será o dia em que se desencadeará o acontecimento apocalíptico que prenuncia a chegada da nova era, que Marcos e Lucas chamam o reino de Deus e Mateus reino dos Céus", acrescentou. "Vejam o que diz Jesus, citado por Marcos no capítulo 13, versículos 24 a 27: 'Mas nesses dias, depois daquela aflição, o Sol escurecer-se-á e a Lua não dará a sua claridade, as estrelas cairão do céu e as forças que estão nos céus serão abaladas. Então verão vir o Filho do Homem sobre as nuvens, com grande poder e glória. Ele enviará os Seus anjos e reunirá os Seus eleitos, dos quatro ventos, da extremidade da Terra à extremidade do céu.'" Encarou os seus interlocutores. "O que Jesus está fazendo aqui é elaborando a visão profética de Daniel nas Escrituras."

Arnie Grossman, que por ser judeu estava familiarizado com o Antigo Testamento, anuiu.

"Evidentemente."

"Deus instalará então o Seu reino na Terra. Quais as consequências sociais desse grande acontecimento?"

"Acabam-se as desigualdades", sentenciou Valentina. "Deixa de haver ricos e pobres, poderosos e oprimidos, fortes e fracos."

Tomás meneou a cabeça.

"Não."

A negativa surpreendeu a italiana.

"Não?"

O historiador fez uma pausa, para obter efeito dramático.

"Ocorre a inversão de papéis!"

"A inversão como? O que quer dizer com isso?"

"Quem manda agora no mundo é Belzebu, não é verdade? Quem são os agentes de Belzebu? Os que têm vantagem neste mundo: os poderosos, os ricos, os corruptos. Como o Diabo manda na Terra, obrigatoriamente qualquer pessoa que agora tenha poder é, por definição, um agente seu. E onde estão os agentes de Deus? Estão sob o domínio dos agentes de Belzebu. Quem são eles? Os pobres, os oprimidos, os indefesos. Então o que vai acontecer quando o Reino de Deus se estabelecer na Terra? Invertem-se os papéis!"

"O que você entende por inversão dos papéis?", questionou Valentina. "Os fracos se tornam fortes?"

"E os fortes se tornam fracos e são submetidos e humilhados."

"Mas a mensagem cristã é uma mensagem igualitária!", protestou ela. "Ninguém se submete a ninguém!..."

Tomás voltou-se para o seu exemplar da Bíblia.

"Quem vai responder a essa sua observação não sou eu, mas o próprio Jesus", retorquiu. "Citado por Marcos no capítulo 10, versículo 31, Jesus disse: 'Muitos dos primeiros serão os últimos, e os últimos, primeiros.' Citado por Lucas no capítulo 6, versículos 24 e 25, Jesus disse: 'Mas ai de vós, os ricos, porque recebestes a vossa consolação. Ai de vós, os que estais agora fartos, porque haveis de ter fome.' Citado por Marcos no capítulo 9, versículo 35, Jesus disse: 'Se alguém quiser ser o primeiro, há de ser o último de todos e o servo de todos.' Escreveu Mateus no capítulo 19, versículos 23 e 24: 'Jesus disse então, aos discípulos: «Em verdade vos digo que dificilmente entrará um rico no reino dos céus.» Replico-vos: «É mais fácil passar um camelo pelo buraco de uma agulha do que um rico entrar no reino dos céus.» E sobre o dia do juízo, quando o Filho do Homem descer do Céu e se sentar no seu trono para julgar a humanidade e mandar os poderosos para a esquerda, escreveu Mateus no capítulo 25, versículos 41 a 43: 'Em seguida dirá aos da esquerda: «Afastai-vos de Mim, malditos, para o fogo eterno que está preparado para o diabo e para os seus anjos. Porque tive fome e não Me destes de comer; tive sede e não Me destes de beber; era peregrino e não Me recolhestes; estava nu, e não Me vestistes, enfermo e na prisão, e não fostes visitar-Me.' Escreveu ainda Mateus no capítulo 13, versículos 40 a 43, citando Jesus: 'Assim, pois, como o joio é colhido e queimado no fogo, assim será no fim do mundo: O Filho do Homem enviará os Seus anjos que hão de tirar do Seu reino todos os escandalosos e todos quantos praticam a iniquidade, e lançá-los-ão na fornalha ardente; ali haverá choro e ranger de dentes.'"

"Diabos!"

O historiador encarou a italiana.

"Percebe a verdadeira mensagem de Jesus? Aos poderosos disse: 'Haveis de ter fome'! Acrescentou que 'É mais fácil passar um camelo pelo buraco de uma agulha do que um rico entrar no reino dos céus'! Explicou que serão 'servos de todos'! Chamou-lhes 'malditos' e lhes anunciou que iriam 'para o fogo eterno que está preparado para o diabo'! Não contente com isso, insistiu que seriam lançados 'na fornalha ardente', onde haveria 'choro e ranger de dentes'!" Estreitou as pálpebras. "Não me parece uma mensagem muito cristã, compassiva e igualitária, pois não?"

Apanhada completamente de surpresa por estes versículos, Valentina estava de boca aberta.

"Mas... mas...", gaguejou, desconcertada. "Jesus disse que déssemos a outra face! Disse que amássemos os inimigos! Disse ou não disse? Isso não é uma mensagem igualitária?"

"Não, minha cara", respondeu Tomás. "Quando ele diz que demos a outra face e amemos os inimigos não está transmitindo uma mensagem igualitária, mas uma mensagem de inversão de papéis. Não se esqueça que 'Muitos dos primeiros serão os últimos, e os últimos, primeiros'. Quem são os últimos? São os que estão embaixo. Os pobres, os oprimidos. Citado por Mateus no capítulo 5, versículos 3 a 10, disse Jesus no Sermão da Montanha: 'Bem-aventurados os pobres em espírito, porque deles é o reino dos céus. Bem-aventurados os que choram porque serão consolados. Bem-aventurados os mansos, porque possuirão a terra. Bem-aventurados os que têm fome e sede de justiça, porque serão saciados. Bem-aventurados os misericordiosos, porque alcançarão misericórdia. Bem-aventurados os puros de coração, porque verão a Deus. Bem-aventurados os pacificadores, porque serão chamados filhos de Deus. Bem-aventurados os que sofrem perseguição por causa da justiça, porque deles é o reino dos Céus.'"

"Então os poderosos não podem fazer nada para se manterem poderosos no reino de Deus..."

"Claro que podem. Podem fazer muito, até."

"Podem fazer o quê?"

"Para começar, têm de se arrepender dos seus pecados. Essa era a mensagem de João Batista que Jesus abraçou, confirmando o arrependimento como o procedimento principal. Citado por Lucas no capítulo 15, versículo 7, Jesus disse: 'Digo-vos Eu: Haverá mais alegria no Céu por um só pecador que se arrepende do que por noventa e nove justos que não necessitam de arrependimento.' Ele põe os pecadores arrependidos à frente das pessoas que não pecam! Isto faz sentido na lógica da inversão de papéis, em que os primeiros passam para últimos e os últimos para primeiros."

"Quer dizer que o arrependimento é a melhor forma de alcançar o reino de Deus?"

"Para Jesus, sim. Mas os poderosos também podem se despojar e se tornar fracos e ajudar os fracos. Não se esqueça, repito, que haverá inversão de papéis. Citado por Lucas no capítulo 18, versículo 14, Jesus disse: 'Aquele que se exalta será humilhado, e quem se humilha será exaltado.' Assim sendo, os fracos se tornarão fortes. Como pode uma pessoa ficar poderosa no reino de Deus? Despojando-se e se tornando fraca e se humilhando no reino de Belzebu. Citado por Marcos no capítulo 8, versículo 35, Jesus disse: 'Porque quem quiser salvar a sua vida perdê-la-á, e quem perder a sua vida por Mim e pelo Evangelho salvá-la-á.' É por isso que Jesus insiste na necessidade de os seus seguidores se despojarem, se tornarem escravos dos outros e dedicarem a vida aos fracos. A humilhação vai ao ponto de o humilhado ter de amar o seu inimigo."

"Mas isso é humildade!..."

O historiador apontou para a Bíblia.

"Não!", exclamou. "O que está aqui escrito nos parece, hoje, a apologia da humildade. No entanto, no sentido e no contexto em que Jesus proferiu estas palavras, não estava recomendando a humildade pelo simples desejo de fazer o bem. Ao contrário do que agora possa parecer, não se tratava de um ato puramente altruísta, generoso, desinteressado e inocente. Pelo contrário, havia aqui um projeto de poder muito claro. A humildade praticada hoje era uma forma de as pessoas se tornarem poderosas mais tarde e subjugarem as que agora eram poderosas e mais tarde iriam ficar fracas. Mais tarde quando? No momento em que se estabelecesse o reino de Deus, claro."

"Desculpe, mas não é bem assim", argumentou Valentina, que se recusava a aceitar aquela leitura. "O projeto era altruísta e generoso e desinteressado porque se tratava de algo a longo prazo. As pessoas iam ajudar as outras durante muito e muito tempo, até porque o reino de Deus não surge de um momento para o outro, não é verdade? Levaria muito tempo para..."

"Amanhã."

A italiana pestanejou.

"Perdão?"

Tomás a fitou com intensidade, para sublinhar o significado das suas palavras.

"O reino de Deus vai ser instituído amanhã."

# XLIV

Acesa em mil pontos luminosos como uma grandiosa árvore de Natal, Jerusalém à noite era quase uma cidade como outra qualquer. Quase. A cúpula dourada do rochedo, erguida pelos muçulmanos no topo do monte Moriah e brilhante como um enorme farol entre a miríade de luzinhas laranja e brancas que cintilavam tremulamente na escuridão, servia para recordar a quem a olhasse que aquela cidade não era como as outras.

Sicarius o sabia melhor do que ninguém. Sentado diante da janela enquanto aguardava notícias do mestre, ia ruminando o significado profundo da maldita cúpula que refulgia diante dos seus olhos. Ah, não havia dúvida: aquilo era um insulto à memória dos seus antepassados!

Como ignorar a afronta? Fora justamente ali, no alto do Moriah e por baixo daquela cúpula usurpadora, que Abraão oferecera o seu filho ao sacrifício; fora também no cume daquele monte que Salomão erigira o seu Templo e Herodes o reconstruíra; e fora ainda ali que se levantara o Santo dos Santos, precisamente no local da cúpula, o lugar do sacrifício de Abraão, a câmara onde Deus bendito, Ele próprio, deambulava na Terra. Mas o destino tinha destas coisas.

Os romanos destruíram o Templo e os muçulmanos ergueram ali a sua cúpula. Dois escarros na face dos judeus.

Mas a hora se aproximava. Olho por olho, dente por dente. A justiça de Deus era inexorável. Ah, o mundo iria enfim perceber a verdade! E ele, Sicarius, tinha a suprema honra de ser o punho de Deus, o instrumento da vontade divina, a *sica* que os filhos devolveram à mão do Pai.

Ergueu-se de repente e virou as costas à janela, irritado com a imagem provocatória da cúpula dourada. Vê-la era mais do que podia suportar. Ardendo de impaciência, pegou novamente o celular e voltou a digitar o número do mestre. Tocou duas vezes e entrou a gravação.

"*O número para o qual ligou não está disponível*", disse a voz feminina. "*Por favor, deixe uma mensa...*"

Desligou antes que a gravação terminasse e, frustrado, atirou o celular para o tapete.

"Por onde ele anda?", rugiu. "Recolheu-se para o seu retiro logo numa hora destas? Enlouqueceu?"

Nada daquilo fazia sentido. Respirou fundo e, já mais controlado, foi pegar o telefone e verificou se tinha ficado avariado. Estava funcionando. Deu duas voltas diante da janela, mas desta feita evitou fitar a irritante cúpula dourada no topo do monte Moriah, que parecia ter sido ali plantada de propósito para enxovalhar os filhos de Deus.

De repente teve uma ideia.

E a internet? Deu uma palmada na testa. Como diabo ainda não tinha se lembrado da internet? Foi buscar o seu laptop e o ligou. Aguardou pacientemente que as configurações se estabelecessem e as ligações fossem concluídas. Levou uns três minutos, mas acabou por entrar no seu e-mail. A mensagem estava lá.

Clicou na linha e o conteúdo encheu a tela.

Sicarius,

Correu tudo bem.

Houve apenas um atraso para passar o alerta, porque a operadora da polícia levou algum tempo para se convencer.

Vou permanecer incomunicável durante algum tempo, mas quero que vigie a fundação. Quando vir o alvo em movimento, siga-o discretamente até onde ele levá-lo.

A hora está chegando.

*Quero que vigie a fundação? Quando vir o alvo em movimento, siga-o discretamente?*

Sicarius desligou o computador e foi ao cofre buscar a mala de couro preta onde havia guardado a *sica*.

Tinha uma nova missão.

# XLV

"Amanhã?", interrogou-se Valentina, verificando no relógio o dia em que estavam. "O que quer dizer com amanhã?"

Tomás riu.

"Quando digo que o reino de Deus vai ser instituído amanhã, não é na perspectiva de hoje", esclareceu. "É na perspectiva do tempo de Jesus. Ele achava que o reino de Deus estava mesmo à beira de ser estabelecido, o que devia acontecer ainda no seu tempo de vida."

"Oh, que disparate! Ele nunca disse tal coisa!"

O historiador abriu de novo a Bíblia na primeira página do Evangelho segundo Marcos.

"Não? Leia de novo o versículo 15 de Marcos, que o meu agressor indicou na charada que deixou no meu quarto", sugeriu, descendo os olhos até ao texto. "'Completou-se o tempo e o reino de Deus está perto: Arrependei-vos, e acreditai na Boa-Nova.'" Fitou a sua interlocutora. "Jesus está dizendo aqui que o tempo se completou! Está dizendo que o reino de Deus está perto! É essa a Boa-Nova! Percebe?"

A italiana fez com a mão um gesto no ar.

"Perto, perto... o que é isso? *Perto* é uma palavra muito vaga! Tudo depende da perspectiva, não é? Na perspectiva humana, um milhão de anos é muito, mas na perspectiva do universo não é nada!..."

"*Perto* quer dizer *iminente*", esclareceu Tomás. "Jesus achava que o estabelecimento do reino iria acontecer a qualquer momento. Amanhã, no próximo mês, daqui a um ou dois anos. Citado por Marcos no capítulo 9, versículo 1, Jesus disse aos seus discípulos: 'Em verdade vos digo que alguns dos que estão aqui presentes não experimentarão a morte sem ter visto chegar o reino de Deus com todo o Seu poder.'" Encarou os seus interlocutores. "Isto significa que Jesus disse aos discípulos que alguns deles estariam vivos quando o reino de Deus fosse instituído!" Virou três folhas. "Essa mensagem é reforçada mais à frente por Jesus, citado por Marcos no capítulo 13, versículo 30: 'Em boa verdade vos digo: Não passará esta geração sem que todas estas coisas aconteçam.' Ou seja, a chegada do reino de Deus era iminente. Jesus sugeriu mesmo que a Terra é a casa de Deus, o dono ausente que estava prestes a regressar. Citado por Marcos no capítulo 13, versículos 35 a 37, Jesus disse: 'Vigiai, pois, porque não sabeis quando virá o dono da casa, se à tarde, se à meia-noite, se ao cantar o galo, se pela manhã; não seja que, vindo inesperadamente, vos encontre a dormir. O que digo a vós, digo-o a todos: Vigiai!'"

Valentina parecia desconcertada.

"Foi mesmo assim?"

O acadêmico português indicou a sua Bíblia.

"É o que está escrito aqui!", exclamou. "Leia você mesma, se duvida! Quando Jesus foi julgado pelo sinédrio que supostamente o condenou à morte, por exemplo, Marcos o cita no capítulo 14, versículo 62, profetizando o seguinte ao sumo sacerdote: 'Vereis o Filho do Homem sentado à direita do Poder.'" Fez uma careta. "'Vereis'? Jesus considerava que a chegada do Reino de Deus estava de tal modo iminente que profetizou que o próprio sumo sacerdote, que já devia ter alguma idade, ainda estaria vivo quando isso acontecesse!"

"Mas o que levava Jesus a pensar que o reino de Deus estava prestes a chegar?"

"Achava que havia sinais nesse sentido. Citado por Marcos no capítulo 4, versículo 11, Jesus disse aos discípulos: 'A vós é dado conhecer o mistério do reino de Deus, mas aos que estão de fora, tudo se lhes propõe em parábolas, para que ao olhar, olhem e não vejam, ao ouvir, ouçam e não compreendam, não vão eles converter-se e ser-lhes perdoado.'" Estreitou as pálpebras e baixou a voz, quase num aparte. "Interessante, não é? Jesus, o profeta do perdão, mostrando receio de que as pessoas 'de fora' percebessem a sua mensagem e se convertessem a ela, sendo assim perdoadas. Para o evitar, escolheu explicar as coisas por parábolas. Numa delas compara Deus com um camponês que espalha sementes pela terra. Algumas dessas sementes já estavam produzindo frutos. Esses frutos eram os primeiros sinais da chegada do Seu reino."

"Já havia sinais? Quais?"

"Por exemplo, as curas milagrosas. Os judeus apocalípticos acreditavam que as doenças eram obra de Belzebu. Mas como Jesus era um curandeiro e exorcista com capacidade de curar as pessoas, acreditava que esses seus poderes constituíam um primeiro sinal da intervenção de Deus, em cujo reino não havia doenças. Daí a importância deste episódio relatado por Mateus no capítulo 11, versículo 2, a propósito de João Batista: 'Ora, João, no cárcere, ouvira falar das obras de Cristo. Enviou-lhe os seus discípulos com esta pergunta: «És Tu aquele que há de vir ou devemos esperar outro?» Jesus respondeu-lhes: «Ide contar a João o que vedes e ouvis: Os cegos veem e os coxos andam, os leprosos ficam limpos e os surdos ouvem, os mortos ressuscitam e a Boa-Nova é anunciada aos pobres.»' Ou seja, Jesus interpreta essas curas milagrosas como um sinal da chegada do reino de Deus. Belzebu era o responsável pelas doenças existentes no mundo, mas os cegos já viam e os coxos já andavam. Não era isto a prova de que Deus estava começando a intervir na Terra?"

Valentina balançou a cabeça.

"E essa, agora?", exclamou. "Sempre pensei que Jesus era, para além do Messias e de Deus Filho, um grande professor de ética, que nos ensinava a viver de uma forma justa e pacífica. O que você está me dizendo é totalmente novo."

"Jesus ensinava uma ética", admitiu Tomás. "Mas não era uma ética a longo prazo. Não haveria longo prazo, porque ele achava que o mundo estava prestes a mudar radicalmente. A ética que ele ensinava era para as pessoas melhor se adaptarem ao mundo novo que surgiria a qualquer momento, o paradisíaco reino de Deus, onde as injustiças, a fome, a doença e o sofrimento dos fracos acabariam, e onde os fortes que não se arrependessem seriam punidos. Uma vez que haveria inversão de papéis, pediu às pessoas que se despojassem dos bens materiais que possuíam e se empenhassem em ajudar os outros, para depois serem recompensadas no novo reino. Marcos conta que um homem rico foi ter com Jesus e lhe disse que respeitava todos os mandamentos, não tendo matado ninguém, nem roubado, nem cometido adultério nem feito qualquer outra coisa ofensiva. Como deveria proceder então?" O historiador folheou a Bíblia. "A resposta de Jesus vem no capítulo 10, versículo 21: 'Falta-te apenas uma coisa: Vai, vende tudo o que tens, dá o dinheiro aos pobres e terás um tesouro no Céu; depois, vem e segue-Me.' Quando o rico se recusou a se desfazer da sua fortuna, Jesus observou: 'Quão dificilmente entrarão no reino de Deus os que têm riquezas!'" Encarou os dois policiais. "Ou seja, o que está no centro da ética de Jesus é a preparação para o reino de Deus. Esta ética implicava o arrependimento e o despojamento. Mais ainda, a insistência no despojamento era tal que ele queria até que as pessoas abandonassem as suas famílias!"

"Ah, isso não!", protestou a italiana. "Isso nunca! Jesus defendia a família!"

"Você acha?"

"Todo mundo sabe!"

Tomás voltou a atenção de novo para a sua Bíblia.

"Então veja o que está escrito aqui", sugeriu. "Citado por Lucas no capítulo 12, versículo 51, Jesus disse: 'Julgais que Eu vim estabelecer a paz na Terra? Não, digo-vo-lo Eu, foi antes a divisão. Porque daqui por diante estarão cinco divididos numa só casa: Três contra dois e dois contra três; dividir-se-ão o pai contra o filho e o filho contra o pai, a mãe contra a filha e a filha contra a mãe, a sogra contra a nora e a nora contra a sogra.'" Fitou Valentina. "Jesus poderia ser mais claro do que isto? Na verdade, incita as pessoas a abandonarem as suas famílias! Citado por Mateus no capítulo 10, versículos 34 a 37, Jesus disse: 'Não penseis que vim trazer a paz à terra; não vim trazer a paz, mas a espada. Porque vim separar o filho do pai, a filha da sua mãe e a nora da sogra; de tal modo que os inimigos do homem serão os seus familiares. Quem amar o pai ou a mãe mais do que a Mim, não é digno de Mim. Quem amar o filho ou a filha mais do que a Mim, não é digno de Mim.' Citado por Marcos no capítulo 10, versículo 29, Jesus disse: 'Em verdade vos digo: Quem tiver deixado a casa, irmãos, irmãs, mãe, pai, os filhos ou campos por Minha causa e por causa da Boa-Nova, receberá cem vezes mais agora, no tempo presente, em casas, irmãos, irmãs, mães, filhos e campos, juntamente com perseguições, e no tempo futuro a vida eterna. Muitos dos primeiros serão os últimos. E os últimos, primeiros.'"

Sendo judeu, Arnie Grossman permaneceu calado até aí. Neste ponto não conseguiu reprimir um sorriso.

"Parece um político em campanha eleitoral", gracejou. Abriu as mãos como se falasse diante de uma multidão de eleitores durante um comício. "Sigam-me! Votem em mim! Prometo-vos o Paraíso!"

O chiste pareceu adequado a Tomás, mas o português preferiu não o comentar para não ferir as sensibilidades de Valentina.

"Para Jesus, a família e a atual ordem social não interessavam para nada", sentenciou o historiador. "O fim do reino de Belzebu estava chegando e em breve tudo seria questionado. O que interessava era as pessoas se prepararem para o novo mundo, o reino de Deus que estava chegando. Precisava subverter tudo. Citado por Marcos no capítulo 2, versículo 22, Jesus disse: 'Ninguém deita vinho novo em odres velhos; se o fizer, o vinho acabará por romper os odres e perder-se-á o vinho juntamente com os odres. Mas o vinho novo deita-se em odres novos!'"

A italiana levantou a mão, como se o quisesse travar.

"Espere aí! Espere aí!", ordenou. "Parece que você está misturando alhos com bugalhos! Quando Jesus falava no reino de Deus, era tudo metafórico e simbólico!"

"Está enganada!", respondeu Tomás. "Isso é a conversa que surgiu mais tarde para tentar explicar o fato de o reino previsto por Jesus nunca ter aparecido. Mas o reino de que ele falava não era simbólico nem metafórico. Era um lugar real. Era a Terra transformada no Paraíso porque o seu dono, Deus, regressara enfim e pusera fim às iniquidades de Belzebu. O reino de Deus era um reino físico, com leis e pessoas de carne e osso governando-o."

"O quê?", admirou-se Valentina. "Onde está escrito isso?"

Sem surpresa, a atenção do historiador regressou ao exemplar da Bíblia que tinha nas mãos.

"Quantos apóstolos havia?", perguntou.

"Essa é fácil. Doze, todo mundo sabe."

"Vamos enumerá-los", sugeriu Tomás, sinalizando cada nome com um dedo. "Simão Pedro, André, Tiago e João, filhos de Zebedeu, Filipe, Bartolomeu, Tomé, Mateus, Tiago filho de Alfeu, Tadeu, Simão, Natanael, Judas irmão de Tiago, Judas filho de Tiago e Judas Iscariotes. Dá quinze nomes."

"Quinze? Mas eles eram chamados os doze..."

"Eram. No entanto, somando todos os nomes dados pelos diversos evangelistas, temos quinze. E Lucas escreve no capítulo 10, versículo 1: 'Depois disto, o Senhor designou outros setenta e dois discípulos e enviou-os dois a dois, à Sua frente, a todas as cidades e lugares aonde ele havia de ir.' Quer dizer, aqui ainda aparecem mais setenta e dois! O que suscita uma pergunta: se os apóstolos não eram doze, por que razão eram chamados os doze?"

A italiana fez um olhar opaco.

"Não sei."

O historiador se voltou para o silencioso Arnie Grossman.

"Que significado o número doze tem para os judeus?"

"São as doze tribos de Israel", disse o inspetor-chefe da polícia israelense sem hesitar. "Quando a Assíria conquistou o reino do Norte, Israel perdeu dez dessas tribos. Só ficaram duas. O nosso sonho é reconstituir Israel, juntando as dez tribos perdidas às duas que ficaram."

"Percebem agora a relevância de serem doze apóstolos? Sendo judeu, Jesus queria reconstituir Israel. Ele acreditava que o velho sonho judaico se realizaria no reino de Deus!"

Valentina torceu o nariz.

"Ora, isso é especulação sua! Essa tolice não está escrita em lugar nenhum!"

Tomás folheou mais uma vez a sua Bíblia.

"Está enganada", disse. "O Evangelho segundo Mateus narra um episódio curioso. Trata-se de uma conversa entre Jesus e os seus discípulos, descrita no capítulo 19, versículos 27 e 28: 'Tomando a palavra, Pedro disse-Lhe: «Nós deixamos tudo e seguimos-Te, qual será a nossa recompensa?» Jesus respondeu-lhes: «Em verdade vos digo: No dia da renovação, quando o Filho do Homem Se sentar no Seu trono de glória, vós, que me seguistes, sentar-vos-eis em doze tronos para julgardes as doze tribos de Israel.»' Ou seja, cada discípulo iria governar uma das tribos de Israel. Eram doze apóstolos para doze tribos. Ao falar nas doze tribos, Jesus acreditava claramente que os novos tempos que se aproximavam permitiriam recuperar as dez tribos perdidas e recriar Israel na sua íntegra. Isso é confirmado nos Atos dos Apóstolos, no capítulo 1, versículo 6, quando, depois de um trecho sobre o reino de Deus, os discípulos perguntaram a Jesus: 'Senhor, é agora que vais restaurar o reino de Israel?' Isto confirma que a restauração de Israel fazia parte da visão de Jesus. O reino de Deus não era, pois, um conceito meramente metafórico, mas uma realidade política palpável!"

Os ombros de Valentina caíram, como se o pilar que os sustinha tivesse desabado, e ela respirou fundo.

"Pronto, está bem", murmurou, vencida. "Já entendi."

Grossman ergueu no ar o papel com o enigma deixado pelo agressor do português e acenou com ele.

"Esperem aí! Onde é que isso nos deixa? O que esse cara queria nos dizer com esta charada?"

"Ao chamar a nossa atenção para o versículo 15 do Evangelho segundo Marcos", disse Tomás, "o assassino enviado pelos *sicarii* quis sublinhar quem era o verdadeiro Jesus: um rabino com artes de curandeiro e exorcista que acreditava que o mundo ia mudar a qualquer momento e que Deus iria instituir o Seu reino na Terra e repor a soberania de Israel."

"E é tudo?"

O português mordeu o lábio inferior, como se considerasse se deveria ou não dizer tudo.

"Pode ser que haja mais."

"Mais, o quê?"

Tomás olhou para a sua mão envolta em ataduras, como se quisesse se assegurar de que o tratamento havia sido adequadamente administrado. Tinha ainda os dedos sujos; era sangue seco que ficara encravado nas unhas que espreitavam do gesso.

"Jesus não fundou o cristianismo." Acariciou a capa da Bíblia e evitou olhar para a italiana. "A sua mensagem nem sequer era destinada a toda a humanidade."

Valentina o encarou com um olhar incrédulo.

"O quê?!"

Só nesse instante ganhou coragem para fitá-la nos olhos.

"Jesus discriminava as pessoas."

# XLVI

O rugido ressoou pelas pedras do Bairro Judeu antes de um poderoso farol dar entrada na pequena rua, como um unicórnio ameaçador. Tratava-se de uma moto japonesa de grande potência, larga e de uma cor preta brilhante, com escapamentos cromados que pareciam verdadeiros canos de canhões. O homem que a pilotava também estava vestido de preto, um vulto fantasmagórico cavalgando a máquina de aço.

A moto abrandou a marcha e percorreu devagar a rua sombria, como uma pantera ronronando enquanto espreitava as ameaças escondidas na escuridão, ela própria uma ameaça à espera do menor pretexto para o ataque. Mas não houve ataque. Em vez disso, a máquina parou em uma esquina e o piloto desligou o motor e apeou. A tranquilidade regressou à ruela, mergulhada no sono solto da noite.

O recém-chegado abriu um pequeno saco que trazia às costas e retirou do interior uma longa túnica, velha e esburacada, de textura áspera, como a da serapilheira. O piloto vestiu a túnica e, já transformado num monge, o rosto escondido na penumbra da capa, caminhou dez metros e se afastou da moto, agora um monstro silencioso e adormecido.

O vulto esquivo escolheu uma casa antiga, num canto obscurecido, ao qual a luz dos candeeiros públicos não chegava, e verificou se dali tinha a visão desimpedida para a entrada do edifício no outro lado da rua. O edifício era ornado por uma placa dourada que anunciava a instituição instalada no seu interior.

A Fundação Arkan.

Pareceu-lhe perfeito. O homem envolvido na túnica recuou dois passos e se sentou num degrau diante da porta da casa antiga em frente à fundação, a sua presença encoberta pelo manto inescrutável da noite.

O desconhecido percorreu a rua longamente com o olhar, detendo-se nos pormenores, mesmo nos mais insignificantes. Queria ter a certeza de que nada lhe escapava. Os detalhes eram o mais importante, sabia. Havia até quem dissesse que Deus se escondia neles, embora o recém-chegado achasse que era antes Belzebu. Mas a rua permanecia calma, as casas mergulhadas no sono, as calçadas desertas.

Ao fim de alguns minutos de inspeção cuidadosa, o homem relaxou pela primeira vez. Enfiou a mão no saco e retirou o seu velho exemplar das Sagradas Escrituras. Tinha talvez muito tempo diante dele. Mais valia ocupá-lo com Deus. Abriu o livro e o folheou com desvelo até se deter nos Salmos.

"Senhor, ouvi a minha prece, e chegue até Vós o meu clamor", entoou num sussurro quase inaudível. "Não me oculteis o Vosso rosto no dia da minha angústia; inclinai para mim o Vosso ouvido, no dia em que Vos invocar apressai-Vos a responder-me. Porque os meus dias esvanecem-se como o fumo, e os meus ossos ardem como um braseiro."

Calou-se e ergueu os olhos, verificando a entrada da fundação. Tudo parecia tranquilo. Inspecionou de novo a rua. Nada acontecia. Respirou fundo, enchendo-se de paciência. Um soldado de Deus tinha de estar preparado para tudo, mas a hora ainda não chegara. Baixou de novo o olhar para o texto e, os lábios movendo-se como se soprassem, retomou a leitura dos versículos sagrados.

Sicarius sabia que ainda teria de esperar.

Mas não muito.

# XLVII

"Jesus discriminava as pessoas?"

Arnie Grossman tinha ido à janela do quarto do hospital e espreitava Jerusalém à noite. Era tarde, mas a resolução do último enigma ainda não estava concluída.

"Claro", respondeu Tomás, deitado ainda na sua cama. "Lembre-se que ele nasceu judeu, viveu judeu, morreu judeu. Achava que pertencia ao povo eleito."

O inspetor-chefe da polícia israelense se voltou e o encarou.

"Isso já nos explicou", disse. "Mas sejamos razoáveis. O cristianismo se espalhou pelo mundo. Que história é essa de que Jesus discriminava as pessoas? O cristianismo não é uma religião universalista?"

Tomás indicou com a cabeça o enigma rabiscado no papel que se encontrava nas mãos de Grossman.

"Sabe, as últimas implicações da charada que o meu agressor nos deixou nos remetem diretamente para a fundação do cristianismo."

"Em que sentido? Não entendo."

O historiador suspirou, como se ganhasse fôlego para a sua derradeira explicação.

"Proponho que façamos uma viagem no tempo", disse, indicando a cidade para além da janela. "Recuemos dois mil anos. Estamos em Jerusalém em algum lugar entre o ano 30 e o ano 33. É a semana da Páscoa judaica, o Pesach, no mês de Nisan. A cidade se enche de judeus que vieram de toda a parte para oferecer um sacrifício no Templo em expiação pelos seus pecados, como requerido pelas Escrituras. Os romanos reforçam a guarnição porque sabem que o potencial para tumultos é elevado. Também os sacerdotes do Templo se mostram vigilantes, conscientes de que o clima com tanta gente junta é sempre inconstante. Entre os peregrinos aparece um grupo recém-chegado da Galileia."

"Jesus e os seus apóstolos."

"Ou seja, um bando de provincianos. Acreditam, como acreditavam outros judeus na altura, que o fim do mundo está próximo e Deus em breve intervirá para impor a Sua lei e acabar com o sofrimento dos mais fracos. Até ali, este grupo apenas teve palco nos rincões da Galileia e foi rejeitado pelos tolos que ali viviam. Como eram cegos aqueles simplórios! Jerusalém na Páscoa judaica, porém, é a sua grande oportunidade. A cidade fervilha de gente. São mais de dois milhões de judeus oriundos de toda a Judeia. Que melhor palco poderia haver para alertar as pessoas para a necessidade de se arrependerem dos seus pecados e de se prepararem para a nova idade de ouro?"

Valentina, que ficara em silêncio depois de ouvir as últimas revelações, animou-se neste ponto. A história da última semana de Jesus era uma das suas favoritas.

"Ele entrou em Jerusalém sentado num jumento, não foi?"

"É o que contam os Evangelhos", confirmou Tomás. "O profeta Zacarias escreveu no Antigo Testamento, no capítulo 9, versículo 9: 'Exulta de alegria, filha de Sião! Solta gritos de júbilo, filha de Jerusalém! Eis que o teu rei vem a ti: ele é justo e vitorioso, humilde, montado num jumento.' Assim, ou Jesus entrou em Jerusalém montado num jumento para insinuar que era o rei profetizado nas Escrituras, ou os evangelistas inventaram este detalhe para convencer os seus contemporâneos de que Jesus preenchia os requisitos da profecia. Nunca saberemos com exatidão a verdade, embora tenhamos a certeza de que este detalhe está relacionado com o texto de Zacarias."

"Entendo", assentiu a italiana. "Mas depois vem a história do Templo."

"Sim, Jesus cria um incidente no Templo e se põe a profetizar a sua destruição, atraindo os olhares das autoridades. A seguir é preso, julgado, condenado à morte e crucificado. Toda essa história é bastante conhecida."

"E então?"

"O que é importante já não é o que acontece com Jesus, mas a forma como os seus apóstolos interpretam esses acontecimentos."

Valentina sacudiu a cabeça.

"Não estou entendendo..."

"Ponha-se no lugar dos apóstolos. Estamos falando de pescadores e artesãos analfabetos da Galileia, que largaram tudo e decidiram seguir este rabino que os assustava com o anúncio do fim do mundo e lhes prometia a salvação se o seguissem e fizessem o que ele lhes dizia. O rabino lhes prometia também que cada um deles iria chefiar uma das doze tribos de Israel quando o reino de Deus fosse instaurado e os últimos, isto é, eles próprios, se tornassem primeiros. Era gente pobre, inculta e crédula. Acreditavam que o rabino, que viram fazer curas milagrosas, gozava da proteção divina e dizia a verdade. Podia mesmo ser o enviado de Deus! E por isso o seguiram. Andaram penando pela Galileia e foram enfim a Jerusalém anunciar a Boa-Nova a todos os judeus. Esta viagem seria a consagração. Israel iria se render ao rabino Jesus e o reconheceria como rei. Deus desceria então à Terra e instauraria o Seu reino! Ou seja, as expectativas dos apóstolos eram muito elevadas. Mas, em vez dessa consagração apoteótica, o que acontece na verdade?"

"Jesus foi preso e executado."

"Isso não estava no programa! Em vez de ser coroado, o rabino é preso, humilhado e morto. O que fazem os apóstolos? Fogem! Receiam pela sua vida e se escondem entre os mais de dois milhões de judeus que enchem Jerusalém para a Páscoa judaica. Isto mostra que Jesus nunca lhes falou deste desfecho e que as palavras postas na boca d'Ele nos Evangelhos profetizando a própria morte são antes reações inseridas pelos evangelistas. O que vai então na cabeça dos apóstolos quando Jesus é crucificado? Além do medo, a desilusão. Afinal o rabino não era o *mashia*! Tinham se enganado! Seguiram um falso profeta! A decepção é total. Contudo, três dias depois da morte do rabino, aparecem umas mulheres aos gritos histéricos. Ele ressuscitou!, gritam elas. Ele ressuscitou! Os apóstolos se animam. O quê? Será verdade? Vão ao sepulcro e confirmam que o local está vazio." Ergueu os braços no ar, num gesto teatral. "Aleluia! Afinal ele não é um falso profeta! É o *mashia*! É o *mashia!* A excitação é enorme. O rabino ressuscitou!" Fez uma pausa e encarou a italiana. "Percebe o significado profundo da ressurreição numa mente judaica, não percebe?"

Valentina hesitou.

"Numa mente judaica?"

"Tem de se lembrar sempre que estamos falando de judeus", insistiu o historiador. "Eles acreditavam que o mundo iria acabar e que haveria um grande julgamento. Pouco antes do julgamento, porém, iria acontecer uma coisa: os mortos ressuscitariam. Isso era fundamental para poderem ser julgados. Ora, o que tinha acabado de acontecer? Jesus ressuscitara! Havia sido o primeiro morto a regressar à vida! O que isso significava? Que em breve os outros mortos também iriam ressuscitar e que o dia do Juízo Final estava próximo! Afinal Jesus tinha razão! O fim do mundo estava prestes a chegar! Os mortos começavam a voltar à vida e em breve haveria o grande julgamento! Separados os ímpios dos puros, Deus instituiria o Seu reino na Terra! Precisavam espalhar a Boa-Nova! O reino de Deus estava mesmo perto de se tornar realidade!"

Os dois policiais seguiam a explicação com os lábios entreabertos, absorvendo a exposição do contexto judaico em que a morte de Jesus foi interpretada pelos seus seguidores.

"Mas, espere aí", disse Valentina. "Jesus apareceu aos apóstolos depois de morto."

Tomás curvou o lábio antes de responder.

"Ouça, isso é teologia", disse. "Como historiador, só lido com acontecimentos históricos. O sobrenatural não tem a ver com história, mas com crença. Como historiador não posso afirmar nem desmentir um acontecimento sobrenatural. Isso pertence ao domínio da fé. Não tenho meios de determinar se Jesus apareceu aos apóstolos depois de morto. O que posso determinar é que os apóstolos afirmaram que o viram." Fez uma pausa. "Lembre-se de que estamos falando de gente crédula e inculta, já predisposta a acreditar no sobrenatural. Sobre isso, nada mais direi."

"Nesse caso, você acha que os apóstolos começaram a ter alucinações..."

"Não acho nem deixo de achar. O que sei é que os apóstolos garantiram ter visto Jesus ressuscitado. Seria verdade? Teriam tido alucinações? Estariam enganando as pessoas? Mateus chega a registrar no seu evangelho, no capítulo 28, versículo 13, um rumor que corria: 'Os Seus discípulos vieram de noite e roubaram-n'O.' Não sabemos qual a verdade nem nunca saberemos. O que sabemos é que os apóstolos se puseram a espalhar a Boa-Nova: os mortos começaram a ressuscitar, vem aí o Juízo Final e será enfim instituído na Terra o reino de Deus. Alguns judeus aderiram a esta mensagem."

"Como Paulo..."

"Curiosamente, Paulo não foi um deles. Começou até por perseguir os seguidores de Jesus. Mas depois teve uma visão e passou a acreditar."

"Portanto, tornou-se cristão."

"Ainda não havia cristãos", corrigiu Tomás. "Eram todos judeus. O que acontecia é que existiam várias seitas entre os judeus, como os fariseus, os essênios, os saduceus e outros. Os que acreditavam que era Jesus o *mashia* previsto nas Escrituras representavam uma dessas muitas seitas, a dos nazarenos. Repare, estes nazarenos continuavam a respeitar as leis judaicas e o Templo. O que os diferenciava era a crença na Boa-Nova de que o reino de Deus estava prestes a chegar, de que a morte de Jesus era o sacrifício ritual para expiar os pecados da humanidade e de que a Sua ressurreição constituía o primeiro acontecimento do processo que desencadearia o Juízo Final. Na Primeira Carta aos Coríntios, escreveu Paulo, no capítulo

15, versículo 20: 'Cristo ressuscitou dos mortos como primícias dos que morreram.'"

"Primícias? O que é isso?"

"O dicionário dá várias opções: primeiros frutos, prelúdio, primeiros efeitos. Ou seja, Paulo diz aqui explicitamente que a ressurreição de Jesus foi o prelúdio da ressurreição dos mortos. Isto quer dizer que ele acreditava piamente que o mundo estava prestes a acabar e vinha aí o julgamento final. Na Primeira Carta aos Tessalonicenses, Paulo descreveu no capítulo 4, versículos 16 e 17, como seria esse dia: 'Quando for dado o sinal, à voz do Arcanjo e ao som da trombeta de Deus, o próprio Senhor descerá do Céu e os que morreram em Cristo ressurgirão primeiro. Depois, nós, os vivos, os que ficarmos, seremos arrebatados juntamente com eles sobre nuvens; iremos ao encontro do Senhor nos ares, e assim estaremos para sempre com o Senhor.' Ou seja, primeiro ressuscitam os mortos e depois vão os vivos. Esta mensagem é reforçada por Paulo na Primeira Carta aos Coríntios, no capítulo 15, versículo 51: 'Vou revelar-vos um mistério: nem todos morreremos, mas todos seremos transformados. Num momento, num abrir e fechar de olhos, ao som da última trombeta, pois ela há de soar, os mortos ressuscitarão incorruptíveis, e nós seremos transformados.' Foi esta Boa-Nova que Paulo se pôs a espalhar. Só que se deparou com um grande problema."

Tomás se calou, para conseguir um efeito dramático.

"O que aconteceu?", quis saber a italiana.

"Os judeus riram. Acharam ridícula a ideia de que aquele pobre coitado vindo do campo e que os romanos humilharam e crucificaram era o *mashia*. Por exemplo, nos Atos dos Apóstolos conta-se, no capítulo 17, versículos 2 a 5, que Paulo foi falar com os judeus à sinagoga de Tessalônica 'e, durante três sábados, discutiu com eles a partir das Escrituras, explicando-as e provando que o Messias tinha de sofrer e de ressuscitar dos mortos. «E o Cristo, dizia ele, é este Jesus que vos anuncio.» Alguns deles ficaram convencidos', mas a maioria não 'e espalharam a agitação pela cidade'. Perante esta rejeição dos judeus, o que Paulo fez? Levou a mensagem aos gentios.

Disse-lhes que vinha aí o Juízo Final e que quem abraçasse Jesus poderia se salvar. Muitos gentios, receando o fim do mundo, quiseram aderir. Claro que, nesse instante, se gerou um problema absolutamente novo: os gentios teriam de praticar todos os costumes judaicos? Eles se recusavam a ser circuncidados e queriam comer carne de porco e trabalhar livremente ao sábado. Se esses costumes judaicos se mantivessem, não adeririam. O que fazer? Os discípulos de Jesus, como Simão Pedro, Tiago e outros, torceram o nariz ao abandono destas obrigações. Elas eram impostas pela lei e teriam de ser respeitadas. Citado por Mateus, o próprio Jesus disse no capítulo 5, versículo 17: 'Não penseis que vim revogar a Lei e os Profetas: Não vim revogá-la, mas completá-la'; e acrescentou, no capítulo 5, versículo 19: 'Se alguém violar um destes mais pequenos preceitos, e ensinar assim aos homens, será o menor no reino dos Céus.'"

A alma judaica de Arnie Grossman não se conteve.

"Isso quer dizer que Jesus respeitava de fato a lei."

"'Não passará uma só letra ou um só acento da Lei sem que tudo se cumpra', como o próprio Jesus chegou a afirmar, em Mateus, capítulo 5, versículo 18. No entanto, Paulo não conheceu Jesus pessoalmente e, como era muito mais culto do que os discípulos, decidiu alterar os parâmetros teológicos de modo a encaixar as objeções dos gentios. A salvação, decidiu ele, já não se alcançava pelo respeito da lei e pelo sacrifício no Templo. Escreveu Paulo na Carta aos Gálatas, no capítulo 2, versículo 16: 'O homem não é justificado pelas obras da Lei, mas pela fé em Jesus Cristo.' Esta mensagem é reforçada no capítulo 5, versículo 4: 'Vós os que procurais a justificação pela Lei; decaístes da graça!' Ou seja, e ao contrário do que defendia o próprio Jesus, a lei judaica já não salvava ninguém. Bastava agora acreditar na morte de Jesus como sacrifício de expiação e na sua ressuscitação como 'primícias', ou prelúdio, do regresso à vida de todos os mortos para o julgamento final. Nestas novas condições, como acham que os gentios reagiram?"

"Ficaram encantados, claro", exclamou o inspetor-chefe da polícia israelense, com uma gargalhada. "Já não tinham de se circuncidar e podiam comer carne de porco à vontade."

"É evidente. De modo que os gentios aderiram à mensagem em grande número. Os discípulos de Jesus, todos eles judeus, protestaram. O que vinha a ser aquilo de se desrespeitarem os requisitos da lei? Paulo foi a Jerusalém falar com eles e lhes disse que aquele é que era o caminho. Os judeus não estavam aderindo à mensagem, mas os gentios sim. Tinham portanto de apostar na conversão dos gentios. Embora com manifesta relutância, os discípulos lá aceitaram a ideia. Mas Simão Pedro, conforme Paulo admitiu, continuou evitando comer à mesa com os gentios, prova de que não se afeiçoou bem à ideia. E outros nazarenos insistiram que Jesus não tinha ensinado nada daquilo e que a lei era para se cumprir. Dentro da seita dos nazarenos começaram a aparecer subseitas, umas pró-judaicas, outras formadas por gentios. Quando os três primeiros evangelhos foram escritos, os de Marcos, Mateus e Lucas, este debate havia se inflamado e se estendido já para fora da Judeia. Daí que os evangelistas se esforcem por narrar episódios da vida de Jesus a renegar o sábado e as leis da pureza dos alimentos: eles não estavam na verdade contando o que Jesus fizera, mas invocando a sua autoridade para resolver os problemas dos novos tempos."

Valentina ergueu a mão.

"Alto lá!", exclamou. "É importante esclarecer uma coisa primeiro. Os apóstolos podiam ter reservas em relação aos gentios, aceito isso. Mas Jesus não! Apesar da sua conversa de que Ele não era cristão, a verdade é que Jesus se abriu ao mundo e não discriminava ninguém. Nesse ponto em concreto, Paulo tinha razão."

O historiador a fitou com intensidade e tocou com a ponta do indicador na boca.

"Leia os meus lábios", pediu. "Jesus era judeu até a raiz dos cabelos!" Apontou para a janela. "Está vendo aqueles judeus ultraortodoxos que andam por aí nas ruas de Jerusalém, de barbas e vestidos de preto? Se fosse vivo, Jesus seria um deles! Era um ultraortodoxo que defendia que se respeitasse a lei ainda com mais zelo do que os outros judeus. Citado por Mateus, Jesus disse no capítulo 5, versículo 20: 'Eu vos digo: Se a vossa virtude não superar a dos escribas e fariseus, não entrareis no reino dos Céus.' Ele era um judeu zeloso!

Ora os judeus consideravam que os gentios eram imundos. Por isso, Jesus nem se misturava com eles! Na verdade, ele os discriminava."

A italiana arregalou os olhos, horrorizada.

"*Mamma mia!* Como pode afirmar uma coisa dessas? Jesus descriminava os gentios? Que horror! Ele jamais faria uma coisa dessas!"

Tomás voltou a sua atenção para a Bíblia.

"Se ler com cuidado o Novo Testamento, vai reparar que Jesus quase não interagiu com gentios. A pedido de alguns judeus, teve um breve contato com um centurião romano e chegou a se sentir na obrigação de explicar à multidão por que o fez." Folheou o livro. "Jesus ordenou aos apóstolos que evitassem os gentios quando estivessem propagando a Boa-Nova. Citado por Mateus, disse-lhes Jesus no capítulo 10, versículos 5 a 7: 'Não sigais pelo caminho dos gentios, nem entreis em cidade de samaritanos. Ide, primeiramente, às ovelhas perdidas da casa de Israel. Pelo caminho, proclamai que o reino dos Céus está perto.' Ou seja, e como qualquer judeu pio, Jesus fazia questão de reduzir o contato com os gentios ao mínimo." Virou para a página seguinte. "Uma gentia foi ter com Jesus e lhe pediu que exorcizasse a filha, possuída por um demônio. Sabe qual foi a primeira reação de Jesus? Segundo Mateus, no capítulo 15, versículo 23: 'Ele não lhe respondeu palavra.' Os apóstolos intercederam então pela gentia. Sabe o que retorquiu Jesus? Segundo Mateus, no capítulo 15, versículo 24, Jesus lhes disse: 'Não fui enviado senão às ovelhas perdidas da casa de Israel.' Ele poderia ser mais claro do que isto? Só à terceira Jesus se dignou atender!" Adiantou um punhado de páginas. "O próprio Paulo, apóstolo para os gentios, escreveu na Carta aos Romanos, no capítulo 15, versículo 8, que 'Cristo Se fez servidor dos circuncisos', reconhecendo assim que Jesus apenas pregava aos judeus." Virou a Bíblia para a sua interlocutora. "A sua mensagem não era para toda a humanidade; destinava-se apenas aos judeus. Mesmo quando Marcos o põe dizendo em Jerusalém que 'a minha casa será chamada casa de oração para todos os povos', uma mensagem aparentemente universalista, Jesus esclarece, no capítulo 11, versículo 17, que está apenas citando o que 'está escrito', numa referência às profecias de Isaías, que, no capítulo 56, versículo 7, usam justamente a expressão 'casa de oração para todos os povos'."

Recusando-se a acreditar, Valentina leu com os próprios olhos os versículos de Mateus e de Marcos e a linha de Paulo na Carta aos Romanos.

"É incrível!", murmurou, abismada. "Nunca me contaram isso! Nunca, nunca!"

"No entanto, ocorreu um acontecimento cataclísmico", disse o português, retomando a narrativa. "A revolta judaica e a destruição de Jerusalém pelos romanos, no ano 70."

Arnie Grossman acenou afirmativamente com a cabeça.

"Isso foi um trauma para o nosso povo, não há dúvida."

"E um acontecimento de grande importância também para os nazarenos", sublinhou Tomás. "Os judeus tinham caído em desgraça junto dos romanos e a associação com a religião judaica se tornou menos recomendável. Além disso, a maior parte dos judeus não aceitava que Jesus fosse o *mashia* e os nazarenos os acusavam de terem assassinado o Filho de Deus. Por outro lado, o tal reino de Deus não chegava! Jesus tinha prometido aos apóstolos que eles ainda estariam vivos quando Deus estabelecesse o Seu reino na Terra, mas isso não acontecera. Os apóstolos começaram a morrer e não ocorrera ainda nenhum julgamento final. As perguntas incômodas se multiplicavam na comunidade. Então quando é que todos ressuscitam? Quando é o Juízo Final? O reino de Deus vem ou não vem?"

"O que os líderes da comunidade fizeram?"

"Tiveram de começar a reinterpretar tudo. Afinal, eles decidiram que o reino de Deus não viria de imediato."

"Mas como sustentaram teologicamente essa ideia?", quis saber Grossman. "Pelo visto Jesus tinha sido muito claro quando disse que a chegada do reino de Deus era iminente."

"Tinha mesmo", reconheceu o historiador, "mas, confrontados com a realidade de que o reino não aparecia, os líderes dos nazarenos se puseram a fazer ginástica com as palavras. O autor da Segunda Carta de Pedro se viu forçado a lidar com o problema, no capítulo 3, versículos 8 e 9: 'Um dia diante do Senhor é como mil anos, e mil anos como um só dia. O Senhor não retarda a Sua promessa, como alguns pensam, mas usa da paciência para convosco.' Isto é inspirado nos Salmos, onde se estabelece, no capítulo 90, versículo 4: 'Mil anos, diante de Vós, são como o dia de ontem que já passou.' Ou seja, eles andaram vasculhando as Escrituras até encontrarem algo que lhes permitisse dizer que Deus tinha afinal uma concepção diferente do tempo. A mensagem apocalíptica, muito forte nos primeiros textos dos nazarenos, como as epístolas de Paulo, o Evangelho segundo Marcos e as fontes de Lucas e Mateus, designadas Q, L e M, foi gradualmente enfraquecendo até desaparecer por completo no quarto evangelho, o de João, escrito por volta do ano 95. Para que insistir na chegada do reino de Deus se ele não havia meio de aparecer?"

"Mas essa mensagem apocalíptica se manteve nos primeiros textos", observou o policial israelense. "E esses textos permaneciam disponíveis. Como se lidou com isso?"

"O grande problema é que a parte mais importante da mensagem de Jesus, o anúncio do fim dos tempos e da chegada do reino de Deus, estava errada. Mas ninguém podia admitir que Jesus tinha errado, não? Seria uma gravíssima blasfêmia. Então o que fazer? Os líderes da comunidade passaram a afirmar que afinal tudo era metafórico e coisa e tal. O reino de Deus deixou de ser um regime físico e se tornou uma metáfora espiritual. Já não era questão de haver duas idades, a de Belzebu e a de Deus, mas duas esferas, o Inferno e o Céu. E a noção da ressurreição do corpo se transformou no dogma da imortalidade da alma. Enfim, arranjaram-se maneiras criativas de contornar o problema desconfortável."

"Quer dizer, o discurso foi se adaptando à realidade."

"Isso mesmo. E ao mesmo tempo que foi se tornando menos apocalíptica a mensagem dos nazarenos foi divinizando Jesus. Enquanto o primeiro evangelho canônico, o de Marcos, o apresenta como um homem de carne e osso, que por vezes até se irritava, o quarto evangelho, o de João, já o mostra como Deus. 'O Verbo fez-se homem e habitou entre nós', escreveu João no capítulo 1, versículo 14. Além disso, o que é igualmente importante, a seita dos nazarenos foi se separando dos judeus até formar uma religião distinta, a dos cristãos."

"Ou seja, o cristianismo nasce da negação do judaísmo."

"Exato. Para os cristãos, a questão era muito simples: se os judeus rejeitavam Jesus, Deus rejeitava os judeus. Ou seja, aos olhos dos cristãos os judeus já não eram o povo eleito. É interessante notar que a culpa dos judeus na morte de Jesus aumenta à medida que os Evangelhos vão sendo escritos, ao mesmo tempo que o romano Pôncio Pilatos é ilibado de responsabilidades. No primeiro evangelho, o de Marcos, Pilatos nunca declara Jesus inocente. Nos dois evangelhos seguintes, a coisa começa a mudar. Em Mateus, Pilatos afirma, no capítulo 27, versículo 24: 'Estou inocente do sangue deste justo.' E em Lucas declara três vezes a inocência de Jesus. João, o último evangelho, põe Pilatos novamente declarando três vezes a inocência de Jesus e o entrega para execução, não aos legionários, mas aos judeus. Num trecho, no capítulo 8, versículo 44, chega mesmo a pôr na boca de Jesus a afirmação de que os judeus são 'filhos de um pai que é o Diabo'. O corte com o judaísmo estava consumado. Os judeus cristãos denunciaram os demais cristãos como heréticos, mas a denúncia acabou tendo um efeito bumerangue. Os gentios cristãos se tornaram dominantes e acabaram por suprimir os judeus cristãos. Os ebionitas, uma seita que insistia ser Jesus um judeu de carne e osso, foram declarados heréticos e silenciados, e os judeus se tornaram alvo do ódio dos cristãos. Autores cristãos do século II, como Martyr, escreveram que a circuncisão existia para sinalizar quem teria de ser perseguido. Quando Constantino se converteu ao cristianismo, no século IV, os cristãos adquiriram enfim o poder de que necessitavam para punir os judeus. O resto é história."

Arnie Grossman cruzou os braços.

"E foi assim que desembocamos nos pogrons e no Holocausto", observou. "Mas, pelo que entendi das suas palavras, a religião cristã que hoje existe não é a religião original de Jesus."

Tomás indicou o papel que o policial israelense mantinha preso entre os dedos.

"É isso, em última instância, o que o assassino quis dizer com todos os enigmas que nos deixou", concluiu. "Jesus Cristo não era cristão."

Fez-se um silêncio brusco no quarto do hospital. O português guardou a Bíblia na gaveta da mesinha de cabeceira e se recostou na vasta almofada da sua cama.

"Tudo isso é muito bonito", observou Valentina com ar contrariado, obviamente pensando o contrário do que acabara de dizer. "Mas o que fazemos agora? Para onde vai a nossa investigação?"

O inspetor-chefe da polícia israelense cravou os olhos nela.

"Diga-me uma coisa, cara colega. Como é que o assassino dos *sicarii* descobriu o seu paradeiro aqui em Jerusalém?"

A italiana encolheu os ombros.

"Não faço a mínima ideia."

"Quem é que sabia da sua presença na cidade?"

"Vocês, claro." Arregalou os olhos, como se tivesse acabado de ser atingida por um relâmpago. "E... e... a Fundação Arkan!"

Grossman sorriu.

"Curioso, não é? Horas depois de vocês visitarem essa fundação e de se envolverem numa discussão acalorada com o presidente, um assassino entra no quarto do professor Noronha. Interessante coincidência, não acha?"

Valentina manteve a atenção presa no seu colega israelense, como se estivesse hipnotizada.

"*Dio mio!* Como é que não pensei nisso?", exclamou, quase se recriminando. "Mais do que coincidência, isso é um forte indício!"

O israelense levou a mão ao bolso do casaco.

"Talvez", admitiu. "Mas mais fortes ainda são estes documentos que recebi há pouco e dos quais não falei ainda."

Mostrou-lhes um quadrado branco de folhas dobradas. O policial começou a desdobrá-las, revelando duas páginas com o logotipo de uma árvore e repletas de nomes, datas e valores.

"O que é isso?"

"Fomos investigar a folha de papel onde o assassino dos *sicarii* rabiscou o enigma e tivemos sorte", revelou enquanto endireitava as páginas. "Descobrimos que se trata de um tipo raro de papel produzido por uma empresa em Tel Aviv." Acenou com as duas folhas. "Aqui está a lista de clientes para onde a empresa enviou remessas deste papel específico. São apenas quinze clientes. E vejam quem aparece na décima segunda posição..."

Arnie Grossman pousou o dedo grosso na linha respectiva, situada no meio da segunda página, para onde convergiram os olhares de Valentina e Tomás. O que estava escrito ali não deixava margem para dúvidas.

*Fundação Arkan.*

# XLVIII

A noite havia sido fria e desagradável, mas um detalhe desses não tinha o poder de afastar Sicarius da sua missão. Ele já não havia suportado inúmeras noites ao relento, no topo do promontório de Masada, exposto ao frio noturno do deserto e das alturas? Diante disso, o que era passar a noite no Bairro Judeu da cidade velha, a dois passos do Muro das Lamentações e do sagrado monte Moriah, onde outrora se erguera o Templo com o Santo dos Santos, a câmara por onde Deus deambulava? Seria isso um sacrifício? Não, sentia-o nas entranhas. Não se tratava de sacrifício; nunca uma coisa dessas poderia ser penosa para ele.

Era uma honra.

Havia passado parte da noite recitando os Salmos, os poemas sagrados das Escrituras, enquanto vigiava os acontecimentos na rua. Mas fora uma noite calma. Agora que o dia nascera, porém, o Bairro Judeu acordava e ouviam-se portas batendo e passos de transeuntes soando pelos passeios e o ocasional tilintar da campainha de uma bicicleta que deslizava pela rua. A cidade velha de Jerusalém se agitava com a luz da manhã, preparando-se para mais um dia. O Sol banhava os telhados dos edifícios milenares, mas permanecia ainda demasiado baixo e os seus raios não chegavam ao solo.

Um zumbido distante, que se misturava inicialmente com o rumor longínquo do trânsito para lá das muralhas, transformou-se num ronco crescente que se distinguiu do resto. Sicarius desceu o olhar até o fim da rua e, depois de alguns segundos, viu três motos e dois carros aparecerem com grande aparato. Eram viaturas da polícia.

O cortejo parou bem em frente aos degraus onde Sicarius passou a noite, obrigando-o a ajeitar o capuz para melhor ocultar o rosto vigilante. Os policiais das motos se mantiveram montados nos seus veículos, lançando olhares desconfiados em todas as direções, incluindo ao monge que parecia cochilar num degrau ali ao lado. No entanto, os homens que vinham nos carros apearam com movimentos enérgicos e se juntaram num grupo informal, trocando palavras e desviando as atenções do monge.

A seguir, o grupo se dirigiu para a porta da fundação e tocou a campainha. Eram seis pessoas e Sicarius reconheceu todas. O inspetor-chefe da polícia, Arnie Grossman, três agentes à paisana e os dois estrangeiros, a inspetora italiana e o historiador português. Com o rosto abrigado pela sombra do capuz, Sicarius esboçou um sorriso ao ver a mão envolvida em ataduras e o curativo no pescoço do homem que tinha atacado na véspera.

Havia feito bem o seu trabalho.

O grupo permaneceu longos instantes à porta. O inspetor-chefe Grossman tocava insistentemente a campainha e os seus três homens começaram a inspecionar as janelas da fundação, como se quisessem verificar se havia alguém lá dentro. O historiador olhava para o relógio e trocava algumas palavras com a italiana. Sicarius a avaliou. Linda mulher, concluiu; parecia uma daquelas beldades que por vezes aparecem no cinema francês, de cabelos escuros e olhos de gata.

A porta se abriu.

# XLIX

"Polícia!"

O crachá estendido para a recepcionista confirmava a identificação. A moça de cabelo preto pestanejou, intimidada por todo aquele aparato de agentes de autoridade e carros com sirenes às portas da fundação, e recuou um passo.

"Em que posso ajudar?"

Arnie Grossman cruzou a porta com a postura de quem dominava a situação.

"Queremos falar com Arpad Arkan", anunciou. "Ele está?"

"Um momento, por favor."

A recepcionista foi ao telefone e digitou um número. Alguém deve ter atendido do outro lado porque ela começou a falar muito depressa, quase com urgência. Depois fez uma pausa, anuiu e desligou. Voltou ao hall e fez sinal aos visitantes.

"Queiram me acompanhar."

Subiram ao primeiro andar e se depararam com a figura imponente do presidente da fundação os aguardando com as mãos nos quadris no topo das escadas, as grossas sobrancelhas carregadas de desconfiança, a pose de um soldado diante do inimigo. Cumprimentaram-se com frieza. Arkan apertou apenas a mão de

Grossman, preferindo fazer um sinal com a cabeça aos restantes. Quando viu Valentina, emitiu um grunhido hostil. Manifestamente, a italiana não era bem-vinda, mas ela não pareceu incomodada com isso.

O anfitrião levou os visitantes para o seu gabinete. Como só havia duas cadeiras e eles eram seis, a recepcionista foi buscar mais quatro. No meio do burburinho de determinar quem se sentava onde, Tomás ficou admirando os papiros e os pergaminhos emoldurados nas paredes, tentando adivinhar a respectiva idade; leu linhas em hebraico e grego e lhe pareceram extratos do Antigo e do Novo Testamento. O rigor e o cuidado postos no texto de um pergaminho lhe pareceram refletir o profissionalismo da escola alexandrina, o que significava que se tratava de um espécime valioso, mas outro manuscrito lhe deu a impressão de ser bizantino, mais tardio e de menor interesse.

Todos os visitantes se acomodaram afinal e o português se viu obrigado a seguir o exemplo, instalando-se na única cadeira que ficara vazia.

"Então a que devo o prazer desta nova visita?", perguntou Arkan, já sentado na sua poltrona, por trás da secretária. "Presumo que tenha alguma coisa a ver com os três acadêmicos assassinados..."

Grossman pigarreou.

"Presume bem", anuiu. Fez um sinal na direção de Valentina. "Recebemos recentemente um pedido das polícias italiana, irlandesa e búlgara para dar assistência à investigação internacional que está sendo conduzida pela inspetora Ferro, da Polizia Giudiziaria de Itália, com a colaboração do professor Noronha, historiador da Universidade Nova de Lisboa."

"Já os conheci", murmurou o presidente da fundação em tom agastado. "Estiveram aqui outro dia."

"Assim fui informado", disse o policial israelense. "E mais: fui informado de que se deu a coincidência de as três vítimas terem se conhecido justamente aqui neste edifício, no decurso de uma reunião que tiveram com você."

Grossman se calou e deixou o olhar inquisitivo se demorar no seu interlocutor, como se buscasse confirmação.

"É assim, de fato."

"Três meses depois, os três acadêmicos foram assassinados", acrescentou o inspetor-chefe friamente. Estreitou as pálpebras. "Estranha coincidência..."

Arkan se remexeu na poltrona, claramente incomodado com esta última observação.

"Lá vêm vocês com as suas insinuações torpes", grunhiu, porém fazendo um esforço para controlar o tom de voz. "Não tenho culpa nenhuma do ocorrido. Lamento estas mortes e, se pudesse voltar no tempo, nem sequer os teria convidado."

"Pode ser que sim", disse Grossman. "O problema é que as coincidências não ficam por aqui." Indicou Valentina e Tomás. "Horas depois de os nossos colegas terem estado aqui conversando com você e terem sido postos na rua por você, o professor Noronha foi atacado por um desconhecido no seu quarto de hotel."

O anfitrião arregalou os olhos e fitou Tomás; se não se sentia surpreendido, fingia bem.

"O quê?!"

O português ergueu a mão direita coberta de ataduras, esticou o pescoço para expor a proteção e forçou um sorriso.

"Estão aqui as provas."

O inspetor-chefe israelense não desviou o olhar do interlocutor, como se estudasse as suas reações.

"Outra coincidência, não lhe parece?", perguntou, num tom sibilino. "O senhor se enfureceu com eles, expulsou-os da fundação e algumas horas depois alguém os atacou."

Arkan deu um salto e ficou de pé, as faces rubras, as sobrancelhas grossas tremendo de indignação.

"Como se atreve?!", vociferou, fora de si. "Está insinuando que eu... que eu tive alguma coisa a ver com aquilo?" Apontou para Tomás, como se o historiador fosse *aquilo*. "Mas o que é isto?! Está louco? Como podem pensar uma coisa dessas? Com que direito? Agora sou o culpado de tudo o que acontece de errado no mundo?"

O presidente da fundação bufava e tremia, mas Grossman não se mostrou intimidado. Deixou-se ficar tranquilamente na sua cadeira, de perna cruzada, e esperou que o vendaval passasse.

"Tenha calma", aconselhou por fim. "Ninguém o está acusando de nada." Descruzou as pernas e dobrou o corpo na direção do seu interlocutor. "Ainda." Recostou-se novamente, muito satisfeito consigo próprio, e voltou a cruzar as pernas. "O problema é que ocorreu uma nova coincidência." Fez um sinal ao policial sentado ao seu lado e o homem lhe entregou um envelope. O inspetor-chefe o abriu e retirou do interior uma folha de papel. "Reconhece isto?"

Tratava-se do enigma que Tomás havia decifrado na noite anterior, no quarto do hospital.

Arkan se inclinou sobre a secretária para melhor observar os rabiscos e esboçou uma expressão de ignorância.

"Não faço ideia do que seja."

"É uma charada que o agressor do professor Noronha deixou no local do ataque", explicou. "Uma mensagem, de resto, muito parecida com as que foram encontradas junto das vítimas de Roma, Dublin e Plovdiv."

"E então?"

"E então, mandei analisar este papel. Localizamos o fornecedor em Tel Aviv e fomos informados de que se tratava de um tipo de papel muito raro, só fornecido a quinze clientes. A sua fundação é um deles."

A boca de Arkan se entreabriu de espanto.

"O quê?!"

Grossman acenou com a folha onde o enigma se encontrava escrevinhado.

"Este papel veio provavelmente da sua fundação", disse devagar, quase soletrando as palavras. "Tem alguma explicação para isso?"

Os olhos do anfitrião dançavam entre a folha de papel e o rosto do inspetor-chefe, como se aí pudesse encontrar a resposta à pergunta.

"Eu... eu não sei...", titubeou. "Isso é... é impossível." Balançou a cabeça, ganhando convicção. "Não pode ser!"

"No entanto, é o que diz a empresa." Manteve os olhos cravados no seu interlocutor. "Agora repare na sequência de acontecimentos. O senhor teve uma discussão com a inspetora Ferro e o professor Noronha. Horas depois, o professor Noronha foi atacado. O agressor deixou uma charada rabiscada num papel adquirido pela sua fundação. Explique-me, por favor!"

Arkan parecia confuso, quase incapaz de formular um discurso coerente.

"Deve haver engano!", exclamou. "Uma coisa dessas implica que... que..." Voltou a abanar a cabeça. "Não, não pode ser! Tem de haver uma explicação qualquer!"

"Claro que sim", concordou Grossman, sempre muito calmo. "E a primeira explicação se relaciona com os três acadêmicos que o senhor recebeu aqui na sua fundação e que acabaram assassinados. Ninguém compreendeu ainda muito bem a natureza da investigação que os ligava."

"Contratei-os para consultoria", afirmou o anfitrião. "Não há nada para explicar!"

O inspetor-chefe fez um novo sinal para o homem ao seu lado. O policial lhe entregou um segundo envelope, que Grossman abriu. Retirou uma carta do interior, encabeçada pelos símbolos oficiais de Israel.

"Se insiste em manter o silêncio, receio ter de convidá-lo a nos acompanhar para esclarecimentos", disse, estendendo-lhe a carta. "Verifique se está tudo em conformidade."

Arkan pegou hesitantemente a carta, uma expressão interrogativa no olhar.

"O que é isto?"

"Um mandado de detenção", esclareceu o policial israelense. "Em seu nome."

"Como?!"

"Perante as sucessivas coincidências envolvendo a sua instituição neste estranho caso, o juiz concordou em nos autorizar sua ordem de prisão enquanto o inquérito prossegue." Exibiu um sorriso. "O que dá dois anos, no mínimo, enquanto isto não se esclarece em todos os seus contornos."

O presidente da fundação estava tão atônito que nem conseguiu ler o texto do mandado.

"Dois anos?!"

Grossman fez que sim com a cabeça.

"No mínimo. O prazo pode ser prolongado por um ano."

Arkan se deixou cair para trás, recostando-se na poltrona numa postura de derrota. O anfitrião mantinha o mandado preso entre os dedos, mas claramente nem o sentia.

"Meu Deus!"

O inspetor-chefe examinou as próprias unhas, como se naquele momento se preocupasse sobretudo com a sua higiene pessoal.

"A menos que o senhor decida se poupar dessa confusão e nos explique o verdadeiro motivo pelo qual convocou os professores Escalona, Schwarz e Vartolomeev para uma reunião." Levantou os olhos e os cravou no seu interlocutor. "Quero o verdadeiro motivo."

O rosto de Arpad Arkan exibia uma lividez cadavérica. Gotas de suor escorriam-lhe pela face, enquanto avaliava as opções diante dele e o dilema o paralisava. Passou os olhos pelos cinco policiais à sua frente e só encontrou alguma simpatia no rosto do historiador português, evidentemente menos à vontade nestas situações constrangedoras, em que um homem é posto perante a terrível perspectiva de perder a liberdade. O que fazer?

Ouviu um tilintar de metais e notou que um dos policiais já preparava as algemas. O tempo escasseava, percebeu. Quase em transe, o presidente da fundação se forçou a tomar uma decisão e chegou à conclusão de que, no ponto a que as coisas haviam chegado, tinha de pôr os seus interesses pessoais à frente do resto.

"Isto já foi longe demais", concluiu. "Vou contar a vocês tudo. Mas não aqui."

"Onde, então?"

"No local onde os trabalhos são desenvolvidos."

"Que trabalhos? Do que está falando?"

Arkan respirou fundo, como um atleta que se prepara para entrar em competição, e se levantou do seu lugar.

"Do mais extraordinário projeto da humanidade."

# L

A porta da fundação se abriu e a partir desse instante foi tudo muito rápido. Sicarius viu Arpad Arkan abandonar o edifício na companhia dos policiais israelenses, da inspetora italiana e do historiador português e se instalarem todos nos automóveis. Num despertar súbito, as motos dos batedores desataram a roncar e logo em seguida foi a vez dos carros, embora estes mais suavemente.

O homem encapuzado que estava sentado num degrau do outro lado da rua se ergueu com gestos preguiçosos, para evitar despertar as atenções. Lançou um olhar enfastiado às viaturas e se espreguiçou. Depois pôs-se a caminhar com aparente despreocupação para a moto preta parada a alguns metros de distância.

As viaturas iniciaram a marcha. À frente seguiam as duas motos dos batedores, depois vinham os dois automóveis, atrás encontrava-se a última moto da polícia. Sicarius os viu passar e só então tirou o manto que o cobria. Guardou-o na sacola, que apertou às costas, montou em sua moto e ligou o motor. A máquina rugiu.

Ao fundo da rua, o cortejo da polícia já dobrava a curva.

"Pensam que estão em segurança?", murmurou Sicarius, os olhos presos às traseiras dos veículos. "Enganam-se."

A moto arrancou com violência e acelerou pela rua como uma bala de canhão, chegando a empinar durante alguns metros. Instantes depois Sicarius retomou o contato visual com o cortejo da polícia e diminuiu o passo; convinha-lhe manter a discrição.

O cortejo ziguezagueou pela cidade velha e saiu pela Porta do Lixo, junto ao monte Moriah, em pleno Bairro Judeu, mergulhando no burburinho nervoso da Jerusalém moderna. O tráfego era intenso, por isso, apesar dos batedores que abriam caminho, o cortejo avançou com relativa lentidão. Como ia de moto, Sicarius conseguiu avançar através do trânsito e colou no cortejo.

"Isto não anda!", resmungou.

Ia depressa demais, percebeu. Continuando naquele ritmo, em breve ultrapassaria o cortejo. Viu-se assim forçado a reduzir a velocidade, mas, como a progressão das viaturas da polícia continuava a ser muito lenta, optou por parar durante trinta segundos, de modo a deixá-las ganhar alguma distância.

O tráfego melhorou consideravelmente depois de saírem da cidade. A coluna seguiu para oeste, como se fosse para Tel Aviv, e o perseguidor continuou no seu encalço, embora procurando sempre guardar uma distância prudente e manter várias viaturas civis no espaço que o separava do cortejo policial.

A viagem prosseguiu por mais de duas horas, sem muitas novidades. Antes de chegarem a Tel Aviv, viraram para norte e seguiram pela rodovia Trans-Israel. Sicarius ficou alerta quando se aproximaram da saída para Netanya, mas o seu alvo ignorou as indicações para a cidade da costa e se manteve na estrada principal, rumo ao norte.

"Mas para onde vão?", interrogou-se o perseguidor, admirado com a viagem prolongada. "Para Haifa? Para Acre?"

A resposta veio pouco depois, quando o cortejo abandonou a estrada principal na saída da mais famosa povoação da região da Galileia. No momento em que viu a placa à entrada da cidade, Sicarius percebeu que, se tivesse raciocinado um pouco, facilmente teria adivinhado o destino. Como não pensara nisso mais cedo?

A placa anunciava *Nazaré*.

# LI

Antes de o cortejo de viaturas da polícia subir o monte e entrar no perímetro urbano de Nazaré, o automóvel da frente, onde seguia Arpad Arkan, virou à direita e seguiu por um caminho secundário. As motos e o segundo carro, onde se encontravam Tomás e Valentina, viraram também à direita e acompanharam a viatura da frente; era evidente que o presidente da fundação estava dando instruções sobre o itinerário.

Diversos edifícios de traços modernos, com estruturas metálicas e vidros, apareceram à esquerda, os vultos se agigantando entre o arvoredo. O cortejo cruzou os portões do complexo e se dirigiu para a entrada principal do primeiro edifício, adornada por dois arcos de aço entrecruzados como colunas dobradas por uma força colossal.

Os automóveis e as motos pararam à frente da porta e a atenção do historiador foi desviada para uma grande placa que identificava o complexo em inglês.

Advanced Molecular Research Center.

As portas das viaturas se abriram e os ocupantes desceram. Do carro da frente saíram primeiro os policiais e depois Arkan, que se voltou para todos os que o acompanhavam.

"Bem-vindos à joia da coroa da minha fundação!", disse ele com evidente orgulho. "Este edifício se chama Templo." Apontou para os dois enormes arcos que decoravam a entrada e desviou o olhar para Tomás. "Professor, sabe o que é isto, não sabe?"

O historiador aquiesceu.

"As portas do Templo de Jerusalém eram guardadas por duas grandes colunas", disse. "Se este edifício se chama o Templo, presumo que estes arcos representem essas colunas."

"Isso mesmo." Indicou a entrada. "Quando cruzarem esta porta, lembrem-se que vão entrar num novo mundo." Fez um gesto grandiloquente com os braços. "O mundo do Templo."

Arnie Grossman fez um gesto para os seus homens.

"Vamos!"

Os policiais se dirigiram para a entrada do edifício, mas Arkan deu três passos rápidos e impediu o caminho.

"Senhor inspetor", disse, "tenho muito gosto em convidar a polícia a visitar as nossas instalações, mas... sem armas. Lamento, são as regras em vigor no Templo."

O inspetor-chefe da polícia israelense estacou, surpreso com a objeção.

"Que disparate é este?"

Arkan pousou os olhos nele.

"O senhor tem algum mandado judicial para entrar neste edifício?"

"Tenho um mandado para detê-lo se achar necessário."

"Para me deter, onde?"

"Bem... na sede da fundação ou na via pública."

O presidente da fundação girou a cabeça ao redor, fingindo que se certificava do local onde se encontravam.

"Olhe, olhe", disse. "Não estamos na sede da fundação nem na via pública, não é?"

Os olhos do policial faiscaram e a voz se tornou gelada, repleta de ameaças veladas.

"Quer que eu vá ao juiz obter o mandado? Olhe que isso..."

Arkan balançou negativamente a cabeça.

"Os senhores são bem-vindos ao Templo", apressou-se a esclarecer. "A única coisa que gostaria de evitar é a entrada de armas neste edifício. As nossas regras o proíbem explicitamente."

Grossman olhou para os seus homens com uma expressão pensativa e avaliou o pedido. Depois se voltou para o seu interlocutor, a decisão já tomada.

"Ninguém desarma a polícia israelense", sentenciou. "Mas, num gesto de boa-fé, estou disposto a chegar a um compromisso que me parece razoável. Os meus homens ficam aqui fora e só eu entro." Abriu a aba do casaco e revelou uma pistola atada ao peito. "Armado."

O anfitrião olhou para a pistola e durante uns momentos ponderou a proposta.

"Não pode deixar a arma com os seus homens?"

"Isto é inegociável", murmurou Grossman. "E já estou cedendo demais..."

Arkan acariciou o queixo, pensativo. Por que não? A alternativa àquela proposta de compromisso era os policiais arranjarem um novo mandado e o prenderem. A regra que impusera no seu Templo determinava que não haveria armas no interior, mas certas situações requeriam flexibilidade. Aquela lhe parecia uma delas.

"Está bem", anuiu, com um gesto de rendição. "O senhor entra armado. Os seus homens ficam aqui fora."

O inspetor-chefe da polícia deu instruções aos seus subordinados e, com tudo esclarecido, fez sinal a Arkan. O presidente da fundação entrou enfim no edifício, seguido por Grossman, Tomás e Valentina. Depois de se identificarem na recepção, os visitantes passaram por um detector de metais. Os dois seguranças que controlavam a entrada não gostaram de ver a arma do policial penetrar no perímetro, mas o chefe lhes fez sinal de que estava tudo bem e eles consentiram.

O interior do edifício era, depois da entrada, iluminado pela luz natural de um grande pátio. Havia longos corredores em duas direções opostas, contornando o pátio como tentáculos o abraçando. Cada corredor exibia uma fileira de portas na parede oposta ao pátio.

"Onde estamos?", quis saber Grossman.

Com os olhos pequenos quase escondidos por baixo das sobrancelhas grossas, Arkan fez uma expressão de sonso.

"No Templo, já lhe disse."

"Não era isso o que dizia lá fora", atalhou Tomás, indicando a entrada com o polegar. "A placa anunciava um Advanced Molecular Research Center. O nome não me parece ter grandes conotações religiosas..."

O anfitrião soltou uma gargalhada; a irritação com que os acolhera na fundação parecia substituída por uma vasta bonomia.

"Tem razão, professor!", exclamou Arkan. "Templo é o nome deste edifício onde nos encontramos. Mas o complexo tem de fato uma designação mais científica, que revela os seus verdadeiros propósitos. Na verdade, estamos no Centro de Pesquisa Molecular Avançada, o mais ambicioso e sofisticado projeto da minha fundação."

"Sim, mas o que se faz aqui?"

"É segredo."

O inspetor-chefe exibiu o seu mandado judicial e, confiante de que a visão do documento era suficientemente eloquente, sorriu.

"Ainda assim, receio que tenha de nos contar tudo. Que segredo é esse?"

Arkan respirou fundo, preparando-se mentalmente para começar a revelar o que sempre escondera do mundo, e arqueou as sobrancelhas espessas no momento em que fez a declaração.

"É a última esperança da humanidade."

# LII

O bafo quente da umidade artificial acolheu os visitantes quando penetraram no grande salão situado no complexo científico da Fundação Arkan em Nazaré. Por toda a parte cresciam plantas, com caminhos abertos entre elas, como uma selva ordenada. O teto do salão era coberto por vidro fosco, deixando a luz do Sol banhar o verde que enchia todo o perímetro.

Uma estufa, compreendeu Tomás. Tinham entrado numa estufa gigante.

"Éden", anunciou Arpad Arkan com um largo sorriso. "Este setor do complexo se chama Éden." Fez um gesto para as plantas ao redor. "É fácil entender por quê, não é verdade?"

"O que isto é eu já percebi", disse Grossman. "Mas para que serve uma estufa em instalações científicas como estas?"

O anfitrião não respondeu de imediato. Dirigiu-se a um homem de jaleco branco, pequeno e magro, que estava agachado analisando as folhas de uma planta, e o cumprimentou efusivamente. Trocaram algumas palavras, impossíveis de captar à distância, mas era evidente que Arkan lhe explicava a situação, uma vez que o homem de jaleco branco desviou o olhar para os três visitantes enquanto escutava o chefe. Por fim acenou afirmativamente e acompanhou o presidente da fundação até junto dos dois policiais e do historiador.

"Este é o professor Peter Hammans", apresentou-o Arkan. "É o diretor do Departamento de Biotecnologia do nosso centro." Deu-lhe um tapa nas costas que quase o atirou ao chão. "Nós o roubamos da Universidade de Frankfurt."

O professor Hammans, um homem com o rosto magro cortado por rugas e uma barba grisalha rala que afunilava no queixo, reequilibrou-se e, com um sorriso encabulado, estendeu a mão aos desconhecidos.

"Muito prazer."

Trocaram cumprimentos e apertos de mão, com cada visitante se apresentando com nome e funções. Terminadas as cortesias introdutórias, que envolveram uma rápida explicação do inquérito que se seguia aos três homicídios na Europa, o diretor do Departamento de Biotecnologia os levou para um canto da estufa e os mandou se sentar a uma mesa.

"Gostaria de lhes oferecer uma coisa para comerem", disse com um sorriso malicioso. "Querem provar uma couve geneticamente modificada ou uma couve absolutamente natural?"

"Uma couve geneticamente modificada?", interrogou-se Grossman. "Nem pensar! Isso faz mal à saúde!"

O professor Hammans foi ao frigorífico e distribuiu pratos com uma folha de couve por cada um dos três visitantes.

"Então experimentem a couve no seu estado natural."

Valentina fez uma careta.

"Não estou com fome..."

O cientista apontou para a couve.

"Coma!", insistiu. "É importante para a demonstração que quero fazer."

Os três lançaram um olhar desconfiado à folha de couve que cada um tinha no seu prato. Estava cozida, mas apresentava um aspecto que não era familiar. Tomás espetou o garfo na sua e a levou à boca. Deu duas mastigadas e, em seguida, cuspiu os pedaços que saboreara.

"Bah! Que porcaria!"

O professor Hammans simulou um ar admirado.

"Então? O que achou?"

O historiador fez uma careta.

"Esta couve é intragável", disse. "Tem gosto de... sei lá, tem um sabor amargo!"

Os dois policiais provaram um pequeno pedaço, que mastigaram quase com medo, e confirmaram o veredicto.

"Isto não presta para nada!", sentenciou Grossman. "Que diabo de couve é esta?"

O diretor do Departamento de Biotecnologia voltou ao frigorífico e trouxe uma outra couve cozida, que cortou em três pedaços pequenos e distribuiu pelos pratos.

"Experimentem agora esta couve e me digam o que lhes parece..."

Desta vez Tomás hesitou. À luz do que acabara de suceder, interrogava-se sobre se deveria se sujeitar àquela experiência. Analisou a nova folha. Parecia-lhe perfeitamente normal, como as que se encontram no supermercado. Uma couve-lombarda. Com extremo cuidado, espetou o garfo na folha e a levou à boca. Mastigou uma primeira vez e parou, à espera que algo de muito estranho lhe acontecesse na boca. Tudo parecia normal. Mastigou uma segunda vez e voltou a aguardar algo de explosivo. Nada. Retomou a mastigação e comeu a couve.

"Então?", quis saber o professor Hammans, o olhar expectante. "Estava boa?"

"Hmm-hmm", confirmou o historiador, ainda mastigando. "Fria, mas normal."

Os dois policiais, que preferiram prudentemente aguardar a reação de Tomás, enfiaram esta segunda folha na boca e mastigaram, confirmando o veredicto.

"Sabem como é que isto ficaria bom mesmo?", perguntou Valentina enquanto saboreava a couve. "Com *spaghetti*, azeite e alho."

O diretor do Departamento de Biotecnologia trocou um olhar rápido com Arpad Arkan e sorriu para os três visitantes.

"Estão vendo esta primeira couve?", perguntou. "É absolutamente natural e vocês não conseguiram comer." Indicou a boca dos seus interlocutores. "A segunda couve é geneticamente modificada e a acharam uma delícia!"

Grossman suspendeu a mastigação.

"O quê?", indignou-se. "O senhor me deu uma couve geneticamente modificada para comer?"

"E vocês adoraram!"

O inspetor-chefe virou a cara para o lado e cuspiu a comida mastigada para o chão.

"Que horror!", exclamou. "Eu não como estas porcarias!"

O professor Hammans simulou surpresa.

"O quê? O senhor nunca comeu couve na vida?"

"Claro que comi! Mas nunca comi couve geneticamente modificada! Eu me recuso!"

O cientista cruzou os braços e o fitou fixamente, como um professor à espera que o aluno corrija a resposta errada. A seguir desviou a atenção para a folha de couve que ninguém havia conseguido engolir.

"A única couve existente no mundo que nunca foi geneticamente modificada é essa aí", disse. "E vocês não quiseram comer. Todas as outras couves, e em especial aquelas couves deliciosas que se encontram à venda nos supermercados, como a couve-lombarda, a couve-roxa e todas as outras, foram geneticamente manipuladas."

"O quê?"

"É como lhe digo", insistiu o professor Hammans. "As couves naturais são amargas demais para consumo humano. O seu sabor desagradável é, obviamente, um mecanismo de defesa que desenvolveram para impedir que os animais as comessem. Para torná-las saborosas, o que os seres humanos fizeram? Começaram a manipulá-las geneticamente, claro."

"A manipulá-las geneticamente como?", questionou Grossman. "Está insinuando que as couves à venda nos supermercados foram criadas em laboratório?"

"Não num laboratório convencional, com bactérias e ampolas e tubos de ensaio e placas de Petri e coisas assim. Mas sim, as couves que consumimos são de certo modo produtos de laboratório. Ou pelo menos de manipulação genética. Desde que o homem inventou a agricultura, há mais de dez mil anos, que não tem feito outra coisa que não seja manipulação genética. Os agricultores cruzam plantas há milhares de anos de modo a produzir verduras novas, mais saborosas e fáceis de plantar."

"Oh, isso é uma coisa diferente!..."

"Não é, não! O cruzamento de plantas é uma forma elementar de manipulação genética. As couves que comemos não existiam assim no estado natural. Foram desenvolvidas ao longo de muito tempo em cruzamentos sucessivos de plantas. Os agricultores faziam experiências e, através do sistema de tentativa e erro no cruzamento de verduras diferentes, criaram produtos que não existiam na natureza. Muitos desses produtos estão à venda nos supermercados e os comemos diariamente na sopa, na salada ou são frutas."

Arnie Grossman olhou para Valentina e Tomás em busca de apoio, mas não o obteve. Quem se atreveria a desmentir um especialista em biotecnologia num assunto daqueles? Vendo-se sem argumentos, o policial israelense fez um gesto rápido com a mão, como se afastasse uma mosca.

"Está bem, e depois?", perguntou, com alguma irritação na voz. "O que quis provar com isso?"

O professor Hammans sorriu.

"Quis simplesmente demonstrar que a biotecnologia é usada pelos seres humanos há milhares de anos e não tem nada de mal. Os agricultores estão habituados a cruzar diferentes variedades de plantas para obter espécies novas." Ergueu o dedo. "Aliás, é até interessante notar que a própria natureza pratica a biotecnologia. E até a clonagem! Os morangueiros, por exemplo, libertam vergônteas que depois se transformam em morangueiros. Esses novos morangueiros são clones do original. As sementes de batata usadas para plantar batatas não são, na verdade, sementes, mas clones da batata de onde a semente foi cortada. E quando arrancamos uma folha e a plantamos, e ela se transforma numa nova planta, essa nova planta é um clone da planta original."

"Entendo!..."

"A questão central é perceber como funciona este cruzamento. Se cruzarmos uma planta comprida com uma planta curta, que tipo de planta resultará da experiência?"

"Ora, essa é fácil!", exclamou Grossman. "Sai uma planta média, claro!"

"Isso foi o que sempre se pensou. Mas com certeza já ouviu falar em Mendel, que fez a experiência com plantas que produzem ervilhas. Sabe o que aconteceu? Todas as plantas que resultaram deste cruzamento eram altas! Mendel ficou surpreso. Então decidiu cruzar uma vagem verde com uma amarela. Todas as plantas resultantes deste cruzamento nasceram verdes. Mendel concluiu que havia características dominantes e características recessivas. A planta comprida era dominante, a curta era recessiva. A vagem verde era dominante, a amarela era recessiva. Sempre que se cruzavam, a recessiva desaparecia." Pôs a língua para fora e a afunilou. "É como afunilar a língua. Quem consegue fazer como eu?"

Preocupado com salvaguardar a sua dignidade de policial, Grossman se recusou a participar na experiência, mas Valentina e Tomás colaboraram. O português afunilou a língua, a italiana, não.

"Não consigo!", queixou-se ela. "Como é que vocês fazem isso?"

"É uma habilidade inata", explicou o professor Hammans. Indicou os dois. "No entanto, se a senhora engravidar deste cavalheiro, os seus filhos terão todos a capacidade de afunilar a língua. Ou seja, essa característica é dominante."

Tomás e Valentina trocaram um olhar constrangido.

"Então..."

"O mesmo se passa com os olhos. Os olhos castanhos são dominantes, os azuis são recessivos. A visão a cores é dominante, a visão sem cores é recessiva." Passou a mão pela barba. "Tendo feito esta descoberta, Mendel não ficou nisso. Pegou as plantas altas resultantes dos cruzamentos e as cruzou entre elas. O que acham que aconteceu?"

Foi a vez de a italiana responder, esforçando-se por se libertar do constrangimento que lhe transparecia no rosto.

"As altas não são as dominantes?", perguntou. "Então resultaram novas plantas altas."

O cientista balançou a cabeça.

"Um quarto das plantas nasceu curto. Ou seja, na primeira geração as altas dominaram e as curtas desapareceram por completo. Contudo, na segunda geração as curtas reapareceram. Tinham se mantido escondidas na primeira geração para depois reaparecerem. Mendel concluiu que havia algo de especial nas plantas que determinava o seu tamanho. O *gene*."

"Gene, de *genética*?"

O rosto encovado do professor Hammans, com as maçãs salientes e a barba grisalha formando uma extremidade pontiaguda no queixo, voltou a se abrir num sorriso.

"E de *gênesis*", disse. "O texto da criação."

# LIII

Havia algum tempo que Sicarius estudava os edifícios à distância. Vira o cortejo entrar pelo portão que dava acesso ao complexo, mas não se atrevera a se aproximar. E se algum dos policiais o tinha visto de moto no percurso de Jerusalém? Se o avistasse de novo, e ali, decerto chegaria a conclusões. Por isso era fundamental se desfazer da moto.

Sicarius desmontou e deixou a sua máquina preta estacionada na beira da estrada, à sombra de uma oliveira. Escondeu o capacete na sacola e a colocou na caixa de viagem por cima da roda traseira. Depois se voltou e começou a caminhar descontraidamente ao longo do muro, em direção ao portão.

Chegou junto das grades do portão e espreitou para o interior do complexo. Viam-se as três motos da polícia e os dois carros estacionados junto à entrada do edifício da frente. Vários homens conversavam por ali e o intruso os contou. Três fardados e três à paisana. Os seis policiais tinham ficado ali fora.

"O mestre é brilhante", murmurou Sicarius, sem ocultar o sorriso. "Um verdadeiro gênio!"

O seu mentor arranjara maneira de deixar os policiais à porta do complexo, concluiu. Isso era extraordinário, porque facilitaria enormemente a operação.

"Deseja alguma coisa?"

Uma voz interpelou Sicarius de surpresa. O intruso olhou na direção de onde ela viera e descobriu, embasbacado, que havia ali um segurança do complexo. Não havia reparado nele! Com a atenção voltada para os policiais, negligenciara aquele detalhe. Como podia ter sido tão descuidado?

"Sou um turista cristão", desculpou-se. "É aqui que está a gruta onde o anjo Gabriel anunciou a Maria que iria gerar Jesus?"

O guarda riu.

"A Gruta da Anunciação fica na basílica", explicou, apontando em direção ao casario de Nazaré, lá ao fundo. "Tem de ir para a cidade velha."

Sicarius acenou em despedida.

"Ah, obrigado." Desenhou uma cruz no ar. "Deus o abençoe!"

O intruso se afastou com ar descontraído, mas, pelo canto do olho, inspecionou o muro que protegia o recinto. Era alto, embora não muito. O maior problema parecia ser o arame farpado enrodilhado no topo. Além disso, é claro, teria de escolher o ponto ideal para passar para o outro lado. O melhor seria dar uma volta em todo o perímetro e escolher o lugar mais discreto. Já percebera que o complexo era protegido por um dispositivo de segurança, mas não se tratava de nada de extraordinário. No fim das contas, não tinha de invadir um banco nem uma cadeia de segurança máxima. As medidas de proteção lhe pareciam apenas ligeiramente acima das de um edifício normal. Nada que não se ultrapassasse. Afinal já não tinha lidado com coisas bem piores?

Lançou um novo olhar ao muro. O que fazer com o arame farpado ali no topo? Não ia ser agradável, mas tinha na caixa da bagagem da moto um alicate que iria resolver esse problema. Dispunha também das cordas necessárias para escalar até lá em cima. Como é evidente, era também na caixa da moto que se encontrava o instrumento mais importante para aquela missão.

A adaga sagrada.

# LIV

O edifício era seguramente o maior do complexo. Logo que o grupo saiu de Éden, a estufa, Arkan e Hammans conduziram os visitantes na direção de uma estrutura gigantesca com um formato curvo, como o de uma bacia colossal. Vista de longe, entre as árvores, não parecia tão grande. Mas ali, já de perto, a verdadeira dimensão do edifício se tornou perceptível em toda a sua plenitude.

"O que é isto?", quis saber Arnie Grossman, abismado com o tamanho da construção. "Parece um barco."

"Chamamos de Arca."

"Como a de Noé?"

"Isso", assentiu o presidente da fundação. "É o principal edifício do nosso centro de pesquisas. Uma catedral da ciência, se quiser."

Os dois anfitriões conduziram o grupo para o interior da Arca. Pairava no ar um vago odor asséptico de álcool e formol que parecia permear tudo. Os visitantes cruzaram o hall e entraram num grande corredor com paredes de vidro para além das quais se espraiavam vários laboratórios. Uma legião de técnicos de jaleco branco se exauria em torno de microscópios, de tubos de ensaio, de pipetas e de materiais diversos, evidentemente realizando experiências.

As paredes de vidro foram, ao fim de uma centena de metros, substituídas por paredes de alvenaria. O grupo dobrou a esquina do corredor e o professor Hammans abriu uma porta e convidou os visitantes a passarem à frente. Valentina entrou primeiro e depois Tomás e Grossman. Os três se detiveram, quase assustados, logo que se deram conta do que havia além da porta.

Uma câmara de horrores.

A sala para onde os conduziram era um armazém de jarros de todas as dimensões arrumados em prateleiras. O cheiro de álcool e formol se revelava aqui muito forte, denunciando o horror que se encerrava no interior dos jarros. Cadáveres. Eram centenas e centenas de corpos confinados aos jarros e boiando numa solução líquida. Viam-se coelhos, pássaros, ratos, cães, cabritos e macacos. Todos flutuando nos líquidos dos jarros, de olhos vidrados e membros em posições bizarras, parecia que tinham a vida suspensa.

"Que horror!", exclamou a italiana. "O que é isto?"

Arpad Arkan contemplou as fileiras de jarros como um artista apreciando a sua obra.

"São as nossas experiências", disse. "Não se esqueça de que estamos no Centro de Pesquisa Molecular Avançada."

"Vocês matam animais e os enfiam em jarros?", admirou-se ela. "Que diabo de trabalho é esse?"

Os dois anfitriões soltaram uma gargalhada.

"O nosso trabalho não é matar animais", corrigiu o professor Hammans. "É criar animais. E quando digo *criar* não é no sentido de produção alimentar, mas no sentido bíblico da palavra."

"Bíblico? O que quer dizer com isso?"

O diretor do Departamento de Biotecnologia abriu os braços e indicou toda a estrutura ao redor.

"Este edifício se chama Arca, lembram-se? Isso acontece porque ele está envolvido no ato da criação." Apontou para os jarros arrumados nas prateleiras. "Esses animais são experiências malsucedidas. Mas estamos aperfeiçoando a técnica e temos um número crescente de casos de sucesso."

Tomás esboçou uma expressão de incompreensão; nada daquilo parecia fazer sentido.

"Experiências de quê? Sucesso em relação a quê?"

Voltando-se para os convidados, Arkan arregalou as suas sobrancelhas grossas e exibiu um grande sorriso.

"Clonagem."

"Como?"

"É disso que o nosso centro se ocupa", esclareceu o presidente da fundação. "De clonagem."

O historiador e os dois policiais se entreolharam.

"Mas... mas... para quê?"

Arpad Arkan manteve o sorriso, como uma criança que exibe os brinquedos aos filhos dos vizinhos, e se voltou para o seu subordinado.

"Explique, Peter."

"Tudo?"

"Quase tudo. Deixe a parte final para mim."

Foi a vez de o professor Hammans sorrir.

"Então é melhor começarmos pelo princípio." Encarou os três visitantes. "O que vocês sabem sobre a forma como os genes funcionam?"

O historiador e os policiais vacilaram. Quem se atreveria a explicar um assunto daqueles a um especialista?

"Bem", titubeou Tomás, "são os genes que determinam cada uma das nossas características. Os olhos, o cabelo, a altura... até o nosso comportamento, se somos pacientes ou irritáveis, se temos propensão para esta ou aquela doença. Enfim, tudo."

"Correto", disse o diretor do Departamento de Biotecnologia do centro. "Mas como é que eles funcionam?"

O português fez uma expressão vazia.

"Sabe, a minha especialidade é a história..."

Os dois policiais se mantiveram calados e desviaram o olhar, como se de repente achassem grande interesse no conteúdo macabro dos jarros que se alinhavam pelas estantes da sala. Aquela área de conhecimento claramente não era a deles.

O professor Hammans já esperava a reação, por isso se dirigiu a uma secretária no canto da sala. Atrás dela havia um quadro branco, como o das escolas. O cientista pegou uma caneta de feltro azul-escura e desenhou no quadro o que parecia um ovo estrelado.

"As células que constituem as plantas e os animais, incluindo os seres humanos, têm a estrutura de um ovo", explicou. "Uma membrana exterior rodeia toda a célula e a mantém unida e protegida. O interior é formado pela clara, ou citoplasma, um fluido que exerce várias funções, e pela gema, ou núcleo." Bateu com a ponta da caneta na "gema" do ovo estrelado e olhou para os convidados. "Para que serve o núcleo?"

"O núcleo é o centro de controle", respondeu Tomás. Isso sabia. "É ele que comanda a célula."

"O núcleo não comanda apenas a célula." Fez um gesto largo, como se quisesse englobar o universo. "É ele que controla tudo. *Tudo*. A célula, o tecido, o órgão, o corpo... até a espécie! O núcleo da célula controla a própria vida no nosso planeta!"

Arnie Grossman ergueu uma sobrancelha cética.

"Não está exagerando um pouco?"

Como em resposta, o professor Hammans se voltou para o quadro e, partindo da estrutura esquemática da célula, fez novos desenhos, cada um uma ampliação de uma seção do desenho anterior. Depois escreveu palavras identificando os pontos-chave do esquema.

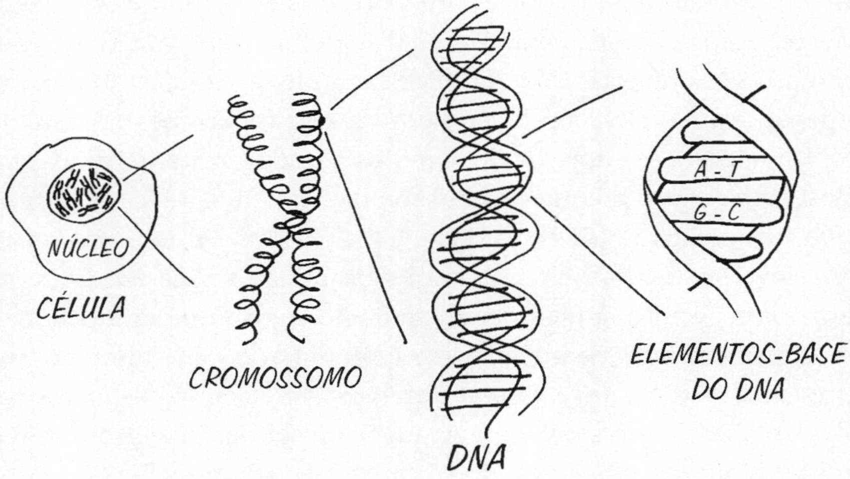

"Vejamos o que se passa no núcleo de uma célula", propôs. "Se ampliarmos uma seção, descobrimos que o núcleo é formado por filamentos enrodilhados, chamados cromossomos. Se ampliarmos novamente uma seção, verificamos que o cromossomo é constituído por dois fios enrolados um no outro numa longa espiral. Chamamos estes dois fios de ácido desoxirribonucleico, ou DNA. Ampliando uma seção do DNA, percebemos que os dois fios estão ligados um ao outro por quatro elementos-base: adenina, timina, guanina e citosina, ou A, T, G e C." Redigiu as quatro letras no quadro. "São estas as letras com que se escreve o livro da vida."

"É isso um gene?"

"Um gene é uma seção do DNA. Uma determinada combinação de pares A-T e G-C constitui um gene. E o que faz o gene quando é ativado? Produz proteínas que transmitem as ordens dos genes, pondo as células a trabalhar de um modo ou de outro. As proteínas produzidas pelas células dos olhos são sensíveis à luz, as do sangue transportam oxigênio... enfim, cada uma tem as características necessárias para desempenhar as funções para que foi criada."

"O que está dizendo é que as células do coração têm determinados genes, as dos rins têm outros, as da..."

"Não!", cortou o professor Hammans. "Cada célula do nosso corpo contém no seu núcleo o DNA completo. Ou seja, o nosso DNA inteiro está espalhado por todo o corpo. Mas, devido a um mecanismo ainda relativamente desconhecido, só determinados genes são ativados num certo órgão. Por exemplo, as células do coração apenas usam o DNA necessário para as suas operações. O resto do DNA permanece adormecido. Um dos grandes mistérios ainda por desvendar é justamente perceber como cada célula sabe qual o gene que tem de ativar. Mas o fato é que a célula *sabe*. E, fato igualmente relevante, descobrimos que um determinado gene produz uma enzima específica independentemente do animal ou planta onde se encontra inserido. Se eu colocar num animal o gene humano que produz a insulina, esse animal começará a gerar grandes quantidades de insulina no seu leite." Arqueou as sobrancelhas com movimentos rápidos. "Estão vendo as vantagens, não estão?"

*"Mamma mia!"*, exclamou Valentina, percebendo as perspectivas que se abriam com esta inovação. "É possível colocar os animais para produzir insulina para os diabéticos!"

"Isso, e muito mais! Lembram-se daquelas plantas que viram no Edifício Éden? Temos plantas de arroz onde inserimos um gene que produz vitaminas. As pessoas dos países subdesenvolvidos que comam esse arroz terão assim uma refeição mais rica. Estamos também inserindo um gene no milho que reduz a necessidade de água. Esse milho assim é perfeito para as zonas desérticas e, tal como o arroz rico em vitaminas, ajudará a combater a má nutrição no Terceiro Mundo."

"Incrível!"

Sentindo-se impaciente, Arnie Grossman espreitou ostensivamente o relógio.

"Tudo isso é muito bonito", disse. "No entanto, como sabem, estamos investigando três homicídios e uma tentativa de homicídio. Por que razão considera estes detalhes relevantes para o nosso inquérito?"

Arpad Arkan interveio.

"Devido à falta de sexo."

"Perdão?"

O professor Hammans percebeu de imediato a necessidade de manter a conversa longe dos detalhes técnicos demais, fascinantes para ele, mas suscetíveis a entediar um leigo.

"O nosso presidente está falando de uma segunda função dos genes: a reprodução", disse o cientista. "Além de produzirem enzimas, os genes se reproduzem. Isso não acontece com sexo, mas sempre que uma célula se divide. Ao criar-se uma nova célula, o que ocorre no nosso corpo cerca de cem mil vezes por segundo, os cromossomos da célula original se duplicam. Isto é muito importante, porque significa que, quando criamos um ser vivo a partir do material genético de outro, o DNA do novo ser é exatamente igual ao do que forneceu os genes."

"Como os gêmeos?"

"Bom exemplo! Os gêmeos verdadeiros partilham o mesmo DNA." Abriu as mãos, como um ilusionista mostrando o seu último truque. "Ou seja, são clones um do outro."

Valentina mordeu o lábio.

"E assim chegamos à clonagem."

"Exato!", assentiu o professor Hammans. "Sempre que clonamos uma planta ou um animal, estamos fazendo uma cópia com acesso ao mesmo DNA."

"Mas como isso se faz?"

"O processo é simples numa planta, como qualquer agricultor sabe. Já nos animais é mais complexo." Voltou ao desenho do ovo estrelado no quadro. "Pegamos um óvulo acabado de ovular e, com uma pipeta, retiramos o núcleo. Depois pegamos numa célula do indivíduo que queremos clonar e a colocamos ao lado da célula do óvulo sem núcleo. Retiram-se os nutrientes, de modo a colocá-las numa espécie de estado suspenso, e aplica-se uma dose de eletricidade. As duas células se fundem numa única. Depois faz-se uma nova descarga de eletricidade, imitando o fluxo de energia que acompanha a fertilização de um óvulo pelo esperma. Lembrem-se que um óvulo, independentemente do seu tamanho, é uma célula. Julgando que foi fertilizada pelo esperma, a célula começa a se dividir, produzindo um novo núcleo para cada nova célula. E *voilà*! O animal clonado começa a crescer!"

"É assim que clonam animais?"

"Exatamente assim", confirmou o cientista alemão. "A primeira experiência foi realizada em 1902 por um conterrâneo meu, Hans Spemann, que conseguiu clonar uma salamandra. Em 1952 foi clonado um sapo e, em 1996, foi a vez de se produzir o primeiro mamífero: a ovelha Dolly. Isso abriu um novo mundo, como deve calcular. Se era possível clonar mamíferos, imagine só as perspectivas que se abriram! Desde então clonaram-se ratos, porcos, gatos... e muito mais!"

Os visitantes passaram de novo os olhos pelos animais encerrados nos jarros alinhados nas estantes da grande sala, e os observaram já não com horror, mas com espanto.

"Se é possível clonar mamíferos", murmurou Tomás, quase com medo de formular a pergunta, "por que não seres humanos?"

O professor Hammans trocou um olhar com Arpad Arkan, como se lhe perguntasse o que devia responder. O presidente da fundação fez um sinal afirmativo com a cabeça, dando luz verde ao seu subordinado para fazer a revelação. O cientista indicou com a mão os jarros macabros que enchiam a sala e fitou o historiador português.

"O que o senhor pensa que estamos fazendo aqui?"

# LV

O tronco do pinheiro se inclinava naturalmente para o muro, com certeza empurrado ao longo dos anos pela força do vento, e alguns ramos chegavam a se enredar no arame farpado que se enroscava no topo. De mãos nos quadris, avaliando a árvore e a sua posição privilegiada, Sicarius não conteve um sorriso.

"Uns incompetentes!", murmurou com satisfação. "Erguem um muro e se esquecem de cortar as árvores que permitem saltá-lo!..."

A volta ao longo do muro havia produzido resultados. Bastou percorrer quatrocentos metros em torno do perímetro do Centro de Pesquisa Molecular Avançada para identificar aquela vulnerabilidade no dispositivo de segurança do complexo. Sicarius não tinha dúvidas de que, se continuasse a inspecionar o muro, facilmente localizaria outros pontos fracos. Mas o tempo urgia. Para que continuar à procura se já encontrara aquilo de que precisava?

Pegou a corda e a lançou sobre a árvore. A primeira tentativa não funcionou, mas na segunda conseguiu enlaçar um braço sólido do tronco. A corda subia, dobrava o tronco lá em cima e regressava para baixo, formando assim uma espécie de balanço. O operacional amarrou uma das pontas à cintura e olhou ao redor, para se certificar de que ninguém o observava. O local era abrigado por vários arbustos, dando-lhe condições adequadas para atuar à luz do dia.

Agarrou a outra ponta da corda com firmeza e começou a içar o corpo. Sicarius era um homem ágil, fruto do treino rigoroso a que se submetia diariamente, e em alguns segundos chegou à copa da árvore. Acomodou-se no braço mais forte do tronco e inspecionou o complexo. Como suspeitava, não havia guardas por ali; eles se limitavam a vigiar a entrada. Era possível que fizessem rondas e o invasor precisava de tempo para lhes estudar as rotinas, mas o tempo constituía um luxo de que não dispunha naquelas circunstâncias. De qualquer modo, concluiu, seria preciso algum azar para invadir o perímetro justamente na hora em que estivesse a decorrer uma ronda.

Procurou também sinais de câmeras de vigilância. Não havia avistado nenhuma quando espreitara pelo portão, uns vinte minutos antes, e nesse momento também não vislumbrou quaisquer sinais delas. Era provável, porém, que se encontrassem no interior dos edifícios.

Depois de espreitar o perímetro pela última vez, testou a resistência do tronco, para se assegurar de que aguentava o seu peso, e respirou fundo.

"Vamos lá!"

Deslizou devagar pelo braço do tronco. Aquela parte da árvore desceu um pouco, vergada pelo peso do homem nela encarapitado, mas aguentou. Sicarius avançou com extrema cautela até se colar ao muro. O tronco tinha se inclinado ligeiramente, mas a borda superior do muro estava ainda ao seu alcance. Tirou o alicate que trazia guardado no bolso e encaixou seus dentes numa seção do arame farpado.

Apertou com força.

Clique.

Cortou o arame farpado num ponto e depois prosseguiu para a seção seguinte. Os cliques secos do alicate cortando o arame se sucederam, como se um jardineiro aparasse um arbusto, e em dois minutos abriu-se uma clareira no arame enrodilhado que protegia o topo do muro. Uma vez a operação completada, olhou de novo para o interior do complexo, assegurando-se de que não havia sido avistado. Tudo permanecia calmo.

Satisfeito, Sicarius se pendurou no muro e içou o corpo até ao topo. Empoleirado lá em cima, não perdeu tempo. Recuperou a corda e atirou-a ao solo. Depois se lançou para o interior do perímetro. Foi um salto de três metros, amortecido pela grama macia e pela destreza com que deu a cambalhota no instante em que tocou no chão. Rolou pelo gramado e de imediato se pôs de pé. Pegou a corda, de que provavelmente precisaria para sair dali mais tarde, e correu para o arbusto mais próximo.

Já estava dentro.

# LVI

A revelação deixou os três visitantes boquiabertos. Tomás, em particular, mal acreditava no que acabara de escutar.

"Vocês estão clonando seres humanos?"

Percebendo o choque que haviam causado com a revelação, os dois anfitriões soltaram uma gargalhada nervosa.

"Ainda não", respondeu Arpad Arkan. "Não chegamos." O sorriso desapareceu e o rosto se tornou sério. "Mas, em última instância, é esse de fato o objetivo final das nossas pesquisas. Queremos ser capazes de clonar seres humanos."

"O que quer dizer com isso, *queremos*?", questionou Arnie Grossman. "Se já se clonam ovelhas e ratos e sei lá mais o quê, o que os impede de clonar seres humanos?"

O professor Hammans, que se calara momentaneamente, fez um gesto na direção do conteúdo macabro dos jarros alinhados nas prateleiras da sala onde se encontravam.

"Aquilo", disse. "Está vendo todos esses animais que guardamos aí? São o resultado de sucessivas experiências malsucedidas. A grande verdade é que a técnica de clonagem requer ainda um importante aperfeiçoamento."

"Que aperfeiçoamento?", insistiu o policial israelense. "Se já se clonaram animais, os aperfeiçoamentos estão feitos!..."

O diretor do Departamento de Biotecnologia do centro balançou negativamente a cabeça.

"Para se produzir a ovelha Dolly, houve mais de duzentas experiências que falharam", revelou. Pegou a caneta de feltro e redigiu o número 277 no quadro. "A clonagem de Dolly só teve resultado na ducentésima septuagésima sétima vez. As experiências mostram que apenas cerca de um por cento dos embriões clonados chegam a nascer. Claro que estamos desenvolvendo novas técnicas e estamos convencidos de que, num futuro mais ou menos próximo, a porcentagem de sucesso será muito mais elevada."

"Suficientemente elevada para clonarem seres humanos?"

O professor Hammans caminhou na direção de uma estante e se abaixou junto a um jarro. No interior via-se o que parecia o corpo de um macaco em miniatura flutuando no formol.

"Há ainda diversos problemas a resolver", indicou. "Antes de chegarmos ao homem, temos tentado clonar outros primatas e... não conseguimos. Só aqui no nosso Centro de Pesquisa Molecular Avançada efetuamos mais de mil tentativas nos últimos três meses." Fez um gesto de desânimo. "Nem uma única funcionou. Dessas mil experiências, apenas umas cinquenta resultaram num óvulo clonado que se começou a dividir, mas nenhum atingiu a fase madura, que permite o nascimento." Indicou o macaco minúsculo no interior do jarro. "Este embrião foi o que chegou mais longe."

"Mas por quê?", quis saber Tomás. "Qual é o problema?"

O cientista se reergueu, esboçou uma expressão de dor ao se endireitar e encarou o grupo.

"As análises que fizemos nos embriões abortados mostram que pouquíssimas células destes clones malsucedidos continham os núcleos com os cromossomos. Em vez de se localizarem na gema do ovo, esses cromossomos clonados estavam espalhados pela clara. Em muitos casos as células nem sequer tinham o número adequado de cromossomos e era por isso que não conseguiam funcionar.

Curiosamente, e apesar desses problemas todos, algumas dessas células defeituosas continuaram a se dividir."

"O problema de os cromossomos não estarem no núcleo... isso também acontecia com os outros animais?"

O professor Hammans apontou para o jarro com o macaco minúsculo.

"Só com os primatas", sublinhou. "Como devem calcular, temos lidado com esta dificuldade e já conseguimos perceber por que razão ela existe." Voltou para junto do quadro e apontou para o ovo estrelado que havia desenhado. "Sabem, quando uma célula se divide em duas normalmente os seus cromossomos também se dividem em dois. Um grupo vai ordenadamente para uma célula e o outro grupo é puxado para a outra célula, de modo a compor dois núcleos iguais. No caso dos primatas, no entanto, as coisas não se processam assim. Quando chega a hora de os dois grupos de cromossomos irem cada um para a sua célula, eles não se conseguem alinhar ordeiramente. Em vez disso, posicionam-se de forma caótica e por isso vão parar nos lugares errados das células."

"Por quê?"

"As nossas análises mostram que faltam duas proteínas ao embrião clonado. São essas proteínas que organizam os cromossomos. Nos animais em geral essas proteínas se encontram espalhadas pela clara do ovo, mas, no caso dos primatas, percebemos que estão concentradas junto aos cromossomos dos ovos por fertilizar. Ora, quando se executa uma clonagem a primeira coisa que se faz é justamente retirar esses cromossomos. O que se passa é que, quando se procede a essa operação na célula dos primatas, acaba-se também por se retirar acidentalmente as proteínas, uma vez que elas estão extremamente perto dos cromossomos. Como elas desaparecem, os cromossomos não conseguem se alinhar ordeiramente no momento da divisão das células." Bateu com a ponta da caneta no ovo estrelado rabiscado no quadro. "É justamente esse problema que estamos tentando resolver nos nossos laboratórios."

A explicação técnica extraiu um bocejo enfadado de Arnie Grossman. O inspetor-chefe da polícia israelense se apoiou numa perna, impaciente por avançar na conversa e chegar ao que realmente lhe interessava.

"Por favor, esclareçam-me!", pediu. "O que isso tem a ver com os homicídios que estamos investigando?"

A pergunta deixou o professor Hammans sem resposta; aquele assunto não era da sua competência. Teve de ser o seu superior hierárquico a responder.

"Calma, já chegamos lá!", disse Arkan. "O nosso diretor do Departamento de Biotecnologia esteve apenas expondo o maior problema relacionado com a clonagem de primatas e que estamos tentando solucionar aqui no Centro de Pesquisa Molecular Avançada. Para poder responder a essa pergunta, é importante que percebam que existe um segundo problema técnico que ainda tem de ser resolvido. Como estamos muito concentrados na resolução do primeiro problema e precisamos de apressar a investigação, resolvemos recorrer ao *outsourcing* para lidar com esse segundo problema. Estudamos o mercado para procurar um parceiro que nos ajudasse a lidar com essa outra dificuldade e descobrimos que existia uma instituição que nos poderia auxiliar. Trata-se da Universidade de Plovdiv, na Bulgária, que está muito avançada na pesquisa de..."

"O professor Vartolomeev!", exclamou Valentina, interrompendo-o num sobressalto. "Foi por isso que o senhor falou com o professor Vartolomeev!"

Arpad Arkan anuiu.

"De fato, essa foi a verdadeira razão pela qual contatei o professor Vartolomeev. Ele chefiava a área de biotecnologia da Universidade de Plovdiv e tinha pesquisas tão inovadoras nesta área que até se dizia que acabaria ganhando o Prêmio Nobel de Medicina. Através dos meus contatos, arranjei uma forma de a Universidade Hebraica de Jerusalém o convidar para uma palestra. Quando o professor chegou a Israel, chamei-o discretamente à fundação e, depois de lhe explicar o projeto detalhadamente, ele aceitou articular as pesquisas do seu departamento na Universidade de Plovdiv com o nosso trabalho no Centro de Pesquisa Molecular Avançada."

Sorriu. "Isto, claro, também em troca de uma generosa doação para a sua universidade."

A explicação foi seguida por Tomás com atenção. Havia, porém, um ponto que o historiador percebeu não estar esclarecido.

"O senhor falou num segundo problema, cuja resolução foi entregue ao professor Vartolomeev. Que problema é esse?"

O presidente da fundação desviou o olhar para o professor Hammans, endossando-lhe a resposta a essa questão técnica.

"Há uma dificuldade grave com os animais clonados", revelou o cientista alemão. "Eles são, em geral, doentes e têm uma expectativa de vida mais curta do que o normal. A ovelha Dolly, por exemplo, só viveu seis anos. Apesar de ser jovem para a sua espécie, sofria de artrite e de obesidade e teve de ser abatida devido a uma infecção pulmonar progressiva. O principal problema é que envelheceu prematuramente. Essa é apenas uma das características dos animais clonados. Enquanto essa questão não for resolvida, receio que não possamos clonar seres humanos."

"Foi essa tarefa que entregamos ao professor Vartolomeev", atalhou Arkan. "Podíamos ter nos dedicado à questão, claro. O problema é que os nossos recursos estavam todos direcionados para resolver a dificuldade das proteínas coladas aos cromossomos e que impedem a clonagem de primatas. Como a Universidade de Plovdiv estava já muito avançada na pesquisa sobre o envelhecimento prematuro dos clones, achei melhor lhes entregar essa pesquisa. Mera gestão de recursos."

"Espere aí", insistiu Tomás, habituado a esclarecer os assuntos até ao mais ínfimo detalhe. "Por que razão os animais clonados envelhecem tão prematuramente?"

O professor Hammans se voltou para o quadro e escreveu uma palavra. *Telômeros.*

"Já ouviu falar nisto?"

O historiador cravou os olhos na palavra. Tentou dividi-la, procurando-lhe a raiz etimológica de modo a descobrir o seu significado, mas não foi capaz.

"Telômeros?", interrogou-se. Balançou a cabeça. "Não faço a mínima ideia do que seja..."

O cientista indicou a extremidade do cromossomo que, no início da sua explicação, havia desenhado no quadro.

"Está vendo aqui as pontas dos cromossomos? Estas pontas são protegidas por estruturas de DNA chamadas telômeros. Sempre que os cromossomos se dividem, os telômeros ficam um pouco menores. Ora, eu há pouco disse que ocorrem no nosso corpo cerca de cem mil divisões de células por segundo, lembram-se? Isto é muita divisão. Se a cada divisão de uma célula, e consequentemente de um cromossomo, os telômeros ficam menores, imaginem o que isso representa ao fim de algum tempo! Os telômeros se tornam tão minúsculos que deixam de conseguir proteger os cromossomos. É nesse momento que a célula morre."

"O que está dizendo", resumiu o português, "é que esses telômeros funcionam como uma espécie de relógio biológico para a morte..."

"Exatamente!", exclamou o professor Hammans, satisfeito por ter sido entendido de primeira. "Mas não pense num relógio. Pense antes numa ampulheta que vai perdendo os seus grãos de areia. Quando o último grão cai, a célula morre."

Tomás assentiu.

"Compreendo."

O diretor do Departamento de Biotecnologia apontou para os jarros com os restos das experiências malsucedidas.

"Qual é o problema dos animais clonados?", perguntou em tom retórico. "É que os cromossomos que usamos para a clonagem vêm de uma célula que já se dividiu milhares de vezes. Por isso os seus telômeros já nascem muito reduzidos. Com telômeros mais curtos, os animais clonados começam a sua vida mais envelhecidos do que os outros animais. É justamente essa a razão pela qual vivem menos tempo."

"E é também por isso que vocês não arriscam a clonagem de um ser humano."

"Claro! Temos o problema técnico de manter na célula clonada as duas proteínas que garantem a separação ordenada dos cromossomos e temos o problema ético de criar um ser humano que vai viver doente e durante pouco tempo. São estes os dois problemas que impedem a clonagem de pessoas. Temos, pois, de resolvê-los para poder passar à fase seguinte do processo."

Arnie Grossman, completamente impaciente, aproveitou esta resposta para tentar progredir na investigação.

"Isso explica a contratação do professor Vartolomeev pela fundação", observou o policial israelense. "E as outras duas vítimas? Qual o papel delas em todo este esquema?"

As questões relacionadas com os homicídios eram invariavelmente respondidas pelo presidente da fundação.

"Comecemos pelo professor Alexander Schwarz", propôs Arkan. "Como sabem, era professor de Arqueologia da Universidade de Amsterdã. Acontece que uma das áreas que estamos pesquisando de uma forma bastante agressiva é justamente a do DNA fóssil."

"DNA fóssil?", admirou-se Tomás. "Isso não pertence à ficção científica?!"

O professor Hammans caminhou de novo em direção às estantes e estacou junto a um jarro. No interior flutuava o que parecia um pedaço minúsculo de carne.

"Está vendo este feto?", perguntou. "Sabe o que é isto?"

O português curvou o lábio inferior.

"Um músculo?"

O cientista balançou a cabeça.

"É o resultado de um novo tipo de pesquisa genética que estamos desenvolvendo e para a qual precisamos da colaboração do professor Schwarz, e em especial dos seus talentos na área da arqueologia", disse. "O DNA antigo."

"Antigo como?"

"Antigo como o de espécies já extintas, por exemplo."

De testa franzida, o historiador português olhou de novo para o jarro indicado pelo diretor do Departamento de Biotecnologia do centro.

"Isso é um feto de uma espécie já extinta?"

"Correto."

Tomás se aproximou do jarro e fitou com atenção o minúsculo pedaço de carne que flutuava no interior. Tentou adivinhar suas formas, mas percebeu que isso era impossível com um espécime tão prematuro.

"Que diabo de espécie é esta?"

O professor Hammans sorriu, um brilho de satisfação cintilando no olhar macilento.

"Um Neandertal."

# LVII

Os movimentos do intruso eram precisos e furtivos, como os de um felino no encalço da presa. Ocultado pelas folhas do arbusto onde se abrigara, Sicarius extraiu do bolso o pequeno localizador especialmente preparado para a operação e consultou a tela. O sinal indicava um ponto piscando a norte-nordeste. Olhou naquela direção e identificou o maior edifício do complexo, com estruturas curvas e abertas, como as de um navio gigante.

"Então é ali que está o mestre...", sussurrou.

Daí a pouco estudaria melhor o edifício. No momento tinha outras prioridades. Varreu o horizonte com os olhos, procurando se assegurar de que o caminho estava livre.

Assim era.

Em seguida avaliou a distância que precisava percorrer. Tinha pela frente uns bons trezentos metros. Isso dava uma corrida de uns quarenta segundos; parecia-lhe tempo demais e achou que seria imprudente fazer tudo de uma vez só. Procurou por isso pontos intermediários e escolheu uma árvore e uma cerca viva que se lhe afiguraram adequadas. Cobriria a distância em três etapas, cada uma de aproximadamente cem metros. Isso significava que só estaria exposto durante uns doze segundos de cada vez. Achou que assim se tratava de um risco razoável.

Como um velocista largando do bloco de partida, Sicarius deixou o arbusto onde se havia escondido e correu com toda a velocidade de que era capaz em direção à árvore. Chegou à oliveira e imediatamente desapareceu nela, esgueirando-se contra o tronco contorcido como se também ele fosse uma parte da árvore. Esperou uns segundos e depois olhou ao redor, primeiro para se certificar de que não havia sido avistado, depois para garantir que o caminho continuava livre.

Repetiu o processo até chegar à cerca viva para trás da qual se atirou. A linha de vegetação aparada era baixa e apenas fornecia uma proteção horizontal, por isso teria de se deitar. Permaneceu alguns instantes estendido no gramado recuperando o fôlego. Depois ergueu a cabeça e voltou a examinar o terreno em volta para determinar se poderia ou não concluir de imediato a terceira etapa. Avistou nesse instante dois homens de jaleco conversando pelo jardim, a uns meros quarenta metros de distância, e encolheu a cabeça.

Depois de as vozes se afastarem, voltou a inspecionar o perímetro. O caminho tinha ficado livre. Levantou-se de repente e completou a última etapa, que terminou encostado a uma parede. Chegara ao edifício. Abrigou-se num canto discreto e consultou de novo o localizador. O sinal parecia vir do outro lado.

"Está quase."

Contornou a grande estrutura, desta vez evitando os movimentos rápidos. Esforçou-se para caminhar devagar e se manter na sombra, os olhos a espreitarem a grama como se procurasse ervas daninhas. Quem o avistasse de longe não acharia nada suspeito; iria se limitar a pensar que era um jardineiro e o deixaria em paz.

Avançou assim com grande discrição, movendo-se casualmente de forma a dar a impressão de que estava à vontade e se integrava com naturalidade naquele cenário. Aqui e ali ia lançando olhares disfarçados ao localizador, orientando assim a sua progressão. A intensidade do sinal foi crescendo até um ponto em que a sua força começou a diminuir. Sicarius parou e voltou para trás, procurando identificar a posição onde o sinal era mais potente.

"É aqui."

Tratava-se de um ponto do exterior do edifício onde não havia janelas, apenas uma grande parede de cimento. Calculou a distância em função da intensidade do sinal e concluiu que, em linha reta, o mestre estaria a uns meros dez metros de distância.

Dez metros.

Olhou ao redor e reconheceu o ponto mais próximo de entrada no edifício. Tratava-se de uma porta de serviço situada a uns setenta metros de distância. Era por ali que entraria se o mestre se mantivesse no local onde se encontrava nesse momento e enviasse os dois bips combinados.

"Ei! Você!"

Sicarius estacou, quase horrorizado, os movimentos congelados, o coração disparando.

Havia sido avistado.

# LVIII

"Quem viu o filme *Jurassic Park?*"

Quando o professor Hammans fez a pergunta foi com a perfeita consciência de que ela enquadraria a pesquisa em termos compreensíveis a leigos e adequados para descrever as investigações sob a sua responsabilidade no Centro de Pesquisa Molecular Avançada.

Os dois policiais ergueram de imediato as mãos em resposta à pergunta, mas Tomás não entrou no jogo.

"Não estamos falando de ficção científica", disse o português, quase irritado com o que lhe parecia uma forma demasiadamente leviana de tratar um problema daquela natureza. "Estamos lidando com ciência e com a realidade."

"Mas, meu caro professor", argumentou o anfitrião, "*Jurassic Park* aborda uma questão científica real."

O historiador cruzou os braços e esboçou uma expressão cética, a cabeça inclinada de lado, como um adulto mostrando a uma criança que não engolia as besteiras que ela lhe contava.

"Clonar dinossauros?", questionou. "Chama a isso uma questão científica real?"

O alemão hesitou.

"Bem, não diria clonar dinossauros", admitiu. "Mas sabia que desde a década de 1990 os cientistas têm tentado extrair DNA de dinossauro?"

"Isso é possível?"

"Há quem ache que sim", considerou o cientista. "Embora primeiro seja necessário contornar o problema da fossilização. A pesquisa tem se centrado no DNA que se encontra nos ossos dos dinossauros, mas, como sabe, a fossilização implica que os componentes orgânicos naturais dos ossos sejam substituídos por materiais inorgânicos, como cálcio e silício. Isso significa que quimicamente já não estamos lidando com a mesma coisa, não é verdade? Como a maior parte dos ossos dos dinossauros está fossilizada até ao núcleo, o DNA original já foi dissolvido. A nossa esperança é identificar ossos cujo núcleo não esteja fossilizado. Uma equipe de uma universidade do Utah chegou a anunciar, em 1994, ter encontrado DNA nos ossos de um dinossauro com oitenta milhões de anos, e no ano seguinte surgiram outros dois estudos revelando ter sido detectado DNA extraído de um ovo do Cretáceo. Infelizmente acabou por se concluir que o DNA descoberto não era de dinossauro, mas DNA moderno que contaminara as amostras." Esboçou uma expressão resignada. "Talvez um dia tenhamos sorte."

Tomás lhe lançou um olhar corrosivo, como quem diz que aquela resposta não o surpreendia.

"Ou seja, não é possível clonar dinossauros."

Embora a contragosto, o professor Hammans acabou por balançar afirmativamente a cabeça.

"É verdade", admitiu.

"Já lidei com esse problema durante umas perícias que acompanhei para a Fundação Gulbenkian", revelou o historiador. "Disseram-me que o DNA vai perdendo qualidade com a passagem do tempo."

"Não é só isso", explicou o cientista. "O problema da conservação do DNA está igualmente relacionado com a temperatura e a umidade existentes no local onde se conserva o espécime de onde é extraída a amostra. O material genético apresenta frequentemente rupturas e tem intervalos, com pedaços de DNA desaparecendo da sequência. A própria estrutura química do DNA pode sofrer alterações."

"Então qual é o ambiente mais adequado para encontrar material genético de qualidade?"

"O ambiente dos seres vivos, claro. As células vivas estão forçosamente intactas, não é verdade? Tratando-se de tecido já morto, a situação é diferente. Nesse caso podemos estabelecer como regra que, quanto mais frio e seco é o ambiente ao redor da amostra com que trabalhamos, melhor a qualidade de conservação do DNA. Já os ambientes quentes e úmidos são, receio, muito destrutivos."

"Tem alguma ideia de quais são os parâmetros de conservação do DNA nos tecidos mortos?"

"Eu diria que, sendo realista, podemos contar com mais de cem mil anos em situação de *permafrost* e oitenta mil anos nos espécimes preservados em condições de frio no interior de cavernas e no alto das montanhas. Quando as amostras estão guardadas em locais quentes... enfim, a situação é muito diferente. A esperança de conservação no calor se reduz a quinze mil anos e, com muito calor, a uns meros cinco mil anos."

Tomás ergueu a mão esquerda e acenou, como que se despedindo.

"Ou seja, adeus dinossauros!"

Todavia, o cientista não se deu por vencido e indicou o jarro com o embrião conservado em formol.

"De qualquer modo não estamos exatamente falando de dinossauros, não é? O que tenho ali é um embrião de Neandertal."

"E então?"

"Meu caro, temos trabalhado com ossos de Neandertal com trinta mil anos e preservados em ambientes frios. Essas condições estão perfeitamente dentro dos nossos parâmetros de conservação adequada de material genético."

"Mas basta encontrar umas partes de DNA para clonar um homem de Neandertal?"

"Claro que apenas algumas partes não são o suficiente", reconheceu o professor Hammans. "Precisamos do genoma inteiro da espécie. Mas não se esqueça de que cada célula no corpo de um ser vivo, planta ou animal, contém todo o seu código genético, incluindo o genoma. Portanto, o que precisamos é encontrar um núcleo completo ou, não estando completo, que tenha um genoma que seja reconstituível. Além dos ossos, as buscas incidem também em dentes. Além de ter a vantagem de estar selada, a polpa dentária se degrada lentamente, preservando o DNA. E há ainda que se considerar, claro, o material genético nos cabelos."

O historiador se agachou diante do jarro com o embrião e o estudou de perto; parecia um bolo de carne.

"E no caso do Neandertal?"

"Como vê, estamos trabalhando nele. Não tivemos ainda sucesso, como mostra o fato de esse embrião não ter sobrevivido, mas estou convencido de que é uma questão de tempo." O cientista se aproximou também e se inclinou para o jarro, pousando a mão no vidro como se o quisesse acariciar. "Este embrião vem de um espécime de Neandertal descoberto em Mezmaiskaya, no Cáucaso russo. O DNA deste espécime foi parcialmente sequenciado, mas a experiência não deu resultado. Os nossos novos esforços agora estão centrados em espécimes encontrados na gruta Vindija, na Croácia, recorrendo às sequências do Projeto Genoma Neandertal."

Tomás se sobressaltou.

"Mas o Neandertal não era um primata? Se bem me lembro, o professor disse há pouco que existem problemas técnicos relacionados com a clonagem de primatas que não foram resolvidos..."

O alemão ergueu o dedo.

"Ainda", sublinhou. "Não foram resolvidos *ainda*. Como já lhe expliquei, estamos trabalhando nesses problemas. A nossa ideia é desenvolver pesquisas paralelas sobre a clonagem de primatas para preparar o trabalho seguinte, que é a clonagem de seres humanos. Mas é evidente que só passaremos a essa fase quando estiverem solucionados os problemas técnicos relacionados com as proteínas que ordenam os cromossomos no momento da separação dos núcleos e os problemas com os telômeros que afetam a expectativa e a qualidade de vida dos animais clonados."

Tomás cruzou os braços e lançou um olhar perscrutador na direção do cientista.

"Ou seja, o objetivo final do trabalho neste Centro de Pesquisa Molecular Avançada é clonar seres humanos."

O professor Hammans quase respondeu, mas hesitou e, inseguro quanto ao que dizer, desviou o olhar para o seu superior hierárquico, como se solicitasse instruções.

"Também", disse Arpad Arkan, encarregando-se de responder a esta questão. "Também."

"Também, como?", admirou-se o historiador. "Não é isso o que vocês estão tentando fazer aqui?"

"Sem dúvida!", confirmou o presidente da fundação. "Clonar seres humanos é um objetivo da nossa instituição."

"*Um* objetivo? Que quer dizer exatamente com isso? Há outros objetivos?"

"Claro que há!" Abriu os braços, exibindo todo o espaço ao redor. "A nossa instituição é muito grande e temos vários projetos em curso ao mesmo tempo. O maior é mais importante do que a simples clonagem de seres humanos."

Tomás ficou embasbacado.

"Que projeto pode ser maior do que esse?"

Arkan sorriu e começou a caminhar em direção à porta da sala, fazendo um gesto ao grupo para o acompanhar.

"Venham aqui", convidou-os. "Vou levá-los ao coração do Centro de Pesquisa Molecular Avançada."

Os três visitantes se entreolharam, mas a um novo sinal acabaram por seguir o anfitrião. O professor Hammans se despediu deles, alegando ter trabalho a fazer num laboratório, e o grupo se embrenhou no edifício.

Percorreram longos corredores, passando por mais laboratórios. Em dois deles havia pessoas que trabalhavam com máscaras e em escafandros brancos, como se estivessem trabalhando no espaço sideral ou na Lua.

"É para evitar a contaminação", explicou Arkan perante o olhar inquisitivo dos seus acompanhantes. "Estes laboratórios lidam com espécimes antigos num ambiente totalmente esterilizado."

Ao longo do percurso apenas viram a luz do dia quando circundaram um pátio interior onde estavam instaladas mesinhas ao ar livre. Viam-se alguns técnicos de jaleco branco bebendo café ou refrigerantes e comendo saladas ou sanduíches e conversando em tom ameno. Mas rapidamente o caminho os conduziu de volta à luz artificial e ao labirinto de corredores que caracterizava o interior do edifício.

Desembocaram num pequeno hall voltado para uma parede cilíndrica de concreto. Havia uma porta blindada ao centro, com uma grande janela circular no meio, como a de uma nave espacial, e um guarda armado com uma Uzi protegendo a entrada.

"Chegamos ao coração da Arca", anunciou Arkan com orgulho. "Na verdade, é mais do que o coração do edifício." Pousou a mão na porta blindada. "O que está além desta porta é o coração de todo este complexo. Trata-se, se quiserem, da *raison d'être* do projeto que alimenta o Centro de Pesquisa Molecular Avançada."

"Está falando de quê?"

O anfitrião arqueou as suas grossas sobrancelhas e estreitou os olhos com ar sigiloso, misterioso, até.

"Do nosso segredo mais bem-guardado."

# LIX

Sicarius girou lentamente o corpo e olhou para trás, consciente de que tinha sido avistado. Viu um homem de jaleco branco junto à entrada de serviço olhando na sua direção; decerto fora ele que o interpelara.

"Chamou?"

"Sim. Preciso que me ajude a transportar um saco de fertilizantes para o Éden."

O intruso ficou momentaneamente sem saber o que fazer. Precisava acompanhar o posicionamento do mestre no marcador, para não perder a pista dele, mas não podia dar na vista. Se recusasse a ajuda que lhe era solicitada, como o homem que o interpelara reagiria? Por outro lado, se fosse lhe dar o auxílio que lhe era pedido, a coisa poderia correr mal. Quem lhe garantia que o desconhecido não começaria a fazer perguntas incômodas que acabassem por desmascará-lo? Sentiu-se dividido por alguns instantes, sem saber como proceder, mas o seu treino para lidar com imprevistos levou a melhor e ele acabou se decidindo.

"Onde está o saco?"

"No armazém de jardinagem."

"Me dê quinze minutos e eu já apareço lá, está bem? Estou só procurando um rato que anda destruindo os canteiros aqui!..."

O homem ficou um momento paralisado, como se avaliasse a resposta. Sicarius sentiu o coração bater com força e quase conteve a respiração. Será que ele ia engolir a desculpa? O desconhecido acabou por assentir e abrir a porta de serviço para se afastar.

"Está bem", disse ele. "Mas não demore muito. O Ehud está furioso porque alguém se esqueceu de lhe levar os fertilizantes!"

O homem desapareceu no interior do edifício e Sicarius respirou fundo. Olhou para o localizador e viu o sinal que piscava no visor se movimentando.

"Que raio!..."

O intruso hesitou, sem saber para onde se dirigir. Para a esquerda? Para a direita? Esforçando-se para pensar com clareza, pousou os olhos na tela e aguardou que a nova situação se definisse. O indicador de potência lhe mostrou que o sinal começara a enfraquecer, indício seguro de que o seu marcador secreto se deslocava e começara a se afastar.

"Para onde vai, mestre?", murmurou com ansiedade, os olhos cravados no localizador. "Para onde?"

Deu uns passos para a esquerda e verificou que o sinal se tornou ainda mais fraco. Inverteu a direção e voltou para a direita em passo acelerado. A intensidade do sinal aumentou de imediato, o que o tranquilizou. O marcador estava caminhando para a direita. O intruso prosseguiu assim o percurso na mesma direção, progredindo paralelamente à parede exterior do edifício, a atenção sempre fixa na força do sinal que piscava na tela do localizador.

O sinal foi ganhando intensidade até que atingiu um valor máximo e depois começou a diminuir. O intruso deu meia-volta e procurou o ponto onde ele era mais forte. Quando o encontrou, fez um novo cálculo. O marcador se situava nesse instante a quinze metros de distância em linha reta para o interior do edifício.

Sicarius olhou ao redor, buscando o acesso mais próximo para entrar quando recebesse a ordem. Viu uma abertura no gramado, a uns meros dez metros de distância, e foi inspecionar o local. Havia ali algumas escadas descendo para a base do edifício e que desembocavam numa saída de emergência.

Perfeito.

O intruso se agachou, fingindo que era um jardineiro arrancando ervas daninhas, e pousou o localizador sobre a grama, consciente de que a qualquer momento teria de agir.

O bipe do mestre lhe daria a ordem.

# LX

A porta blindada que barrava o acesso à grande câmara metálica tinha aspecto de ser incrivelmente compacta. O grupo se aproximou dela e Tomás notou que, debaixo da janela circular, semelhante às escotilhas dos navios, a porta ostentava uma placa prateada com caracteres hebraicos.

קֹדֶשׁ הַקֳּדָשִׁים

Impelido pela curiosidade, o historiador leu a expressão gravada na placa e arregalou os olhos. Como um robô, pronunciou as duas palavras quase sílaba por sílaba.

*"Kodesh Hakodashim."*

Valentina notou o olhar atordoado do português e se voltou para Arnie Grossman. O policial israelense parecia igualmente surpreso pela informação que lia na placa da porta.

"O que é?", quis saber, subitamente inquieta. "O que isso quer dizer?"

Os dois estavam surpresos demais para responderem de imediato, por isso foi Arkan quem, com o orgulho desenhado no rosto, lhe traduziu a expressão hebraica.

"Santo dos Santos", disse com pompa. "O coração do Templo."

"Qual templo? O de Jerusalém?"

"Claro. Haverá outro?"

A italiana sacudiu a cabeça.

"Não estou entendendo", confessou. "O Templo não é em Jerusalém? Em que sentido isto é o Santo dos Santos?"

Foi Tomás, que se recuperara da surpresa de ver ali aquela designação, quem lhe respondeu.

"O Kodesh Hakodashim, ou Santo dos Santos, era uma câmara situada na parte oeste do Templo de Salomão, perto do atual Muro das Lamentações", explicou o historiador. "Daí a importância desse muro para os judeus. O Santo dos Santos estava protegido por um véu e guardava a Arca da Aliança, sendo este o local onde a presença de Deus era sentida com mais força na Terra. O Templo de Salomão foi mais tarde destruído e a Arca da Aliança desapareceu. Quando o segundo Templo foi construído por Herodes, após o exílio dos judeus na Babilônia, colocou-se no Santo dos Santos uma pequena elevação no lugar que a arca tinha ocupado, para simbolizar a sua presença. No entanto, os judeus sustentavam que Deus continuava fortemente presente na câmara, e por isso ela se manteve sagrada."

Valentina seguia a explicação com os olhos presos à porta blindada.

"Estou entendendo", disse. "Essa expressão está aí num sentido metafórico. Quer dizer que a coisa mais importante deste complexo é guardada ali dentro."

"Também", anuiu Arkan, "mas não só."

"O que quer dizer com isso?"

O presidente da fundação pôs as mãos na cintura e contemplou a janela redonda no meio da porta.

"Esta porta é o véu", disse, com uma expressão subitamente solene. "Além dela está o Kodesh Hakodashim." Fez uma curta pausa, para obter efeito dramático. "No sentido literal da palavra."

A declaração fez Tomás erguer as sobrancelhas e, logo em seguida, revirar os olhos, como se não tivesse paciência para ouvir disparates.

"Não brinque com ela", observou. "No sentido literal, isso iria querer dizer que Deus está deambulando para além dessa porta. Ora, uma coisa dessas não é verdade, como é evidente."

"Estou lhe dizendo que a câmara diante de nós é o Kodesh Hakodashim", repetiu Arkan, sempre com ar grandiloquente. "No sentido literal. Não tenha dúvidas."

O historiador riu e apontou para a janelinha circular.

"Deus está ali dentro?" O tom da pergunta era jocoso. "E o Papai Noel? Também?"

O anfitrião não respondeu. Fez sinal ao guarda e de imediato o homem tirou uma chave do bolso e destrancou uma porta. O grupo olhou para lá dela e viu um vestiário com chuveiros.

"Todo mundo para o banho!"

A ordem pegou os visitantes de surpresa.

"Para quê? O que está acontecendo?"

O presidente da fundação apontou para a porta blindada.

"Faz parte do protocolo para poder acessar o Santo dos Santos", justificou. "Qualquer pessoa que entre lá tem de estar totalmente esterilizada, de modo a não contaminar a câmara."

A primeira a tomar banho foi Valentina, seguindo-se os três homens. Tomás teve de ir para baixo de um chuveiro e foi ensaboado da cabeça aos pés com uma solução especial. Ao final, um guarda o esperava com uma toalha branca, com que se cobriu.

Quando regressou à antecâmara, viu Arkan abrir um armário corrido ao longo da parede. O interior estava repleto de grandes peças de roupa branca pendurada em cabides, com capuzes cobertos por visores e selados no interior de um grande plástico transparente. O anfitrião retirou quatro dessas peças, rompeu o plástico protetor e entregou três aos seus acompanhantes.

"Vistam isso!"

Tomás desdobrou a peça que lhe coube e a analisou de uma ponta à outra. Tratava-se de um escafandro como os que tinha visto serem usados em alguns laboratórios do edifício.

"O que está havendo?", gracejou. "Estamos no Carnaval ou quê?"

"Vista!", insistiu o anfitrião, indicando a porta blindada com um movimento da cabeça. "Também faz parte do protocolo para entrar lá dentro."

O grupo obedeceu e cada um foi para um vestiário individual. O historiador sentiu grandes dificuldades em se enfiar no escafandro devido à mão direita envolta em ataduras, que não coube corretamente na luva, tendo acabado por ficar como um estranho volume na extremidade do braço.

Terminaram de se vestir e voltaram para a antecâmara, onde o guarda os ajudou a selar os visores. Experimentando uma leve sensação de claustrofobia, Tomás se sentia como um astronauta; respirava por um circuito alimentado por dois cilindros fixos nas costas, semelhantes aos dos mergulhadores.

Depois de se certificar de que estavam todos preparados, Arkan se aproximou da entrada e abriu uma tampa, revelando uma cavidade no interior da porta metálica. Logo atrás dele, o português espreitou sobre seu ombro e percebeu que havia um teclado pregado à base da cavidade, cada tecla com uma letra ou um número.

"O que é isso?"

"É para inserir a senha que destranca a porta", retorquiu o presidente da fundação. "Não se esqueça de que vamos entrar no Santo dos Santos. Isso significa que estaremos na presença de Deus. Um lugar destes tem de ser adequadamente protegido, não lhe parece?"

A forma como Arkan falava deixava transparecer a convicção de que acreditava literalmente em tudo aquilo que dizia, o que confundiu Tomás. O historiador começou a perguntar a si mesmo se haveria algum fundamento real para tanta certeza. Seria aquela câmara realmente o Santo dos Santos? Iria se sentir ali fisicamente a presença de Deus? Como seria possível? A hipótese mais provável lhe parecia ser que o seu anfitrião tinha enlouquecido. Certamente estava delirante e sofria de delírios de grandeza. Porém, se esse era o caso, tratava-se de uma alucinação cara e que envolvia grandes recursos.

O historiador olhou ao redor, quase como se fosse um inspetor das Finanças. Aquelas instalações, mais o equipamento, os cientistas e todo o pessoal que nelas trabalhava, tinham um ar de ser realmente muito dispendiosas. Com certeza, se tudo aquilo não passasse de um devaneio louco de um alucinado, ninguém teria seguido Arkan. No entanto, ali estava operando aquele enorme centro de pesquisas. Tinha, então, de ser algo genuíno. Ora, se não se tratava de uma loucura, de que se tratava afinal? Poderia Arkan estar mesmo falando sério?

Com a curiosidade fervendo nas suas veias, o português espreitou pela janela redonda para tentar perceber o que se encontrava no interior da câmara. Notou nesse instante que havia uma frase colada ao vidro em caracteres medievais góticos de difícil leitura.

**Über allen Gipfeln ist Ruh,**
**in allen Wipfeln spürest du kaum einen Hauch;**
**Die Vögelein schweigen im Walde.**
**Warte nur, balde. Ruhest du auch.**

Esforçou-se para decifrar aquelas letras difíceis e entender o que estava ali escrito; percebeu que se tratava de um verso em alemão e, após decifrar as primeiras palavras, tomou consciência de que aquele texto lhe era familiar.

"'Por todos estes montes reina a paz'", recitou ele com súbito deleite, "'em todas estas frondes a custo sentirás sequer a brisa leve; em todo o bosque não ouves nem uma ave. Ora espera, suave. Paz vais ter em breve.'"

Arkan virou a cabeça para trás e sorriu.

"Bonito, não acha?", perguntou. "É o lema da minha fundação."

Inebriado com a musicalidade das palavras recitadas em alemão, Tomás balançou afirmativamente a cabeça.

"É realmente um belo poema", concordou. "Mas o que ele está aqui fazendo?"

O seu anfitrião voltou-se para a frente e inseriu a mão enluvada na cavidade onde se encontrava o teclado.

"Tem uma relação com a senha que destranca esta porta", confessou. "Mandei escrever o poema nesse vidro para nunca o esquecer."

Girou sobre si mesmo, de modo a ocultar o teclado da vista dos visitantes, e pôs-se a digitar o segredo. A visão estava tampada pelas costas de Arkan, mas Tomás escutou o som do código sendo introduzido; é que, ao ser apertada, cada tecla emitia um tique eletrônico.

*Tique-tique-tique-tique-tique-tique.*

O historiador contou seis tiques consecutivos e, a mente de criptoanalista instintivamente funcionando, de imediato percebeu o segredo. Arkan dissera que a palavra de código estava relacionada com o lema da fundação? E os seis tiques emitidos pelo teclado mostravam se tratar de uma palavra com seis letras? A resposta era de uma simplicidade infantil.

*Goethe.*

O segredo que permitia destrancar a porta blindada era o nome do autor do poema que servia de inspiração ao trabalho da Fundação Arkan. G-o-e-t-h-e. Seis letras.

O mecanismo da fechadura levou um breve instante para processar a senha inserida por Arkan. Em menos de um segundo, a porta emitiu um som metálico final e se destrancou com um zumbido suave.

*Bipe.*

# LXI

*Bipe.*

Embora suave, a mensagem no localizador soou na cabeça de Sicarius com a força explosiva de um gongo. Como se um programa silencioso tivesse sido ativado nesse instante no seu cérebro, o invasor pegou o dispositivo e verificou a posição e a força do sinal emitido pelo marcador. Permanecia imóvel a quinze metros de distância em linha reta para o interior do edifício. E, no entanto, acabara de lhe enviar a mensagem de ativação da fase final da operação.

"Dois minutos, mestre", sussurrou Sicarius. "Estarei aí em dois minutos!"

Com o coração aos saltos e o corpo vitalizado pela injeção de adrenalina que aquele bipe lhe despejara no sangue, dirigiu-se em passos rápidos à abertura cavada no gramado e desceu as escadas até a porta de emergência. Cruzou a entrada discreta e entrou no edifício por um corredor estreito. A passagem era iluminada por luzes brancas e difusas, como as dos hospitais, e ouvia-se no ar um zumbido indefinido. Pontuavam aquele rumor de fundo pancadas violentas e ritmadas, que ao fim de alguns instantes o intruso percebeu serem as batidas do seu próprio coração.

Entrara na fase crucial da missão. Havia trabalhado muito para chegar até ali e correra demasiados riscos para agora pôr tudo a perder. Não podia permitir que a noção da importância do momento e a adrenalina que lhe circulava no sangue o levassem a deixar escapar o domínio das emoções. Levou a mão à cintura para sentir a presença da *sica*. O toque na superfície fria da adaga sagrada lhe lembrou da proteção divina que a lâmina lhe conferia e, como um sedativo, acalmou-o.

"Deus o quer!"

O treino tomou nesse instante controle do corpo. Tal como no Vaticano, em Dublin, em Plovdiv e no quarto do American Colony, Sicarius deixou a partir desse momento de ser um homem e se tornou um robô, uma máquina programada para cumprir a sua missão, fosse qual fosse o preço. Deslizou com agilidade ao longo do corredor, os sentidos atentos, a atenção centrada nos detalhes, os olhos vidrados pela obsessão de concluir a operação.

Chegou a um corredor largo e se deteve. Detectou uma câmera de vigilância no alto da parede, junto ao teto, e hesitou. Verificou a posição do sinal na tela do localizador. O seu marcador estava à direita. Espreitou naquela direção e viu o novo corredor se prolongar. Examinou o espaço em detalhe e vislumbrou um diagrama do edifício pregado à parede.

Respirou fundo, já em absoluto domínio das emoções, e começou a caminhar com desembaraço. Entrou no corredor em passo normal, como se fizesse parte da equipe que trabalhava no complexo e se movesse por ali perfeitamente à vontade, e se dirigiu ao quadro para consultá-lo. Totalmente exposto ao olhar frio e silencioso da câmera de vigilância, aproximou-se da parede onde se encontrava afixado o quadro. A planta assinalava o nome do edifício, Arca, e indicava os diversos percursos, laboratórios, compartimentos, armazéns e câmeras existentes dentro da estrutura, e ainda a posição onde ele se situava.

Estudou o localizador e viu que o sinal começara a enfraquecer, indício de que o seu marcador recomeçara a se movimentar. Calculou a distância do marcador em linha reta e a comparou com as posições desenhadas no diagrama do quadro, para perceber para onde devia se dirigir e qual trajeto tomar.

Identificou a posição do marcador na planta do edifício e leu o nome do compartimento onde ele se encontrava.

"Kodesh Hakodashim", murmurou. "O Santo dos Santos." Hesitou, surpreso com a designação, e olhou ao redor com uma expressão interrogativa. "O que é isto? O Templo?"

Mas não havia tempo a perder com charadas; além do mais, com certeza não era a essa altura que obteria respostas. Voltou a se concentrar na missão. Comparou a posição do Santo dos Santos com o ponto onde se encontrava nesse momento e percebeu, com a ponta do dedo deslizando pelo itinerário estabelecido no diagrama, que lhe bastaria percorrer o corredor e virar na segunda porta à direita.

Era lá que estava o alvo.

Uma vez o percurso delineado, partiu de imediato. Percorreu o corredor em passos largos e quando chegou à segunda porta à direita parou. Consultou mais uma vez o localizador para se certificar de que se posicionara no local certo. O sinal se mostrou mais forte do que nunca e Sicarius calculou que o marcador se encontrava a três ou quatro metros de distância em linha reta. Era ali o destino. Respirou fundo e avançou.

Abriu a porta com cuidado e ouviu vozes. Hesitou. Deveria entrar ou seria melhor aguardar? A verdade é que o mestre o instruíra para só passar ao ataque depois de receber a segunda mensagem. A primeira, o bipe que acabara de receber no localizador, não passara de uma ordem para se pôr em posição, coisa que nesse momento fazia. Porém, para poder cumprir adequadamente esta primeira ordem precisava saber o que o esperava do outro lado. Deveria arriscar?

Com extrema precaução, espreitou o interior. Do lado de lá estava uma antecâmara com uma parede cilíndrica de concreto à frente e uma porta de aço maciço aberta no meio. Avistou algumas pessoas de costas para ele e vestidas com escafandros brancos abrindo a passagem e, embora não lhe visse o rosto bendito, percebeu que uma delas era o mestre.

A porta blindada se fechou atrás do grupo com um zumbido tênue, voltando para o exterior uma placa prateada que assinalava Kodesh Hakodashim em caracteres hebraicos. Se alguma dúvida lhe restasse, ela se dissipara nesse exato momento.

Era ali.

# LXII

A porta blindada se fechara e os três visitantes olhavam ao redor, num misto de curiosidade e cautela, manifestando um enorme respeito pelo lugar onde se encontravam. Tinham entrado numa vasta câmara sem janelas e com vários corredores formados por equipamento sofisticado e mesas de trabalho. As paredes estavam cobertas por uma sequência de portas de um branco liso, como as dos frigoríficos. O ar tinha uma pressão ligeiramente superior à normal, para impedir a invasão de microrganismos ou de qualquer pó indesejável, e um termômetro digital na parede registrava um grau Celsius. Pelo visto fazia frio, mas o escafandro mantinha todos aquecidos.

"É isto o Kodesh Hakodashim?", quis saber Tomás, estudando a câmara com atenção. "É mesmo o Santo dos Santos?"

Arpad Arkan acenou afirmativamente.

"Já disse que sim."

O grupo se manteve silencioso durante alguns segundos, na expectativa, os olhares projetados em todas as direções. Mas nada acontecia e Arnie Grossman, o mais impaciente dos três visitantes, não se conteve.

"Se isto é o Kodesh Hakodashim, onde Deus está? Não deveria Ele caminhar fisicamente neste lugar?"

"Ele está aqui", confirmou o anfitrião. "Encontra-se nesta câmara. Em pessoa."

Os olhos dos visitantes voltaram a procurar vestígios da presença divina, como se ela fosse um corpo material. Porém, nada viam de extraordinário para além de todo o equipamento que quase transformava a câmara num labirinto. Talvez se explorassem todos os seus caminhos encontrassem alguma coisa.

"Onde?"

Arkan seguiu por um dos corredores e fez sinal aos três de que o seguissem. Colunas de armários e equipamento serviam de parede do corredor, que ao fim de uma centena de metros desembocava num pequeno largo. No meio desse espaço aberto estava uma mesa com um microscópio, ampolas, seringas e tubos de ensaio, mas o mais importante era o que se apresentava em frente.

Tratava-se da porta de um enorme congelador. O que o distinguia do resto era o emaranhado de luzes vermelhas cruzadas em todas as direções, como uma rede de linhas retas. Para exigir um dispositivo de segurança assim tão sofisticado, o que quer que estivesse guardado ali era decerto precioso.

Antes de começar a falar, o presidente da fundação esperou que todos se pusessem à vontade naquele espaço.

"Algum de vocês já ouviu falar de Armon Hanatziv?"

"Claro", retorquiu de imediato Grossman, puxando dos seus arquivos de policial. "É um bairro uns cinco quilômetros a sul da cidade velha de Jerusalém, ao pé do monte Moriah. O que tem ele?"

"Sabe como se chamava antigamente?"

O inspetor-chefe da polícia israelense curvou os lábios numa expressão de ignorância.

"Não sabia que Armon Hanatziv já teve outro nome..."

O olhar de Arkan se desviou para Tomás; queria observar a expressão do historiador quando pronunciasse o nome antigo do bairro.

"Talpiot."

O acadêmico português esboçou uma careta indefinida, como se o nome lhe parecesse vagamente familiar.

"Talpiot... Talpiot...", murmurou, fazendo um esforço de memória. "Isso de fato me lembra de alguma coisa..."

O anfitrião sorriu.

"Vou lhe dar uma ajuda", disse. "Numa manhã da primavera de 1980, um trator estava operando no bairro de Armon Hanatziv para abrir espaço destinado à construção de um novo projeto imobiliário. No decurso dos trabalhos, o trator de chocou inadvertidamente contra uma estrutura enterrada no solo. Os operários foram ver o que era e se depararam com o que parecia uma fachada de pedra pertencente a uma construção antiga debaixo da terra. Havia uma abertura e um estranho sinal esculpido no topo da fachada, por cima da abertura. Era um 'V' invertido por cima de um pequeno círculo." Pegou numa caneta e fez um desenho num papel. "Assim."

Tomás contemplou o desenho com um olhar de compreensão.

"Parece o símbolo pregado na fachada da Porta de Nicanor, uma das entradas no Templo", observou. "Nós o conhecemos graças a imagens que aparecem nas moedas do período."

"E o que significa?"

O historiador fez um ar pensativo.

"A Porta de Nicanor assinalava o ponto final da peregrinação a Jerusalém", indicou. "Esse símbolo representava o olho da pureza, também designado olho da ascensão. Sabe, o círculo dentro de um triângulo é um símbolo paleo-hebraico. Em termos literais, é um olho que espreita por uma porta."

"Diria que se trata de uma descoberta interessante?"

Tomás fez um sim enfático com a cabeça.

"Muito!"

"E os trabalhadores também acharam curioso", disse Arkan. "Mas havia trabalho para fazer e eles depressa esqueceram a descoberta. Os tratores recomeçaram a remover terras e a dinamite voltou a ser usada para quebrar rochas."

"Espere aí!", interrompeu-o Grossman. "Por lei, quando se faz um achado destes, todo o trabalho tem de ser interrompido. Só pode ser retomado depois de os arqueólogos autorizarem."

"A lei é muito bonita, sim senhor", registrou o anfitrião com ironia. "Mas, como tenho certeza de que sabe, todos os meses são feitas dezenas de descobertas semelhantes em Jerusalém e a última coisa que os construtores desejam é parar os trabalhos sempre que umas velharias lhes aparecem quando estão aplanando o terreno para erguer mais uns prédios. No fim de contas, quem lhes paga os prejuízos que sofrem por terem os trabalhos suspensos durante dias a fio, se não mesmo meses?"

O policial israelense assentiu. O problema era por demais conhecido em Israel.

"Pois é, ninguém respeita a lei."

"Acontece que, depois de os trabalhos serem retomados, uns moleques da vizinhança se esgueiraram pela abertura da fachada e encontraram alguns crânios no interior da estrutura enterrada no solo. Começaram até a jogar bola com eles. O filho de uma arqueóloga estava vendo tudo isto, devido à profissão da mãe, sabia que todo o setor em torno do monte Moriah era rico em achados arqueológicos de grande importância."

"Não me surpreende!", observou Tomás. "O monte Moriah é o monte onde estava construído o Templo. Tudo o que ele contém há de ser de importância."

"Assim é, de fato. De modo que o menino foi alertar a mãe. A arqueóloga pediu ajuda ao marido e seguiram os dois para o local. Eles se depararam com as crianças brincando com os restos mortais e se puseram a gritar, afugentando-as. Com as crianças fora do caminho, inspecionaram os ossos que elas deixaram no chão. Eram restos de pelo menos dois crânios, já transformados em cacos pelos chutes. A arqueóloga e o marido recolheram esses vestígios e os guardaram em sacos de plástico. Quando o casal regressou a casa, ela ligou para a Autoridade das Antiguidades de Israel, que enviou de imediato técnicos para analisar o achado. Uma equipe de três arqueólogos se esgueirou pela estreita entrada da estrutura soterrada e inspecionou o interior. Rastejaram uns metros e o espaço se abriu, permitindo que se pusessem de pé. Tinham chegado a uma câmara inferior, onde o ar estava estagnado e cheirava a giz úmido e a terra bolorenta. Apontaram as lanternas para o chão e perceberam que a terra ali era vermelha. Tratava-se da famosa *terra rossa*."

"Sei muito bem do que se trata", indicou Grossman com um semblante conhecedor. "É típica de Jerusalém."

"Os arqueólogos viraram então as lanternas para as paredes e ficaram embasbacados com o que viram. Quando percebeu o que estava lá dentro, o chefe da equipe saiu imediatamente da estrutura subterrânea e mandou parar todos os trabalhos." Fez uma pausa na narrativa e percorreu o olhar pelas três pessoas que o escutavam. "Fazem ideia do que tinha acabado de ser descoberto?"

"A Arca da Aliança?", gracejou o policial israelense. "Ou terão sido antes as tábuas da lei que Deus deu a Moisés?"

Arkan disparou um olhar fulminante para Grossman, tornando claro que dispensava aquele deboche.

"Um importante mausoléu funerário", revelou, levemente irritado por o inspetor-chefe ter lhe estragado o efeito. "Havia seis receptáculos cavados em três das quatro paredes da câmara inferior, e cada receptáculo, designado *kokhim* em hebraico e *loculi* em latim, continha um ou mais ossários. Ao todo, a equipe contabilizou dez ossários cobertos de *terra rossa*. Os ossários foram retirados um a um e levados para o armazém da Autoridade das Antiguidades de Israel, embora aparentemente um deles tenha acabado por desaparecer pelo caminho, certamente vendido a um antiquário qualquer. Seja como for, os arqueólogos voltaram ao interior do mausoléu e inspecionaram a câmara baixa em detalhes. Descobriram três crânios dispostos no chão em triângulo, disposição que dava a impressão de ser resultado de algum tipo de cerimônia."

Arnie Grossman consultou o relógio. A impaciência era um vulcão que lhe regurgitava nas entranhas e ameaçava explodir a todo o instante.

"Ouça, o que interessa isso?", perguntou, à beira da erupção. "Estamos conduzindo uma investigação criminal e essa história de arqueólogos não interessa para nada! Por que não nos diz imediatamente, e sem rodeios, o que queremos saber?"

"Estou dizendo a vocês o que querem saber!", retorquiu Arkan com acidez. "Mas, para perceberem o que tenho para revelar, e mostrar, precisam primeiro de conhecer estes pormenores. Sem eles, o resto não faz sentido."

O inspetor-chefe da polícia israelense esboçou um gesto largo, indicando tudo ao redor.

"O senhor começou por nos dizer que isto aqui era o Santo dos Santos e coisa e tal", exclamou. "Chegou até a afirmar, blasfêmia das blasfêmias, que Deus está fisicamente nesta câmara! E agora vem com essa conversa de ossários e não sei mais o quê!"

"Calma", aconselhou Valentina, pondo-lhe a mão no ombro para contê-lo. "Vamos primeiro ouvir tudo até ao fim e depois decidiremos o que fazer. Se isto for uma manobra para protelar, é só uma questão de fazer uso do mandado que o juiz passou."

Travado pelos argumentos da colega italiana, Arnie Grossman respirou fundo e, quase com fumaça saindo pelas narinas, dominou a irritação.

"Prossiga."

Arpad Arkan não parecia minimamente preocupado, o que intrigou Tomás. Ou estava muito seguro de que tinha de fato uma grande revelação a fazer, ou então guardara uma carta na manga para escapar no derradeiro momento.

"Uma vez no armazém da Autoridade das Antiguidades de Israel, os nove ossários de Talpiot foram medidos, fotografados e catalogados com a referência IAA 80/500-509", disse o presidente da fundação, retomando o relato num tom imperturbável. "IAA se refere às iniciais do nome inglês da instituição, Israel Antiquities Authority, o 80 ao ano da descoberta, 1980, e o 500-509 ao número de entrada dos ossários na lista dos artefatos catalogados nesse ano."

"Tudo isso são detalhes técnicos", interrompeu Tomás. "O que esses ossários tinham de especial?"

"Respondo com outra pergunta", devolveu Arkan. "Tem ideia se é comum os ossários judaicos conterem nomes?"

O historiador balançou a cabeça.

"Que eu saiba, apenas uns vinte por cento dos ossários descobertos em Jerusalém dispõem de referências inscritas."

O anfitrião confirmou.

"Isso mesmo. Acontece que, no caso de Talpiot, seis dos nove ossários tinham de fato nomes grafados na pedra. Já isso os tornava raros. Mas o que fez deles uma descoberta verdadeiramente singular foram os nomes que registavam." Nova pausa para interpelar o historiador. "Consegue imaginar que nomes eram esses?"

Tomás encolheu os ombros.

"Não."

"O ossário IAA 80/500 era o maior, apresentava-se ornado por rosetas com pétalas e estava coberto de terra seca. Os arqueólogos limparam a terra e detectaram uma inscrição em grego dizendo *Mariamn-u eta Mara*. O ossário 80/501 era igualmente decorado com rosetas e tinha uma inscrição em hebraico dizendo *Yehuda bar Yehoshua*. O 800/502 registava, também em hebraico, o nome *Matya*. O 800/504 dizia *Yose* e o 800/505 registava *Marya*, sempre em hebraico."

"O senhor disse que seis ossários tinham inscrições", observou Tomás, atento aos pormenores. "Mas só mencionou cinco."

Arkan sorriu.

"Já vi que é bom observador", constatou. "De fato, saltei o 80/503 de propósito. Esse não estava inscrito em grego nem em hebraico. Encontrava-se em aramaico. As letras se apresentavam obscurecidas por camadas grossas de pátina, não sei se sabe o que é."

"Trata-se de verdete", esclareceu o historiador. "Um processo de acúmulo de cobertura mineral com o qual os arqueólogos lidam frequentemente."

O anfitrião inclinou a cabeça.

"Não me diga que ainda não chegou ao nome que está nesse sexto ossário de Talpiot..."

De olhos semicerrados, Tomás ia relacionando a informação com os registros na sua memória. De repente arregalou os olhos, atingido em cheio pelo impacto da descoberta.

"Espere aí!", exclamou num tom alterado. "Agora me lembro onde ouvi falar de Talpiot! Esse não é o local onde descobriram o ossário com o nome de... de..."

O presidente da fundação cruzou os braços e cravou os olhos em Tomás, consciente de que ele era o único dos seus interlocutores naquela câmara que entenderia o verdadeiro alcance do que significava o nome inscrito no ossário IAA 80/503.

"*Yehoshua bar Yehosef.*"

O acadêmico português abriu a boca, estarrecido.

"Não pode ser!"

"Garanto-lhe."

"Está falando sério?"

Os dois policiais notaram a estupefacção estampada no olhar de Tomás e perceberam que algo lhes escapava naquela conversa.

"O que é?", perguntou Valentina. "O que significa isso?"

O historiador levou alguns segundos se recuperando do choque. Ainda atordoado, virou-se devagar para a italiana e a olhou como se tivesse a mente em ebulição.

"Hã?"

"O nome inscrito nesse ossário", insistiu ela. "O que ele tem de especial?"

Tomás sacudiu a cabeça e, como se regressasse ao presente, focou os olhos nela.

"*Yehoshua bar Yehosef?*", perguntou. "Não sabe o que isso quer dizer?"

"Claro que não! Esclareça-me, por favor."

"Joshua, filho de José."

Valentina esboçou uma expressão vazia; era evidente que aquele nome nada lhe dizia.

"Joshua? E então?"

"*Yehoshua* é uma antiga forma de *Joshua*. Esse é o nome formal, claro, mas os hebraicos tendiam a usar diminutivos. Em vez de dizerem *Yehoshua*, diziam *Yeshu*."

A italiana manteve o mesmo olhar vazio. Nada daquilo lhe parecia minimamente notável.

"E...?"

O português olhou de relance para Arkan, como se quisesse se certificar de que entendera bem. A expressão levemente orgulhosa do presidente da fundação lhe deu a confirmação. Voltou a encarar Valentina e lhe deu enfim a resposta.

"*Yeshu* significa *Jesus*", esclareceu. "Entende?"

Valentina esbugalhou os olhos.

"Perdão?"

"Jesus, filho de José."

# LXIII

Logo que a porta blindada se fechou, o homem armado que guardava a antecâmara do Kodesh Hakodashim viu o intruso espreitar pela entrada e o interpelou.

"Precisa de ajuda?"

Não se pode dizer que Sicarius tivesse sido pego de surpresa; afinal estava treinado para lidar com imprevistos e ser detectado naquele local era uma eventualidade que previra. Por isso tinha uma resposta já preparada.

"Me chamaram dos serviços de manutenção", disse, entrando na antecâmara com confiança. "Parece que há problemas técnicos por aqui."

Olhou com atenção para tudo ao redor. Dava a impressão de procurar a origem de uma avaria, quando na verdade estava inspecionando o local para recolher informação que lhe permitisse agir com eficácia. Havia uma câmera de segurança no teto, apontada para a porta blindada com a janela circular no meio.

"Problemas?", admirou-se o guarda. "Que problemas? A central de segurança não me avisou de nada."

"São questões de natureza elétrica", alegou Sicarius, os olhos ainda disparando em todas as direções para identificar potenciais ameaças à operação. "Um curto-circuito, ou coisa do gênero. Não há nada fundido por aqui?"

O guarda pegou no intercomunicador que trazia colado ao peito.

"Vou verificar com a central", disse, estranhando a situação. "Eu devia ter sido informado."

Aquele intercomunicador era outra ameaça, percebeu o intruso. Ainda mais nesse preciso instante, em que o guarda iria pedir informações à central de segurança. Isso era algo que convinha evitar; do outro lado poderiam vir questões difíceis de responder.

"Isto não é o Éden?", quis saber Sicarius, repetindo o nome proferido pelo homem que o interpelara no jardim. "Não notou nenhuma avaria?"

O guarda ergueu a sobrancelha.

"Estamos na Arca!", anunciou. "A avaria é no Éden?"

"Foi o que me disseram."

"Então está no lugar errado."

O intruso esboçou um ar contrariado.

"Oh, que droga!", exclamou. "Tenho uma loja de artigos elétricos em Nazaré e fui chamado de urgência para ajudá-los." Fez um gesto vago no ar, simulando frustração. "Acho que me perdi! Nunca tinha entrado aqui e isto é enorme!"

O homem armado sorriu e, já tranquilizado, devolveu o intercomunicador ao seu lugar. A explicação lhe parecia verossímil; o complexo era realmente enorme e ele próprio quase tinha se perdido da primeira vez que entrara ali.

"Entendo a confusão", disse enquanto tirava do bolso uma folha. Desdobrou-a e mostrou uma planta do complexo que pousou no chão para a poderem ver melhor. "Está vendo este edifício aqui?" Indicou um ponto assinalado na planta. "É a Arca, onde nos encontramos agora." Deslizou o indicador para o ponto que se encontrava ao lado. "O Edifício Éden é este aqui."

Sicarius pousou a mão sobre o coração, num gesto de profundo agradecimento.

"Ah, muito obrigado!"

O guarda o acompanhou à saída e se despediu dele. Ficou vendo-o se afastar e regressou ao seu posto de vigilância junto à porta blindada que dava acesso ao Kodesh Hakodashim. O que ele não podia saber é que, lá fora, o "eletricista" não tinha ido embora. Em vez disso, dera meia-volta e estava nesse instante encostado à porta de passagem à antecâmara.

Sicarius se preparava para desferir o ataque.

# LXIV

Os três visitantes fitavam Arpad Arkan com uma expressão pasma, como se tivessem ouvido e não acreditassem. O anfitrião sorria de volta, satisfeito com o impacto da revelação que acabara de fazer.

"Os nossos arqueólogos encontraram o túmulo de Jesus?", questionou-o Arnie Grossman. Sacudiu a cabeça, como se quisesse acordar. "Estamos falando de *Jesus Cristo*?"

Arkan mantinha o seu sorriso largo.

"Conhece mais algum Jesus, filho de José?"

O policial israelense trocou um olhar com a colega italiana, pedindo-lhe ajuda.

"Desculpe, mas não sei se entendi bem", disse Valentina, igualmente perturbada com o que havia escutado. "Se esse ossário fosse de Jesus, do *nosso* Jesus, não deveria estar escrito *Jesus Cristo*?"

Foi a vez de o anfitrião desviar o olhar para Tomás, como se lhe endossasse aquela resposta.

"Antigamente as pessoas não tinham sobrenome de família", explicou o historiador. "Dispunham de um nome próprio e em geral eram conhecidas pelo nome do pai ou pelo nome da sua terra ou da profissão que desempenhavam. Dizia-se, por exemplo, *João, filho de Pedro*. Ou *João Alfaiate*. No caso de Jesus, podia ser conhecido pelo nome da terra de onde era oriundo, *Jesus de Nazaré*, ou então pelo nome do pai, *Jesus, filho de José*. Neste contexto, *Cristo* não era um nome. O pai dele não se chamava *José Cristo* e a mãe *Maria Cristo*. *Cristo* era uma designação. A palavra *Messias* se dizia *mashia* em hebraico e aramaico e *christus* em grego. Como a seita dos nazarenos se expandiu rapidamente entre os gentios, graças a Paulo, e como a maior parte dos gentios falava grego, passou a se dizer *Jesus, o Messias*, ou *Jesus, o Cristo*, expressão que o próprio Paulo cedo contraiu para *Jesus Cristo*. Mas o próprio Jesus nunca deve ter escutado a palavra *cristo* na vida."

"Ou seja", concluiu Valentina, "estranho seria se o nome *Jesus Cristo* aparecesse num ossário judaico."

"Exato."

"E acredita mesmo que esse ossário seja do nosso Jesus Cristo?"

Tomás considerou por momentos a pergunta. A inspetora da Polizia Giudiziaria acabara de lhe solicitar um parecer técnico e lhe parecia aconselhado ser prudente.

"Isso já é outra questão", disse. "Seria necessário investigar melhor o assunto para poder lhe dar respostas definitivas."

A observação do historiador suscitou uma reação imediata por parte do presidente da fundação.

"Ora essa!", indignou-se Arkan, levantando a voz. "Como pode duvidar do que acabei de lhe dizer? Acha que estou mentindo? Pensa que fico enganando as pessoas?"

Na sede da fundação em Jerusalém, dias antes, Tomás tivera já um breve e conturbado contato com o temperamento volátil do seu anfitrião, quando o vira discutindo em tons violentos com Valentina. A última coisa que pretendia agora era se envolver numa discussão emocional em tom semelhante.

"Não penso que queira enganar ninguém", apressou-se a tornar claro, num esforço para apaziguar Arkan. "Mas pode ter se equivocado."

O presidente da fundação, no entanto, neste momento já tinha o rosto enrubescido, a fúria crescendo-lhe no corpo como uma locomotiva que ganhava velocidade, e a hipótese suscitada pelo historiador serviu apenas para lhe incendiar ainda mais a ira.

"Como se atreve?", protestou, lançando inadvertidamente alguns perdigotos contra o vidro do visor. "Julga que sou um diletante que vive brincando? Pensa que não estou fazendo ciência rigorosa? Por acaso acha que não passo de um amador? Eu?"

O apaziguamento não era afinal o caminho, percebeu Tomás tarde demais. Mas o confronto também não, como havia verificado dias antes, quando Arkan e Valentina discutiam violentamente em Jerusalém. Talvez o caminho do meio fosse o mais adequado para lidar com o seu exaltado interlocutor.

"Penso que preciso de provas", disse num tom neutro, como se estivesse participando de uma conversa amena. "Uma coisa dessas é tão grande que requer verificação cuidadosa, não é verdade?"

"Provas? Quer provas?"

"Se as tiver."

O anfitrião vacilou e, tão depressa como se exaltara, se acalmou.

"O que precisa saber exatamente?"

O tom da discussão se tornara de novo surpreendentemente normal. Não que Tomás se queixasse. Na verdade, parecia-lhe o tom adequado para prosseguir a conversa, até porque tinha um punhado de questões a esclarecer.

"Tudo", indicou o historiador. "Para começar, me parece importante perceber como pode ter tanta certeza de que a descoberta de Talpiot se refere mesmo a Jesus de Nazaré."

Arkan cravou nele um olhar pensativo, como se ponderasse coisas mais importantes do que aquela que o seu interlocutor tinha lhe pedido.

"Vamos fazer assim", acabou por dizer. "Vou lhe apresentar um conjunto de perguntas-chave e será você mesmo, com os seus conhecimentos nesta área, que chegará às conclusões certas. De acordo?"

A sugestão surpreendeu o português. Considerou a ideia e não viu inconvenientes em entrar no jogo.

"Tudo bem", aceitou. "Dispare a primeira."

O anfitrião manteve a expressão pensativa, avaliando qual a melhor questão para abrir o questionário. Delineou a estratégia e, firmando a ideia na mente, ergueu o indicador no ar.

"Então aqui vai", disse. "Apesar das inscrições, os ossários não estão datados. Assim sendo, como nós podemos saber que correspondem ao período de Jesus?"

"Essa é fácil", retorquiu Tomás. "A lei judaica determina que os mortos devem ser enterrados antes do pôr do Sol. Por volta de 430 a.C., a deposição dos corpos numa caverna, numa gruta ou num túnel escavado na pedra começou a ser considerada em Jerusalém equivalente a um enterro. No entanto, a prática de usar ossários só se iniciou pouco antes do nascimento de Jesus e terminou no ano 70, quando os romanos destruíram a cidade e o segundo Templo. Assim sendo, por definição, qualquer ossário que se encontrar em Jerusalém foi obrigatoriamente construído pouco antes, durante ou pouco depois do período de vida de Jesus. Foi nessa estreita faixa de tempo que os corpos começaram a ser envolvidos em mortalhas de linho ou de lã e inseridos em cavernas no enterro primário. Mais tarde, depois da completa decomposição dos corpos, buscavam-se os ossos e eles eram depositados em ossários de família já construídos. Esse era o enterro secundário e definitivo."

Arkan assentiu, satisfeito com a resposta.

"Mas quantos judeus usavam os ossários como prática funerária?", perguntou, sabendo perfeitamente a resposta. "Todos?"

"Oh, não. Só uma minoria. A maior parte dos judeus continuou a enterrar os seus mortos na terra, como requeria a lei." Agora que pensava nisso, o historiador se pôs a ligar pontos que até esse momento apenas considerara em separado. "Sabem, o recurso aos ossários era uma prática sobretudo dos judeus apocalípticos, que achavam que o mundo estava prestes a acabar. Acreditavam que em breve Deus desceria à Terra para impor o Seu reino e que, quando isso acontecesse, todos ressuscitariam para o Dia do Juízo Final. Ao depositarem os seus mortos em ossários, os judeus apocalípticos pensavam que assim era facilitado o processo de ressurreição. É, aliás, curioso que estes ossários tivessem sido construídos junto ao monte Moriah, o monte onde se encontrava o Templo. É que eles achavam que Deus reinaria justamente a partir do Templo, por isso depunham os mortos naquele lugar de modo a ficarem mais perto do local onde tudo iria acontecer."

"Diria que Jesus e os seus seguidores eram judeus apocalípticos?"

A pergunta foi certeira.

"Claro que sim", reconheceu Tomás, percebendo perfeitamente para onde o seu anfitrião o estava conduzindo. "É muito provável que recorressem a este tipo de enterro." Hesitou. "Aliás, há até fortes indícios de que o fizeram justamente com o cadáver de Jesus." Olhou ao redor, como se procurasse alguma coisa. "Tem alguma Bíblia aqui?"

O presidente da fundação abriu uma gaveta e tirou de lá um livro volumoso, que depositou sobre a mesa.

"Meu caro, estamos no Santo dos Santos", gracejou. "Claro que sempre temos uma Bíblia aqui."

O historiador folheou o volume.

"Ora, repare o que escreveu Marcos no capítulo 15, versículo 43, referindo-se ao enterro de Jesus", disse, lendo o trecho. "'José de Arimateia, respeitável membro do Conselho, que também esperava o Reino de Deus, foi corajosamente procurar Pilatos e pediu-lhe o corpo de Jesus.'" Levantou a cabeça. "Ou seja, ao indicar que este José 'esperava o Reino de Deus', Marcos está dizendo que ele era igualmente um judeu apocalíptico. Como é natural, José de Arimateia decidiu enterrar Jesus à maneira dos judeus apocalípticos, processo que Marcos relata no capítulo 15, versículo 46." Retomou a leitura. "'Depois de comprar um lençol, desceu o corpo da cruz e envolveu-o nele. Em seguida, depositou-O num sepulcro cavado na rocha e rolou uma pedra contra a porta do sepulcro.'" Bateu com a ponta do dedo no texto. "O que Marcos está descrevendo aqui é o enterro primário. Jesus não foi propriamente enterrado, mas colocado numa câmara cavada na rocha. Isto só se fazia quando se planejava ir mais tarde buscar os ossos e transferi-los para o seu lar definitivo, o ossário, onde ficariam até a pessoa ressuscitar para o Dia do Juízo Final."

"No caso de Jesus, terá havido enterro secundário? Os seus ossos terão sido depois transferidos para um ossário?"

Tomás fez uma careta.

"Bem... acreditando nos Evangelhos, não. Ele ressuscitou antes de isso poder ser feito."

Arkan manteve os olhos presos fixamente no seu interlocutor.

"Tem certeza?", perguntou. "Ora, leia aí o que escreveu Mateus no capítulo 28, versículo 13."

O historiador procurou a passagem no exemplar da Bíblia.

"'Os Seus discípulos vieram de noite e roubaram-n'O enquanto dormíamos'", leu. Fitou o anfitrião. "Mateus diz que isto era um boato que os judeus fizeram circular para explicar o desaparecimento do cadáver de Jesus."

"É interessante que houvesse esse boato, não lhe parece?", questionou Arkan. "Tão interessante que Mateus se viu forçado a dizer que os romanos puseram um guarda a noite inteira vigiando o sepulcro, detalhe que Marcos não relatou e que constituiu evidentemente uma forma de tentar desmentir o boato, tão forte ele se mostrava."

Tomás releu em silêncio os versículos de Mateus referentes ao que aconteceu depois da crucificação.

"Tenho de concordar com você", acabou por admitir. "A ressurreição de Jesus não é uma questão histórica, mas de fé. Pertence ao domínio do sobrenatural. Se ela não passar de uma fantasia de mentes supersticiosas, como me parece aliás natural, é evidente que o corpo de Jesus foi transferido para outro local. Assim sendo, estamos de fato perante um caso de enterro secundário."

"E para que local ele terá sido transferido?"

"Estamos lidando com judeus apocalípticos, então me parece evidente que só poderá ser um ossário perto do monte Moriah, de modo que o corpo estivesse o mais perto possível do Templo para ressuscitar no Dia do Juízo Final."

Com os olhos sempre fixos no seu interlocutor, Arkan tamborilou os dedos na superfície da mesa, como se esperasse que Tomás tirasse as devidas conclusões do que acabara de dizer.

"Os ossários eram usados no século I pelos judeus apocalípticos em enterros secundários", relembrou o presidente da fundação. "Jesus e os seus seguidores eram judeus apocalípticos do século I e a descrição que os Evangelhos fazem do que aconteceu depois da sua morte coincide com a primeira fase de um enterro secundário. Ou seja, é altamente provável que os ossos de Jesus tenham sido depositados num ossário junto ao monte Moriah." Arqueou as sobrancelhas grossas. "O que inevitavelmente nos remete para a descoberta de Talpiot, não é verdade?"

Tomás acariciou o visor com os dedos, numa pose pensativa.

"É possível", reconheceu. "Não digo que não." Ponderou a hipótese mais um instante. "Há, porém, alguns problemas que é preciso resolver para aceitar que estejamos perante o túmulo de Jesus de Nazaré. O primeiro resulta de estes ossários estarem reservados a famílias ricas. Ora, Jesus era um zé-ninguém. Que se saiba, a família não tinha posses."

Arkan o olhou de um modo estranho, como se soubesse de alguma coisa.

"Não? Qual era a profissão de José, o pai de Jesus?"

"Carpinteiro", devolveu o historiador quase automaticamente. "Todo mundo sabe."

"Onde isso está escrito?"

Tomás consultou de novo a Bíblia.

"No Evangelho segundo Mateus, no capítulo 13, versículo 55", indicou, lendo o versículo. "'Não é Ele o filho do carpinteiro?'"

"Essa é a tradução tradicional", notou Arkan. "Qual a palavra grega usada originalmente pelo autor de Mateus?"

"*Tekton*."

"O que significa *tekton* exatamente?"

O historiador abriu e fechou a boca. Tinha acabado de entender a objeção do seu interlocutor.

"A rigor significa *construtor*. A palavra *carpinteiro* não é, de fato, a tradução correta. *Tekton* é um homem qualificado, senhor do seu negócio e que trabalha na construção."

"Ou seja, um empresário na área da construção", simplificou o anfitrião. "Se fosse hoje, se diria que José era um construtor civil. Parece-lhe uma profissão de gente pobre?"

Tomás passou a mão pela cabeça. Como era possível que nunca tivesse pensado nisso?

"Bem... não necessariamente", reconheceu. "*Tekton* é alguém que trabalha com as mãos. É certo que podia ser um construtor civil, mas num canto como Nazaré não deveria ser abastado. Poderia ser de classe baixa."

"Lembre-se de que o filho, Jesus, era educado. Conhecia as Escrituras de uma ponta à outra e sabia pelo menos ler, o que na época era relativamente raro. Esses indícios não apontam para uma família indigente e vivendo na miséria, não é?"

"Está bem", concedeu o português. "Aceitemos que possuíam dinheiro, embora a este respeito não tenhamos certeza de nada. Mesmo que tivessem alguns bens, teriam o suficiente para um ossário? Não se esqueça de que tudo indica que José teria morrido cedo e portanto deixou de poder prover à família..."

"A eventual morte prematura de José é pura especulação", sublinhou Arkan. "Nada nos Evangelhos estabelece explicitamente tal coisa. O fato é que estamos falando de uma família educada que trabalhava na área da construção civil. É muito natural que, se acreditassem na ressurreição dos mortos no Dia do Juízo Final, as pessoas desta família tivessem meios para investir num ossário como o de Talpiot. Mas, mesmo que não dispusessem de dinheiro, alguns dos seus seguidores podiam arranjá-lo. Esse José de Arimateia, por exemplo. Não é Marcos que diz que ele pertencia ao conselho de sábios que governava o Templo, o sinédrio? Se era assim, teria forçosamente de ser abastado. Aliás, os Evangelhos deixam claro que foi ele quem tratou do enterro de Jesus." Encostou a palma da mão ao peito. "Ponhamo-nos no lugar dos nazarenos. Se eu acreditasse que a chegada do reino de Deus era iminente e que Jesus era de fato o *mashia* previsto pelas Escrituras, não acham que consideraria a construção de um ossário para Jesus um bom investimento? Decerto Jesus, quando ressuscitasse para o Dia do Juízo Final, daria ao seu Pai, Deus, uma palavra a meu favor. Isso não seria útil para eu ter entrada direta no reino de Deus?"

Tomás acenou afirmativamente.

"Sim, tem razão", reconheceu. "Mesmo que Jesus não tivesse dinheiro, os seus seguidores o arranjariam para construir o ossário. Todos queriam cair nas boas graças do Messias, sobretudo agora que viria o grande julgamento."

"Então me diga", pediu Arkan em jeito de conclusão, "é ou não provável que, não tendo ocorrido ressurreição física do corpo de Jesus, os seus ossos tenham sido depositados num ossário junto ao monte Moriah, com vista privilegiada para o Templo?"

"Sim, isso é provável", aceitou Tomás. "O problema é ter a certeza de que a descoberta de Talpiot corresponde ao ossário certo."

"E por que não há de corresponder? Quer que lhe faça a demonstração?"

"Não estou aqui para outra coisa..."

Em resposta, Arkan puxou uma gaveta da mesa e retirou do interior uma pasta de dossiê com vários documentos arquivados. Abriu-a e lhe mostrou a primeira folha com uma referência no topo e a fotografia de letras esculpidas na superfície branca de um ossário.

"Esta é a inscrição que está no ossário 80/503", disse. "Encontra-se redigida em estilo cursivo e é de difícil leitura. Contudo, a maioria dos caligrafistas concorda que a inscrição diz *Yehoshua bar Yehosef*, ou *Joshua filho de José*. Como observou há pouco, *Jesus*, aliás *Yeshu*, é um diminutivo de *Yehoshua*, uma das formas do nome *Joshua*."

Os três visitantes se inclinaram sobre a página e estudaram a inscrição cravada no ossário.

"Sim, mas quantos *Joshua* não existiriam naquele tempo?"

Arkan ergueu a sobrancelha.

"Está se referindo a Joshuas que fossem judeus apocalípticos e tivessem meios, provenientes da sua família ou dos seus seguidores, para terem os ossos depositados numa câmara com vista para o Templo?" Fungou. "Havia alguns."

O historiador voltou a passar a palma da mão pelo visor do escafandro, avaliando os méritos de avançar para uma análise estatística. Pareceu-lhe um terreno promissor.

"Tenho ideia de que *Yehoshua* era um nome relativamente comum", observou. "Verificou a frequência com que ele surge nos ossários judaicos do século I?"

O anfitrião pigarreou.

"Nos mais de duzentos ossários catalogados pela Autoridade das Antiguidades de Israel, o nome *Yehoshua* aparece nove por cento das vezes e o nome *Yehosef* surge catorze por cento. Extrapolando para os oitenta mil homens que viveram em Jerusalém durante todo o período em que se usaram ossários, isto significa que sete mil se chamariam *Yehoshua* e onze mil seriam *Yehosef*."

"Tem de concordar que estamos perante dois nomes muito comuns", verificou Tomás. "Demasiadamente comuns para que possamos estar confiantes de que o *Yehoshua bar Yehosef* do ossário de Talpiot corresponda a Jesus de Nazaré."

"Sim, mas é preciso avaliar quantos dos sete mil *Yehoshua* de Jerusalém poderiam ter um pai chamado *Yehosef*", lembrou Arkan. "Ora, se multiplicarmos as percentagens, 0,09 de Yehoshua vezes 0,14 de Yehosef vezes oitenta mil pessoas correspondentes à população masculina de Jerusalém, ficamos com... com... mil. Ou seja, em todo este período só houve em Jerusalém uns mil *Yehoshua* que eram filhos de alguém chamado *Yehosef*."

"É um valor bem mais restrito", observou o historiador. "Mesmo assim, mil homens chamados Jesus com um pai chamado José ainda são um número bastante elevado para que se possa reivindicar o que quer que seja com os achados de Talpiot."

Arkan esboçou uma expressão pensativa.

"Há ainda outras importantes considerações estatísticas que têm de ser equacionadas", acrescentou. "Designadamente a presença de nomes diferentes."

"O que eles têm de especial?"

"Há muito mais a dizer sobre esses nomes", notou o anfitrião. "E, claro, há ainda a questão do DNA."

Tomás pareceu ainda mais admirado.

"DNA? Qual DNA?"

O presidente da fundação sorriu, sabendo muito bem que se preparava para lançar o seu mais forte trunfo.

"Não sabia?", exclamou com fingida surpresa. "Foi detectado material genético no ossário 80/503."

"O quê?"

O espanto estampado no rosto do acadêmico português, e também na face dos dois policiais que acompanhavam a conversa, era absoluto, o que encheu Arkan de um imenso sentimento de satisfação. Acabara de jogar a melhor carta.

"Nós recolhemos o DNA de Jesus."

# LXV

O vulto negro do "eletricista" irrompeu pela antecâmara do Santo dos Santos. Pego de surpresa, o homem que guardava a porta blindada ergueu a Uzi e a apontou para a entrada, pronto para abrir fogo. Ao reconhecer o intruso, baixou o cano da arma automática e suspirou de alívio.

"Ufa!", bufou. "Você me deu um susto! O que está fazendo aqui? Não me diga que se perdeu outra vez!..."

Sicarius trazia na mão um pequeno invólucro cilíndrico amarelo, semelhante ao dos inseticidas. Esticou o braço e, de um ângulo que a lente não captava, apontou-o para a câmara de vigilância fixada no teto.

"A avaria é aqui", disse num tom tranquilo, como se fizesse aquilo todos os dias. "É para resolver agora."

Sem entender muito bem o que se passava, o guarda o viu apertar o botão do pequeno cilindro e observou o spray cobrir de tinta negra a câmera de segurança, obscurecendo por completo a lente.

"O que é isto?", quis saber, de olhos fixos na câmera, tentando compreender o procedimento. "O que você fez com a lente?"

Sem que se desse conta do que lhe acontecia, sentiu-se rodopiar, viu tudo girando e, quando deu por si, estava estendido no chão e tinha o intruso em cima dele. Tentou virar a arma para o agressor, mas a Uzi lhe foi de imediato arrancada, o mesmo acontecendo com o intercomunicador.

"O que está fazendo?!", exclamou, atarantado. "Enlouqueceu?" Tentou se contorcer no chão, num primeiro esforço para se libertar. "Largue-me!"

O segurança se viu totalmente preso pelos braços de Sicarius e, por mais que se contorcesse, não conseguia se livrar daquele aperto de ferro. Percebeu que o seu agressor devia ter um treino avançado de judô ou de luta greco-romana, porque parecia conhecer todas as maneiras de imobilizar um adversário.

"Quieto!", soprou-lhe Sicarius ao ouvido. "Não se mexa!"

O guarda se encontrava paralisado, e certamente não por vontade própria. Pensou que a qualquer momento deveria receber ajuda da central de segurança, mas de imediato se lembrou de que o agressor havia tingido de tinta negra a câmera de vigilância e percebeu então aquele primeiro movimento com o spray. A lente fora tampada e a central pensaria que se tratava de uma mera avaria. Ou seja, estava entregue a ele mesmo; ninguém viria correndo para ajudá-lo.

"O que quer?", perguntou, alarmado por se encontrar inteiramente à mercê daquele forte intruso. "Por que está fazendo isso?"

Sicarius mantinha os lábios colados ao ouvido direito do guarda.

"Me dê a senha", sussurrou num tom assustadoramente sereno. "Preciso entrar lá."

"Você está louco? Quer entrar no Kodesh Hakodashim?"

"A senha."

O guarda balançou a cabeça furiosamente.

"Não sei!", exclamou. "Só o presidente é que a tem. Eu me limito a fazer a guarda à porta."

Sentiu o agressor mexer um braço e, instantes depois, viu a ponta de uma enorme lâmina dançando à frente dos seus olhos.

"A senha."

"Já lhe disse que não sei!", berrou de volta. "Sou apenas o guarda!"

Com um movimento brusco, Sicarius pegou a sua vítima e a endireitou brutalmente, obrigando-a a se sentar. Puxou a corda que trazia à cintura e amarrou o tronco do homem, imobilizando-lhe também os braços.

Uma vez o guarda fora de ação, ergueu-se e foi até a porta. Verificou que havia uma chave na fechadura e a rodou, trancando o acesso à antecâmara. Depois foi buscar uma cadeira e a fixou contra o puxador, reforçando assim o bloqueio da entrada. Recuou dois passos e contemplou o trabalho. A porta não ficara blindada e poderia ser arrombada por alguém que estivesse realmente determinado a entrar ali. Todavia, para as considerações práticas que tinha em mente, aquele dispositivo garantia-lhe a tranquilidade de que precisava.

Voltou para junto do seu prisioneiro e o olhou de cima abaixo, a *sica* dançando-lhe nas mãos.

"Não voltarei a perguntar mais nenhuma vez", informou-o, apontando para a porta blindada que dava acesso ao Kodesh Hakodashim. "Qual é a senha para entrar ali?"

"Já lhe disse que não sei", devolveu o guarda num tom de desafio. "Eu me limito a fazer a segurança."

Sicarius tirou um rolo branco do bolso das calças e esticou um pedaço, que cortou com a adaga. Era uma fita adesiva. Aproximou a fita do rosto do prisioneiro e a colou à boca, amordaçando-o. O guarda não podia mais falar. Em seguida o empurrou com o pé, forçando-o a se deitar de novo, e se inclinou para agarrar seu pulso, que se insinuava por baixo das cordas.

Puxou o pulso com força e o obrigou a pôr a mão no chão, a palma para baixo. Depois aproximou a *sica* do dedo mindinho e forçou-a contra ele. O guarda começou a gemer e a espernear, mas não tinha modo de se libertar nem de gritar. Sicarius fez movimentos rápidos para serrar e o sangue jorrou pelo chão com esguichos sucessivos.

"Hmm!", gemeu o segurança, os olhos esbugalhados na loucura da dor. "Hmmm!"

Em alguns segundos o dedo estava amputado. A vítima arrulhava em desespero, os olhos injetados, a respiração ofegante e gotas de suor banhando-lhe a face, mas os sons que emitia eram abafados pela fita adesiva que lhe selava a boca. O agressor aguardou uns instantes, deixando o homem se acalmar e recuperar o fôlego, até que o encarou com um olhar gelado.

"A senha?"

O homem o fitou nos olhos e hesitou em dar a resposta. Sicarius não esperou. Voltou a espalmar a mão ensanguentada contra o chão e pousou a lâmina sobre o polegar. A vítima recomeçou a gemer e a espernear em desespero, sabendo muito bem o que viria, e o agressor o fitou de novo nos olhos.

"Vai me dar a senha ou vou ter de cortar todos os seus dedos desta mão, depois os da outra, e depois os dos pés? Como prefere?"

O guarda se pôs a fazer que sim com a cabeça, como se tivesse decidido falar. Sicarius pegou a borda da fita e a arrancou com um movimento brusco.

"Agh!", gemeu o homem. "Preciso de... ajuda médica." Arfou. "Por favor!..."

"A senha?"

O homem suspirou e, sabendo que não tinha alternativas, o toco ensanguentado do dedo balançando no ar e o rosto se contorcendo de dor, revelou o segredo que permitiria ao intruso abrir a porta blindada e violar a santidade do Kodesh Hakodashim.

# LXVI

As expressões alteradas do rosto dos três visitantes que se encontravam no interior do Kodesh Hakodashim refletiam com o rigor de um espelho a estupefação que deles se apoderara quando Arpad Arkan lhes fez a revelação.

"Havia material genético nos ossários de Talpiot?"

O presidente da fundação assentiu com entusiasmo, um brilho de excitação infantil cintilando nos olhos dele.

"Extraordinário, não é?"

Tomás encarou os seus companheiros, quase atordoado. Tudo aquilo lhe parecia demasiado incrível para ser verdadeiro, e os dois policiais se mostravam igualmente surpresos.

"Mas… mas… é possível?"

O sorriso de Arkan se transformou numa risada alegre.

"Então não é? Se conseguimos extrair DNA dos espécimes de mamutes e de homens de Neandertal com trinta mil anos, por que razão não haveremos de obter material genético de pessoas que morreram há apenas dois mil anos? Não se esqueça do que nos disse o professor Hammans há pouco. Nas temperaturas mais quentes, o DNA sobrevive uns cinco mil anos. Ora, os ossários de Talpiot são bem mais recentes do que isso!..."

O historiador experimentou a estranha sensação de sonhar acordado. Aquilo lhe parecia uma coisa surreal. Respirou fundo e fez um esforço para reordenar a mente e pensar com clareza.

"Está bem, vocês detectaram DNA no ossário 80/503", registrou, discorrendo em voz alta para benefício dos companheiros mas também para facilitar o seu próprio raciocínio. "E então? O que interessa isso se ninguém tem certeza alguma sobre a identidade da pessoa cujos ossos foram aí depositados?"

Mas Arkan não parecia alimentar a menor dúvida a esse respeito.

"É Jesus de Nazaré."

"Como pode afirmar tal coisa com essa certeza?", contestou o historiador. "Como acabamos de ver, a hipótese de o *Yehoshua bar Yehosef* referenciado no ossário ser o *nosso* Jesus, filho de José, é de uma em mil! Parece-me uma taxa de probabilidade baixíssima!"

O seu interlocutor levantou a mão.

"Seria, se não fosse o caso de haver outros ossários na mesma câmara", sublinhou. "E esses ossários têm nomes de figuras que os Evangelhos associam a Jesus de Nazaré. E é aí que o cálculo de probabilidades se altera significativamente."

"Figuras associadas a Jesus? Do que o senhor está falando?"

O anfitrião folheou o dossiê que havia pousado na mesa diante dele e parou na segunda folha. Tal como a anterior, esta página continha um número de referência e uma fotografia com o detalhe de uma inscrição num ossário.

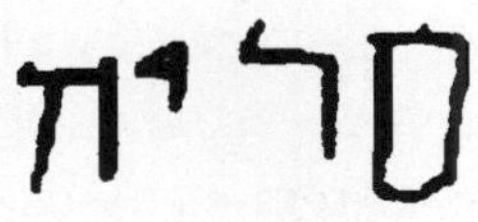

"Comecemos pelo 80/505", sugeriu Arkan. "Este ossário registra o nome *Marya* em caracteres hebraicos. Parece-lhe familiar?"

"Não tem de ser necessariamente a mãe de Jesus", argumentou o historiador, analisando a inscrição. "Creio que *Maria* era também um nome muito comum na época..."

"Na verdade, tratava-se do nome feminino mais usado naquele tempo. Em trezentas e vinte e oito referências foram registadas setenta *Maryam*, nome hebraico que, na sua versão latina, se pronunciava *Maria* ou *Marya*."

Tomás fez a conta de cabeça.

"Isso dá... deixe-me calcular a porcentagem... cerca de vinte por cento de mulheres chamadas *Maria*. Está vendo? É muita Maria!"

"É verdade que sim. Vinte por cento das mulheres judias eram *Maryam*. Mas o Novo Testamento se refere à mãe de Jesus sempre como *Maria*, não *Maryam*. E qual o nome que aparece neste ossário? *Marya*. É no mínimo perturbador, há de reconhecer."

"De fato..."

Arkan virou para a terceira folha, também com um número de referência e a fotografia de uma outra inscrição.

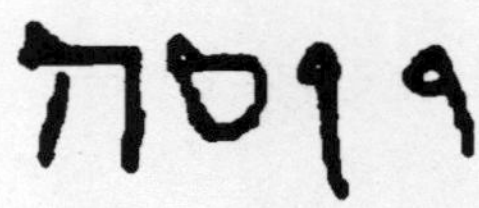

"Vejamos agora o ossário 80/504", sugeriu. "Tem inscrito o nome *Yose*. Como sabe, trata-se de um diminutivo de *Yehosef*. *Yose* está para *Yehosef* como *Zé* está para *José*."

O historiador fez um gesto enfaticamente negativo com a mão.

"Não pode ser o pai de Jesus!", sentenciou com grande convicção. "Os Evangelhos apenas mencionam José na infância de Jesus, o que nos leva a presumir que ele morreu cedo."

"E então?", questionou o presidente da fundação. "Não se esqueça de que Talpiot é um sepulcro secundário para ossos. O que impedia os familiares de transferirem os ossos de José para o mausoléu privado da família com vista para o Templo? Aliás, é até natural que o fizessem, se acreditassem realmente que o Dia do Juízo Final era iminente! Ou acha impossível?"

O português ponderou a possibilidade.

"Tem razão", admitiu, vergado pela força do argumento. "Se a família de Jesus mandou construir um sepulcro secundário, o mais natural é que trasladasse os ossos do patriarca para lá, sobretudo se pensasse que isso ajudaria a manter todos os familiares unidos quando ressuscitassem para o Juízo Final."

"Outra hipótese é se tratar de outra pessoa ligada a Jesus", considerou Arkan. "Leia-me aí, por favor, o versículo 3 do capítulo 6 de Marcos."

Tomás abriu o exemplar da Bíblia que tinha nas mãos e localizou o trecho.

"'Não é Ele o carpinteiro filho de Maria e irmão de Tiago, de José, de Judas e Simão?'" Levantou os olhos. "Está insinuando que o *Yose* de Talpiot poderá ser José, irmão de Jesus?"

"Por que não? Embora *Yehosef*, ou *José*, seja um dos nomes mais comuns da época, o fato é que a inscrição *Yose* é anormal. Trata-se do único caso em que um ossário da época apresenta este diminutivo de *Yehosef*." Exibiu dois dedos. "O que nos dá dois familiares de Jesus chamados *José*. O pai e o irmão. O ossário 80/504 podia perfeitamente pertencer a qualquer deles."

"Hmm", anuiu o historiador. "E os outros ossários?"

Os dedos de Arkan procuraram a quarta folha do dossiê. Mais uma referência, mais uma fotografia com uma inscrição.

"Temos o ossário 80/500", indicou o anfitrião. "A inscrição regista *Mariamn-u eta Mara*." Cravou os olhos no seu interlocutor. "Sabe o que isso quer dizer?"

Tomás acenou afirmativamente com a cabeça e contraiu as pálpebras enquanto perscrutava a imagem, ponderando as implicações suscitadas por aquela inscrição.

"Essa dá o que pensar", reconheceu. "*Mariamn-u* é uma espécie de declinação de *Mariamne*, versão grega de *Miriam*, ou *Maria*.

*Mariamn-u eta Mara* significa literalmente *de Maria, conhecida por Senhora. Senhora*, no sentido de *dona* ou *patroa*."

O anfitrião o mirou com a sombra de um sorriso desenhada nos lábios, sempre como alguém que sabia de antemão a resposta às perguntas que fazia.

"Conhece alguém nas Escrituras que seja referido por esse nome, *Mariamne*?"

O historiador folheou pensativamente a Bíblia que lhe pesava nas mãos. Aquele grosso exemplar continha o Antigo Testamento, o Novo Testamento, os escritos apócrifos e centenas de páginas de anotações e comentários. Procurou o índice e passou os olhos pelos títulos dos diversos textos.

"Sim", acabou por dizer. "Mas não nos manuscritos canônicos." Apontou para um dos títulos assinalados no índice. "O nome *Mariamne* aparece aqui nos Atos de Filipe, um texto apócrifo sobre a vida do apóstolo Filipe." Indicou outro título. "E também em fragmentos gregos do Evangelho segundo Maria Madalena. Isto para não falar em textos antigos de Orígenes e Hipólito, que se referiram a Mariamne."

"Nesses textos todos, quem era essa Mariamne?"

Evitando responder diretamente à pergunta, Tomás sacudiu a cabeça em negação.

"Não, não pode ser!", exclamou. "Isso já me parece uma fantasia desenfreada! Não é possível!"

"Responda", insistiu Arkan. "Quem é a Mariamne que aparece nos apócrifos e nos textos de Orígenes e de Hipólito?"

O acadêmico deixou cair os ombros e se rendeu. Se lhe faziam uma pergunta direta e pertinente, com que direito podia evitar a resposta, por mais fantástica que parecesse?

"Maria de Magdala", disse com uma certa relutância. "Também conhecida por Maria Madalena."

Um brilho de triunfo perpassou pelo rosto do presidente da fundação.

"É curioso, não é?"

"Não quer dizer nada!", cortou Tomás. "Os manuscritos apócrifos não foram escritos por pessoas que conheceram Jesus. A esmagadora maioria desses textos é do século II ou do século III. Com exceção talvez do Evangelho segundo Tomé, a informação que consta nos apócrifos não é fidedigna."

"É verdade", aceitou Arkan. "Mas também é um fato que esses escritos usavam por vezes tradições que lhes chegavam. O uso do nome *Mariamne* em referência a Maria Madalena podia ser uma dessas tradições."

"É possível. E então?"

Em resposta, os olhos do anfitrião pousaram na Bíblia que dançava nervosamente nas mãos do seu interlocutor.

"Esse exemplar contém os textos apócrifos, não é verdade? Leia aí o Evangelho segundo Filipe, versículo 32."

Tomás folheou as páginas e localizou o trecho.

"'Havia três que caminharam com o Senhor: Maria, sua mãe e sua irmã e Madalena, a quem chamavam sua amante. Uma Maria era sua irmã e sua mãe e sua amante.'"

"E agora o versículo 55."

"'A consorte de Cristo é Maria Madalena. O Senhor amava-a mais do que a todos os discípulos e beijava-a.'"

"Finalmente, o Evangelho segundo Maria Madalena", pediu Arkan. "Leia o versículo 5 do capítulo 5, que cita palavras de Pedro a Maria Madalena."

O historiador saltou algumas páginas até encontrar o texto apócrifo indicado.

"'Sabemos que o Senhor te amava mais do que às outras mulheres.'"

As sobrancelhas grossas de Arkan se movimentaram para cima e para baixo, como se elas próprias falassem.

"Curioso, hein?"

Tomás encolheu os ombros.

"A única coisa que isto prova é que havia muita boataria a respeito da relação entre Jesus e Maria Madalena", sentenciou. "Mas não há nada de historicamente fiável. É verdade que Marcos e Lucas afirmam que Jesus era acompanhado por mulheres nas suas viagens. Algumas delas pareciam abastadas e o ajudavam, como era o caso da Maria oriunda de Magdala, uma aldeia pesqueira junto ao mar da Galileia, por isso designada Maria Magdalena, ou Maria Madalena. Lucas diz no capítulo 8, versículo 8, que ela servia Jesus 'com os seus bens'. Em parte alguma ela é referida como prostituta, reputação que só ganhou no século VI pela boca maledicente do papa Gregório. Os quatro evangelhos canônicos afirmam que as mulheres foram os únicos seguidores que assistiram à crucificação e que se mantiveram fiéis a Jesus até ao fim, tendo sido elas quem deram pela falta do corpo. No entanto, nenhum dos textos mais antigos menciona que Jesus fosse casado ou tivesse qualquer amante."

"Na Primeira Carta aos Coríntios, Paulo disse que os irmãos de Jesus e os apóstolos eram casados", argumentou Arkan. "Além disso, ao recomendar que os fiéis mantivessem o celibato, Paulo deu o seu próprio exemplo, mas não o de Jesus. Se Jesus fosse solteiro, decerto daria o exemplo do Messias, que tinha ainda maior autoridade do que o seu. Por que não o fez? Saberia que não era solteiro?"

"Isso é pura especulação", sublinhou o historiador. "O fato é que em parte alguma está escrito que Jesus se casou."

"No entanto, o sepulcro de Talpiot inclui o ossário de Mariamne, identificada nos Atos de Filipe, no Evangelho segundo Maria Madalena e nos textos de Orígenes e Hipólito como Maria Madalena."

O historiador fez uma careta.

"Coincidência, decerto."

"Além disso, este ossário com o nome *Mariamne* foi encontrado ao lado do ossário com o nome *Jesus, filho de José*, como se faz quando se põe marido e mulher lado a lado num cemitério."

"Outra coincidência."

Arkan sorriu, o olhar carregado de ironia.

"Já estamos contabilizando demasiadas coincidências", observou, folheando o dossiê em busca da fotografia seguinte. "A próxima coincidência é a do ossário 80/501, pertencente a *Yehuda bar Yehoshua*. Pode traduzir para mim esse nome, por favor?"

Tomás verificou a inscrição que constava na imagem.

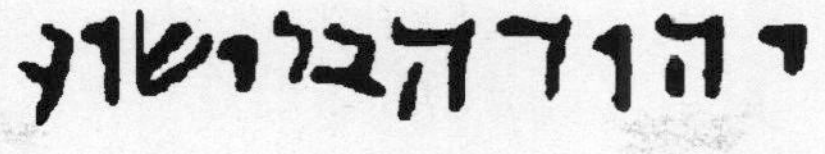

*"Judas, filho de Jesus."*

"Curioso, não é?"

"Nenhum dos evangelhos canônicos refere que Jesus tenha tido um filho", lembrou Tomás. "Nenhum."

"Os Evangelhos são peças de teologia, como muito bem sabe", contrapôs o presidente da fundação. "Não dizem tudo. Dizem apenas o que interessava aos seus autores para convencer os seguidores de Jesus a manterem a fé."

"É verdade", concordou o historiador. "O fato de não haver referências nos Evangelhos a um filho de Jesus não significa que ele não existisse. Mas também não significa que existisse. A verdade é que sobre isso nada sabemos."

"Realmente", concordou Arkan. "Finalmente, o ossário 80/502 está referenciado com o nome *Matya*, ou *Mateus*."

Exibiu a imagem que constava do dossiê.

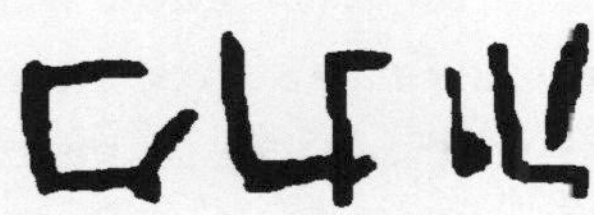

"Está insinuando que se trata do ossário do apóstolo?"

"Não estou insinuando nada", sublinhou o anfitrião. "Este nome aparece no sepulcro de Talpiot. Haveria algum Mateus na família de Jesus? Tal como no caso de um eventual filho, os Evangelhos são omissos em relação a isso. Sugiro portanto que descontemos estes dois nomes, *Judas* e *Mateus*. Onde é que isso nos deixa?"

"Deixa-nos num sepulcro repleto de nomes comuns naquela época", constatou Tomás, desvalorizando o achado. "Se tirarmos o *Judas* e o *Mateus*, ficamos com quatro ossários, dois referentes a duas *Marias*, uma delas na versão helenizada de *Mariamne*, um *José* e um

*Jesus, filho de José*. Acontece que a Palestina do século I está cheia de pessoas chamadas *Jesus*, *José* e *Maria*."

"É verdade", reconheceu o anfitrião. "Mas há um outro nome a acrescentar a esses."

"Qual?"

"Lembra-se de eu ter dito que foram encontrados dez ossários em Talpiot, mas um deles desapareceu? Uns anos mais tarde surgiu um ossário que causou sensação devido a uma inscrição em aramaico registrando *Ya'akov bar Yehosef akhui di Yeshua*." Arqueou as sobrancelhas bastas. "Sabe traduzir isto, não sabe?"

"*Jacob, filho de José, irmão de Jesus*."

"Jacob era o nome original. Com o tempo, latinizou-se no Ocidente e se transformou em Tiago."

Tomás fez um esforço de memória.

"Sei disso", disse. "Mas esse achado não foi considerado uma fraude?"

"Essa foi a acusação feita pela Autoridade das Antiguidades de Israel, mas não teve acolhimento em tribunal", disse Arkan. "Ao contrário dos ossários de Talpiot, de autenticidade inquestionável, o ossário de Tiago não possuía origem arqueológica certificada. O seu dono dizia que o ossário havia sido encontrado em Silwan, um subúrbio de Jerusalém, mas não apresentou provas. A Autoridade das Antiguidades de Israel nomeou uma equipe de quinze peritos para analisar a descoberta. Os peritos concluíram que o ossário era genuíno e que parte da inscrição, a que diz *Tiago, filho de José*, era igualmente genuína, mas a outra parte, *irmão de Jesus*, era provavelmente uma falsificação, uma vez que suspeitavam que a pátina tinha sido implantada fraudulentamente nessa parte da inscrição. O proprietário foi detido por fraude."

"Ah! Isso invalida o ossário!..."

"Calma", pediu o anfitrião, indicando que a história não tinha chegado ao fim. "Acontece que mais tarde, durante o julgamento, o proprietário confessou ter roubado o ossário do lote encontrado em Talpiot. De resto, as análises dos vestígios de *terra rossa* do ossário de Tiago eram iguais às da *terra rossa* dos ossários de Talpiot e a assinatura das pátinas também apresentava semelhanças perturbadoras. Já comparações semelhantes com ossários oriundos de outros locais fracassaram. Além disso, as dimensões do ossário de Tiago correspondiam *grosso modo* às medições feitas pelos arqueólogos ao décimo ossário de Talpiot, antes de ele ter desaparecido, embora ninguém se lembre de ter visto qualquer inscrição lá. O julgamento durou cinco anos. Após mais de cem sessões e de se escutarem umas cento e trinta testemunhas, um perito da Universidade de Tel Aviv admitiu que a pátina sobre o nome de Jesus não tinha sido falsificada e o veredicto do caso foi dado. A sentença, lida em outubro de 2010, livrou o dono do ossário de ter forjado a inscrição."

Tomás cruzou os braços e assobiou de modo apreciativo.

"E esta?", admirou-se. "Isso significa então que o décimo ossário de Talpiot era mesmo o de Tiago, filho de um José e irmão de um Jesus. Qual a popularidade do nome *Ya'akov* entre os judeus do século I?"

"Baixa", indicou Arkan com um brilho nos olhos. "Na casa de um por cento." Fechou o dossiê e o arrumou na gaveta. "Contatamos peritos em estatística e eles nos disseram que, ao contrário do que possa parecer à primeira vista, a conjunção de todos estes nomes num único sepulcro é extremamente rara."

O português esboçou uma expressão de surpresa.

"Rara como? Pois se a maior parte são nomes comuns!..."

"A raridade está em reunir estes nomes todos num único sepulcro e em eles terem relação com figuras centrais do Novo Testamento. Repare que temos aqui *Jesus, José, Maria, Mariamne* e *Tiago*. Mais ainda, *Jesus* e *Tiago* aparecem ambos explicitamente referenciados com a expressão *filho de José*, e *Tiago* aparece ainda identificado como *irmão de Jesus*, o que coincide com a informação de diversas fontes diferentes do século I, como os Evangelhos, as epístolas de Paulo e os textos de Josefo que estabelecem que Jesus de Nazaré teve um pai chamado *José*, uma mãe chamada *Maria* e um irmão chamado *Tiago*. Mais ainda, é muito raro um ossário referenciar alguém como irmão de alguém. Só se conhece mais um caso desses. O fato de o ossário de *Tiago* o identificar como *irmão de Jesus* só é possível se esse irmão,

*Jesus*, for alguém de grande notoriedade. Assim sendo, pedimos aos matemáticos especializados em análise estatística que fizessem um cálculo profissional da possibilidade de, no caso do sepulcro de Talpiot, estarmos perante os restos mortais de Jesus de Nazaré e da sua família. Tendo por base toda a população masculina de Jerusalém ao longo do século I e a taxa de incidência de cada um destes nomes no universo total de ossários, mais a relação entre eles, os matemáticos chegaram a um número a que chamaram *P factor*, ou fator de probabilidade. Um em trinta mil."

O valor não deixou Tomás impressionado.

"Uma hipótese em trinta mil de se tratar de Jesus de Nazaré? Não me parece grande coisa..."

Arkan soltou uma gargalhada e balançou a cabeça.

"Não", corrigiu-o ainda rindo. "Uma hipótese em trinta mil de *não* se tratar de Jesus de Nazaré. Ou, se preferir, vinte e nove mil novecentas e noventa e nove hipóteses em trinta mil de ser o *nosso* Jesus!"

O historiador arregalou os olhos.

"O quê?"

"O sepulcro de Talpiot *é* o sepulcro de Jesus."

O presidente da fundação falava com absoluta convicção. Sem saber que argumentos invocar para contrariar essa conclusão, Tomás cruzou o olhar com os dois policiais, que acompanhavam toda a conversa em silêncio, e compreendeu que dali não viria ajuda; aquela não era decididamente a especialidade deles.

Na verdade, interrogou-se, precisava de ajuda para quê? O sepulcro de Talpiot havia sido vistoriado por arqueólogos profissionais poucas horas depois da sua descoberta, em 1980. Nove dos seus dez ossários foram remetidos diretamente para os armazéns da Autoridade das Antiguidades de Israel e nunca saíram de lá. Isto garantia que o sepulcro não era nenhuma fraude, coisa que de resto ninguém alguma vez sequer insinuara.

A única questão em debate era determinar se o ossário com o nome de *Jesus, filho de José* e os ossários com os nomes de *José* e de *Tiago, filho de José, irmão de Jesus* e os dois referenciando *Maria* pertenciam ou não a Jesus de Nazaré e à sua família. Os matemáticos fizeram as contas dos diversos fatores envolvidos e, com elevadíssimo grau de probabilidade, haviam concluído que sim. O que ele entendia de estatística? Com que direito questionava essa conclusão dos matemáticos? De fato, se Jesus não ressuscitou fisicamente, o seu corpo teria por força de ser enterrado nas redondezas. Que a família ou os seus seguidores tivessem pagado por um sepulcro com vista para o Templo, onde acreditavam que Deus estava prestes a se instalar para estabelecer o Seu reino, era uma coisa que lhe parecia absolutamente natural. Provável até. Assim sendo, qual era a dúvida?

"O DNA", disse de repente para o seu anfitrião. "Ainda não nos explicou essa história do DNA."

"O que quer saber?"

"Tudo!", pediu. "A começar pelo essencial, claro. Onde estão essas amostras?"

"Aqui."

"Aqui, onde? Em Israel?"

Arpad Arkan indicou com as mãos o espaço ao redor.

"Aqui mesmo", insistiu. "Nesta câmara."

Os três visitantes voltaram a cabeça em todas as direções, surpresos com a revelação.

"Como?"

O espanto dos convidados arrancou um sorriso luminoso do presidente da fundação, invadido por um sentimento de alegria genuína. Arkan se voltou para o grande congelador protegido pelo emaranhado de luzes vermelhas e digitou um código no teclado num pequeno pilar ao lado da porta. Os fios de luz se desligaram de imediato, desfazendo o dispositivo de segurança exterior.

O anfitrião pôs a mão na porta do congelador e a abriu. Do interior foi exalada uma nuvem de vapor gelado que, ao se desfazer, revelou uma pequena caixa de vidro com um tubo de ensaio dentro. A fechadura da caixa continha um teclado miniatura com dez algarismos.

"Estamos no Santo dos Santos", lembrou. "Eu não tinha dito que Deus se encontrava fisicamente neste lugar? Quem é Jesus, na teologia cristã, senão Deus em carne? Se Jesus é Deus, e se temos aqui guardado o DNA de Jesus, isso significa que Deus se encontra fisicamente nesta câmara."

O presidente da fundação digitou o código e, em seguida, a caixa de vidro emitiu o característico som digital de uma fechadura eletrônica destravando.

*Bipe.*

# LXVII

*Bipe.*

A mensagem apareceu de repente na tela do localizador. Era esperada havia já algum tempo. Sicarius deteve o olhar nela durante dois longos segundos, de modo a se certificar de que tinha visto direito. Não havia dúvidas. O mestre acabara realmente de lhe dar a ordem final.

Atacar.

O assaltante inseriu no teclado a senha que o guarda havia lhe fornecido após o interrogatório sangrento. Com um suave bipe eletrônico, a fechadura se destrancou e a porta blindada que dava acesso ao Kodesh Hakodashim se abriu enfim. O ar glacial do interior da câmara atingiu o rosto de Sicarius e envolveu-lhe o corpo, colhendo-o de surpresa.

"Brrr!", tiritou. "Que gelo!"

Virou a cabeça para trás e observou, para além da porta entreaberta do armário, os escafandros pendurados em cabides. Deveria vestir um deles? Sentiu-se tentado, pensou até que seria a atitude mais prudente, dado o frio que vinha do Santo dos Santos, mas acabou por balançar a cabeça negativamente. Não, decidiu. Iria despender uns dois minutos para se enfiar no escafandro e o mestre lhe dera a ordem para atacar já. Não tinha tempo a perder. Tinha de entrar, localizar o alvo e agir. Nada mais interessava. Tinha uma missão para levar a cabo e a executaria.

A hora chegara.

Retirou a *sica* do cinto e deu um passo, uma mão empurrando a superfície glacial da porta blindada. Em pose felina, espreitou para o interior da câmara e estudou o espaço imediatamente à sua frente. Apesar de todo o equipamento sofisticado e dos armários visíveis à entrada do Santo dos Santos, não vislumbrou por ali vivalma. Tudo parecia silencioso e aquele setor da câmara estava deserto, o que o tranquilizou.

"Perfeito!", murmurou. "Ele é de fato um gênio! Pensou em tudo!"

A atuação do mestre lhe parecia engenhosa. Decerto arrastara todos para outra área da câmara, de modo a deixar-lhe a via aberta para entrar e montar a cilada. Com o espaço imediatamente depois da entrada no Kodesh Hakodashim assim deserto, Sicarius poderia penetrar na câmara sem obstáculos. Estavam desse modo reunidas todas as condições para avançar, embora sempre com cautela, assumir a melhor posição e surpreender o alvo.

Lançou um derradeiro olhar para trás, certificando-se de que deixara as coisas no seu respectivo lugar e nada esquecera. No teto, a câmera de segurança permanecia com a lente coberta de tinta negra e na parede se encontrava a caixa que comandava o sistema de segurança do Santo dos Santos, já devidamente neutralizado. A porta de acesso à antecâmara estava trancada e com uma cadeira bloqueando a fechadura. No chão jazia o corpo inerte do guarda, a garganta rasgada pela adaga sagrada, a mancha de sangue vermelho-escuro começando a secar sobre o piso. Ou seja, Sicarius deixava tudo como devia ser.

Cheio de confiança, deu dois passos e deixou a porta blindada se fechar automaticamente atrás dele.

A armadilha estava preparada.

# LXVIII

O produto dentro do tubo de ensaio parecia líquido e exibia uma cor amarelo-esbranquiçada. Manejando o tubo quase com reverência, Tomás o ergueu contra a luz de uma lâmpada e o inclinou devagar para ver como a substância no seu interior se comportava. Manteve a mesma forma, sinal de que tinha solidificado no congelador.

"O senhor diz que aqui dentro há material genético?", perguntou Tomás num murmúrio fascinado. "E é o DNA de... de Jesus?"

Os olhos subjugados de todos os presentes estavam fixos no tubo de ensaio e na estranha substância no seu interior.

"Exato."

As luzes da lâmpada atravessavam o produto congelado, cintilando numa miríade de estrelas minúsculas, como se o tubo contivesse de fato a centelha divina.

"É incrível!"

Os dois policiais estenderam as mãos, também queriam tocar no tubo de ensaio, mas Arpad Arkan se antecipou e o arrancou das mãos do historiador.

"Cuidado!", disse. "O DNA é delicado."

Ninguém conseguia desviar os olhos da substância congelada no interior do tubo; parecia que ela dominava a todos como o pêndulo de um hipnotizador.

"Como foi possível?", interrogou-se Tomás. "Como vocês conseguiram extrair DNA do ossário?"

O anfitrião levantou pela primeira vez o olhar do tubo e sorriu; aquela história era das que gostava de contar.

"Lembram-se de que eu disse que foi detectada pátina nos ossários?"

"Claro", anuiu o historiador. "A pátina é um composto químico com que os arqueólogos lidam frequentemente. Chamam-lhe *verdete* e parece que protege os metais da corrosão. E então?"

"A pátina cresce em camadas e funciona de fato como uma concha protetora. Acontece que, se se tornar suficientemente grossa, pode preservar traços de ossos e de sangue seco."

"Foi aí que encontraram o DNA?!"

O olhar de Arkan irradiava luz.

"Exato!", exclamou. "Os primeiros pesquisadores detectaram restos de tecido de mortalha nas pátinas situadas no fundo dos ossários referenciados com os nomes *Yehoshua bar Yehosef* e *Mariamn-u eta Mara*. A mortalha continha vestígios de fluidos corporais internos e lascas de ossos, as maiores das quais não excediam o tamanho de unhas. Este material foi enviado para um laboratório no Canadá especializado em DNA antigo, sem que se explicasse a sua origem para não condicionar os resultados. Os técnicos do laboratório estudaram os vestígios e os acharam muito secos e pequenos. Processaram as amostras numa câmara semelhante a esta, onde só se pode trabalhar com escafandros, e concluíram que o DNA estava muito danificado. Não se conseguiu extrair material genético do núcleo das células, pelo que os peritos se concentraram antes no DNA mitocondrial, que passa da mãe para os filhos. O laboratório canadense teve sucesso na extração deste tipo de DNA, embora o tenha encontrado muito fragmentado. Comparando vários marcadores, os técnicos detectaram diferenças significativas entre as duas amostras nas sequências A-T e G-C, ou adenina-timina e guanina-citosina, indício seguro de poliformismo."

"O que é isso?", quis saber Tomás com impaciência. "Traduza numa linguagem acessível, por favor."

"Variação genética", esclareceu Arkan. "As parelhas A-T e G-C eram diferentes."

"E então?"

"Os dois indivíduos sujeitos a análise genética não partilhavam a mesma mãe. Ou seja, não tinham relação de sangue, pelo menos por via materna. Por isso, se ocupavam o mesmo sepulcro e os seus ossários foram encontrados lado a lado, provavelmente seriam marido e mulher."

A testa do português se contraiu numa expressão de incredulidade.

"Como?", admirou-se. "O DNA mitocondrial provou que eram marido e mulher?"

"Não, a análise genética apenas provou que não tinham a mesma origem materna", esclareceu o anfitrião. "Que seriam marido e mulher é mera dedução, resultante da disposição dos ossários no sepulcro de Talpiot."

"Entendo. Mais alguma coisa?"

"Ficou determinado que o DNA mitocondrial de Jesus era coincidente com o das populações do Oriente Médio."

Os três visitantes acompanhavam embasbacados a explicação, a atenção dançando entre o tubo de ensaio e Arkan.

"*Dio mio!*", exclamou Valentina, quebrando um longo silêncio. "Michelangelo e todos os pintores se enganaram! Jesus não era loiro de olhos azuis!"

"Longe disso."

"E... e essas análises de DNA? Foram mesmo feitas?"

O presidente da fundação riu.

"Acha que estou inventando?", perguntou com uma gargalhada. "Foram executadas em 2005 no laboratório de Paleo-DNA da Universidade Lakehead, em Ontário."

Os olhos de Tomás se mantinham presos ao tubo de ensaio que se encontrava nas mãos do seu interlocutor.

"Foi lá que lhe arranjaram essa amostra?"

Arkan fitou o tubo de ensaio.

"Isto?" Girou o tubo de ensaio na mão enluvada. "Não, esta é outra história."

"Então onde arranjou essa amostra?"

O anfitrião respirou fundo, exalando uma leve nuvem de vapor que por momentos embaçou a máscara do escafandro.

"Depois das primeiras análises feitas no Canadá, a Autoridade das Antiguidades de Israel manteve os ossários encerrados no seu armazém em Bet Shemesh", explicou. "Enquanto tudo isto acontecia, eu andava ocupado com projetos relacionados com a paz no Oriente Médio. O lema da minha fundação, como sabem, é um poema de Goethe sobre a paz. Só que as coisas nesse campo não estavam correndo nada bem. O processo entre Israel e Palestina era constantemente atacado de diversas formas e a guerra alastrava pelo planeta, com os fundamentalistas islâmicos espalhando o terror por toda a parte e os americanos respondendo às cegas. Percebi que só um grande golpe de mestre permitiria desbloquear esta situação horrível. Mas o quê? Nada parecia funcionar e a esperança estava perdida. Até que um dia, eu me encontrava em casa vendo televisão, vi um documentário sobre os ossários de Talpiot."

"Foi aí que teve a ideia?"

"Não de imediato. Achei as descobertas intrigantes, claro, e na manhã seguinte, já no final de uma reunião com os meus colaboradores na fundação, a conversa derivou para o documentário. Foi então que um dos meus colaboradores, um cristão, fez uma observação que gerou um clique na minha cabeça. E por que não?, eu pensei. De modo que foi assim que nasceu a ideia."

"Que ideia?"

"Já lhe explico. O nosso primeiro passo foi tentar perceber o que poderia ser feito com os ossários. Pelo que eu tinha visto no documentário, o método de recolhimento das amostras para extração do DNA deixava muito a desejar. Nós já tínhamos em funcionamento aqui em Nazaré este Centro de Pesquisa Molecular Avançada. Na época o único edifício que existia era o Éden, montado para pesquisas na área transgênica. Queríamos desenvolver milho, trigo e outras plantas geneticamente modificadas de modo que crescessem sem precisarem de muita água. Sempre me pareceu que uma das razões para a violência no nosso mundo está relacionada com a pobreza e a fome, e a produção destes cereais transgênicos seria uma contribuição valiosa da minha fundação para alimentar as populações do Terceiro Mundo e assim contribuir para a paz entre os homens."

Arnie Grossman se impacientou.

"Desculpe, mas o que essa história da carochinha tem a ver com a descoberta de Talpiot?"

"Tudo", disse Arkan. "À frente do Departamento de Biotecnologia do centro já contávamos com o professor Peter Hammans, o cientista alemão que vocês conheceram há pouco. Perguntei-lhe se o novo projeto da fundação era viável. Ele me enumerou as dificuldades mas também me apontou caminhos para chegar às soluções. Graças aos meus contatos com o governo israelense, consegui autorização para visitar o armazém da Autoridade das Antiguidades de Israel em Bet Shemesh. Contatei o professor Alexander Schwarz, da Universidade de Amsterdã, que me foi indicado como um dos melhores arqueólogos do planeta e perito em arqueologia bíblica, e fui com ele e com o professor Hammans visitar o armazém. Chegamos lá e ficamos de boca aberta. Era um depósito gigantesco, cheio de prateleiras e com mais de mil ossários, todos eles numerados, datados e empilhados do chão até ao teto. Impressionante!"

Tomás ardia de curiosidade.

"Encontraram os ossários de Talpiot?"

"Demos com eles num canto longínquo do armazém, arrumados em três prateleiras. As condições de preservação não eram, infelizmente, as ideais, mas o professor Hammans percebeu que havia mais fragmentos de ossos conservados no interior das pátinas e isso constituiu uma excelente notícia, porque implicava que essas amostras estavam protegidas. O DNA que flutua naturalmente no ar não as contaminara. Pegamos o ossário 80/503 e o trouxemos aqui para Nazaré, prometendo devolvê-lo no prazo de uma semana."

"O 80/503 é o ossário assinalado *Jesus, filho de José...*"

"Correto. Nós o levamos para um laboratório esterilizado no Éden e começamos a extrair os fragmentos protegidos pela pátina. Estavam muito secos e, tal como tinha acontecido no laboratório canadense, a extração do DNA do núcleo das células se revelou muito difícil. Andamos meses às voltas do problema, até que tivemos um incrível golpe de sorte. Uma lasca de osso envolvida em camadas particularmente densas de pátina encerrava duas células intactas. Era um verdadeiro milagre. Com grande cuidado, conseguiu-se extrair o DNA dos núcleos dessas células. Estava fragmentado e apresentava algumas lacunas, o que foi uma grande decepção."

"Não era possível reconstituir o DNA completo."

"Esse era de fato o problema. Acontece que o professor Hammans comparou os marcadores dos dois núcleos e percebeu que as rupturas e lacunas se encontravam em pontos diferentes. O que faltava num núcleo, o outro tinha. A esperança renasceu. O professor Hammans me disse que precisávamos de tecnologia de ponta para, combinando os dois núcleos, reconstituir todo o DNA ali encerrado. Era difícil e levaria tempo, mas não era impossível. Reuni o conselho de sábios da fundação e lhes expliquei o projeto. Ele foi aprovado e decidimos usar todos os recursos ao nosso dispor para expandir a investigação no nosso Centro de Pesquisa Molecular Avançada à área animal. Construímos a Arca em tempo recorde e a dotamos do equipamento mais sofisticado que existia, com laboratórios ultramodernos. Começamos a fazer clonagem de animais simples, como salamandras e lagartos. Depois passamos aos mamíferos e a seguir aos primatas, fase em que nos encontramos neste momento."

Valentina franziu o cenho.

"Para que essas pesquisas?"

"Como já lhe expliquei, pretendemos clonar seres humanos", disse. "Será esse o passo seguinte e foi para nos ajudar a resolver algumas dificuldades técnicas que contratamos o professor Vartolomeev."

A italiana fez um gesto largo, indicando todo o equipamento em redor.

"Nesse caso, este complexo serve para clonar pessoas..."

O presidente da fundação balançou a cabeça.

"Não. Esse é apenas o passo seguinte."

"Então o que vocês estão tentando fazer? Qual é o objetivo final de todo este exercício?"

A pergunta deixou Arpad Arkan momentaneamente calado. Por trás do visor, os seus olhos pequenos, como pontos negros entre a penugem das sobrancelhas densas, saltitavam por cada um dos seus interlocutores, avaliando como iriam reagir à revelação. O anfitrião ergueu por fim o tubo de ensaio que segurava na mão, exibindo-o como se fosse um troféu desportivo, e rompeu a curta pausa.

"Vamos clonar Jesus."

# LXIX

Um zumbido.

Tudo o que se ouvia no interior do Kodesh Hakodashim era o zumbido monocórdico e ininterrupto dos frigoríficos e do ar-condicionado ligado. Sicarius se movia com extrema cautela, os sentidos despertos e atentos ao menor dos sinais, mas aquele rumor monótono dificultava a tarefa de localizar o alvo.

"Maldição!", rosnou entre os dentes. "Onde eles estão?"

O som constituía uma contrariedade que o deixava enervado, mas não havia nada a fazer e o treino lhe ensinara que tinha sempre de se adaptar às circunstâncias. Esforçando-se por dominar a irritação, Sicarius adentrou devagar na câmara, o corpo inclinado para a frente em posição de ataque, os olhos varrendo o espaço em busca de ameaças, a *sica* em punho, pronta para ser usada.

Fazia um frio incrível, o termômetro na parede registava um grau Celsius e as narinas do intruso expulsavam grossas nuvens do vapor; parecia um dragão exalando fumaça de fúria pelo nariz. Definitivamente, não viera preparado para aquelas condições polares e talvez tivesse feito muito mal em não ter vestido o escafandro. Mas já era tarde, sabia; não tinha de se preocupar com nada daquilo. Só a missão interessava.

Vozes.

Ouviu vozes à distância e quase suspirou de alívio e satisfação. Aqueles sons eram um indício seguro de que a sua presença não havia sido detectada. Além disso, identificara por fim a posição do alvo. Assim sendo, dispunha de ampla oportunidade para escolher o local da emboscada e o momento mais adequado para atacar. Poderia pedir mais?

Seguiu a direção do som da conversa e avançou por um corredor a passos lentos, o olhar disparando para a esquerda e para a direita, preocupado com se manter invisível. À medida que progredia ia ouvindo as vozes aumentando, cada vez mais próximas, até que vislumbrou o primeiro vulto. Imobilizou-se, procurando se fundir com a penumbra. Deu um passo cauteloso para o lado e se encostou a um armário cheio de ampolas e mergulhado na sombra.

Sentindo-se escondido pela escuridão, estudou o vulto com cuidado. Era um escafandro branco, cuja máscara ocultava o rosto, dificultando a identificação. Decorria por ali uma conversa e, quando o vulto virou a cabeça para dizer alguma coisa, conseguiu identificá-lo. Era o mestre. Reconfortado por confirmar visualmente a presença do seu aliado, Sicarius deu uns passos em frente e procurou uma outra posição igualmente abrigada, mas com um ângulo mais favorável para observar o que se passava ali adiante.

Do seu novo abrigo o campo de visão se alargou. Detectou outro vulto e percebeu que se tratava do historiador português. E reconheceu as outras duas figuras. Os alvos estavam enfim todos confirmados e se encontravam juntos, o que lhe facilitava a tarefa. Dialogavam animadamente uns seis metros adiante, junto a uma mesa e a um frigorífico enorme com a porta aberta, e pareciam discutir alguma coisa relacionada com uma ampola congelada que bailava entre os dedos de um deles.

Era *aquilo*.

Sicarius ficou em posição e se preparou para desferir o ataque.

# LXX

Não que a revelação fosse totalmente surpreendente para Tomás. O historiador já havia juntado as peças do quebra-cabeça e desde que tinha ouvido o professor Hammans explicar as experiências realizadas no Centro de Pesquisa Molecular Avançada que intuía os contornos do verdadeiro projeto que alimentava aquele complexo científico. Mesmo assim vacilou, chocado, quando confrontado com a formulação crua daquela ideia extraordinária.

"Clonar Jesus?", interrogou-se, atordoado sob o efeito da revelação. "Isso é uma loucura!"

Os dois policiais ao lado mal conseguiam se manter quietos, também abalados pela dimensão do que haviam escutado, mas Arpad Arkan mantinha o seu sorriso inocente, como se desfrutasse de toda a perturbação que ele próprio tinha acabado de suscitar.

"Não vejo por quê."

O historiador se voltou para Valentina e Grossman, em busca de apoio.

"É uma coisa... sei lá, incrível!" Esboçou uma careta de perplexidade, como se essa fosse a única maneira de expressar o assombro que lhe tolhia as palavras. "Jesus clonado? Onde diabos vocês querem chegar com isso?"

Uma serenidade beatífica enchia a face do anfitrião.

"Lembram-se de eu ter falado num encontro que houve na fundação depois de ver o documentário sobre os ossários de Talpiot? Na época estávamos muito desanimados com a forma rude como se desenrolavam as relações internacionais. O processo de paz israelense-árabe não atava nem desatava, a al Qaeda matava gente por todo lado, havia guerras no Iraque, no Afeganistão... eu sei lá! Foi nesse quadro depressivo que um dos meus assessores fez a tal observação que desencadeou um clique na minha mente."

"O senhor já falou nisso", observou Tomás, "mas não contou o que ele disse."

"Lembro-me como se fosse hoje. O homem afirmou que, a julgar pela forma como as coisas se encaminhavam, só Jesus seria capaz de restabelecer a harmonia no planeta. Ele estava gracejando, claro, mas..."

Deixou a frase em suspenso.

"Foi aí que teve a ideia."

"Foi aí mesmo! Ouvi aquela observação e imediatamente pensei na descoberta de Talpiot e no DNA que havia sido encontrado no ossário de Jesus!" Deu um tapa na cabeça, como se reproduzisse assim o que havia acontecido naquele instante. "Bum! As peças se encaixaram na minha mente! E se fosse possível recuperar o DNA completo de Jesus? E se fosse viável cloná-lo? E se Jesus voltasse a caminhar na Terra? O que mudaria? Seria possível a humanidade permanecer indiferente ao regresso do homem cujo pensamento mudara o mundo? Seria Jesus capaz de nos fazer viver em paz? Era uma ideia... como direi? Única. Explosiva. Grandiosa. Tratava-se de uma daquelas epifanias tão extraordinárias e inspiradoras que encerrava o potencial de, por si só, alterar o curso da história. Se Jesus havia nos mudado ao longo de apenas trinta anos de vida, seria possível que nos mudasse outra vez? Por que não tentar? O que tínhamos a perder?"

O raciocínio de Arkan se tornava transparente, e toda a atividade da sua fundação também.

"Estou compreendendo", murmurou Tomás. "Foi aí que convenceu o conselho de sábios a avançar com o projeto."

"Primeiro consultei o professor Hammans em segredo, para avaliar a viabilidade técnica da ideia. Em seguida fomos buscar o professor Schwarz, recrutado também com grande confidencialidade. Só depois de termos ido a Bet Shemesh levantar o ossário 80/503 para análise laboratorial e de termos isolado dois núcleos com os cromossomos de Jesus é que reuni o conselho de sábios e expus a ideia. A primeira reação foi de choque, como devem calcular, mas os conselheiros acabaram por me apoiar sem reservas. Nasceu assim o Projeto Yehoshua."

"Mas por que o mantiveram secreto?", quis saber o historiador. "Por que não partilharam essa descoberta com o mundo?"

"E assim atrairíamos a atenção de todos os fanáticos que andam por aí? E nos sujeitariam a atos de sabotagem da parte dos mais variados extremistas? Como reagiriam os fundamentalistas islâmicos e os judeus ortodoxos e os cristãos radicais e não sei mais quem?" Balançou vigorosamente a cabeça. "Não! Se queríamos terminar o projeto com sucesso, tínhamos de mantê-lo em segredo. Isso era essencial. E foi o que fizemos. Todo o trabalho decorreu no mais estrito sigilo, o que nos garantiu a tranquilidade necessária para alcançar progressos."

"Contrataram o professor Schwarz por ser um perito em arqueologia bíblica e o professor Vartolomeev devido às suas pesquisas na área genética", disse Tomás. "E a professora Patricia Escalona? Ela era paleógrafa. Para que precisavam dela?"

"Vocês têm de perceber que o Projeto Yehoshua era tremendamente complexo e teve de ser desenvolvido em várias vertentes", explicou Arkan. "Havia um fortíssimo componente científico. Foi para isso que se construiu a Arca e se começou a trabalhar na clonagem animal. Mas o professor Schwarz me chamou a atenção para um detalhe que não podia passar desapercebido. Vamos imaginar que conseguiríamos resolver o problema dos telômeros curtos, responsáveis pelo envelhecimento prematuro dos animais clonados, e o problema das proteínas coladas aos cromossomos, que impedia a clonagem de primatas. Vamos imaginar que fôssemos bem-sucedidos na clonagem de seres humanos saudáveis. Vamos imaginar que, uma vez ultrapassadas essas etapas todas, estivéssemos finalmente em condições de clonar Jesus." Fez uma pausa, deixando este cenário se instalar na mente dos três visitantes. "E se Jesus não fosse nenhum deus? E se a sua mensagem não fosse aquela que nós pensávamos que fosse?" Fitou Tomás com intensidade, depois Valentina e por fim Grossman. "Quem era realmente Jesus?"

O historiador assentiu enfaticamente.

"Agora tudo está claro", afirmou. "Precisavam da professora Escalona para responder a essa pergunta."

"O nome dela me foi sugerido pelo professor Schwarz, que a tinha em elevada consideração. A Universidade Hebraica de Jerusalém estava nessa altura organizando uma conferência sobre os Manuscritos do Mar Morto e convenci os organizadores a convidarem-na. O professor Schwarz marcou de propósito para os mesmos dias uma visita destinada a inspecionar outros ossários na Autoridade das Antiguidades de Israel, supostamente para um artigo da *Biblical Archaeology Review*, e arranjamos uma maneira de o Instituto Weizmann de Ciência convidar o professor Vartolomeev para uma palestra na mesma data. Aproveitando a presença simultânea dos três em Israel, chamei-os à Fundação Arkan e tivemos uma longa conversa. Os professores Schwarz e Vartolomeev já sabiam do que se tratava, claro, mas para a professora Escalona foi tudo novidade. Explicamos-lhe algumas partes do projeto e ela aceitou se juntar a nós, prometendo confidencialidade absoluta. No entanto, quando começamos a discutir quem era realmente Jesus, ela soltou uma gargalhada e disse uma coisa que... enfim, disse algo que não vou esquecer."

"O quê? O que ela disse?"

"A professora Escalona me explicou que o grupo que originalmente seguia Jesus, os nazarenos, não era mais do que uma das várias seitas do judaísmo. O que pelo visto os distinguiu das outras seitas judaicas foi um dos seus líderes, Paulo, ter decidido estender a mensagem aos gentios. Ao contrário da maior parte dos judeus, os gentios aceitaram que Jesus era o *mashia* das Escrituras e se mostraram dispostos a aderir ao movimento, desde que não tivessem de respeitar um conjunto de preceitos judaicos, como não trabalharem ao sábado, não ingerirem alimentos considerados impuros e, sobretudo, ser circuncidados. A professora Escalona sublinhou que estas práticas eram respeitadas e pregadas pelo próprio Jesus. Mas ele tinha morrido e os nazarenos não estavam conseguindo convencer os demais judeus de que o seu líder crucificado pelos romanos era o *mashia*. O que fazer? Paulo veio a Jerusalém por volta do ano 50 e convenceu Pedro e Tiago, o irmão de Jesus, a serem flexíveis. Depois de muito debaterem o problema, ficou acordado que os gentios que aderissem ao movimento estavam isentos das obrigações referentes ao sábado, à comida impura e à circuncisão. Removidos estes obstáculos, a mensagem dos nazarenos se espalhou pelo Império Romano. Foi tão bem-sucedida que, em algumas décadas, havia mais gentios seguindo Jesus do que judeus. Os nazarenos judeus se tornaram assim minoritários e, sobretudo após a destruição do segundo Templo, no ano 70, perderam poder e passaram a constituir uma mera seita dentro do movimento cristão."

"Eram os ebionitas", disse Tomás, que conhecia bem aquela história. "O seu nome vem de *ebionim*, palavra hebraica que significa *pobres*."

"Precisamente! A professora Escalona me explicou que os cristãos de origem e costumes judaicos passaram a ser designados ebionitas. Parece que defendiam que Jesus era um homem de carne e osso, nascido de uma relação sexual normal e que Deus o escolhera por ser muito pio e conhecedor da lei. Além de Jesus, os ebionitas reverenciavam o irmão dele, Tiago, e consideravam que Paulo não passava de um apóstata que adulterara os ensinamentos originais. Por fim, aconteceu aos ebionitas uma coisa incrível. Embora fossem herdeiros dos fundadores do movimento e aparentemente portadores da verdadeira mensagem de Jesus, viram-se declarados hereges e marginalizados, acabando por desaparecer dos anais da história!"

"Sim, mas o que lhe disse a professora Escalona de especial? Que comentário foi esse que o senhor nunca mais esqueceu?"

Arkan sorriu.

"Ela me disse que, se Jesus voltasse à Terra, a Igreja o declararia herege!"

"*Madonna!*", protestou de imediato Valentina. "Como pode afirmar uma coisa dessas? Jesus, herege? Pelo amor de Deus!"

"Estou apenas citando as palavras da professora Escalona", lembrou o presidente da fundação. "Se Jesus voltasse à Terra, a Igreja o declararia herege. Foram exatamente essas as suas palavras. Ela defendia que a atual mensagem cristã era muito diferente da mensagem original de Jesus. O tom apocalíptico se perdeu e o contexto judaico também. Mas isso não era necessariamente ruim, argumentou ela nessa ocasião. A professora Escalona chamou por exemplo a atenção para o fato de Jesus ser até um judeu ultraortodoxo que nem sequer aceitava o divórcio e dizia que uma mulher divorciada que casasse outra vez estaria cometendo adultério. Ora, a lei judaica previa o apedrejamento dos adúlteros, punição que Jesus jamais reprovou. Claro que lhe lembrei logo o episódio da adúltera, em que Jesus disse que atirasse a primeira pedra quem nunca tivesse pecado."

"O problema é que esse episódio é uma fraude", recordou Tomás. "Não consta dos textos originais do Novo Testamento. É um acréscimo posterior."

"Foi justamente o que ela me revelou. Ou seja, a mensagem de Jesus era estritamente judaica, para o bem e para o mal. Claro que o apedrejamento para punir o adultério foi considerado pelos gentios incrivelmente bárbaro. Como era possível que Jesus não o tivesse invalidado? Daí que um escriba tenha inventado esse episódio da adúltera, pondo o Messias a anular o apedrejamento. A professora Escalona disse também que a mensagem universalista não era de Jesus, um judeu que se dirigia especificamente a judeus, mas da Igreja. E mesmo o amor, que está agora no centro do ensinamento cristão, só aparece uma vez no primeiro evangelho. Ou seja, o cristianismo se tornou em certos aspectos mais brando que a religião pregada pelo próprio Jesus, o que ela considerava positivo." Suspirou. "Contudo, para os efeitos do nosso projeto, o importante é que ficamos com um problema complicado nas mãos, não é verdade?"

O historiador soltou uma gargalhada.

"Estou vendo a sua dificuldade", observou. "E se o Jesus clonado saísse um radical ortodoxo?"

A risada deixou Arkan escandalizado.

"Está rindo?", questionou. "Ouça, o problema era muito sério! Nós queríamos clonar Jesus para trazer a paz ao mundo. A intenção era a melhor possível. E o que tínhamos ali? Uma historiadora nos dizendo que o tiro podia sair pela culatra! O homem que pretendíamos clonar raciocinava de uma maneira diferente daquela que julgávamos! Jesus era um profeta apocalíptico que achava que o mundo ia acabar a qualquer instante! Jesus tinha uma visão ultraortodoxa do judaísmo, afirmando até que não viera para anular as Escrituras, mas para as aplicar com ainda maior rigor do que os próprios fariseus! Jesus chegava a discriminar os gentios!"

"Queria ver a sua cara!", disse Tomás. "Como é que reagiram a tudo isso que a Patricia revelou?"

"Ficamos em estado de choque, como deve calcular! Imagine a nossa surpresa! Nem queríamos acreditar no que estávamos ouvindo!" Abriu as mãos, imitando a sua própria reação. "E agora? O que vamos fazer? Como resolvemos este problema?" Retomou a postura normal. "Foi então que o professor Schwarz nos chamou a atenção para o fato de Jesus ser um produto da cultura judaica que impregnava a sociedade onde nasceu e cresceu. Se o homem que nós queríamos clonar fosse educado num ambiente diferente, isso iria decerto moldá-lo de outra maneira. No fim de contas, somos quem somos devido aos nossos genes mas também às circunstâncias que nos rodeiam."

"Muito verdadeiro."

"Portanto, o Projeto Yehoshua se mantinha válido. Tínhamos, no entanto, de ser cautelosos com a forma como iríamos educar o clone. Precisávamos estabelecer uma estratégia educativa que se adequasse à sua personalidade. Mas que personalidade seria essa? Será que podíamos determiná-la previamente com um mínimo de rigor? A professora Escalona, que era uma das paleógrafas mais qualificadas do mundo, nos disse que talvez isso fosse possível. Segundo ela, o Novo Testamento contém informação relevante e crível sobre o Jesus histórico, desde que os textos sejam submetidos a um juízo crítico impiedoso. O que tínhamos a fazer era identificar os manuscritos mais antigos para extrair deles a informação mais próxima dos acontecimentos, de modo a obter um retrato fiel de Jesus." Calou-se momentaneamente para fitar os seus três interlocutores. "Estão entendendo?"

Tomás balançou afirmativamente a cabeça, os olhos desfocados no momento em que compreendeu tudo.

"Vocês decidiram proceder a um levantamento de todos esses manuscritos e da informação mais autêntica que era possível extrair deles", concluiu. "E era justamente isso o que a Patricia estava fazendo na Biblioteca Vaticana e o professor Schwarz na Chester Beatty Library."

Arpad Arkan respirou fundo, como se enunciar aquela missão bastasse para lhe tirar de cima um fardo.

"É isso mesmo!", exclamou. "Mas as coisas começaram a correr terrivelmente mal. A professora Escalona foi assassinada em Roma e o professor Schwarz em Dublin. Quando me deram a notícia, logo pela manhã, devo ter envelhecido dez anos em apenas um minuto. E no dia seguinte veio a informação relativa à morte do professor Vartolomeev em Plovdiv. Foi como se o céu desabasse em cima da minha cabeça! O que estava acontecendo? Os membros da equipe do Projeto Yehoshua estavam sendo degolados!? Mas por quem? E por quê? Entramos em pânico na fundação. O projeto estava sob violentíssimo ataque e nós não tínhamos como saber quem o conduzia e quais as suas motivações. Era evidente que a informação sobre o que estávamos fazendo já tinha vazado e caído nas piores mãos possíveis. Mas nunca nos passou pela cabeça que as coisas chegassem a esse ponto. Estávamos mergulhando no abismo."

O historiador mudou de pé de apoio.

"Por que não contou de imediato tudo à polícia?"

"Reuni o conselho de sábios da fundação e ponderamos essa hipótese", admitiu o anfitrião. "Acabamos por rejeitá-la porque achamos que isso iria destruir definitivamente o projeto. A Fundação

Arkan é uma organização que tem a paz como lema e que se esforça por promover ações que ponham fim ao belicismo no nosso planeta. O Projeto Yehoshua é uma pedra central nessa missão. Ao trazer Jesus de volta à Terra, iremos prestar o melhor e mais inestimável dos serviços à humanidade. Se contatássemos a polícia para dar essas informações, o projeto deixaria de ser secreto e a missão ficaria irreversivelmente comprometida. Residia aí o cerne do nosso dilema. Deveríamos cooperar com a polícia e arruinar o projeto ou nos manter silenciosos e tentar salvar um projeto que pode ser crucial para a paz no planeta? O que era mais importante? Qual o nosso dever prioritário?"

"Estou vendo o conflito", observou Tomás. "Não se tratava realmente de uma posição fácil..."

"Nada fácil!", sublinhou Arkan. "Depois de uma grande discussão, concluímos que a paz no mundo estava acima de tudo e por isso escolhemos manter o projeto em segredo." Apontou para o português e para a italiana. "Daí que, quando há alguns dias vocês me apareceram lá na fundação, eu tenha optado por me manter calado a propósito de tudo isto. Mas o fato é que este caso me deixou com os nervos à flor da pele e... enfim, receio ter me exaltado um pouco durante a nossa conversa. Espero que me desculpem."

O historiador trocou um sorriso cúmplice com a inspetora da Policia Giudiziaria.

"Oh, não há problema."

O olhar de Arkan se desviou para o tubo de ensaio que mantinha entre os dedos.

"Claro que agora há uma outra questão que..."

As palavras do anfitrião foram nesse momento interrompidas por um grito estranho, arrancado com uma mistura sinistra de selvageria e loucura. Os quatro se viraram e viram um homem de preto aparecer com um objeto cintilante numa das mãos.

E a morte no olhar.

# LXXI

Embora parecesse uma auréola fantasmagórica de luz tremeluzindo no ar, a lâmina cortou o espaço com a precisão de uma bala e se cravou com um ruído seco no braço de Arkan. O presidente da fundação largou de imediato o tubo de ensaio e soltou um urro de dor e de terror.

Em seguida, o corpo de Sicarius, que vinha voando empunhando a adaga, abateu-se com todo o seu peso sobre a vítima. Desequilibrado pela dor no braço e pelo impacto inesperado, Arkan desabou desamparado sobre o frigorífico aberto e bateu com a cabeça no gelo, perdendo a consciência.

O tubo de ensaio tombou no solo e, devido à sua estrutura cilíndrica, começou a rolar pelo chão. Percebendo que o objeto escapava, o agressor hesitou uma fracção de segundo quanto ao que fazer a seguir. O seu primeiro instinto foi apanhar o tubo de ensaio, a prioridade da missão, mas travou o movimento. Antes teria de neutralizar as ameaças restantes.

A hesitação, porém, foi tudo aquilo de que Tomás precisou para se recuperar da surpresa e reagir. O português reconheceu os movimentos do agressor; era com certeza o homem que lhe fizera a emboscada no seu quarto de hotel e quase o havia degolado. Na ocasião percebera a grande destreza e força física do agressor, por isso não tinha dúvidas de que ele seria capaz de matar os quatro em menos de dois minutos. A sua única chance era tirar proveito do desequilíbrio momentâneo do desconhecido e não lhe dar tempo para se recuperar.

Sem perder um instante que fosse, e consciente de que a vulnerabilidade do agressor era passageira, o historiador aproveitou o fato de Sicarius se encontrar de quatro sobre o corpo inerte de Arkan para lhe desferir um violento chute no rosto com o bico do sapato.

"Assassino!"

Atingido pelo impacto brutal do chute, o agressor deu uma cabeçada para trás e rolou pelo chão. O golpe seria suficiente para deixar qualquer um fora de combate por alguns minutos, mas não aquele homem. O desconhecido ficou de pé num salto e apalpou o rosto dolorido. O nariz estava torto, decerto quebrado, e jorrava-lhe sangue abundante pela narina esquerda. Tocou na ferida, sentiu uma dor lancinante e olhou para o líquido vermelho-vivo que lhe molhava a ponta dos dedos. Lançou de imediato um olhar de morte ao homem que o chutara, como se a partir desse instante aquilo já não fosse uma mera missão, mas uma questão pessoal.

"Vai pagar caro!..."

Tomás percebeu que tinha perdido quase toda a vantagem. Havia atingido o atacante com o máximo de força de que era capaz e não o pusera fora de combate. Ele ficara combalido, certamente, mas já estava de pé e, de nariz torcido e ensanguentado, fitava-o com um ódio indisfarçável. Não havia dúvidas de que, mesmo ferido daquela maneira no rosto, a sua capacidade de combate era infinitamente superior à de qualquer outra pessoa naquela câmara.

Havia, porém, um pequeno trunfo que talvez permanecesse do lado do português. Tratava-se do tubo de ensaio que rolara pelo chão. Até que ponto o DNA de Jesus era precioso para o agressor? Com um movimento rápido, Tomás se abaixou e apanhou o objeto congelado. Quando se ergueu, viu o agressor dar um passo na sua direção, uma expressão letal estampada no rosto.

Talvez pegar o tubo de ensaio não tivesse sido uma ideia tão boa como inicialmente considerara, raciocinou. O homem parecia valorizar o conteúdo do invólucro acima de tudo; afinal fora Arkan, que antes o segurava, o primeiro a ser atacado. Se até àquele momento Tomás não tinha passado de um mero obstáculo, com o chute que desferira e o tubo de ensaio que pegara se tornara definitivamente o alvo a ser batido.

O historiador sentiu a indecisão atrapalhar os dois policiais perante os acontecimentos inesperados que se sucediam a uma velocidade estonteante, mas sabia que não havia tempo a perder. Grossman e Valentina não tinham visto o agressor em ação e não podiam perceber quão perigoso ele era. Tomás, porém, já experimentara na pele um ataque daquele homem e tinha a perfeita noção do perigo que todos corriam. Ao pegar o tubo de ensaio congelado se tornara ele próprio inadvertidamente o cordeiro sacrificial.

Que o fosse, pensou; o importante era que Valentina se salvasse!

"Me dê o tubo de ensaio!", ordenou a italiana, estendendo-lhe a mão. "Agora!"

Isso estava fora de questão, raciocinou o português. Entregar o tubo a Valentina era fazer dela o principal alvo do agressor. Isso Tomás não podia permitir de modo algum. A italiana não teria chance alguma se o assaltante virasse para ela a sua atenção.

Sabendo que não dispunha de capacidade física ou treino militar que lhe permitisse enfrentar a verdadeira máquina de combate que dava agora o segundo passo na sua direção, voltou-se e começou a correr, o tubo de ensaio bem seguro na mão esquerda. Sentiu a confusão atrás dele e escutou passos e uma respiração ofegante. Não precisava virar a cabeça para saber que o desconhecido vinha no seu encalço.

*"Stop!"*

O grito gutural do homem apenas serviu para assustar ainda mais Tomás. O historiador disparou pelo corredor formado pela maquinaria e por outros frigoríficos, todos eles decerto preservando diferentes tubos de ensaio com material genético de grande raridade. Não era fácil correr com o corpo envolto num escafandro, dois cilindros de respiração às costas e a visão limitada por um visor. Mas a adrenalina o ajudou, dando-lhe forças adicionais. Ao chegar ao final do primeiro trecho, guinou bruscamente para a esquerda e depois para a direita, e avançou por um corredor paralelo.

Virou a cabeça de lado, num esforço para localizar o seu perseguidor através da visão periférica que o visor lhe permitia, mas não o avistou. Sentiu naquele instante, sem que o tivesse planejado, que estava diante da oportunidade de que precisava. Tinha de a aproveitar.

Com um movimento rápido, estacou junto a uma prateleira com material de laboratório e suspendeu o tubo de ensaio com o DNA de Jesus numa pequena estrutura metálica de onde pendiam outros recipientes semelhantes. Que melhor local poderia existir para esconder a amostra congelada que inoportunamente apanhara do chão?

Sem perder mais tempo, retomou a corrida pelo corredor. A esta altura já começara a perceber que precisava de um plano. Correr não seria suficiente; chegaria um momento, mais cedo ou mais tarde, em que o seu perseguidor o apanharia. O que fazer? O ideal seria sair dali, era evidente. Mas como? A câmara estava bloqueada pela porta blindada e para escapar precisava destravá-la.

Era verdade que, naquele grupo, apenas Arpad Arkan conhecia a senha que destrancaria a porta, mas Tomás acreditava que já adivinhara o segredo. Assim, tudo se resumia a chegar ao local e ter tempo suficiente para pôr a senha e abrir a porta. Depois fugiria e iria deixá-la aberta, permitindo assim a passagem do assaltante no seu encalço. Era a melhor forma de se assegurar de que ele não atacaria os seus três companheiros. Não que o português estivesse particularmente preocupado com Arkan ou Grossman; era Valentina que o enchia de cuidados.

Ao chegar ao fundo do corredor dobrou para a direita. Já dispunha de um plano; cabia-lhe agora executá-lo. Não seria fácil, mas não era impossível. Primeiro precisava alcançar a porta blindada e tinha ideia de que a entrada se situava bem longe na direção para onde corria. Conseguiria chegar lá?

Nesse instante percebeu que perdera o rastro do seu perseguidor e ficou na incerteza, incapaz de determinar se isso era bom ou ruim. Seria bom se significasse que o conseguira ludibriar, mas foi assaltado pela dúvida. Era verdade que escapara graças à sua admirável velocidade de reação. Porém, estava consciente de que não tinha se movimentado assim tão rápido. Como se explicava então o súbito desaparecimento do agressor?

Um vulto se materializou de repente diante dele, cortando-lhe o caminho e lhe respondendo a pergunta.

"Sentiu saudades?"

Era o assaltante, com a sua voz rouca, quase raspada. A última vez que a escutara fora no quarto do American Colony, o hotel em Jerusalém, soprada num murmúrio sinistro pelos lábios que então lhe colara ao ouvido num abraço de morte. Desta vez as palavras já não eram murmuradas, mas disparadas com a arrogância e a altivez de um caçador, a voz sempre com um timbre tenebroso.

Tentou travar a corrida e voltar para trás, mas patinou no chão escorregadio da câmara como numa pista de gelo e caiu no piso frio. Viu o desconhecido saltar para cima dele e foi nesse instante que soube que estava perdido.

# LXXII

O desconhecido caiu-lhe em cima e desferiu um potente soco no abdômen, que, apesar de amortecido pelo escafandro, apanhou Tomás em cheio no fígado e o deixou dobrado no chão, em posição fetal, quase sem ar e se contorcendo de dores.

"Este foi para parar você", rosnou o assaltante. "E este agora é o troco pelo chute de há pouco."

O historiador sentiu o escafandro ser sacudido com violência e o visor se abrir de repente, expondo-o ao ambiente exterior. Uma lufada de ar muito frio envolveu-lhe o rosto, seguida por uma pancada brutal que o fez bater com a nuca nos pés de uma estrutura de armazenagem de galões de plástico.

"Ai!"

Sentiu uma dor nascer entre a maçã do rosto esquerda e o olho e tomou consciência de que levara um chute no rosto. Dobrou-se instintivamente, recolhendo-se de novo na posição fetal e cobrindo a cabeça com os braços, à espera de novos chutes. Em vez disso, uma dor no couro cabeludo, como se estivessem arrancando seus cabelos pela raiz, forçou-o a levantar a cabeça da concha protetora que o corpo formara. Viu o rosto do assaltante perto dele e percebeu que o homem o puxava pelos cabelos.

"Espero que tenha apreciado a retribuição", sorriu Sicarius sem humor, o nariz de lado e ensanguentado. "Lá dizem as Escrituras em Levítico, capítulo 24, versículo 20: 'Fratura por fratura, olho por olho, dente por dente; conforme ele tiver feito a outro, assim se lhe fará.'" O sorriso se transformou numa expressão ameaçadora. "Onde está o tubo de ensaio?"

Tomás balançou a cabeça.

"Não sei."

O agressor o esmurrou sem aviso prévio na maçã do rosto esquerda, exatamente o lugar onde o chute de vingança o atingira momentos antes.

"Fale!"

Literalmente vendo estrelas, o português sentiu o impacto doloroso do soco sobre a parte esfacelada do rosto e soltou um longo grito de dor. Teria fraturado o rosto? A dor era tão grande e intensa que só podia pensar que sim.

"O tubo de ensaio?", voltou a perguntar Sicarius, erguendo de novo o punho para preparar mais um soco no mesmo local. "Onde está?"

O primeiro soco fora tão doloroso que estava fora de questão manter a recusa de responder. Tomás indicou com um ligeiro movimento de cabeça o corredor de onde viera.

"Lá atrás", murmurou, ofegante e com muita dor. "Escondi lá atrás."

O agressor fixou os olhos no fundo do corredor.

"Infeliz esperto", murmurou. Segurou a sua vítima pelo tecido do escafandro e a forçou a ficar de pé. "Levanta! Leve-me até lá e me mostre onde o escondeu!"

Segurando Tomás pela parte de trás do escafandro, de modo a garantir que ele não fugiria, Sicarius o empurrou ao longo do corredor pelo caminho de volta. O historiador cambaleou sob o efeito do chute e do soco que o haviam atingido na face, mas conseguiu se manter de pé e, embora aos tropeções, começou a andar.

Tentou ver o percurso diante dele, mas percebeu que apenas o olho direito funcionava normalmente. Fechou-o por momentos, para determinar a capacidade de visão com o esquerdo. Apenas enxergou uma mancha indistinta e constatou que esse olho mal se abria. Com certeza estava inchado, mas um receio maior escureceu-lhe o espírito. Ele o teria perdido? Era difícil saber, mas o fato é que as pancadas haviam sido muito violentas. Lembrou-se das palavras do agressor, que citara as Escrituras. Os versículos de Levítico falavam em "olho por olho, dente por dente"; naquele caso havia sido nariz por olho.

"Mais depressa!", ordenou Sicarius, empurrando-o. "Onde está o tubo de ensaio?"

Tomás precisava de um novo plano, e depressa. Mas o que poderia fazer? Como poderia improvisar uma fuga naquelas condições, cego do olho esquerdo e prisioneiro de um guerreiro implacável? Haveria alguma maneira de contornar a situação? Se ao menos tivesse uma arma! Mas não. Apenas dispunha das mãos e elas eram o menor dos receios do seu agressor. Não havia soco que pudesse lhe dar que o pusesse a nocaute. Tomás o sabia e o assaltante também. Talvez conseguisse desferir um soco de surpresa, mas depois se sujeitaria à retaliação.

Enquanto considerava as alternativas e tentava desesperadamente conceber um novo plano, chegaram ao local onde o historiador havia escondido a amostra congelada. Ali estava, sobre uma prateleira, a estrutura metálica com os diversos tubos de ensaio. Um deles era o que continha o DNA de Jesus. Deveria parar e lhe entregar a amostra? Ou seria melhor continuar? Mas o que ganharia com isso quando o seu agressor se desse conta de que estava sendo feito de bobo? O hematoma no rosto e o inchaço no olho esquerdo aguentariam mais alguma pancada?

"É aqui", anunciou com voz baixa, em rendição. Apontou a estrutura metálica com os tubos de ensaio e suspirou, claramente derrotado. "É um destes."

A atenção de Sicarius se desviou para a fileira de tubos de ensaio pendurados na estrutura.

"Qual deles?"

Tomás se voltou, aparentemente para indicar a amostra correta, mas de repente desferiu um soco com a mão direita em cheio no nariz do assaltante. Em circunstâncias normais levaria de imediato com a resposta, provavelmente mortífera. Mas aquelas circunstâncias não eram normais, e o português o sabia bem. É que o nariz de Sicarius estava partido, o que o tornava especialmente sensível ao mais leve toque, quanto mais a um soco.

E que soco! Por baixo da luva do escafandro, a mão direita de Tomás estava envolta em ataduras. Tinham sido colocadas no hospital de Jerusalém para proteger a palma da mão da ferida feita quando agarrara a adaga do assaltante durante a agressão no quarto do hotel. Com as ataduras envolvendo a mão, o punho do historiador se tornou especialmente duro e perigoso; era como se tivesse um soco-inglês escondido na luva.

O impacto do punho endurecido pelas ataduras revelou-se, por isso, brutal, sobretudo considerando que o soco atingira o nariz partido. Sicarius caiu para trás, estendeu-se no chão, as mãos agarradas ao rosto ferido, o corpo se contraindo de dor.

"Aaaaah!", gritou. Fez um esforço hercúleo e, apesar do sofrimento, voltou a se erguer, embora com equilíbrio instável e os olhos cerrados. "Vou matar você, cão!"

A ideia de Tomás era deixar o seu agressor estendido e fugir dali, mas o homem revelava uma resistência espantosa e já se pusera de pé. Dentro de alguns instantes teria a dor sob controle e, quando isso acontecesse, não haveria modo de impedi-lo. O historiador sabia que estava perdido. Era uma questão de segundos.

Sentiu-se tentado a correr dali para fora, mas instintivamente percebeu que a fuga apenas adiaria o inevitável. Quando se recuperasse, o assaltante iria no seu encalço e dessa vez nada o deteria. A situação tinha de ser resolvida nesse momento, enquanto o homem permanecia atordoado pela dor. Não haveria uma nova oportunidade.

O português pegou um tubo de ensaio vazio e, com um tapa desferido pela mão protegida pelas ataduras, partiu-o em duas partes. Pegou o tubo e contemplou-lhe as bordas estilhaçadas de vidro.

Tornara-se uma verdadeira lâmina. Sem perder tempo, e consciente de que naquele momento jogava a própria vida numa derradeira cartada, voltou-se para o agressor e, com toda a força, espetou-lhe o tubo de ensaio estilhaçado na garganta.

Os jatos de sangue jorraram em golfadas do pescoço de Sicarius. A garganta do assaltante emitiu um som ensopado, como se os canais de respiração fossem invadidos pelo líquido vermelho. O homem voltou a cair, contorcendo-se num esforço desesperado para respirar, dando chutes desencontrados nos móveis que emparedavam o corredor. Ao fim de alguns segundos os estertores se tornaram espaçados e, após um derradeiro espasmo das pernas, o sangue deixou de esguichar para o chão e o corpo ficou imóvel.

Tomás se deixou cair de joelhos, exausto devido ao esforço. Acabara de matar um homem. Era a primeira vez que o fazia e se virou introspectivamente para si próprio, tentando perceber o que sentia. Nada. Matara um homem e não sentia nada. Era estranho, mas o que fizera não o incomodava. Talvez fosse por causa do cansaço e das dores no rosto esmurrado e na mão direita que esmurrara. Ou talvez fosse por saber que acabava de vingar a sua amiga Patricia Escalona, degolada como um cordeiro sacrificial por aquele assassino. Ou talvez, por que não?, o que sentia era alívio por ter matado o agressor porque isso significava que ele já não poderia fazer mal a Valentina.

Acima de tudo, a morte do assassino queria dizer que o maldito pesadelo terminara por fim.

"Professor Noronha?"

A voz do inspetor-chefe Grossman parecia vir do fundo de um túnel. Tomás permanecia ajoelhado diante do cadáver de Sicarius, o coração batendo com força e a respiração ainda ofegante, libertada a espaços com nuvens de vapor, como um cavalo arquejante após a corrida. Sentiu o próprio corpo e verificou que recuperara um pouco as forças. Depois se concentrou nas palavras que acabara de ouvir. A voz do policial israelense viera das suas costas. Depois de respirar fundo mais uma vez, o historiador se pôs a custo de pé.

"Está tudo bem", disse. "Ele já não nos fará mal."

"Onde está o tubo de ensaio?"

O historiador se voltou devagar para trás e viu o corpo de Grossman recortado pela luz ao fundo do corredor. A mão segurava um objeto com um cano curto. Como só tinha o olho direito funcionando, levou alguns instantes a perceber que se tratava da pistola que o policial trouxera para o interior do complexo.

"É um pouco tarde para usar a arma, não acha?", perguntou com sarcasmo. "O assassino já morreu." Arfou, numa tentativa de normalizar a respiração. "Isso teria funcionado há pouco!..."

Ao fundo do corredor, Grossman puxou uma outra figura para junto dele e colou-lhe a ponta do cano da pistola à cabeça. Tomás pestanejou com o olho direito, tentando se certificar de que estava vendo bem. O policial israelense tinha a arma apontada para a cabeça de uma figura de escafandro que, naquelas condições, era difícil reconhecer.

"O tubo de ensaio?", voltou a perguntar Grossman. "Vai me dar por bem ou só por cima de mais este cadáver?"

Pelo tom ameaçador da voz, o historiador percebeu que o inspetor-chefe não brincava. Tinha a pistola voltada para uma pessoa e ameaçava matá-la se não lhe fosse entregue o que queria. Ver através de apenas um olho numa atmosfera tão fria e com metade da face ardendo de dor era uma tarefa difícil, mas Tomás se esforçou por divisar o rosto do alvo de Grossman que o visor do escafandro escondia.

"Faça o que ele diz", implorou a figura ameaçada. "Por favor! Senão ele me mata!"

Ao escutar aquela voz, o acadêmico português reconheceu finalmente a pessoa que o israelense ameaçava e sentiu nesse momento o coração se apertar de medo e angústia.

Era Valentina.

# LXXIII

Uma estranha mistura de desânimo, fúria e desespero se apossou de Tomás no momento em que tomou consciência de que Arnie Grossman ameaçava Valentina de morte, uma pistola apontada para a cabeça, os corpos das duas figuras recortados como sombras espectrais diante da luz que banhava o fundo do corredor.

"O que diabos está fazendo?", perguntou o historiador, tentando impor alguma ordem racional naquele caos. "Baixe essa arma!"

O inspetor-chefe da polícia israelense balançou a cabeça.

"Primeiro me dê o tubo de ensaio!"

O português tinha passado um mau bocado com o agressor de preto e pensara que a morte do homem tinha posto fim ao pesadelo. O que via diante dele, todavia, mostrava-lhe que o pior talvez ainda estivesse por vir. Uma coisa era enfrentar e matar um desconhecido, outra era ser traído por alguém em quem confiara.

O que deveria fazer? A situação com que se confrontava era inesperada. O que acontecia lhe mostrava que o seu quadro de referências estava errado. Grossman não era um aliado, mas um inimigo, e ele precisava avaliar o seu novo antagonista. Tinha de obrigá-lo a falar, percebeu; só assim poderia obter alguma informação que o ajudasse a enxergar o melhor caminho para sair daquela situação.

"Como sei que, se eu lhe der o tubo de ensaio, o senhor não a mata de qualquer forma?"

Grossman empurrou a pistola contra a cabeça da italiana, reforçando a ameaça sobre ela.

"Não se meta em joguinhos comigo", avisou. "Tenho o dedo impaciente para descarregar este gatilho!..."

Tomás se virou para contemplar o corpo vestido de preto estendido atrás dele e depois voltou-se novamente para o policial; dadas as circunstâncias, o seu raciocínio não era dos mais rápidos, mas se tornara evidente que havia uma ligação entre aqueles dois.

"O senhor também é um *sicarius*?"

O israelense riu.

"Você sempre foi muito perspicaz", observou. "O seu azar é que isso já não vai ajudá-lo." O seu rosto endureceu de novo. "O tubo de ensaio?"

O olho inchado começou a doer com mais intensidade e o historiador esboçou uma expressão de sofrimento e acariciou a ferida, como se assim conseguisse aplacar a dor.

"Por quê?", perguntou. "Por que tudo isto? Por que matar a professora Escalona e os outros dois? Por que atacar a mim e a Valentina? O que está havendo? O que vocês querem?"

"Queremos a nossa história", replicou Grossman num tom subitamente irritado. "Queremos a nossa cultura! Queremos a nossa dignidade! Queremos a nossa terra sagrada!"

Tomás fez uma careta de incompreensão.

"Mas alguém aqui questionou isso?"

"Todos os dias! Vocês, os cristãos, apoderaram-se das nossas Escrituras, apoderaram-se do nosso passado, e agora querem se apoderar do nosso futuro. Isso nunca permitiremos. Os *sicarii* se organizaram no século I para enfrentar a ameaça romana. Uma nova ameaça paira sobre Israel, mas nunca nos entregaremos sem lutar!"

"Está falando de quê? Que ameaça representavam as vítimas dos seus ataques? Que ameaça eu represento? Que conversa é essa?"

O policial israelense fez um gesto indicando o espaço ao redor.

"Todo este projeto é uma ameaça!", exclamou. "Se ele for para a frente, é uma ofensa aos judeus e uma ameaça à sobrevivência de Israel. O nosso governo se recusa a ver isso, mas nós, os *sicarii*, tal como os nossos antepassados há dois mil anos, não deixaremos que se usurpe esta terra que Deus nos deu!"

Tomás sacudiu a cabeça, como se nada do que escutava fizesse o menor sentido.

"Como é que um projeto para clonar Jesus é uma ameaça a Israel? Desculpe, mas não entendo!..."

"Vocês, os cristãos, têm de perceber uma coisa", disse Grossman. "Deus escolheu os judeus e fez conosco uma aliança sagrada. Há dois mil anos apareceu um rabino judeu chamado Yehoshua, ou Jesus, que defendia o respeito escrupuloso das Escrituras e da vontade soberana de Deus. O que fizeram os seus seguidores com os ensinamentos dele? Deturparam-nos! Puseram-no decretando a anulação das Escrituras, coisa que em vida Jesus jamais fez nem autorizaria. Chegaram ao cúmulo de transformá-lo num deus, adorando-o como a um ídolo pagão e violando da forma mais desavergonhada o Shema, a declaração de que só há um Deus, o mesmo Deus que o próprio Jesus considerava único e que vocês transformaram numa trindade. Como se esse ultraje não bastasse, os cristãos se apoderaram das nossas Escrituras e usurparam as nossas tradições. E o que querem fazer agora com este projeto louco? Querem repetir tudo! Querem recriar Jesus e educá-lo de maneira que ele apenas diga e faça o que vocês consideram ser correto. Mas o que está correto não é o que vocês pensam, é o que Deus determinou e mandou escrever nas Escrituras, as mesmas Escrituras que Jesus respeitava até a última letra! Com a palhaçada deste projeto, pretendem apagar da memória o fato de que Jesus era judeu e apenas judeu, e planejam fazer dele o cristão que ele não era. Este projeto não passa de uma pantomima destinada a transformar Jesus numa marionete que irá tagarelar o que interessa a um grupo de pessoas. Que acontecerá a Israel no meio desse processo? Será varrido por um vendaval! Vocês vão pôr esse novo Jesus decretando a paz no mundo, como se a paz se impusesse por decreto e os problemas complexos se resolvessem por artes mágicas. Seguindo a liderança do Jesus clonado e pacifista, o Ocidente cristão deixará de nos apoiar e Israel ficará à mercê do extremismo islâmico. Por trás das boas intenções estão desígnios que nos arrastarão para o abismo."

"Se você pensa assim, por que não denunciou o projeto? Por que não fez uma campanha ou recorreu aos tribunais? Isso não seria preferível a estes assassinatos todos?"

Grossman soltou uma nova gargalhada sem humor.

"Fazer uma campanha? Recorrer aos tribunais? Acha que sou tolo ou o quê? Quem me ouviria? Como com certeza muito bem sabe, a maior parte das pessoas tem uma ideia errada sobre Jesus. Os cristãos desconhecem que Cristo não era cristão! Se eu aparecesse em público dizendo que alguém estava tentando clonar Jesus para trazer a paz à Terra, haveria protestos? Provavelmente suscitaria um aplauso generalizado no Ocidente! Quem iria se opor a isso? As pessoas não têm a menor ideia de quem Jesus realmente era nem de quão ameaçador tal projeto seria!" Balançou a cabeça. "Não! Isto não podia ser tratado assim! Era preciso cortar o mal pela raiz! Era preciso agir como os *sicarii* agiram há dois mil anos!"

"Mas a alternativa foi pior", argumentou Tomás. "Vocês passaram a assassinar pessoas! Isso não é bem mais grave?"

"Não se fazem omeletes sem quebrar alguns ovos", devolveu o policial. "Quando tive a informação de que este projeto tinha sido posto em andamento, avisei os meus superiores hierárquicos e tentei convencê-los a impedir esta loucura. Sabe o que fizeram? Riram! Riram na minha cara, os idiotas! Mesmo assim arranjei uma maneira de informar o governo. Sabe o que disse o primeiro-ministro de Israel? Que se tratava de uma iniciativa positiva!" Bateu com o indicador na testa. "Estão todos loucos! As pessoas não têm a menor noção do que realmente significa esta ideia de clonar Jesus! Se uma coisa dessas se concretizasse, as consequências seriam desastrosas!" Balançou a cabeça com veemência. "Não! Isso eu não podia permitir! E não permiti! Do mesmo modo que no século I os *sicarii* se ergueram para defender Israel, nós nos erguemos hoje para fazer o mesmo. Se ninguém mais o queria fazer, nós o faríamos. E fizemos!"

"*Nós* quem?"

"Nós, os *sicarii* renascidos."

Tomás indicou o corpo estendido no chão.

"E ele?"

"Lev?", perguntou Grossman. "Pobre-diabo!" Olhou com melancolia para o cadáver. "Conheci-o no Líbano, durante uma operação nas montanhas contra o Hezbollah. Pertencia a uma unidade especial do Tsahal e era um ás com as lâminas. Uma vez se infiltrou sozinho numa gruta e, armado apenas com uma faca de campo, eliminou um pelotão inteiro de *mudjahedin*. A guerra o deixou afetado, coitado. Acolhi-o sob a minha proteção, dei-lhe orientação religiosa e fiz dele um *sicarius*." Ergueu os olhos para Tomás. "Não sei como o senhor conseguiu matá-lo, nem isso interessa. Deus assim o quis." Desviou a atenção para o equipamento instalado naquela câmara. "Cabe-me agora pôr fim a este infeliz projeto."

"O que vai fazer?"

"Isso é comigo." Estendeu a mão. "Vamos! Entregue-me o tubo de ensaio!"

"Quem me garante que, uma vez na posse do DNA de Jesus, o senhor não mata Valentina de qualquer forma e em seguida me mata?"

A atenção do policial se desviou para a italiana e depois regressou ao português.

"Vamos fazer assim", propôs. "Vou deixar aqui a nossa beldade se afastar. Mas você fica onde está. Quando ela sair da minha mira, você me entrega o tubo de ensaio. Parece-lhe bem?"

"Que garantias eu tenho de que não me matará e depois irá atrás de Valentina?"

A italiana, até ali imóvel com o cano da pistola encostado à cabeça, quebrou o seu mutismo.

"Não se preocupe comigo, Tomás", disse ela numa voz tranquila, como se fosse senhora da situação. "Não se esqueça de que sou policial e tenho treinamento de combate. Se conseguir me afastar, esse aí não volta a me ameaçar. Só estou aqui porque me pegou de surpresa. Garanto-lhe que ele não terá uma segunda oportunidade."

O historiador não pôde deixar de admirar a coragem e a serenidade dela. Era extraordinário como, com uma arma apontada à cabeça, Valentina se mantinha segura e sem mostrar o menor vestígio de medo. Estaria ocultando o receio ou aquela manifestação de segurança seria verdadeira? Fosse como fosse, o sangue-frio que exibia não deixava de impressionar.

"Tem certeza?"

A italiana assentiu.

"Absoluta!", garantiu. "Esta câmara está cheia de químicos altamente inflamáveis, já reparou? Vi um material com o qual posso fabricar uma arma letal em apenas trinta segundos. Dê-me trinta segundos a sós e lhe asseguro que este doido não voltará a me ter na mira."

Tomás ponderou toda esta informação e, com base nela, começou a arquitetar um plano. O problema seria convencer Grossman. Que interesse ele poderia ter em deixá-los escapar?

"Muito bem", disse com um suspiro na direção do israelense. "Eu lhe entrego o tubo de ensaio que contém o DNA de Jesus. Mas primeiro terá de deixar Valentina se afastar. Estamos de acordo?"

Considerando o que ela acabara de dizer, preparou-se para uma rejeição daquelas condições e para uma negociação difícil, mas, para sua imensa surpresa, o policial aceitou de imediato.

"Combinado." Grossman ergueu ligeiramente a arma, apenas o suficiente para deixar de apontá-la para a cabeça da italiana, e lhe fez sinal de que se afastasse. "Pode ir embora!"

Valentina recuou uns passos e, em alguns segundos, desapareceu de vista.

"Tudo bem?", perguntou Tomás para o ar, dirigindo-se evidentemente à italiana. "Está em segurança?"

"Sim", respondeu a voz dela, proveniente de lugar incerto. "Dentro de alguns segundos tenho até pronta a arma improvisada. O ponto de encontro é junto à saída."

O português fitou Grossman, que o encarava com a pistola na mão. Chegara a hora da verdade. O israelense havia cumprido a sua parte do acordo. Cabia agora a Tomás fazer a sua parte. E rezar para não levar um tiro quando deixasse de ser útil.

"O tubo de ensaio?", perguntou o policial; a paciência não era decididamente uma das suas virtudes. "Agora!"

Tomás varreu a prateleira com o olhar e localizou a estrutura metálica com os tubos de ensaio pendurados em fila. Dois haviam tombado, atingidos no fragor do combate com Sicarius, mas o tubo de ensaio com o material genético de Jesus, com o seu característico conteúdo amarelo-esbranquiçado congelado, permanecia intato onde o havia deixado. Estendeu a mão enluvada e o retirou da estrutura, mostrando-o a Grossman.

"É este", disse. "Vou deixá-lo aqui."

Pousou-o com cuidado sobre a prateleira e recuou alguns passos. O policial avançou pelo corredor, a pistola sempre em riste, até chegar junto da prateleira. Pegou o tubo de ensaio e o analisou, certificando-se de que era o mesmo que havia visto nas mãos de Arpad Arkan. A cor do conteúdo e o fato de se encontrar congelado lhe deu a confirmação que procurava.

Com um movimento rápido e inesperado, apontou a pistola para a cabeça de Tomás.

"Adeus!"

E disparou.

# LXXIV

O que salvou Tomás foi um misto de intuição, comportamento preventivo e reflexos rápidos. Depois de pousar o tubo de ensaio na prateleira tinha recuado até um ponto no corredor onde havia uma abertura lateral entre duas estantes carregadas de galões com líquidos, decerto reagentes e outros químicos necessários para o trabalho de laboratório.

No momento em que Grossman estendeu o braço para disparar, o português mergulhou pela abertura e conseguiu escapar da bala assassina, que ainda lhe zumbiu perto da cabeça.

"Maldição!", vociferou o policial quando percebeu que tinha errado o alvo. "Eu te pego!"

O historiador se ergueu e desatou a correr, determinado a escapar. Sabia, contudo, que não seria fácil. Aqueles corredores longos constituíam verdadeiros estandes de tiro e bastaria ao policial se colocar em posição para o atingir pelas costas. Por isso teria de ziguezaguear entre as aberturas e rezar para encontrar Valentina e para que ela estivesse de fato preparada com as suas armas improvisadas para enfrentar o perseguidor.

*Crack.*

*Crack.*

Duas novas detonações ecoaram pela câmara com fragor, sinal de que o mestre dos *sicarii* o havia alvejado de novo. Tomás encolheu instintivamente a cabeça e ainda se interrogou sobre se havia sido atingido, mas percebeu que a dúvida era idiota; continuar correndo constituía prova suficiente de que permanecia ileso.

Um súbito clarão amarelo-avermelhado, acompanhado por um estrondo e por uma vibração do ar obrigou o português a olhar para trás. Uma bola de fogo crescia como um balão na parte do corredor por onde acabara de passar. Ainda pensou que se tratava do tão aguardado contra-ataque de Valentina, talvez com coquetéis molotov ou outra coisa do gênero, mas não a avistou em parte alguma e o fato de a explosão ter ocorrido precisamente naquele corredor o fez perceber o que acontecera.

Pelo menos uma das balas disparadas pelo seu perseguidor tinha atingido um recipiente com material inflamável. As estantes que ardiam estavam cheias de galões e as labaredas pareciam formar tentáculos, estendendo-se a outras estantes e abraçando novos recipientes carregados de líquidos inflamáveis. Aconteceram novas explosões, quase em cadeia. O ar dava a impressão de bailar sob o choque das sucessivas explosões.

"Meu Deus!"

A nova realidade atingiu Tomás. Cerca de vinte por cento do Santo dos Santos estava de repente transformado numa bola de fogo e o incêndio se estendia depressa ao resto da câmara, devorando descontroladamente cada vez mais corredores. Estava lançada uma corrida infernal. Em breve a bola de fogo cobriria todo o espaço.

As opções do historiador, tal como as das demais pessoas apanhadas naquela emboscada de chamas e fumaça, reduziam-se a uma. Fugir. Correr para a saída e escapar enquanto havia tempo. O problema é que a passagem estava bloqueada por uma porta blindada e Arpad Arkan, que se encontrava fora de combate, era o único que conhecia a senha. Restava a Tomás a esperança de que o seu palpite sobre a chave do código que destrancava a porta fosse correto.

O português esquadrinhou o Santo dos Santos em direção à única saída possível, entrando por aqui e fugindo por ali, sempre se desviando das labaredas que ocasionalmente lhe bloqueavam o caminho, até por fim se deparar com o que procurava.

A porta blindada.

O último corredor por onde avançou desaguou no espaço diante da porta. Tomás vinha em desabalada carreira e só parou quando se chocou com a barriga e as palmas das mãos no metal que lhe impedia a fuga. A porta blindada tinha uma janelinha circular no meio, mas o vapor e a fumaça a embaciavam e não deixavam ver através do vidro.

"Você está bem?"

O historiador olhou para trás, por cima do ombro, e viu Valentina fitando-o com os seus grandes olhos azuis. A italiana tinha retirado a parte de cima do escafandro e estava de cabeça descoberta, o que se afigurava inteiramente natural; o incêndio havia aquecido a câmara e naquelas novas circunstâncias já não se punha o problema do frio nem da contaminação das preciosas amostras guardadas no Kodesh Hakodashim.

Sem proferir uma palavra, Tomás a abraçou e beijou-lhe o cabelo. Cheirava a fumaça, mas o que lhe importava isso? Sentiu um ímpeto de lhe cobrir a face de beijos e só parar quando chegasse aos lábios, mas se conteve; aquele não era com certeza o momento mais apropriado. A prioridade era outra.

Segurou-a pelos ombros e a encarou.

"Temos de sair daqui", disse, fitando-a nos olhos. "Não demora e tudo estará ardendo em chamas!..."

Pela primeira vez percebeu que a italiana estava assustada. Não era de admirar. Já enfrentara o ataque do *sicarius* e a traição de Grossman, e, como se todo o resto não bastasse, confrontava-se com aquele incêndio descontrolado. O pior é que as chamas se aproximavam cada vez mais depressa, conferindo uma maior urgência à necessidade de abandonarem a câmara.

"Mas como?", perguntou Valentina. "A porta está trancada. Você sabe o código?"

A atenção de Tomás se desviou para a porta blindada.

"Não tenho certeza", disse. "Mas acho que sei. Lembra-se que para entrarmos o..."

Calou-se no meio da frase. Diante dele viu Arnie Grossman, também de cabeça destapada, emergindo da fumaça com a arma apontada para ele. O historiador lançou olhares para todos os lados, em busca de uma rota de fuga. Naquelas circunstâncias, porém, não havia mais nenhuma escapatória possível. Se quisesse fugir, para onde iria? Para o fogo que se aproximava?

"A armadilha se fechou!", rugiu o mestre dos *sicarii*, saboreando o momento. "Ratos como você acabam sempre sendo pegos, hein?"

O português ergueu as mãos, as palmas voltadas para o homem armado num gesto de rendição.

"Tenha calma!", disse. "Estamos todos no mesmo barco!"

O rosto de Grossman se abriu num sorriso grotesco.

"Eu não partilho o meu barco com ratos", grunhiu. Fez pontaria e armou o gatilho, preparando-se para disparar. "Muito menos com um que está prestes a se tornar um cadáver."

A situação era desesperadora. Sempre de mãos no ar, Tomás recuou um passo e bateu as costas na porta metálica. Encontrava-se na posição clássica de um fuzilado no momento anterior ao disparo.

Sentindo-se perdido, desviou o olhar para Valentina. Não tinha sido ela que dissera ter improvisado uma arma e que não voltaria a se deixar surpreender pelo policial israelense? Se tinha uma arma, este era o momento de usá-la. Na mente do historiador não havia a menor dúvida de que, depois de o executar, Grossman voltaria a pistola para ela e a mataria também.

Chegara o instante do tudo ou nada.

"Arnie, espera aí!"

A italiana se dirigiu ao israelense em termos que suscitaram uma profunda decepção em Tomás, em cuja mente se cruzaram múltiplas perplexidades. "Arnie, espera aí"? Que raio de ingenuidade era aquela? Será que ela achava que uma frase destas os iria salvar?

Onde diabos estava a arma improvisada que Valentina havia fabricado? Por que não a usava?

"O que é?", quis saber Grossman, sem desviar a pistola do alvo. "Está havendo alguma coisa?"

Uma nova surpresa para Tomás. Afinal o apelo de último recurso, por muito ingênuo e ineficiente que parecesse, estava funcionando! Era evidente que ela procurava ganhar tempo, decerto para usar a tal arma.

"Você tem o material genético?", perguntou Valentina.

"Claro", devolveu o israelense, retirando o tubo de ensaio do bolso interior do escafandro para o exibir como prova. "Achava que tinha perdido?"

"Era só para me assegurar de que estava tudo sob controle", explicou ela. Fez um sinal com a cabeça, a indicando o historiador. "Não o mate!"

Grossman arqueou as sobrancelhas, esboçando uma expressão intrigada.

"Ora, essa! Por quê?"

Valentina indicou a porta.

"Sabe o código para sair daqui?"

O israelense olhou para a superfície metálica e hesitou; era evidente que aquele problema ainda não tinha lhe ocorrido.

"Diabos!", exclamou. "E agora?"

A inspetora da Polizia Giudiziaria fez um gesto na direção de Tomás.

"Mas ele sabe."

Grossman olhou para o historiador com novos olhos, como se aquele dado mudasse tudo. Hesitou um longo momento e coçou a cabeça, recalculando a situação. Não havia muito o que pensar; as alternativas eram poucas e evidentes, e o tempo escasseava.

O mestre dos *sicarii* deu dois passos em direção ao seu alvo e encostou-lhe a pistola à testa.

"Qual é a senha?"

Tomás lhe devolveu um olhar carregado de desdém.

"O que você vai fazer se eu não disser?", perguntou em tom de desafio. "Me matar?"

O policial israelense ponderou o problema. Era evidente que a sua vítima se sentia perdida. Que incentivo tinha o português para lhe revelar o código que permitiria franquear a porta blindada se sabia que depois seria morto?

A realidade se impôs. Era necessário recorrer aos grandes meios. Consciente de que o tempo urgia por causa da aproximação das chamas, Grossman se aproximou da italiana e estendeu-lhe a pistola.

"Segure isso!", pediu. "Vou ter de lhe fazer um interrogatório a sério."

O coração de Tomás deu um salto quando viu o seu inimigo entregar a arma a Valentina. Ela era absolutamente genial!, pensou, dominando um desejo quase irresistível de dar um pulo de alegria. Teve vontade de voltar a abraçar aquela mulher, e desta vez não pouparia nos beijos nos lábios! Recorrendo exclusivamente à astúcia e à dissimulação, a inspetora da Polizia Giudiziaria conseguira ludibriar o israelense e o levara mesmo a passar-lhe a pistola para as mãos! Se não tivesse visto com os seus próprios olhos, nunca teria acreditado! Aquilo era incrível! Tratava-se de uma obra-prima na arte da manipulação das mentes!

Valentina pegou a pistola e durante uns segundos estudou o mecanismo de tiro; tratava-se afinal de uma arma de fabricação israelense, que não estava habituada a usar. Como era policial, rapidamente descobriu o que devia fazer e a ergueu; no fim de contas, os princípios eram universais. Controlando com dificuldade a expectativa de pôr fim àquela situação insustentável, Tomás esperou que ela apontasse a pistola para Grossman, mas o que aconteceu em seguida o deixou desconcertado. Em vez de voltar a arma contra o israelense, Valentina desviou o cano para as pernas do prisioneiro.

"Não se mexa!", ordenou ela ao português. "Se tentar fazer alguma coisa, leva uma bala nos joelhos!"

Choque.

Ver a italiana se virar contra ele constituiu um choque total. Foi nesse instante de perplexidade, arrastado numa autêntica montanha-russa de emoções, primeiro o desespero absoluto, depois a alegria quase incontida, agora a decepção completa, que Tomás tomou enfim consciência da terrível e inacreditável realidade.

Valentina era o inimigo.

# LXXV

A imagem de Valentina na frente dele apontando-lhe uma pistola parecia demasiado inconcebível para ser verdadeira; todavia, era isso mesmo o que naquele instante acontecia com Tomás. O historiador mantinha fixo nela o seu olho direito, fitando-a e se recusando a acreditar. Não podia ser! Valentina não podia estar do lado dos *sicarii*! Isso era absolutamente impossível! Impensável! Incompreensível!

Porém, a realidade, por mais dura e inacreditável que parecesse, afigurava-se incontestável. Arnie Grossman lhe entregara a arma e ela não a virara contra o mestre dos *sicarii*, mas contra Tomás. Por mais que buscasse explicações e recorresse aos argumentos mais fantasiosos e imaginativos para justificar o injustificável, os fatos eram o que eram. Valentina tinha a pistola nas mãos e a apontava para ele.

"O que está havendo?", perguntou-lhe o historiador, tentando extrair um sentido de tudo o que vira e ouvira nos últimos instantes. "Por que você não prende esse homem? O que está fazendo?"

De olhos semicerrados e com a arma dançando-lhe na mão, a italiana esboçou um sorriso malicioso, quase provocador.

"Não sabia que nós, as mulheres, somos umas dissimuladas?"

"O quê?"

Valentina balançou a cabeça e fez um estalido desdenhoso com a língua.

"Você é mesmo idiota!", exclamou com condescendência. "Pensava que eu ia permitir que uma palhaçada destas fosse até ao fim? Achava que esses olhos verdes e o charme latino me deixavam enamorada a ponto de ter perdido todo o discernimento?" Voltou a balançar a cabeça. "Ah, pobre tolo! Como os homens são idiotas!"

Arnie Grossman remexia no bolso das calças, ocupado com qualquer coisa que escapava a Tomás. Surpreendido com a reviravolta que se operara nos acontecimentos, o historiador nem tentou perceber o que ele fazia.

A sua atenção estava toda voltada para a inspetora da Polizia Giudiziaria, a quem encarava com uma expressão confusa, como se nenhuma das palavras que ela acabara de proferir fizesse o menor sentido. Tinha a impressão de que não a reconhecia ou até de que se tratava da mesma pessoa. O mesmo corpo, embora uma pessoa diferente.

"Mas... o que está acontecendo? Que loucura é esta? Desde quando é que... que..."

"Desde o princípio."

"Como?"

Valentina desviou o olhar para o israelense, que nesse instante afiava o que pareceu um canivete suíço.

"Eu e Arnie já nos conhecemos há algum tempo", revelou. "Somos ambos policiais e temos bem a noção dos limites da eficácia da lei. Por isso nos envolvemos em sociedades secretas que se destinam a resolver problemas que pelas vias legais não têm solução. Ele refundou em Jerusalém os *sicarii*, eu faço parte da área operacional de segurança de uma loja maçônica chamada P2, não sei se já ouviu falar..."

Tomás estava boquiaberto; aquela mulher não era definitivamente a pessoa com quem convivera na última semana.

"O quê?"

"P2", repetiu ela. "Uma sigla que significa..."

"*Propaganda Due*", disse o português muito devagar, reconhecendo a designação e pronunciando o nome em italiano. "Sei muito bem o que é. A P2 tem ligações com o Vaticano, andou envolvida no escândalo da lavagem de dinheiro da máfia através do Banco Ambrosiano e consta que não é inocente na morte do papa João Paulo I, que se prepararia para denunciar as artimanhas da P2 e morreu antes de o fazer."

Valentina sorriu com esta última referência.

"Boatos", retorquiu com um gesto de desdém. "Mas vejo que está familiarizado com a nossa pequena organização."

"A triste fama da P2 a precede", devolveu o historiador. Olhava-a ainda com incredulidade. "Você pertence mesmo a esse bando de malfeitores?"

Ela fez um gesto com a pistola.

"Sou eu quem tem a arma na mão, não sou?"

Tomás se rendeu à evidência; era claro que dessa vez ela dizia a verdade. Parecia-lhe incrível que Valentina o tivesse ludibriado e manipulado todo aquele tempo. A forma como o recrutara para a investigação, como o conduzira pelo trilho dos enigmas plantados de propósito para o levar a Israel e os ajudar a penetrar no interior da Fundação Arkan, até o ataque que ele sofrera no quarto do hotel e a compaixão que ela mostrara... tudo não passara afinal de fingimento!

O português sacudiu a cabeça. Ainda não havia chegado a hora adequada para rever em detalhes toda a impostura montada pela italiana. Primeiro precisava obter informações e descobrir como chegara a este ponto, e só depois se preocuparia com o resto.

"O que faz a P2 metida nesta história?"

Valentina indicou o vulto atarefado de Grossman.

"Tudo começou quando o Arnie ali, através dos canais apropriados, nos contatou para nos informar sobre este projeto da Fundação Arkan. Revelou-nos que a fundação tinha isolado células com o DNA de Jesus e planejava fazê-lo nascer logo que a clonagem de seres humanos fosse viável. Inicialmente essa história nos pareceu fantasiosa demais e não acreditamos, mas depois verificamos a informação e, para nossa grande surpresa, tudo se confirmou. Achamos a ideia uma loucura, claro. Uma loucura perigosa."

"Perigosa? Por quê?"

Ela inclinou a cabeça de lado.

"Francamente, Tomás! Clonar Jesus? Já imaginou as consequências de uma coisa dessas? Como reagiria Jesus quando um dia chegasse ao Vaticano e visse toda aquela opulência? E se ele fizesse em Roma o que fez quando visitou o Templo de Jerusalém?" Esboçou um gesto teatral e citou as palavras de Jesus quando provocou o incidente no Templo. "'Não está escrito: A minha casa será chamada casa de oração para todos os povos? Mas vós fizestes dela um covil de ladrões.'" Fitou Tomás. "Consegue imaginar a cena? Jesus criticando o Vaticano e mandando vender tudo para ajudar os pobres?" Inclinou a cabeça para o lado. "Acha mesmo que iríamos tolerar uma coisa dessas?"

O historiador suspirou.

"Já entendi", disse. "O regresso de Jesus poderia pôr em questão os interesses estabelecidos!..."

"Tínhamos de impedir essa loucura", exclamou Valentina. "A P2 convocou uma reunião especial para discutir o assunto e ficou decidido que iríamos nos articular com os *sicarii*. Urgia pôr fim a esta coisa ridícula. Acontece que a Fundação Arkan mantinha o projeto em grande segredo e as nossas tentativas para infiltrar nele não foram bem-sucedidas. Identificamos, no entanto, algumas figuras-chave ligadas ao projeto e delineamos um plano que implicava no recrutamento de um dos mais prestigiados historiadores do mundo." Sorriu. "Você."

A revelação deixou Tomás atônito.

"Eu?"

"O plano era simples", indicou ela. "Os *sicarii* iriam executar três dessas personalidades ligadas ao projeto e deixariam pequenas pistas que só um historiador perito em criptoanálise e línguas antigas seria capaz de decifrar. Entretanto, fomos informados de que a professora Escalona tinha pedido para consultar o *Codex Vaticanus* na Biblioteca Vaticana e soubemos que ela era sua amiga. Pareceu-nos perfeito. Graças a um contato no Ministério da Cultura italiano arranjamos uma maneira de garantir que as autoridades culturais solicitassem à Fundação Gulbenkian que o envolvesse na restauração das ruínas do Fórum e dos mercados de Trajano na data em que a historiadora galega estaria em Roma. Uma vez todas as peças alinhadas no tabuleiro, foi só desencadear a operação. A professora Escalona chegou a Roma na data prevista e um colaborador nosso lhe comunicou que você também estava na cidade. Como prevíamos, ela lhe telefonou de imediato."

"Malditos!", rosnou Tomás em voz baixa, lutando para controlar a fúria que dele se apossava à medida que percebia como fora manipulado desde o início. "E se ela não tivesse telefonado? Como vocês fariam para me envolver nessa tramoia?"

"O camarada de Arnie teria feito uma ligação para o seu número a partir do celular dela. Mas não foi necessário. A professora Escalona telefonou para você e depois se dirigiu à Biblioteca Vaticana, onde tinha à espera dela o operacional dos *sicarii*. Quando fui chamada ao local para proceder às averiguações do homicídio só tive de fuçar na lista de chamadas no celular da vítima e convocá-lo imediatamente ao Vaticano. Era o pretexto ideal para o envolver nas investigações."

"Mas por que eu?"

"Porque você conhecia uma das vítimas e porque precisávamos de um sabujo que nos conduzisse ao coração deste projeto." Ergueu a mão, exibindo o tubo de ensaio com o DNA de Jesus. "O fato de eu estar agora na posse deste material genético é prova suficiente de que o plano foi bem traçado." Arqueou as sobrancelhas, muito satisfeita consigo. "E, me perdoe a falta de modéstia, bem-executado."

Novas explosões sacudiram a câmara. O incêndio alastrava e se aproximava. Percebendo que não dispunha de muito tempo, Grossman interrompeu a conversa.

"Para que você está lhe contando isso tudo?"

"Porque sou uma boa cristã", retorquiu a italiana num tom sarcástico. "Se ele vai morrer, tem ao menos o direito de saber por que razão morre."

"Antes disso, há uma coisa que ele precisa fazer", disse o israelense, indicando a porta blindada. "Primeiro tem de nos dizer qual é a senha."

Com um movimento inesperado, o israelense agarrou o historiador pelos ombros, pôs a perna de lado e lhe aplicou um golpe de judô, estendendo-o no chão de barriga para baixo.

"O que é isto?", espantou-se Tomás, a face colada ao chão. "O que está fazendo?"

O agressor agarrou o braço esquerdo do seu prisioneiro e o estendeu à força, obrigando-o a abrir a mão. Fixou-lhe o pulso ao solo e colou-lhe o canivete suíço na base do dedo mindinho.

"Vou lhe apresentar uma técnica de interrogatório com uma taxa de sucesso próxima dos cem por cento", anunciou. "A técnica consiste em amputar os dedos dos suspeitos até eles começarem a falar. Muito simples, não é? Simples e eficaz. Garanto-lhe que todas as pessoas a quem apliquei este método acabaram por cantar que nem passarinhos. É o que você também vai fazer."

"O senhor está louco?"

"Dou-lhe uma última oportunidade que irá lhe poupar muito sofrimento desnecessário se souber aproveitá-la", anunciou. "Qual a senha para destrancar a porta?"

O português sentiu a lâmina pousada no dedo e avaliou a situação. Não era boa. Mas quais as alternativas de que dispunha? Tinha o olho esquerdo inchado, a mão direita coberta de ataduras, sentia-se fatigado e traído, encontrava-se fechado numa câmara onde tudo queimava, havia uma mulher apontando-lhe uma pistola e estava deitado no chão com um louco ameaçando cortar-lhe um dedo. A senha que permitia abrir aquela porta, o caminho de salvação para todos, era o único trunfo que lhe restava. O que deveria fazer?

"Por que diabos iria lhe revelar a senha?", perguntou, desesperadamente à procura de uma saída que o tirasse dali. "Para o senhor me matar em seguida?"

"Mais cedo ou mais tarde todos morremos", devolveu Grossman num tom quase paternalista. "A única coisa que não sabemos é como. Morremos depressa e sem sofrimento ou de maneira atroz, com grande dor e ansiedade? São estas as opções que lhe estou oferecendo. Agora escolha." A voz esfriou e endureceu. "Qual é a senha?"

"Vá à merda!"

O israelense respirou fundo; a sua paciência, já naturalmente escassa, tinha chegado ao limite.

"Você pediu!"

Uma dor aguda irrompeu nesse instante do dedo mindinho de Tomás, como se o universo inteiro se centrasse ali. O historiador sentiu a visão se encher de luzes e soltou um grito de pura agonia. Grossman tinha começado a serrar com o canivete suíço que estivera afiando e o sofrimento provocado pela lâmina era indescritível. A vítima tentou implorar que parasse, que tivesse dó, que aquilo era demais, mas as palavras se atropelaram e foram engolidas pelo berro de dor que lhe enchia a garganta, como se o grito fosse, por si só, capaz de o libertar da crueldade a que estava sendo sujeito.

Grossman amputava-lhe o dedo.

# LXXVI

Algo aconteceu.

No auge de toda aquela dor, quando tudo parecia perdido e a confissão se tornara inevitável, Tomás sentiu o aperto firme do seu agressor descontrair de repente e, logo depois, o braço esquerdo se soltou.

Encolheu-o num movimento instintivo e se contorceu no chão, agarrando-se à mão ferida para tentar atenuar a agonia. Não percebeu o que acontecera, mas o importante é que acontecera. A dor no dedo mindinho era imensa, mas abrandou o suficiente para que ele pudesse abrir o olho direito e tentasse perceber por que motivo Arnie Grossman lhe havia largado o braço.

Viu o policial israelense de joelhos diante dele com uma expressão bizarra no rosto enrubescido, os olhos arregalados se revirando, a língua de fora no estertor da asfixia e a ponta de uma lâmina saindo-lhe junto ao pomo de adão por entre golfadas cadenciadas de sangue.

*Crack.*

*Crack.*

Dois tiros soaram com grande fragor, como se tivessem sido disparados ao lado dos seus ouvidos. Tomás quase se sentiu ensurdecer.

Notou nesse instante o movimento de um vulto atrás de Grossman e, olhando para lá, identificou-o. Era Arpad Arkan. O presidente da fundação tombou no chão como um saco e ficou deitado de barriga para baixo, com dois fios de fumaça se desprendendo de buracos escuros nas costas como bafos exalados pelas crateras de vulcões que despertavam.

Tomás desviou o olhar para o lado e viu Valentina em posição de tiro, a fumaça saindo do cano da pistola. No meio de toda aquela confusão compreendeu o que via e, como num sonho, conseguiu reconstituir os traços gerais do que acabara de acontecer.

Arkan devia ter recuperado os sentidos e retirado do braço a faca que lhe fora espetada. Percebendo o fogo que se alastrava pelo Santo dos Santos, fugiu para a porta e viu Tomás sendo torturado por Grossman. Percebendo o que se passava, não perdeu tempo e enfiou a adaga dos *sicarii* no pescoço do policial. O problema é que não deve ter visto a italiana, ou então não compreendeu o verdadeiro papel que ela desempenhava naquela situação, e foi abatido pelas costas.

"Você enlouqueceu?", perguntou o historiador com a fúria enrouquecendo-lhe a voz, engatinhando para junto de Arkan. "Pirou de vez?"

Valentina voltou para ele a mira da pistola fumegante.

"Quieto!"

Tomás inspecionou a face do presidente da fundação. Tinha os olhos semicerrados e vidrados no infinito, com uma expressão que lhe deixou poucas dúvidas.

O português voltou o rosto na direção da inspetora da Polizia Giudiziaria.

"Tem ideia do que acabou de fazer?"

Valentina lançou um olhar assustado para as chamas que se aproximavam; as labaredas já estavam a uns cinco metros e se preparavam para envolver as estantes mais próximas do espaço onde eles se encontravam.

"Abra a porta!", ordenou ela, batendo com a palma da mão na placa metálica que lhes obstruía a fuga. "Não há tempo para ficarmos aqui discutindo detalhes! Abra esta maldita porta!"

Tomás arrastou o corpo de Arkan para junto da entrada, passando ao lado do cadáver de Grossman.

"Ele é que sabia a senha!", berrou de volta. "Você quer sair daqui? Então por que matou a única pessoa que conhecia a senha? Isso faz algum sentido?"

A italiana esboçou uma expressão desconcertada, os olhos saltitando entre Tomás e o corpo inerte de Arkan.

"O que quer dizer com isso? Pensei que você sabia a senha!..."

"Eu presumo que sei!", devolveu o historiador num tom furioso. "*Presumo!* Mas... e se o meu palpite estiver errado?" Indicou o corpo que acabara de arrastar para junto da porta. "O único que com certeza conhecia a senha era aqui o Arkan! E você acabou de matá-lo!" Balançou a cabeça. "Bravo! É mesmo esperta, não há dúvida!"

O calor galopante pôs fim à incerteza que naquele momento atormentava Valentina. Ela tomou consciência de que se precipitara e evidentemente cometera um erro, mas não tinha maneira de desfazer o que fora feito e o fogo começara já a se alastrar à última estante. Dispunham de um minuto, talvez dois, para sair dali. Não mais. Depois disso, todo aquele espaço seria engolido pelo mar tormentoso de chamas que envolvia o Kodesh Hakodashim.

"Abra a porta!", berrou, já fora de si. "Abra imediatamente esta porta!"

O historiador deu uma olhadela nas chamas que se aproximavam. Não havia de fato muito tempo para agir.

"Eu abro", disse. "Mas primeiro você tem de jogar a pistola no meio do fogo."

"Abra a porta!"

"Não ouviu o que lhe disse?" Apontou para o fogo. "Atire a pistola lá e eu abro! Se não fizer isso, não conte comigo. Não estou para levar um tiro depois de ter destrancado a porta."

Valentina analisou o seu rosto, tentando avaliar se ele falava sério. Não conseguiu ler a sua face, mas não era difícil perceber o ponto de vista de Tomás. Por que motivo haveria ele de abrir a porta se depois se sujeitava a levar uma bala na cabeça? Grossman havia tentado extrair-lhe a senha com a ajuda do canivete suíço, mas o idiota do Arkan aparecera de surpresa e estragara tudo. Agora ela estava inteiramente nas mãos daquele português.

"*Va bene!*", rendeu-se. Pegou a pistola pelo cano e a atirou para o meio do inferno de chamas. "Lá vai!"

"Boa menina!"

A seguir a italiana pegou o tubo de ensaio com o material genético de Jesus, deu-lhe um beijo e o lançou na mesma direção.

"*Adio, Signore!*"

"O que diabos fez você?", perguntou Tomás, escandalizado com o que acabara de ver. "Destruiu o DNA de Jesus?!"

Valentina suspirou.

"Era essa a minha missão, lembra-se?", recordou-lhe. "Agora abra esta maldita porta! E depressa!"

Percebendo que o tempo se esgotava, que o calor se tornara sufocante e que teria menos de um minuto antes de o fogo devorar a todos, Tomás se virou para a porta e destampou a placa que ocultava o teclado onde era inserida a senha. Depois passou os olhos pelo poema estampado no vidro da janela circular que se encontrava no meio da porta.

**Über allen Gipfeln ist Ruh,**
**in allen Wipfeln spürest du kaum einen Hauch;**
**Die Vögelein schweigen im Walde.**
**Warte nur, balde. Ruhest du auch.**

"Arkan disse que a senha que destranca a porta está relacionada com este poema que serve de lema à fundação", murmurou, falando mais para si próprio do que para a italiana. "Mandou colar o poema ao vidro para nunca se esquecer da senha. Quando a inseriu no teclado para entrarmos aqui, as teclas fizeram um barulho, o que me permitiu contar o número de letras. Eram seis." Olhou para Valentina. "Que palavra de seis letras tem relação com este poema?"

Os olhos horrorizados da italiana estavam presos às chamas a uns meros dois metros deles, e nem sequer o ouviu. Ou se ouviu não entendeu.

"Sei lá!"

"Goethe", disse Tomás, respondendo à sua própria pergunta. "É Goethe o autor do poema e o seu nome tem seis letras."

Apertou as letras no teclado.

G-O-E-T-H-E.

Depois aguardou que a porta destrancasse.

"Depressa!", gritou Valentina, já tomada de pânico. "Abra a porta! Pelo amor de Deus, abra a porta!"

Nada aconteceu.

A porta não abriu. Tentou outra vez e o resultado foi o mesmo. O desânimo se apossou de Tomás. Tinha de se render às evidências. Enganara-se. *Goethe* não era a senha.

O calor se tornara infernal e Valentina começou a chorar. Se dispusesse de mais dez minutos, o historiador estava convencido de que seria capaz de chegar à senha. Assim, não. As condições eram angustiantes demais e o tempo excessivamente curto. Restavam alguns segundos. O fogo envolvia já o corpo de Grossman e a qualquer instante iria engolir a todos.

"Abra a porta!"

Pense, Tomás.

Que palavra com seis letras tem relação com o poema? O historiador fechou os olhos e fez um esforço sobre-humano para se concentrar. Regressemos ao ponto de partida, raciocinou, tentando manter a calma. Qual o tema do poema?

"'Por todos estes montes reina a paz'", recitou em voz baixa, "'em todas estas frondes a custo sentirás sequer a brisa leve; em todo o bosque não ouves nem uma ave. Ora espera, suave. Paz vais ter em breve.'"

Paz.

Seria essa a palavra-chave? O coração de Tomás deu um salto. *Peace!* Era *peace*! Só podia ser *peace*! Contou mentalmente as letras. Um-dois-três-quatro-cinco.

Cinco.

"Merda!"

Cinco letras! Era uma letra a menos! A porra de uma letra a menos! Balançou a cabeça. Não era *peace*.

Valentina estava banhada em lágrimas, no desespero de quem se sabia perdida, e as labaredas começavam a lambê-los, queimando-lhes a pele.

"Abra!", implorou aos soluços, as duas mãos coladas numa prece. "*Per favore*, abra! *Dio mio!*"

Se não era *peace*, que palavra poderia ser? Tomás voltou a se concentrar. A Fundação Arkan era uma organização israelense, com sede em Jerusalém e o centro de pesquisa funcionando em Nazaré. Que língua seria natural que usasse? O inglês? Não, claro que não. O hebraico! O coração de Tomás deu um novo salto. Como se diz *paz* em hebraico?

Era a derradeira tentativa. O historiador se agarrou ao teclado com sofreguidão e, com a mão tremendo quase descontroladamente, digitou a palavra de seis letras.

S-H-A-L-O-M.

*Bipe*.

A porta se abriu.

# Epílogo

Os raios do Sol jorravam pela janela como uma cortina translúcida de luz quando a mulher de jaleco branco entrou no quarto e lançou um sorriso profissional na direção do paciente. Ao peito, junto ao estetoscópio que tinha pendurado ao pescoço, trazia uma faixa com um nome bordado em linha azul-escura identificando *Lesley Koshet, M. D.*

"Bom dia!", cumprimentou com jovialidade. "Então, como se sente o nosso herói esta manhã?"

Um grunhido dolorido foi a resposta relutante de Tomás.

"Já tive dias melhores..."

A médica israelense sorriu.

"Quer outro analgésico ou já se acha capaz de aguentar a dor?"

O paciente fez uma careta.

"Mais um analgesicozinho não cairia nada mal, não senhora. Será que poderia me dar?"

Lesley esboçou uma careta.

"Creio que não", respondeu ela. "Está na hora de desapegar dessas drogas. O senhor já tem idade para aguentar uma dorzinha sem choramingar, não tem?"

Tomás se endireitou na cama e se inclinou para a frente, de modo a poder espiar o espelho pregado na parede e mirar o seu rosto.

"Olhe para a minha cara, doutora", lamuriou-se. "Já viu isto? Não acha que mereço mais um analgésico?"

A imagem refletida no espelho mostrava uma cabeça quase toda envolta em ataduras brancas. A parte esquerda da face estava completamente tampada, com as ataduras protegendo o rosto esfacelado e o olho inchado. Em seguida o historiador levantou as duas mãos e exibiu os curativos. A mão direita estava mergulhada numa bola de gesso enquanto a esquerda tinha o dedo mindinho envolvido por ataduras. E havia ainda, claro, a proteção no pescoço.

"Parece uma múmia", gracejou ela. "Ramsés II!"

"Oh, não brinque!..."

"Vá lá, não seja fresco!", repreendeu-o a médica. Pegou o boletim clínico aos pés da cama e o consultou. "Mais um pouco e você começa a choramingar!..."

"Vai zombando!", protestou Tomás, fazendo biquinho. "Isto não é brincadeira nenhuma! Vou ficar com a cara cheia de cicatrizes, já viu?"

"Não comece de novo..."

"Sabe que apelido os meus alunos na faculdade vão me dar? *Scarface*! Vão rir de mim e me chamar de *Scarface*! Ou então *Frankenstein*! Oh, já estou vendo!..."

A atitude melodramática arrancou uma risada de Lesley.

"E sabe qual é o meu apelido aqui no hospital?", perguntou. "*Mãos de Fada!* Sabe por quê? Porque faço magia na mesa de operações. Garanto que você vai sair daqui com um rosto de bebê. Nem um arranhão! Continuará bonitão como sempre."

"Jura?"

A médica pôs a mão sobre o coração, tapando a faixa com o seu nome bordado no jaleco, e assumiu um semblante solene.

"*Cross my heart!*"

A promessa deixou Tomás um pouco mais tranquilo. Recostou-se na almofada da cama e se pôs confortável. Não sabia o porquê, mas tendia a ficar sensível sempre que caía de cama. Era assim já em criança e pelo visto não mudara.

"Se eu vir nem que seja um arranhãozinho na cara, vai receber uma queixa", avisou. "Vou direto à Ordem dos Médicos!"

"Ui! Estou morrendo de medo!"

"Tem motivo para estar. Veja lá como me trata!..."

A médica acabou de consultar a ficha do paciente e a devolveu ao seu lugar, na grade aos pés da cama. Ergueu os olhos para o português e desfez o seu sorriso de bonomia, como se entrasse agora nas coisas sérias.

"O senhor Arkan quer falar com você."

O anúncio surpreendeu Tomás.

"Como ele está?"

"Que lhe parece?", respondeu Lesley com uma ponta de sarcasmo. "Levou dois tiros nas costas e ainda tem uma bala alojada nos pulmões. Daqui a pouco vou operá-lo de novo para a retirar."

"Acha que ele ficará bem?"

A médica assentiu com a cabeça.

"Claro que sim", disse. "Há pouco iríamos anestesiá-lo, mas ele pediu para lhe dar uma palavra antes de iniciarmos os procedimentos para a cirurgia." Observou o seu corpo estendido na cama. "Sente-se em condições de caminhar até o bloco de cirurgia ou prefere que eu chame a enfermeira e peça uma cadeira de rodas?"

Com um gesto brusco, Tomás afastou o lençol e pousou os pés no chão. Lesley se inclinou para o ajudar, mas ele a repeliu com a mão envolvida em ataduras.

"Eu consigo", disse. "Vai ver."

Sentado à borda da cama, o português se balançou e transferiu o peso para as pernas. Sentia-se fraco e as coxas tremiam-lhe, mas se aguentou. Largou devagar os apoios com as mãos e se endireitou, equilibrando-se sozinho em pé.

"Bravo!", exclamou a médica, batendo palmas entusiásticas. "Muito bem! Isto é que é um homem!"

Esta última frase soou a Tomás um tanto condescendente, mas não se importou. Pusera-se de pé pelos seus próprios meios e sentia-se orgulhoso com o feito. Depois de tudo o que havia passado no inferno do Santo dos Santos, a convalescença estava se revelando rápida. Mais dia menos dia teria alta e sairia dali.

Ah, como era bom estar vivo!

"Vamos?"

Ao vê-lo de pé, Lesley passou à frente e saiu para o corredor, indicando o caminho.

"Por aqui."

Ainda de pijama, Tomás seguiu a figura de jaleco branco pelo corredor do hospital. Os seus movimentos não se mostravam ágeis e sentia os músculos das pernas flácidos, quase como gelatina; era o resultado dos dois dias que estivera deitado naquela cama. Apesar da evidente fragilidade, o fato é que se achava bem melhor e com força suficiente para caminhar. Aliás, o exercício só lhe faria bem.

O celular tocou no bolso do pijama. Pegou o aparelho e consultou o visor. Dizia *Mãe*. Apertou o botão verde e atendeu.

"Bom dia, mãe!", cumprimentou. "Tudo bem?"

"*Ai, filho!*", devolveu a voz do outro lado da linha. "*Ando tão preocupada com você!*"

O coração de Tomás deu um pequeno salto. Não lhe contara nada do que se havia passado, para não a preocupar, mas pelo visto alguém já tinha lhe dito alguma coisa.

"Estou ótimo", apressou-se a dizer. "Isto não é nada."

"*Não é nada?*", empertigou-se ela, quase indignada. "*Disseram-me que você anda viajando por essas terras onde só há guerras e malucos explodindo bombas e sei lá mais o quê! Minha Nossa Senhora! Nem imagina como fiquei quando liguei para a faculdade e me disseram que você andava por esses lados! Já fui à missa e tudo! Ai, Jesus, estou tão nervosa! Não paro de rezar por você!*"

Não era tão ruim assim, percebeu o historiador. A mãe fora pelo visto informada de que ele estava no Oriente Médio, mas ninguém lhe contara o que havia acontecido nos últimos dias. Ainda bem! Teria uma síncope se soubesse!

"Está tudo bem", murmurou com doçura, num tom mais adequado para tranquilizá-la. "Sabe onde estou neste momento? Em Jerusalém!"

A voz do outro lado hesitou.

"*Jerusalém?*", perguntou, como se se quisesse certificar de que havia escutado bem. "*Está em Jerusalém? Na Terra Santa? O lugar por onde andou o Senhor?*"

"Isso mesmo!"

"*Ah, filho! Que sorte! Que sorte!*"

O tom de voz da mãe mudara por completo. Perdeu a urgência e a aflição e se tornou entusiástico.

"É verdade. É uma terra muito interessante."

"*Interessante?*", escandalizou-se ela. "*Está na terra do Senhor, filho! A terra do Senhor! Olha lá, você já passou pela Via Dolorosa, onde aqueles... aqueles carrascos torturaram Jesus? E foi ao Santo Sepulcro, onde o crucificaram, coitadinho?*"

"Vou lá amanhã... ou depois."

"*Ah! Quando for ao Santo Sepulcro acenda uma velinha por mim! Acende? Não se esqueça de que Jesus morreu para nos salvar, filho! Temos de lhe agradecer, ouviu? Ele morreu por nós! Está lá em cima, à direita de Deus Nosso Senhor, vendo o que fazemos e velando por nós.*"

"Pois é", respondeu Tomás. "Eu... eu acendo uma vela por você."

"*Acenda uma por mim, uma pelo seu pai e outra por você, filho*", apressou-se ela a recomendar. "*Você também é cristão, nunca se esqueça! Você também tem direito à salvação!*"

"Com certeza. Vou acender três velas."

A mãe suspirou com satisfação, como se tivesse acabado de fazer a boa ação do dia.

"*Ainda bem, Tomás.*" Mudou o tom de voz, tornando-se de repente apressada. "*Olha, estão saindo para a missa. Vou aproveitar e dou um pulo na Igreja de São Bartolomeu para contar ao padre Vicente por onde você anda. Ele vai ficar muito satisfeito por saber que está na Terra Santa rodeado desses apóstolos todos que há por aí. Cuide-se, meu filho! Não se esqueça de acender as velas no Santo Sepulcro. Jesus morreu para nos salvar!*"

Tomás se despediu e desligou, devolvendo o celular ao bolso do pijama. Caminhava pelos corredores do hospital, sempre seguindo a médica, que o conduzia na direção do bloco cirúrgico. A mente, porém, encontrava-se ainda presa às palavras da mãe e não pôde deixar de pensar no que elas realmente significavam.

A mãe tinha fé. Mas o que era isso de ter fé? Fazia algum sentido ter fé em Cristo quando já se conhecia a verdadeira história de Jesus e da transformação dos seus ensinamentos judaicos numa coisa completamente diferente? Tomás sempre achara que era um disparate acreditar no que quer que fosse com dados insuficientes. Eram a investigação, a ciência e o conhecimento que conduziam à crença, não a repressão das dúvidas, a ignorância e os dogmas. A crença não podia ser cega; tinha de ser instruída. Nenhuma verdade podia ser inquestionável. As pessoas que acreditavam sem dados suficientes, pensava ele, não passavam de simplórios crédulos e supersticiosos, dispostos a acreditar na primeira besteira que lhes contassem. A crença só era válida se fosse baseada no saber.

No entanto, Tomás tinha noção de que havia situações em que a crença sem dados suficientes era inevitável. Na amizade, por exemplo. Para se ser amigo de uma pessoa é preciso acreditar nela, crer que ela é digna de confiança. Claro que essa fé se revela muitas vezes infundada. Bastava ver o caso de Valentina. Ele acreditara nela sem ter dados suficientes para o fazer e acontecera o que acontecera. A italiana se revelara dúplice e quase o matara. Claro que agora estava na prisão e ia pagar pelos crimes que havia cometido, mas a questão não era essa; a questão era que ele acreditara nela sem dispor de dados suficientes e se dera mal. Não era isso a prova final de que a crença sem conhecimento é perigosa?

Mas qual a alternativa? Não deveria acreditar em ninguém até ter informação suficiente para estar certo que essa pessoa era digna de confiança? Então como faria amizades? Iria submeter cada amigo potencial a um rigoroso inquérito prévio? Iria lhe apresentar um questionário para preencher? Iria investigar toda a sua história em detalhes? Isso não fazia sentido! Havia situações na vida em que era preciso acreditar sem informação suficiente. A informação viria depois, claro. Mas primeiro tinha de haver crença. Crença de que a pessoa era de confiança e podia ser sua amiga. As informações posteriores confirmariam que essa crença tinha fundamento. Mas o primeiro passo era sempre a crença. Ou, para usar outra palavra, a fé. Valentina podia ser a prova de que o processo era falho, mas Arkan, por outro lado, trouxera a evidência de que o método não era necessariamente errado. Não fora o presidente da fundação, em quem aliás nunca havia confiado, que acabara por salvá-lo?

Se era assim nas relações entre as pessoas, por que não o poderia ser também na relação com o divino e o sagrado? Tomás tinha perfeita consciência da necessidade dos homens de acreditarem em algo transcendental. Jesus podia não passar de um ser humano, mas aos olhos de quem nele acreditava, como a mãe, tornara-se um deus. O que havia de mal nisso, se essa crença a ajudava a enfrentar os seus problemas e a ser uma pessoa melhor? Nós não precisamos de fé para fazer as coisas? Não seria cruel despir Jesus da divindade que lhe fora atribuída? A vida é feita de incertezas e de uma relação permanente com o desconhecido. Quantas vezes tomamos uma decisão sem ter…"

"Professor Noronha?"

"… toda a informação? Não é isso afinal o salto no escuro de que é feita a nossa existência? Quantos pequenos saltos no escuro não temos de dar todos os dias? E o que…"

"Professor Noronha?!"

A interpelação interrompeu a divagação mental de Tomás, que deambulava pelo hospital como um robô, os olhos colados ao jaleco branco da doutora Koshet à maneira do cão que segue o dono, a cabeça vagando pelas crenças da mãe e a relação da sua fé com tudo o que havia desvendado sobre a figura humana de Jesus.

"Sim?"

Foi a médica que chamou por ele.

"Chegamos ao bloco cirúrgico", anunciou a doutora Koshet, indicando duas portas à direita. "O senhor Arkan está aqui na enfermaria."

As portas estavam juntas e se abriram em duas, como as dos *saloons* nos filmes de faroeste. O paciente entrou na enfermaria e viu uma maca com rodas estacionada no meio da sala, com uma bolsa de soro no topo e um tubo longo e estreito descendo para os lençóis. Havia ainda dois enfermeiros sentados no canto conversando em voz baixa.

Aproximou-se e se deparou com o rosto macilento de Arpad Arkan emergindo dos lençóis na maca. A face do paciente se animou ao ver o recém-chegado se aproximar dele.

"*Shalom!*", saudou o presidente da fundação com um sorriso frágil. "Folgo em vê-lo com saúde!"

"Ah, *Shalom*!", respondeu Tomás, pegando-lhe na mão fraca. "Que palavra mais bonita! Salvou a nossa vida no último instante, hein?"

"Não foi a palavra que nos salvou, professor Noronha." Tocou com o dedo na testa. "Foi a sua inteligência."

"Nada seria possível sem a sua intervenção quando aquele animal estava amputando o meu dedo", retorquiu o português, apertando com força a mão de Arkan, como forma de reconhecimento. "O senhor teve uma grande coragem!"

"Nas mesmas circunstâncias, qualquer um teria feito o mesmo."

"Não é verdade..."

O presidente da fundação soltou uma gargalhada inesperada, mas tão profunda e alegre que se tornou contagiante.

"É melhor pararmos com estas congratulações mútuas!", exclamou. "São enjoativas! Além do mais, parecemos umas velhas tolas. O que interessa é que estamos vivos!"

"Sem dúvida. Quando estávamos lá dentro e o vi inanimado depois de ter levado aqueles tiros, pensei que tinha morrido."

O seu interlocutor soltou uma gargalhada.

"Como vê, ressuscitei!"

"Um verdadeiro Cristo, sim senhor."

Arkan lançou um olhar para a porta da enfermaria, onde a doutora Koshet o aguardava. Fez-se uma curta pausa e Tomás o olhou com expectativa, como se aguardasse que o seu interlocutor lhe explicasse por que razão o mandara chamar.

"Não sei se a doutora Koshet lhe disse, mas vou ser operado daqui a pouco", indicou o paciente estendido na maca. "É uma cirurgia delicada, porque ainda tenho uma bala alojada num pulmão. A doutora Koshet diz que a extração não é problemática e por isso não vê razões para ficar preocupado. Mas acontece que sou um burro velho e desconfiado. Além disso, já conheço os médicos muito bem. Dizem sempre que é uma coisinha sem importância e coisa e tal, e quando damos por ela estamos metidos em grandes problemas. Por isso gosto de me preparar para todas as eventualidades. Daí que tenha pedido que o trouxessem até mim."

Calou-se um momento, como se considerasse a melhor forma de pôr a questão.

"O que está acontecendo?"

Desta vez expeliu um suspiro melancólico.

"Acontece que não sei se sairei vivo da sala de operações."

"Oh, que bobagem!", protestou o historiador. "Claro que sairá! Quem se safou de dois tiros nas costas se safa de uma operaçãozinha sem importância! Sabe o que lhe digo? Daqui a uma semana vamos ali à cidade velha tomar uma dose juntos! A minha mãe quer que eu vá acender umas velas no Santo Sepulcro. O senhor me fará companhia."

Arkan ergueu a mão direita, fazendo a Tomás sinal de que não o interrompesse.

"Também penso que irá correr tudo bem", sublinhou. "Esta conversa é apenas para o caso de... enfim, de Deus decidir de outra maneira. Estive pensando bem e já tive uma conversa com alguns integrantes do conselho de sábios da fundação, que vieram me visitar ontem, e com o professor Hammans. Se alguma coisa acontecer comigo, gostaria que o senhor assumisse o comando do Projeto Yehoshua. O senhor me parece a pessoa indicada para levar adiante esta importantíssima missão. A paz no mundo pode depender do seu sucesso!"

Ao ouvir estas palavras, o português fez um esforço para manter um semblante impassível. Ergueu o rosto para a porta e cruzou o olhar levemente inquisitivo com a médica, tentando perceber o que tinha ou não sido revelado a Arkan. Ele ainda estava sob o efeito do choque por ter sido baleado nas costas e era evidente que haviam decidido não lhe contar tudo o que acontecera no Kodesh Hakodashim.

"Eu... enfim", titubeou Tomás, sem saber o que dizer. "É uma grande honra e... claro que gostaria de aceitar. O problema é que não sei se... se esse projeto é... como direi?, é... recuperável."

O rosto de Arkan se contraiu numa interrogação e as sobrancelhas grossas tremeram.

"Como assim?", admirou-se. "Não sabe se o projeto é recuperável? O que quer dizer com isso?"

O historiador não sabia para onde olhar. Ainda lançou um novo olhar à doutora Koshet, como se pedisse ajuda, mas acabou por decidir enfrentar o problema diretamente. Talvez o momento não fosse o mais indicado para grandes revelações, mas se ninguém tinha tido ainda a coragem de contar tudo a Arkan, ele teria.

Apertou a mão do paciente com mais força, como se lhe pedisse que fosse valente, e o fitou nos olhos.

"Tenho uma coisa para lhe dizer", avisou. "Uma coisa... bem chata. Não sei se me entende."

Disse-o com tanta gravidade que o presidente da fundação arregalou os olhos de preocupação, pressentindo pelo tom que viria algo de muito sério.

"O quê?", alarmou-se. "O que houve?"

Tomás pigarreou, inseguro sobre o que estava fazendo. Mas sabia que tinha de ir até o fim. Por mais que lhe custasse, era o seu dever.

"O Projeto Yehoshua já não é possível." Baixou os olhos, embaraçado por ser o portador daquela notícia. "Lamento."

"Por quê? O que aconteceu?"

O português encheu os pulmões de ar, tentando reunir toda a sua coragem. Não era fácil destruir com algumas palavras o sonho de uma vida.

"Lembra-se do tubo de ensaio com o material genético de Jesus?"

"Sim, claro", devolveu Arkan. "É aí que está o segredo do Projeto Yehoshua! É esse DNA que nos permitirá clonar Jesus e trazê-lo de volta à Terra!" Estreitou as pálpebras. "Há algum problema?"

Tomás tentou encarar o paciente, mas não foi capaz. O que tinha para lhe anunciar era penoso demais, cruel até. Voltou a pensar em recuar, em adiar a conversa para depois da operação, mas achou que isso seria uma covardia. Por mais duro que fosse, tinha de ir até o fim.

"O tubo de ensaio foi destruído."

Fez-se um súbito silêncio na enfermaria. Até os enfermeiros, que dialogavam num sussurro contínuo no canto da sala, se calaram e suspenderam a respiração.

"Destruído?", perguntou Arkan, sem compreender o total alcance da afirmação. "Destruído como?"

O historiador encolheu os ombros, num gesto de absoluta impotência e desânimo.

"Destruído." Soprou a mão, como se expulsasse pó. "Puf! *Kaputt*. Acabou. Já não há tubo de ensaio." Fez um gesto final com os braços. "Foi destruído!"

O presidente da fundação o olhava com uma expressão estupefata e a boca abrindo e fechando, como um peixe, tentando extrair um sentido do que acabara de escutar.

"O material genético de Jesus foi destruído? Realmente destruído? Mas como? Como?"

"Foi a italiana", disse Tomás. "Nos instantes finais, quando o fogo já se aproximava de nós e eu tentava abrir a porta para sairmos dali, ela atirou o tubo de ensaio para o meio das chamas."

"O quê?"

O historiador voltou a baixar os olhos.

"Lamento lhe dar a notícia", sussurrou. "Não houve nada que eu pudesse fazer. O DNA de Jesus está perdido. O Projeto Yehoshua acabou. Já não é possível clonar o Messias."

O silêncio absoluto voltou à enfermaria. A tensão era palpável. Apenas se escutavam as respirações ritmadas das pessoas presentes, as que conversavam e as que esperavam que a conversa terminasse, suspensas no que iria acontecer em seguida.

Arpad Arkan se recostou devagar na maca, virou a cabeça sobre a almofada e fitou o teto enquanto digeria toda a informação que lhe fora dada. Era um momento de doloroso recolhimento e Tomás, sentindo-se de repente sobrando, voltou as costas e se afastou com passos leves, evitando fazer barulho.

"Professor Noronha?"

O português estacou e olhou para trás.

"Sim?"

Deitado na maca, Arkan o observava de lado com uma expressão indefinida.

"O senhor sabe o que é uma PCR Machine?"

Tomás balançou a cabeça.

"Não faço a mínima ideia."

O presidente da fundação fez com o dedo sinal de que se aproximasse de novo, como se tivesse mais alguma coisa para lhe contar. O historiador obedeceu.

"Chama-se PCR Machine, ou Máquina de RCP", disse Arkan num tom quase confidencial. "Tem certeza de que nunca ouviu falar?"

O português fez um esforço de memória.

"Máquina de RCP?", perguntou. Acabou por desenhar com os lábios uma expressão de ignorância. "Não. Não sei."

"RCP significa reação em cadeia de polimerase", esclareceu Arkan. "Através desta tecnologia é possível pegar uma pequena quantidade de DNA e, recorrendo a enzimas, fazer muitas cópias. Ou seja, basta pôr o DNA de uma única célula numa máquina de RCP e podemos multiplicar esse material genético milhões de vezes."

"Ah, que interessante!", anuiu Tomás, fingindo-se impressionado. "É incrível o que a tecnologia faz hoje em dia, hein?"

Arkan cravou os olhos no seu interlocutor, como se o convidasse a entender as consequências do que acabara de lhe dizer.

"No caso dos ossários de Talpiot, conseguimos extrair dos restos de um osso de Jesus duas células com o núcleo praticamente intacto. Essas duas células foram colocadas na máquina de RCP que adquirimos para os nossos laboratórios em Nazaré. Produzimos assim milhões de células idênticas, que dividimos em três partes. Uma foi para um tubo de ensaio que ficou guardado no Kodesh Hakodashim do nosso Centro de Pesquisa Molecular Avançada. Foi esse tubo que, pelo visto, acabou de ser destruído. As outras duas partes foram colocadas em dois tubos de ensaio diferentes. Um foi guardado pelo professor Vartolomeev no laboratório da Universidade de Plovdiv, na Bulgária, e o outro enviado pelo professor Hammans para o Laboratório Europeu de Biologia Molecular, em Heidelberg, na Alemanha." Fez uma pausa e perscrutou-lhe o rosto, como se buscasse uma reação. "Compreendeu o que lhe disse?"

Atônito com o que acabara de ouvir, Tomás o fitou embasbacado e levou um longo momento assentindo com a cabeça e chegando às devidas conclusões.

"Está me dizendo que existem ainda dois outros tubos de ensaio?"

"Exato."

"Com o mesmo material genético?"

A face de Arpad Arkan se abriu num sorriso de bonomia, como se a expressão alegre fosse a resposta e nada mais precisasse ser dito. Ergueu a mão e fez sinal à doutora Koshet de que estava pronto para a anestesia. A médica abriu a porta da enfermaria e os enfermeiros começaram a empurrar a maca na direção do bloco cirúrgico.

Como se tivesse sido atingido por um relâmpago e se encontrasse ainda atordoado, Tomás permaneceu absolutamente imóvel, os olhos perdidos na maca em movimento, a mente ainda refletindo sobre o significado do que escutara. Dois tubos de ensaio haviam sobrevivido, sussurrava-lhe uma voz ao ouvido.

*Dois tubos de ensaio haviam sobrevivido.*

Quando atravessava a porta, o presidente da fundação travou a maca e, embora deitado, conseguiu voltar a cabeça para trás e fitar o português uma derradeira vez.

"Como é que os gregos dizem *Boa-Nova*, professor? *Evan gelion*, não é? Pois é esse agora o nosso Evangelho."

O historiador o fitou com ar atrapalhado.

"Hã?"

Viu Arpad Arkan exibir o seu sorriso de criança antes de os dois enfermeiros voltarem a empurrar a maca e as portas se fecharem atrás deles. Tomás ficou enfim sozinho na enfermaria, entregue ao torpor da sua estupefação, o silêncio apenas quebrado pela voz do presidente da fundação, que, já no corredor, libertou em tom triunfal o seu último segredo.

"Jesus vai voltar a caminhar na Terra."

# NOTA FINAL

Mais chocante do que algumas das revelações feitas neste romance é o fato de nada do que ele contém ser realmente novo. Nada. Tudo o que está aqui resulta do trabalho crítico dos historiadores. A aplicação do método de análise histórica aos textos bíblicos recua, de resto, ao século XVIII e ao longo do tempo foi produzindo resultados surpreendentes neste campo. O Jesus histórico que emergiu destes estudos se revelou bem diferente da construção divinizada que nos é apresentada na catequese, nas missas e nos textos religiosos.

Em momento algum foi minha intenção desrespeitar ou ofender qualquer crente desta grande religião que é o cristianismo, a maior do planeta. Mas é esta religião que funda a nossa moral. Podemos nem nos dar conta, mas o cristianismo se encontra por trás da nossa noção do bem e do mal, do correto e do incorreto, do caminho justo e do caminho corrupto. Mesmo que não tenhamos noção disso, estamos impregnados de cristianismo e da sua ética.

Parece-me, por isso, importante que conheçamos melhor esta religião. Quem era realmente o seu fundador? O que defendia? Tratava-se de um mero homem ou de um deus? Se por acaso voltasse à Terra, seria louvado como o Messias ou denunciado como um herege? Que afinidade teria Jesus com a religião que hoje se pratica em seu nome?

As respostas nos foram sendo dadas ao longo dos anos por múltiplos estudos de análise histórica do Novo Testamento. Foi neles que me baseei para escrever este romance. O trabalho pioneiro pertenceu a Hermann Reimarus, autor de *Von dem Zwecke Jesu und seiner Jünger*, livro publicado em 1778 e que inaugurou um período prolífico liderado pela historiografia alemã. Entre as obras mais importantes, que consultei na sua tradução inglesa, contam-se os clássicos *The Quest of the Historical Jesus*, de Albert Schweitzer; *The Formation of the Christian Bible*, de Hans von Campenhausen; e *Orthodoxy and Heresy in Earliest Christianity*, de Walter Bauer.

Entre os historiadores e teólogos contemporâneos, os mais importantes são E. P. Sanders, que escreveu *The Historical Figure of Jesus* e *Jesus and Judaism*, e sobretudo Bart Ehrman, autor de vários trabalhos, como *Misquoting Jesus — The Story Behind Who Changed the Bible and How; Jesus, Interrupted — Revealing the Hidden Contradictions in the Bible; Lost Christianities — The Battles for Scripture and the Faiths We Never Knew; Lost Scriptures — Books That Did Not Make It into the New Testament*; e *Jesus — Apocaliptic Prophet of the New Millennium*.

Outras obras de referência em que se sustenta este romance são *The Canon of the New Testament — Its Origin, Development, and Significance*, de Bruce Metzger; *The Text of the New Testament — Its Transmission, Corruption, and Restorations*, de Bruce Metzger e Bart Ehrman; *The Evolution of God*, de Robert Wright; *Who Wrote the New Testament — The Making of the Christian Myth*, de Burton Mack; *Jesus Was Not a Trinitarian — A Call to Return to the Creed of Jesus*, de Anthony Buzzard; *The Misunderstood Jew — The Church and the Scandal of the Jewish Jesus*, de Amy-Jill Levine; e *The Historical Jesus in Context*, uma vasta coleção de textos editada por Amy-Jill Levine, Dale Allison e John Dominic Crossan.

Entre as obras apologéticas, destaque para *The Historical Reliability of the Gospels*, de Craig Blomberg; *Reinventing Jesus — How Contemporary Skeptics Miss the Real Jesus and Mislead Popular Culture*, de

Ed Komoszewski, James Sawyer e Daniel Wallace; *Fabricating Jesus — How Modern Scholars Distort the Gospels*, de Craig Evans; e *Misquoting Truth — A Guide to the Fallacies of Bart Ehrman's Misquoting Jesus*, de Timothy Paul Jones.

Como fontes para as citações bíblicas recorri à *Bíblia Sagrada*, edição lançada pela Verbo em 1976 e reimpressa em 1982 para comemorar a visita do papa João Paulo II a Portugal naquele ano, e baseada nas melhores traduções dos mais antigos manuscritos em grego ao dispor do Vaticano.

Toda a informação relativa ao processo de clonagem, incluindo clonagem humana, é igualmente verdadeira e encontra-se disponível em toda a literatura científica relacionada ao assunto.

O sepulcro de Talpiot existe e tem a história e as características explicadas no romance. O ossário marcado com o nome de *Iehoshua bar Yehosef*, ou *Jesus, filho de José*, está guardado no armazém de Bet Shemesh, pertencente à Autoridade das Antiguidades de Israel, juntamente com os restantes ossários de Talpiot, como os de *Marya*, *Mariamn-u eta Mara*, *Yehuda bar Yehoshua*, *Matya* e *Yose*. Está igualmente estabelecido em processo judicial que o ossário de *Ya'akov bar Yehosef akhui di Yeshua* não é forjado, embora não haja certeza de que pertença efetivamente ao lote de Talpiot.

O único elemento ficcional no que à parte genética diz respeito é a descoberta de dois núcleos com DNA no ossário de Jesus. Na verdade foi detectado DNA mitocondrial nesse ossário com características partilhadas pelas populações do Oriente Médio, mas esse material genético não pode ser usado para clonagem. Porém, e embora sejam difíceis de encontrar, a verdade é que nem sequer foram procurados de forma efetiva núcleos com DNA e a maior parte do ossário permanece ainda a ser explorada do ponto de vista da análise genética.

A informação relativa ao sepulcro de Talpiot e aos ossários nele identificados encontra-se em *The Jesus Family Tomb — The Evidence Behind the Discovery No One Wanted to Find*, de Simcha Jacobovici e Charles Pellegrino. Poderá também ser encontrada informação relevante sobre esta descoberta em *The Jesus Tomb — Is It Fact or Fiction?*

*Scholars Chime In*, de Don Sausa. Outras fontes foram as notícias saídas na imprensa com o veredicto do julgamento da autenticidade do ossário de *Tiago, filho de José, irmão de Jesus*, segundo as quais o juiz determinou que não ficou provada qualquer fraude.

Agradecimentos são devidos ao professor Carney Matheson, pelas elucidações que me prestou a propósito dos testes de DNA, aos quais submeteu as amostras dos ossários de Talpiot no laboratório de Paleo-DNA da Universidade Lakehead, no Canadá; e a Miguel Seabra, professor catedrático de biologia celular e molecular da Faculdade de Ciências Médicas da Universidade Nova de Lisboa e revisor científico do romance. Agradecimentos igualmente a Eliezer Shai di Martino, rabino de Lisboa, e a Teresa Toldy, mestre em teologia pela Universidade Católica Portuguesa e doutorada em teologia na Alemanha pela Philosophisch-theologische Hochschule Sankt-Georgen, ambos revisores editoriais do romance. Todos me ajudaram a garantir o rigor da informação histórica, científica e/ou teológica que consta deste romance, embora naturalmente nenhum seja responsável pelas teses defendidas pelos personagens.

Obrigado ainda a Fernando Ventura e a Diogo Madredeus, que me auxiliaram a navegar pelos labirintos do Vaticano; a Irit Doron, minha dedicada guia pela Galileia, Qumran e Jerusalém; e também a Ehud Gol, embaixador de Israel em Lisboa, e a Suzan Klagesbrun, do Ministério do Turismo israelense, pelas portas que me ajudaram a abrir em Israel. Agrqadeço igualmente a todas as minhas editoras pelo mundo afora, pelo seu empenho e dedicação. Por fim, uma palavra especial de reconhecimento aos muitos leitores que me seguem a cada aventura.

O último agradecimento vai para Florbela, sempre a primeira leitora.

Este livro foi composto na tipografia
Palatino LT Std, em corpo 11/15,1, e impresso em
papel off-white no Sistema Digital Instant Duplex
da Divisão Gráfica da Distribuidora Record.